无字碑

镇墓兽 V.

蔡骏 著

四川文艺出版社

三千年来，若要保护君王的陵墓，
最厉害的并非毒虫蛇蚁，而是镇墓神兽。

CONTENTS

目录

前情提要

民国十年，秦北洋沿着丝绸之路离开兰州，一路前往白鹿原。在永泰公主墓，他意外救下一个女婴，没想到正是欧阳安娜的女儿。在墓中，秦北洋与阿幽重逢，二人一同前往太白山。

从白鹿原到太白山，从九龙寨城到东洋皇城，秦北洋几经生死考验。他将成为乱世中国百姓的守护神？还是逐鹿天下的仲裁者？

枭雄辈出，风起云涌，镇墓兽的千年秘密揭开在即。

山一程，水一程，身向榆关那畔行，夜深千帐灯。
风一更，雪一更，聒碎乡心梦不成，故园无此声。

——纳兰性德《长相思》

第一章

紫禁城的鬼魂

北京，故宫。

民国十三年，1924年11月4日，夜。

紫禁城，雄踞帝都中轴线正中心的宫殿，始建于明朝永乐大帝年代。一百万民工，历时十四载，耗尽西南深山楠木、房山汉白玉、苏州金砖，建成房屋殿宇9999间半。明朝十三位君主先后在此统御神州，崇祯皇帝吊死煤山，李自成短暂占据四十天，便从山海关外迎来留着辫子的新主人。明亡清兴，历经顺治、康熙、雍正、乾隆、嘉庆、道光、咸丰、同治、光绪、宣统十朝，最后一位名叫爱新觉罗·溥仪的弱冠少年，仍然居住在这深宫之中，被按照中华民国对待外国君主礼仪对待，关起门来做皇帝……

今夜，将是这位中国最后一位皇帝在中国最后一座皇宫中的最后一夜。

阴历十月初八，天上新月如钩。寒衣节刚过七天，一阵秋雨一阵凉。鄂尔多斯多罗小郡王，中华民国最年轻的国会议员，孛儿只斤·帖木儿身着黑绸缎的蒙古袍子，凝望护城河后的紫禁城；北京警察厅的叶克难就快四十了，依然是四九城里大姑娘小媳妇的梦中情人，也是京城小报侦探小说连载的主角，唇上两撇胡须越发浓密，深蓝色大褂长衫，颈子裹两圈围脖，故意压低帽檐，掩饰他子弹般的目光。

他俩穿过东华门，进入故宫的黑夜。小郡王的祖先们，每次进京都会穿过这道门，来到红墙碧瓦的宫殿中，来给皇帝请安献上贡品。皇帝会赏赐绫罗绸缎，他们装在几十峰骆驼背上返回草原。

小郡王踮着脚站在文华殿外，隔一排宫墙，遥望三大殿巍峨的屋顶。清帝逊位后，故宫三大殿等“外朝”已收归民国政府所有，乾清门后的内廷依然属于清室。

太和殿屋顶上的脊兽，从骑凤仙人到鸱吻、狮子、海马、天马、狎鱼、狻猊、獬豸、斗牛、行什，在月光下清亮可辨。小郡王想起五年前秦北洋说过巴黎圣母院塔楼上的石雕，半夜都会自由地翱翔在夜空，故宫中的这些小怪兽是否也会活呢？

一个穿着清朝官袍留着辫子的老头子，恍如坟墓里爬出来的僵尸，正在两个太监掌灯下迎接他俩，此人就是内务府总管大臣绍英。这位故宫的大管家恭敬地向客人作揖：“小郡王、叶探长，您二位能来帮忙，绍英感激不尽。”

小郡王装模作样地作揖还礼：“总管大人，您客气啦。我家是蒙古世袭郡王，世受大清皇上恩典，宫中发生了如此离奇之事，父亲命我竭力保护皇上安全，这是我们做臣子的本分。”

“好啊！现如今，外头兵荒马乱，冯玉祥发动政变，占领了北京城，天天叫嚷着要把皇上请出紫禁城。这不今儿，紫禁城的卫队都被国民军给缴械撤编了。”总管大臣压低声音，“今儿晚上，这宫墙就是纸糊的，皇宫啊——不设防！”

“大人，这些天在故宫发生的命案，您能说得更详细些吗？”叶克难不想废话，直奔主题。

“哎，叶探长，我都好些天没睡过安稳觉喽……上个月起到昨儿个，已经死了这个数。”总管大臣将右手五指聚拢在一起。

“死了七个？”

“不错，七个老太监，被下毒的，上吊的，抹脖子的，半夜遇到前朝宫女鬼魂被吓死的。”

“前朝宫女鬼魂？”

在中华民国的年代，所谓“前朝”就是清朝，但在清朝末代内务府总管大臣口中，这个“前朝”却是明朝。

“对啊，被吓死的老太监临死前叫唤杨金英之名，殊为可怕！”

“杨金英？莫不是差点勒死嘉靖皇帝的明朝宫女？那是将近四百年前的旧事呀。”

“可不？历朝历代宫里都传说，那个宫女杨金英弑君犯上被凌迟处死，冤魂不散，一直飘着呢。”

叶克难冷笑着摇头：“我已查看过几位公公的遗体，确认是被他人所害。”

"叶探长，您说是有奸人在宫内连续杀人害命？"

"我听说这七位被害的公公，有两个共同点：一是掌管宫中库房，二是品行端正老实。"

总管叹息一声："如今礼崩乐坏，无论是遗老遗少还是太监宫女，都只想着大厦将倾何时早点儿逃命，顺便摸走宫里的金银财宝。这些年来，宫中火灾频发，就是有些太监偷走了字画瓷器等宝贝，为掩人耳目故意放的火。"

"嗯，这七位公公是难得出淤泥而不染者，却也因此而葬送了性命。"

"您是说，凶手的目标是宫中的宝贝？"

小郡王插了一句："总管大人，我早就听说，如今有不少太监里应外合偷盗文物，怕是这些被杀的公公，不愿监守自盗、同流合污，而被恶人暗害了吧。"

"这……小郡王，您也怀疑我吗？"

"不，我只是随便一说嘛。大人，如今宫中储藏文物最多的地方在哪儿？"

"皇上退位以来，紫禁城的宝物，大多集中到了延禧宫。"

叶克难朗声道："好，请领我们去看看，我将彻夜蹲点，看看那恶人究竟是什么来头！"

"若真有恶人行凶，务必将之捉拿归案。"

内务府总管大臣绍英，带着叶克难与小郡王穿过故宫东路，经过明清太子所居的南三所，俗称的东宫，便来到供奉清朝皇帝列祖列宗牌位和画像的奉先殿。在帝国灭亡的年代，黑夜中仰望这座巍峨大殿，小郡王的脚底板传来阴森之气……

再往里走，便是东六宫，排列着景仁宫、承乾宫、钟粹宫、景阳宫、永和宫、延禧宫。路过宁寿宫花园北门，月光照亮一只雪白的野猫，踏着宫墙的琉璃瓦而来，暗夜中的猫眼闪烁着宝石般的光辉，直勾勾盯着来人的眼睛。

叶克难眯起双眼，这双黑洞般的猫眼，让他想起一个年轻姑娘，她是刺客们的主人……

内务府总管发出一声凄厉的叫声："珍……珍主子……"

"什么人？"

叶克难掏出怀中手枪，原来宫墙下有一口水井，升腾起浓黑烟雾，接着出现一只女人的手。

月光下，惨白惨白的手，细长的指节有腐烂痕迹，还有修剪成匕首形状的锋利指甲，正好抓住井口边缘。一头乌发，就像绵绵不绝的黑色藤蔓，从井口往外萌芽生长……

小郡王感觉那黑烟冲入自己嘴巴，仿佛被一根女人手指堵住咽喉，瞬间发不出声音。他看到了，叶克难也看到了，这不是梦……

井中爬出了一个女人。

没有清宫女子复杂的头饰，也没有华丽厚重的朝服，只有一身轻薄的白色长衣，犹如戏台上的倩女离魂，在这紫禁城的深宫禁苑。

“珍妃娘娘！害死你的人是大太监崔玉贵，小的绍英彼时尚不在朝内，与小的无关呀。”

六十来岁的内务府总管扑通跪下。井里爬出来的白衣女子，乌黑长发覆面，看不清容颜，每走一步都如此艰难，故宫月夜下，让人浑身汗毛倒竖。

名侦探叶克难抬头挺胸，朗声道：“珍妃娘娘！大清已经亡了！十六年前，太后老佛爷升天，光绪爷亦已驾崩，如今安葬在西陵。您的大体也已葬在光绪爷陵寝侧畔，尽享哀荣。小的叶克难，当初为护送一个男孩，到过营造中的光绪爷地宫。而今千秋事已了，这座深宫之中，大清皇上恐怕也留不了几日。庚子年，您的仇，您的怨，历史已为您复仇，请勿再执念。上穷碧落下黄泉，两处茫茫皆不见，光绪爷凄苦一辈子，终得解脱，正在地下等着您盼着您去团圆呢，请回吧……”

看不见脸的珍妃，听到叶克难的声音，微微一颤，缓缓原路后退，就像一团烟雾，缩回了那口水井中。

内务府总管绍英早已面如灰土，继续在地上磕头：“庚子年，八国联军打进北京城，两宫即将逃亡西安之际，崔玉贵奉太后老佛爷之命，将珍妃娘娘推入这口井里淹死。一年后，娘娘的尸身虽被打捞上来，却有了珍妃井闹鬼的传说。”

“皇宫里的鬼可真多！”叶克难一语双关，也不忌讳，便将总管大臣搀扶起来，“我听说，珍妃娘娘是因支持光绪爷维新变法，才被太后老佛爷嫉恨除掉的。可若当年变法成功，戊戌六君子还活着，说不定而今龙旗还没降落，坐在龙庭上的还是光绪爷呢。”

“方才所见那只雪白的猫，恐怕也是某个鬼魂所化吧……”

小郡王头上一把冷汗，手里攥着枪，跟随内务府总管进入东六宫，当年都是嫔妃居所，阳气不足，阴气森森。怪不得，整个紫禁城的温度都要比外面低，一年四季，莫不如此。

延禧宫到了。

月光下所见宫殿，却与故宫中的任何一座截然不同。这是西洋式的三层楼，四周围绕水池，主楼每层九间，环以围廊，四角各有三层六角亭一座。

令叶克难与小郡王叹为观止的是，延禧宫以铜做栋，以玻璃为墙，夹层便是玻璃鱼缸，其中游弋着无数金鱼，还有模仿水族的荷藻，水光折射月光，如梦如幻，仿佛晶莹剔透的东海龙宫。

内务府总管介绍道："原来的延禧宫早已毁于大火，我们眼前这座西洋宫殿，是在老佛爷与先帝驾崩后，由隆裕太后下令建造，又称水殿，也是紫禁城中最后建造的宫殿。张勋复辟，南苑航校的飞机，还从天上将一颗炸弹扔到过这里呢。"

"这里就是文物库房？"

"这座水晶宫啊，还没造完，大清就亡了。三十年前，皇家风水师李先生在世时，说过这块地方的风水适合藏古物。这些年呢，宫中失窃宝物太多，我下令将内务府收藏的宝物集中一处管理，便选了四面环水的延禧宫。"

叶探长自然明白："宝物最忌火灾，水晶宫是最适合所在，万一有祝融光顾，便能就地灭火。"

"不错。叶探长，我可是被珍妃娘娘吓死了，我得回府去休息了，您二位怎么说？"

"总管大人，今夜，我和小郡王殿下，就在这座延禧宫中蹲点守候，看看横行在紫禁城中的凶手究竟是谁。"

"告辞！请保重，咱们明早见。"

内务府总管大臣绍英再次作揖，便在两个太监的护卫下溜了。

延禧宫外，水光荡漾，月光反射到叶克难与小郡王脸上。

"叶探长，您说今晚真能抓到凶手吗？"

"鬼知道！但我听说，冯玉祥即将对小皇帝动手，或许过了今晚，我们就没机会可抓了。"名侦探压低声音，指着西洋水晶宫里的一盏灯光，"里头有人，或许是库房值班的老太监，要么是监守自盗的内贼，今晚即将命丧黄泉。"

忽然，宫门外响起一片窸窸窣窣的脚步声……

小郡王立时紧张起来。叶克难迅捷灭了灯，两人攀上宫墙，躲藏在琉璃瓦的屋檐后，居高临下窥视，一如刚才那只鬼魅般的白猫。

一口棺材。

五名身着黑色大褂的男子，抬着一口摇摇欲坠的棺材，居然堂而皇之地进入

带着唐刀与十字弓逃走，前往东京寻找光公主。芳子再度被那个魔强暴。秦北洋则被捆上挖掘机。

当他醒来，已是三天后……

飞机引擎的轰鸣让他脑袋发胀。他还活着。胸口撕裂般剧痛，木乃伊似的裹着绷带，每次挣扎都会更加痛苦。和田暖血玉坠子还在胸口，隐隐发出热量。但他失去了九色、唐刀、十字弓，还有自由。他仿佛被再次塞入棺材。这是充满汽油味的机舱。他闭上眼睛，感到飞机在滑行，剧烈颤动后，他脱离了大地。

醒来时，一条黑布蒙住秦北洋的眼睛。他能感到阳光的灼烈，还有风。高山上的风，肆意地呼啸而过，让他想起遥远的秦岭，并且更湿润。地势越走越高，崎岖不平，他能听到秃鹫盘旋的呼号声，还有脚下石子坠落悬崖的滚动声。身边的人在喘息，显然也是恐惧。前方传来一声惨叫，有人失足跌落了万丈深渊。

秦北洋被推入一条地道。

他嗅到了古墓的气味，混着古物、棺椁还有墓主人遗体的空气，仿佛清晨六点绽开的玫瑰花香，源源不断，输入鼻孔。

秦北洋跪倒在地上，让肺叶灌满这种气息，就像消防队员用水龙头熄灭一场大火。他能清晰地感知到癌细胞的衰退和死灭。古墓中像是充满了再生细胞，修补他已病入膏肓的肺叶。

漫长的跋涉停止，秦北洋听到铁门关闭声。他有力气摘下蒙脸的黑布了。深呼吸。墙上有一盏油灯，照亮一间狭窄的地宫。墙上画着朱雀玄武和三足乌，还有二十八星宿图。他看到了棺椁，早就被打碎了，里面只有残破的骨骸。没剩下多少古物，全被盗墓贼洗劫一空。秦北洋看到一些零星的汉字，记载着天干地支以及吉祥字，但没有墓志铭之类的东西。难以判断年代背景，也许是南北朝，也许是隋唐。

这里不是日本。

长头发留到肩头，因为多日不清洗而油腻打结。抚摸自己的下巴，长满茂盛而坚硬的胡须，让他想起死去老父的络腮胡……

秦北洋用力捶打铁门，疯狂地呼唤九色，呼唤光。灯亮了。铁门底下有道格栅打开，送来了食物。居然是寿司，一小杯茶叶，甚至有一碟清酒。他风卷残云般地吃下去。他破口大骂，用北京话、上海话、山东话、日语、德语甚至俄语，咒骂秦田三郎与四川道人。

铁门打开一道缝隙，惨白的灯光下，他看到了一张脸。

刀疤。

右脸上的刀疤，相比十五年前的暮春之夜，变得更成熟而幽暗……

秦北洋下意识地去摸背后。可惜，既没有唐刀，也没有十字弓。他连掐对方脖子的力道都没有了。

阿海伸出手，掐住了秦北洋的脖子。

“你好，北洋小弟，别来无恙？很高兴又见到你。”

秦北洋在喉咙里酝酿了一口浓痰，吐到阿海的脸上，但愿里面包含一些癌细胞。

“你很不友好。”阿海后退一步，用手帕抹去脸上的浓痰，“日本最好的军医为你做了手术，取出了射入你右胸的子弹，再偏一厘米就会要了你的命。你很幸运，不是吗？但告诉你一个坏消息，军医发现你的肺里有癌细胞。不过没关系，我知道为什么你不死，因为只有古墓才能让你活下去。”

“为什么不杀了我？”

“我说过，我从没想过杀你。”阿海的嗓音像从地底升起的干冰，“你以为我囚禁了你？不，是我保护了你。如果我把你放出去，你随时会被碎尸万段。你可真有能耐，居然刺杀了工匠联盟大尊者，二十世纪的荆轲刺秦王呢。”

秦北洋抓着栏杆怒吼：“我没有杀他！大尊者原本重病缠身，加上关东大地震，我也是死里逃生，守门人施密特可以做证。”

“北洋小弟，你还是太年轻。人们只相信自己愿意相信的故事——刺客联盟的领袖，太白山刺客教团的主人，阿萨辛继承人，孤身闯入工匠联盟远东大圣殿，趁着关东大地震的混乱刺杀大尊者——多么惊心动魄的故事，惊天地，泣鬼神，堪比彗星袭月，白虹贯日，苍鹰击于殿上！”

“这是我和工匠联盟之事，你要么把我交给他们处置，要么把我杀了，不必煞费苦心地囚禁我。”

“你的命，不属于你自己。”

“阿海！”透过无穷无尽的幽暗，秦北洋见到阿海狼一样的双眼，“我看到他的脸了！”

“谁？”

“四川道人！”秦北洋咬牙切齿地说出这四个字。

“哦……终于被你看到了……”阿海轻描淡写地回答，“他只是个普通人而已。”

“他是魔。”

“谁说的？芳子吗？小姑娘的话，你别信。你忘了我在上海的黄耳冢古墓之中，对你说过的话吗？北洋小弟，你那么相信阿幽——结果呢？”

这话说得秦北洋心惊肉跳，阿海的洞察力惊人，他的预言都成真了，自己确实成了阿幽的傀儡，甚至差点成了她的囚徒。

秦北洋不想再讨论这些了：“你是魔的儿子。”

“我不是。”

“那你告诉我，这是什么地方？”

阿海渐渐后退，很遥远的地方传来声音：“这里是太白山。”

暗无天日的地宫中，秦北洋度过漫长的一年。他能做的唯一的事，便是用自己的十根手指头，滴水穿石般地在墙上刻下三行汉字，分别是工匠联盟、刺客联盟以及老爹秦海关留给自己的座右铭。

一个月前，秦北洋被装入一口古老的红木棺材。他能从气味中嗅出，这棺材是从真正的古墓里挖出来的，故能模拟一部分地宫环境。漫长的古墓监禁，让他充分抑制了癌细胞，却因为不见天日、营养不良并且缺乏运动，身体极度虚弱，根本无力逃跑。

棺材一路颠簸下山，然后坐上火车——他能感受到蒸汽机的轰鸣，接连几个昼夜的铁轨震动，天气渐渐变冷，进入深秋。最后一段旅程，棺材中的空气都有些干燥……

每一夜，棺材盖都会打开一道缝，给他送来食物和水，取走排泄物，让他慢慢恢复体力。

这是哪里？

秦北洋不得而知，但他可以依靠自己的力量坐起来。相比一年前，肌肉有些萎缩，也许皮肤变得苍白。满脸都是胡须，就像西洋男人，头发肮脏而打结。任何人看到自己的样子，都会以为碰上了乞丐或者鬼。

不过嘛，五年前他就该死了，活到今日，也跟鬼没有分别。

今夜，紫禁城，延禧宫。

阿海伸出手，将他从棺材里拽出来。

秦北洋无法逃脱，腰间捆着铁链子，另一端掌握在阿海手中。而在阿海身边，还有四个同样穿着黑色大褂的男人，他们背后插着长柄刀剑，腰间鼓鼓囊囊的似有快枪，从每人的身形与眼神来看，都是一等一的高手。

阿海脸上的刀疤微笑着，又喂秦北洋喝了一口热茶，力道十分刚猛，让人浑身燥热，怕是上等的高丽参茶。

果然，秦北洋的一些精气神回来了，他看清了眼前的西洋式水晶宫，让他无法判断自己在哪里。

门开了。一个穿着清朝衣服的老头子，面白无须，嗓音尖细："阿海大人，您来啦……"

秦北洋霎时明白，这是个太监。

他被阿海裹挟着进入宫殿，想不到里面竟还通着电，亮着几盏淡黄色的白炽灯。墙上挂着许多字画，其中有个条幅是宋徽宗的瘦金体：

"桂彩中秋特地圆，况当余闰魄澄鲜。因怀胜赏初经月，免使诗人叹隔年。万象敛光增浩荡，四溟收夜助婵娟。鳞云清廓心田豫，乘兴能无赋咏篇。"

便是这位亡国之君的名帖：《闰中秋月》。

"这是哪儿？"隔了这么久，秦北洋终于说出第一句话，多亏了刚才那口高丽参茶，否则咽喉都要粘连了。

"紫禁城，延禧宫，灵沼轩。"阿海在他耳边回答。四名黑色大褂男子，两人守在宫殿大门口，还有两人紧跟在阿海与秦北洋身边。至于那口破烂棺材，依然停留在外边。

进了西洋水晶宫，不知今夕何夕的秦北洋又问一句："这是哪一年？"

"公元2024年。"阿海右脸上的刀疤分外刺眼，但见秦北洋的面色惊变，他又微微一笑，"开个玩笑！现在是民国十三年，公元1924年，阴历十月初八，阳历11月4日。"

"请上二楼。"

老太监掌着灯，恭敬地将客人送上楼梯。秦北洋爬楼有些吃力，阿海扶了他一把。

到了这层，几盏电灯同时打开，满屋尽是身着汉服的美人儿，花枝招展地走上前。这不是嫔妃要服侍皇上就寝吗？

清朝早已灭亡，小皇帝溥仪虽已大婚，也不过婉容与文绣两位后妃。眼前的美人儿竟不下十位之多，难道是光绪皇帝留下的妃子？但皇帝死了十六年，不可能还有青春美艳的姑娘，除非是庚子年死在井里的珍妃的鬼魂……

不对啊，清朝的嫔妃怎会穿着汉服？难道是前朝的大明嫔妃鬼魂，来自吊死煤山的崇祯皇帝的后宫？据说李自成打进北京之日，崇祯亲手杀光了宫中嫔妃，就此留下怨魂。难道她们把秦北洋当作了亡国之君朱由检？

阿海却在他肩上拍了拍说：“《十二美人图》。”

原来那些美人儿并非活人或鬼魂，而是十二幅接近真人尺寸的屏风。秦北洋在古墓与棺材中被囚禁太久，以致气虚体弱，尤其在故宫这样阴森的气场，黑夜与古画让他产生幻觉。他依靠自己的双腿走上前去，观赏这十二扇屏风中的汉服美人，分别是《博古幽思》《立持如意》《持表对菊》《倚榻观雀》《烛下缝衣》《倚门观竹》《烘炉观雪》《桐荫品茶》《美人展书》《裘装对镜》《消夏赏蝶》《捻珠观猫》。

这些美人神态各异，背后家具摆设，俱是明朝典雅气质。秦北洋甚至认出了多宝格上的仿汝窑瓷洗、郎窑红釉僧帽壶，又有董其昌的诗句书画，甚至西洋天文仪与珐琅表，说明彼时欧洲物件已是宫廷时尚。

老太监笑盈盈地说：“二位，此乃雍正爷最爱的宝物，原在圆明园深柳读书堂围屏上，后被送到宫中保管。别看雍正爷治国严厉，但他在宫中却常穿前朝汉装，甚至西洋服饰，留下不少画像。而这《十二美人图》，据说也是他让宫中嫔妃穿上汉装所画的。”

“雍正是清朝入关后的第三位皇帝，汉化如此，却让我们脑后与心中多了一根辫子。在他的治下，若是民间百姓如此穿着汉装，早已被砍头了。”

要是二十年前在这宫禁之中，任谁说出这番话也是人头不保。秦北洋想起自己九岁那年，半夜要逃出清朝皇陵，却误闯雍正帝陵寝，偶遇四爷的鬼魂。

“嘘——”老太监吓得面无人色，看来是做奴才惯了，“免得被雍正爷听到了。”

“这些画里都有古人的魂魄？”

“只可意会，不可言传。”

清朝灭亡后的深宫里头，是没有时间观念的，一日还是一月，一年还是一个世纪，不过天地万物的一瞬间罢了。

阿海催促道：“公公，可以办正事了。”

“哎呀，您看我这脑子。”

老太监轻轻一推，原来屏风背后还有个暗门。

秦北洋跟着阿海走入暗门，两名黑色大褂的男子，跟着一同进入，唯独老太监留在外头说：“你们忙吧，但愿今夜能把事了了，万岁爷还等着呢……”

第三章

乾隆的瑞士机器人

暗门内是一间硕大的密室，四周都是金属墙壁，没有窗户，全靠数盏灯泡照明。

房间正中摆着一台巨大的钟表，高度相当于一个成年男子，镀金的外壳与支架，雕琢着繁复的欧洲洛可可式的花纹，钟面隐藏无数镜子与玻璃，犹如凡尔赛宫镜厅的微缩版。秦北洋想起五年前刺杀三巨头的那一夜——阿海也是当年刺客中的一员。

眼前的钟表分为四层阁楼：

顶层是个圆形的亭子，两个穿着十八世纪欧洲服饰，头戴三角帽的西洋小人。

第二层才是罗马数字的钟面，美轮美奂，至今准确地走着秒针，此刻是深夜十点零五分。

第三层，竟是个西洋乐队，一伙人各自手执小提琴、中提琴、大提琴、竖琴、短笛、长笛、双簧管、单簧管、圆号、小号、长号、大号、定音鼓、小军鼓、大鼓、三角铁、钹、锣……只是这些小人固定不动，各有活灵活现的神态，不晓得动起来会是怎样。

第四层，有个金发碧眼的西洋少女，还有个虬髯大汉。少女手执中国文房四宝，站在一张书桌跟前，似是伺候文人墨客写字的小婢女。虬髯大汉穿着西洋绅士服装，手提一支毛笔，对准一张迷你宣纸，却还未着一墨，留白以待君来填。

“这是……”

秦北洋捂着自己的嘴巴，觉得不可思议，故宫之中，竟然藏着这样的珍宝，却听到密室角落里传来一个干枯嘶哑的声音——

“乾隆皇帝最爱的瑞士钟表机器人。”

“谁？”

阿海下意识地拔出匕首，护卫在秦北洋的身前。

角落里亮起一盏灯光，原来有张小床，躺着个蓬头垢面的老头子，留着花白的辫子，看年纪快八十岁了。他穿着灰扑扑的工匠服，留着一把灰白胡子，显然不是被阉割的太监。

“我……我是内务府皇家工匠……钟尽善……”

老头子说话气息奄奄，眼睛虽然睁着，却是混浊无光。秦北洋大胆地靠近，伸手在他眼前晃了晃，毫无反应。

“您的眼睛？”

“一个月前……瞎了。”钟尽善抬起胳膊，准确地指着瑞士钟表机器人，“为了修复它，我已在这间密室中住了十年……修到最后一步……老天不可怜我啊，却让我的眼睛瞎了，还差那么一丁点儿啊……”

秦北洋明白了大概，这位皇家工匠为修复这台奇珍异宝，竟然消耗了十年光阴，日日夜夜盯着钟表里的小机关和小零件，就算天生视力绝佳的神枪手也熬成瞎子了。

“您在这儿修钟表，这是内务府总管大臣特许的吧？”

按照规矩，后宫中，除了皇帝与未成年的皇子，绝不可能有正常男性过夜，放在二十年前也是要砍头的。

“是皇上特许的。”

“哪个皇上？”

“放肆！自然是当今圣上——我大清英明神武的中兴之主宣统皇上。”

秦北洋无论如何都没能把这位老钟表匠口中的皇上跟溥仪联系在一块儿，他也不想跟老人家争辩，坐在行将就木的钟尽善身边说：“您老辛苦啦。”

“啥您老您老的，叫我老钟好了。”瞎眼老头子打开了话匣子，“十年前，皇上才八岁，他老人家可是天纵英才啊，自个儿钻到延禧宫，看中这台乾隆爷的瑞士钟表机器人。可惜哟，这宝贝只为皇上表演了一次，再也动不了了，除了表针还在转，其他那些个机关啊，比方乐队啊、写字小人啊，全失灵了。皇上却被这台钟表迷住了，派我老钟来修理……这不，十年过去了，我是老不中用啦，还没能修完，就差一口气！我的眼睛又瞎了，唉，我对不起皇上呀。他老人家虽年轻，可聪明着呢！洋文也会，汉文也好，特别喜欢钟表，他要是早生个十年二十年，大清国也不会亡呢。”

秦北洋听着有些心酸，不晓得该怎么说。

阿海走上一步，挨着老工匠的耳边说：“老钟呀，刚才跟您说话的小伙子，他也是内务府的皇家工匠，被总管大臣派来接您的班，今晚上就来修复这尊宝贝。”

“啊……自从大清灭亡，内务府的皇家工匠们，死的死，逃的逃，还有剩下的？”

秦北洋跪在老钟面前说了句实话：“老爷子，我爹也是内务府皇家工匠，他叫秦海关，您可认识我爹？”

“老秦？嘿！你是老秦的孩子？”

行将就木的老头子猛然咳嗽，宛如临死前的回光返照，紧紧抓着秦北洋的双手。其实啊，他是在摸秦北洋手掌心的茧子，那才是工匠特有的标记。

“我爹说，他在颐和园当差时，曾跟一位皇家钟表匠学过修复乾隆皇帝的西洋钟，那就是您吧？”

“对对对……颐和园……老佛爷常年住那儿，咱们这些工匠呢就都过去了。秦海关比我小几岁，他一直管我叫哥。虽是给皇家修陵墓的，可他的手巧着呢，脑子也比我好使。照道理说，我这手艺是不能传给外人的，但我无儿无女，连干儿子都没有。老秦愿意跟我结拜为兄弟，我就收了他做弟弟，把这钟表手艺传给了他。”

“十年前，我和爹住在京西骆驼村，爹传给我一些钟表手艺，但我天生愚笨，只学了一些皮毛而已。”

“虎父无犬子，有老秦的孩子在，我就放心啦。今儿晚上，就算拼了我这条老命，也得跟你一起把这宝贝修好！”老钟使劲摸着秦北洋的脸庞，摸到他满脸胡须与长头发，“老秦的孩子也成大老爷们儿了。当年他在颐和园，总是说媳妇肚子不争气，没跟他生个一儿半女，长吁短叹秦氏墓匠族的手艺要断了，如今后继有人，他该有多开心呢！对啦，老秦怎么样？身子骨可比我好吧？”

“我爹……五年前就过世啦……”

瞎眼的老钟流不出眼泪：“唉，你瞅瞅，咱们这一代工匠啊，我怕是最后一个老不死的了。”

“老钟啊，明儿一早，就是皇上给我们下的最后期限，无论如何，他要亲自来延禧宫看这台瑞士钟表机器人的表演，今儿晚上，咱们必须把它给修复了。”阿海搂着秦北洋的肩膀说，“北洋，普天之下，老钟之后，这个活儿，就只有你能胜任了。”

“可这乾隆爷的瑞士钟表机器人，钟老爷子修了十年都没修好，我这建造镇墓兽的手艺，能把它给修好？”

老爷子喘息着握紧秦北洋的手：“小秦呀……我修了十年……只差最后一口气了……你一定能行的……”

“北洋，你就把这最后一口气，给这台老钟续上，也不枉老爷子十年的心血。”

阿海又是一语双关，老钟是钟表匠，也是这台一百来年前的瑞士钟表机器人的修理者，而今晚闯入紫禁城的使命，就是给这“老钟”续命。

秦北洋低声耳语：“阿海，你把我关在古墓中一年，又用棺材把我运到故宫，就是为了让我来修一台钟？”

“这难道不是你这辈子最大的乐趣吗？”

阿海又是一语中的——修补器具，干工匠活，确是秦北洋这辈子最大的乐趣。修复这台乾隆皇帝的瑞士钟表机器人，可比做劳什子的刺客联盟领袖、阿萨辛的继承人有意思多了……他该有多理解爱做木匠活的天启皇帝与设计了断头台又被断头的路易十六呀。

可秦北洋怎能听阿海的摆布？他用余光瞄着四周，这间水晶宫二楼的密室，四面都是钢铁，连跳窗的机会都没有。如今自己身体虚弱，肺癌没有复发就烧高香了，腰间捆着铁链子，面对阿海这个绝顶高手。而他身后两个黑大褂汉子，背后藏着刀剑，绝非善类，自己绝无反抗逃脱的可能。

最重要的是，秦北洋缺少一个无所不能的帮手——小镇墓兽九色，更别提安禄山的唐刀与俄国十字弓了。

“先让我仔细瞧瞧这件宝物……”

秦北洋拽着身上的铁链条，慢慢环绕瑞士钟表机器人走了一圈。虽然密室里亮着许多盏灯，他还是提了一支手电筒，照射出钟表底座背后刻着的两行洋文。仔细分辨，发现是法语和德语，秦北洋认出其中的德语：

工匠联盟第十七代大尊者Pierre Jaquet-Droz敬奉中国大皇帝陛下

倒吸一口凉气，想不到在这紫禁城深宫之内，乾隆皇帝最喜爱的瑞士钟表机器人，竟然是工匠联盟大尊者的作品。

秦北洋闭起眼睛，想起一年多前在东京日本桥，关东大地震来临之前，地下密室所见到的工匠联盟第二十三代大尊者的真容……

现如今，恐怕全世界都认为，是秦北洋刺杀了这位大尊者。这一年来，工匠联盟与刺客联盟之间的腥风血雨，不知已白白葬送了多少条生命……

“钟老爷子，您可知，这件瑞士钟表机器人是何人所造？”

“瑞士国的皮大师。”

听到老钟说起“皮大师”，秦北洋按捺住想笑的冲动，瑞士钟表大师Pierre Jaquet-Droz的名字就是Pierre，这是个法语名，中国通常译为“皮埃尔”。那位上海法租界的古董商，大画家高更的侄子，就叫皮埃尔·高更。

“这位皮大师的宝贝，怎会落到乾隆皇帝的手上？”

“乾隆爷八十大寿之时，两广总督福康安向广州十三行的英国人订购了这台寿礼。”

秦北洋想起坊间传说——权倾一时的福康安，本是乾隆皇帝的私生子。果然是有一份孝心呢。

“英国洋行就找到了瑞士的皮大师？”

“不错。皮大师，乃泰西欧罗巴诸国不世出的能工巧匠，曾经周游列国。”老钟眼睛虽瞎，脑子却很清楚，“皮大师最擅长做机械人偶，这些小机器人拥有三大绝活，一是写字，二是画画，三是弹奏乐器。以至于大奥国、大普国、大西国的贝勒格格们，都以为碰到了邪魔巫术。据说啊，大法国的皇后娘娘，也曾一掷千金求购这些宝贝。”

老爷子说的“大奥国、大普国、大西国的贝勒格格们”想必就是奥地利、普鲁士以及西班牙的王子和公主们。“大法国的皇后娘娘”再次让秦北洋哑然失笑，却想起在巴黎地下墓穴的石棺中的断头王后玛丽·安托瓦内特的不朽真容，在这帝制覆灭的紫禁城，不免心中胆寒……

“皇上既然喜欢这台钟表机器人，为何不请瑞士的钟表匠人来修理？”

“早就去瑞士公使馆问过啦，可人家瑞士人说，那钟表工匠大师的后人，只剩一个手表牌子，已经无人能修理这件宝贝了。”老钟又连续咳嗽几下，指着自己床底下，“小秦呀，我这辈子所有工具都在这儿，我全送给你啦，就当收了个关门徒弟，咱们来……”

秦北洋从床底下翻出各种修理钟表的工具，许多是第一次见到，奇形怪状却又颇具心思。

阿海催促：“北洋，时间紧迫，我们只有一夜。”

“若我修复好了这件宝贝，你会放我走吗？我不信你说的任何话。”秦北洋已在阿海身上吃过不止一次亏，“何况，我为何要跟杀父杀母的仇敌，又是刺客联盟的叛徒做交易？”

“但你别无选择……”

阿海脸上刀疤一翘，匕首悬在老钟头顶，若是秦北洋不答应，老头子当场血溅五步。他的动作颇为轻巧，瞎眼的老工匠毫无所知。

这是赤裸裸的威胁。秦北洋控制呼吸，免得让老钟察觉出来，叹息一声：“好吧，为了钟老爷子，我答应你。”

“好嘞！”老钟颇为兴奋地起身，摸到瑞士钟表机器人前，“小秦，咱们就从最底下的第四层开始……”

“北洋，我对你有信心。”阿海饶有兴趣地双手抱肩，守在密室门口，监视着秦北洋与老钟，“现在是晚上十点四十五分，距离鸡叫天明还有三个半时辰。”

“活该我是天生的工匠命。”

其实，秦北洋刚一看到这个宝贝，就已手痒痒想打开试试。自从他上了太白山与阿幽结婚，有差不多一年时光，就把自己关在山顶上，钻研瑞士大型钟表的修复技艺。他还命人从欧洲购买了两台十八世纪汝拉山区的古董钟表，模拟花鸟虫鱼的运动，以及当时人物风貌甚至战争与格斗。这是秦北洋不可逃脱的宿命，若是死到临头，也会请求给自己最后一次捣鼓机械干工匠活的机会。

他成了瞎眼老钟的眼睛，在老爷子指导下进行修复。老钟反复说“只差一口气”。他旋开底座螺丝，才见到精美绝伦的复杂机关。有些密如蛛网，钢丝比头发丝还细，代表工业革命以前，西洋手工艺的最高水平。

自从接触过白鹿原唐朝大墓金井下的“封印之门”，秦北洋的五感便有了极大提升，其中也包含视觉。即便在灯光不那么明亮的环境中，他也能看清楚所有细微之处，不漏纤毫。霎时间，脑中自动浮现出各种齿轮与擒纵结构，犹如让人产生密集恐惧症的图纸……

这不是秦北洋生命中最漫长的那一夜，但是这座宫殿最漫长的那一夜。

第四章

故宫夜宴

凌晨五点，月牙儿重新挂在故宫的角楼上。

北京，紫禁城，延禧宫。

六小时后，秦北洋与老钟修复瑞士钟表机器人，真正到了最后一口气。八十岁的瞎眼老钟正在燃烧生命最后的灯芯，秦北洋也到了筋疲力尽的临界点。

完工了。

秦北洋和钟老爷子都累得瘫在地上，钟表正在自动上发条积蓄力量，一小时后才能被重新启用……

阿海和两名黑大褂汉子，同样一夜未曾合眼，给他俩喂了热滚滚的高丽参茶，不然怕是晕倒了再也醒不来。

楼下传来老太监的声音："阿海大人，今儿晚上，又有宝贝来了。"

阿海低声道："上来吧。"

老太监上来了，颤颤巍巍地送出一个卷轴："终于得手了。"

"哪样宝贝啊？"

"咱家也不清楚，但也是乾隆爷的御藏，不过这酬劳嘛……"

阿海从怀里取出两个布袋子，一个装了五十两金锭，另一个装了半斤上等的烟土，塞到老太监手里。原来这监守自盗的罪魁祸首，就是这个看守故宫宝物仓库的管事太监。

"多谢阿海大人赏赐，那咱家就打开瞧瞧了。"

老太监的手指刚触到卷轴，秦北洋便听到叮叮咚咚的琵琶声……

这铁屋里哪来的琵琶？接着是如泣如诉的笛和箫，甚至还有一个女声在唱着动人的歌谣。

声音来自卷轴内。

“我来……”

秦北洋捧起卷轴，不过是一卷裱画的分量，却在他的手掌心鼓瑟齐鸣，仿佛清宫中的瑞士八音盒，尤其是那女子的歌声，婉转动听，如枝头夜莺，似是《阳关三叠》或《忆江南》。

自右到左打开卷轴，仿佛荆轲刺秦王的图穷匕见。秦北洋没有看到匕首，只有一场盛大的夜宴。

这是一幅色彩绚丽清雅、线条流畅的古画。第一段是许多男女围坐，听一个唐装女子弹奏琵琶。长脸美髯的中年男子，坐在最显赫的位置侧耳倾听。第二段是个身材娇小的女子，双手向后，跳着某种奇异的舞蹈，长胡须的男子又出现了，敲打一面红漆鼓助兴，必是整幅画的主人公。第三段，他与四个女子坐于榻上。第四段，主人公竟袒胸露肚，全然没了士大夫的矜持，五个女子并排吹奏箫和笛子。第五段，曲终人散，主人拿着鼓槌站在正中，欲言又止……

夜宴散场。

“难道……”秦北洋用袖角掩着口鼻，避免口水或湿气碰上画卷，“这便是顾闳中的《韩熙载夜宴图》？”

“画中颜色与笔法，人物衣着与家具，都有晚唐五代到宋初的风格。韩熙载乃五代十国名士，南唐后主李煜欲用他为相，又听说他夜夜笙歌，行为不端，便命画师顾闳中潜入韩熙载府邸，将夜宴全程画下，以窥究竟……若说瑞士钟表机器人是价值连城，那这幅南唐《韩熙载夜宴图》便是无价之宝，堪比达·芬奇的《最后的晚餐》。”

阿海自称中国画的高手，目光已凝固住了，宛如对神佛顶礼膜拜。

不错，画卷上还有历代收藏家的印章，并非后人赝品。

“此画在南宋被皇家内府收藏，流传有序，到清朝雍正年间落入年羹尧大将军手中。雍正帝杀了年羹尧，这幅画便被收入紫禁城中。”阿海指着画卷一角上的印章，“你看印中‘双峰’二字，便是年羹尧的字，还有他的题跋——韩熙载所为，千古无两，大是奇事，此殆不欲素解人者欤？”

就像按图索骥破解密码的侦探，阿海与秦北洋又找出乾隆皇帝的题跋：“后主伺其家宴命闳中辈丹青以进，岂非叔季之君臣专事声色游戏，徒贻笑于后世乎？”

同时布满乾隆的“古希天子”“石渠宝笈”“太上皇帝”等十二方印章。

笛声又吹响了。

秦北洋揉了揉眼睛，画中女子的手指挑起，端着一支竹笛，嘴唇缓缓嚅动，身体前倾，美目流盼，对画外的人眨了几下。

《韩熙载夜宴图》中的女子在吹笛子。

画中所有人都动了起来，整幅画卷成了缩小的舞台，画中人成了出色的演员，这些男男女女或彼此交谈，或弹奏手中的乐器，从千百年前的坟墓中复活了。

《夜宴图》就是一座坟墓。

所谓画龙点睛、妙笔生花，就是说天才画家能汇聚天地之灵气，在他们的画笔下，任何东西都能活起来，包括这七百多年前的夜宴。

秦北洋看到那女子的舞蹈，夜宴宾客间的杯酒言欢，年轻男子与侍女的耳鬓厮磨。画中传出说话声、鼓掌声、嬉戏声等，甚至连夜宴中的烛火也亮了起来，把整个屋子照得通明……

忽然，头顶传来一声叫唤：“哎哟……”

“有人偷看！”

阿海立时将手指塞入嘴里，打了个尖厉的呼哨，紧急将《韩熙载夜宴图》重新卷起来。

延禧宫，三楼。

隔着一层铁皮地板，鄂尔多斯多罗小郡王帖木儿抬起头来，他拍了拍大腿：“糟了！看到《韩熙载夜宴图》我就没忍住。”

“憋了一晚上，也难为你了。”叶克难后悔没来得及捂住他的嘴巴，“他们快上来了，你先撤吧。”

名侦探掏出手枪，指了指头顶。原来这栋西洋宫殿的屋顶，已被他俩悄悄掀开，从天上潜入延禧宫的三层阁楼，透过地板缝隙，窥视二楼密室内的秦北洋与阿海等人……

话音未落，一名黑衣大褂男子已上了楼梯，叶克难抬手就是一枪。对方身手极其敏捷，在地板上蜷缩着翻滚，竟然躲过了名侦探的子弹。

小郡王刚要从屋顶逃跑，发现上头也有了脚步声。原来阿海一声令下，两名刀客从楼梯上来，另有守在底楼的两个家伙，直接飞檐走壁上了三层楼顶。

无路可逃。

叶克难向侵入三楼的刀客开火，对方身上不但有刀剑，也藏着快枪，立即压制住了名侦探的火力。小郡王虽是弯弓射大雕的蒙古王子，枪法却只能说一般，显然不是对面的敌手。而屋顶上的两个家伙，也已冲入三层阁楼，形成合围之势。

小郡王眼看陷入绝境，阁楼里存放着许多古兵器，多是清朝皇帝的御用刀剑。他随手抄起一把康熙帝的腰刀，斜刺里杀出来，劈向黑大褂汉子。这下是出其不意，别人以为他会开枪还击，没想到来了个近身缠斗。

趁着对方闪避的机会，小郡王从楼梯滚下去，这下摔得鼻青脸肿，却意外到了二楼，闯入钢铁密室之中，面对乾隆皇帝的瑞士钟表机器人。

"帖木儿……"

秦北洋叫出他的名字，阿海则亮出了匕首。

与此同时，楼上的叶克难舍生忘死阻挡那些家伙，肩上被砍中一刀。长柄刀剑杀伤力惊人，名侦探血流如注。但他一枪打中对方肚子，延缓了刀客们下楼支援阿海的时间。

看到小郡王要与阿海对决，秦北洋憋着最后一点力气，猛然一拳挥向阿海。

他已看穿了敌人命门——无论如何，阿海是不会杀死自己的。若秦北洋成为一具尸体，才是阿海最大的失败。

果然，阿海没敢用匕首割断他的咽喉，而是硬生生挨了这记老拳。若是秦北洋体力充沛，这一拳打出去，至少让人皮开肉绽，掉落两颗门牙。可惜他的力道不足，阿海脸上只是多了道红印子。

秦北洋朝小郡王奔去，可腰间的链条却被阿海攥在手里。

说时迟，那时快，孛儿只斤·帖木儿飞身跃起，举起康熙皇帝西征的宝刀，力拔千钧地劈在这根铁链子上……

秦北洋与阿海互相拉扯链条，链条已紧绷成一根直线，当场迸发火星，断裂成了两截。

小郡王心中狂喜，谢过康熙大帝在天之灵，历时二百余年，宝刀锋利如新。

秦北洋自由了。

他如出笼小鸟，穿过暗门，便是雍正帝的《十二美人图》的屏风。小郡王也逃出来了，他俩冲下楼梯到底楼，正要跑出延禧宫，却发现大门被牢牢锁上。这门是西洋钢铁做的，任何刀剑都砍不开，楼上的阿海与黑衣刀客们也追了下来。

秦北洋在水晶宫底楼乱转，撞上老太监。这家伙上了鸦片瘾，举着大烟枪吞云吐雾呢。

他掐着太监的脖子说："怎么出去？给我们开门！"

"好……好……"

老太监按了床边一个花瓶，秦北洋与小郡王脚下地板打开，同时坠入深渊……

延禧宫的地下，远远传来小郡王的咒骂声："断子绝孙的王八蛋……"

太监面色阴沉，悠悠地吐出一口鸦片烟："敢骂咱家？去死吧，臭小子！"

秦北洋与小郡王坠入地窖。

他们摸着额头的鲜血，眼前一片模糊。穿黑色大褂的刀客跳下地窖，同时用刀剑架在他们脖子上。

鄂尔多斯多罗小郡王双手一摊："这下歇菜了。"

下一秒钟，秦北洋胸口的和田暖血玉又开始热了，内心仿佛一锅烧开的水……

头顶三丈之外，延禧宫封闭的铁门，已被轰然撞开。

无数钢铁碎片飞溅入深井。秦北洋抬头，只见雪白的鹿角，金灿灿的青铜鳞片，正是一只变大了的幼麒麟镇墓兽。

九色来也！

紫禁城，延禧宫的地下，秦北洋的小镇墓兽九色，失散了一年零两个月，日思夜想的伙伴终于现身了……

九色飞身跳入地窖，它的体形比之一年多前庞大了一圈，更像一头威严的猛兽。虽然，它还顶着雪白锋利的鹿角，青铜鳞甲却已蜕去，重新长出一层白色绒毛。

一个黑褂汉子被逼入绝处，不知死活地反手劈出一刀，正好砍在镇墓兽的脑门上，发出金属碰撞之声——果然是钢铁或青铜铸造的外壳。九色张开血盆大口，将对方整个人吞没进去，飞快地咀嚼几下，又从嘴里吐出来，原本堂堂的七尺男儿，竟已被嚼成一团肉泥，犹如从屠宰场的绞肉机里出来……

所有人都爬出地窖，秦北洋回到延禧宫的底楼。

大门已被九色撞烂，月光洒下，加上水晶宫里的电灯，秦北洋认出了阿幽的面孔，乌幽幽的黑洞般的双眼。她的身后是扛着矿工镐的老金，握着一柄快枪的少年中山。

秦夫人来了。

一个月前，阿幽、老金、中山，还有九色，为寻找秦北洋，走遍朝鲜三千里江山。

在汉城，九色嗅到秦北洋的气味，从景福宫转到火车站，沿着铁路线北上。这条铁路叫“京义线”，从朝鲜京城直到鸭绿江边的新义州。他们一路奔波，过了平壤，到了新义州的铁路大桥，跨过鸭绿江，回到中国的东三省。

秦北洋与棺材的气味，让九色断定主人曾经过这条铁路。这头小镇墓兽正在变大，力量变得更强，感觉器官更为敏锐。阿幽买了三匹快马，沿着铁路线到奉天，又折往山海关，沿着清朝进关夺取天下的路线，晓行夜宿，快马加鞭，直达北京城墙下正阳门火车站，却发现城头变幻了大王旗。

那几日，恰是第二次直奉大战，沿途战火硝烟，张作霖的奉军与吴佩孚的直军在九门口长城杀得尸山血海。原本铁路线已断绝，不想原属直军的冯玉祥倒戈，自古北口回师占领北京，推翻了贿选总统曹锟。

九色清晰地嗅出了秦北洋的棺材踪迹，冲过兵荒马乱的后半夜，直到故宫护城河边，已是凌晨五点。阿幽心中打鼓，反复询问九色，秦北洋是否在深宫之中。小镇墓兽频频点头，绝不会有错。原本紫禁城有严密守卫，昨日却被冯玉祥的国民革命军缴械。趁这“不设防”的空当，阿幽、老金、中山用爪钩与绳索爬上宫墙，再把九色也吊上来。阿幽扎起衣裙与头发，亮出象牙柄匕首，宛如潜入宫禁刺杀雍正帝的吕四娘。

九色带着他们在紫禁城中穿行，躲过巡逻的太监，无声息地来到内廷东六宫，这座钢铁与玻璃建造的延禧宫前。

阿幽看到了一口硕大的棺材。

“哥哥！”

伴着阿幽一声尖叫，老金将带着刀鞘的安禄山唐刀，捆着钢箭的十字弓，扔向秦北洋。

“阿幽妹妹……”

秦北洋高高跃起，右手接过唐刀，左手接过十字弓，终于拿到这两样吃饭家伙了。

三名身着黑大褂的刀客，分别亮出长柄刀剑，向着阿幽、老金与中山冲去。

交手就在电光石火之间，全是一顶一的高手，胜负生死都只在毫厘之间。而太白山一方的软肋则是中山，毕竟他的年纪轻道行浅，但也因此，他弃绝了冷兵器的对决，直接扣下了快枪的扳机。

一名黑衣刀客当即爆头，脑浆与鲜血喷了中山一脸。

秦北洋也在旁边举起十字弓，觑准其中一人射出钢箭。那人正与老金对决，长柄刀剑砍在矿工镐上，钢箭正好从空当飞入，射穿了对方的咽喉。

只剩最后一个黑褂男子，正要转身逃跑，已被阿幽追上，刺客们的主人快如闪电，已从背后抹断了他的脖子。

黑褂高手们全灭……

“阿海呢？”

“他逃往楼上去了！”

小郡王一声提醒。九色紧追不舍，上了延禧宫的二楼。雍正皇帝的十二美人各自花容失色。

阿海已到了三楼，满目狼藉，无处可去，索性撞破头顶的天花板，一跃而上至延禧宫的西式屋顶。

清晨六点零一分，东方的第一抹晨曦，正穿越渤海与华北平原，经过通州、跨过大运河，翻越北京的朝阳门城楼，越过皇城根儿与紫禁城，照射到帝国内廷深处，延禧宫三层阁楼顶上。

阿海纵身一跃，从延禧宫的屋顶跳下，却被停在宫门口的棺材绊了一跤。

“去死吧……”

秦北洋也从延禧宫的窗户跳下，举起唐刀，正欲将阿海劈成两段，却见到他背后斜挎着一幅卷轴——《韩熙载夜宴图》。

原来他想要携带这幅国宝逃走，秦北洋立时改变主意，收住右手唐刀，左手扯下阿海背后的卷轴——相比自己的复仇，这幅《韩熙载夜宴图》更为宝贵。他不愿在砍死阿海的同时，也破坏了这件中国的无价之宝。

失去了《韩熙载夜宴图》，阿海却有了喘息之机，重新施展轻功，飞檐走壁而去。秦北洋还想追赶，只感到脚底打晃儿，毕竟身子骨虚弱。他眼睁睁看着阿海逃跑，在紫禁城的琉璃瓦上无影无踪。

万幸的是，《韩熙载夜宴图》保住了。秦北洋小心翼翼地抓着卷轴，贴在自己心口，似乎听到一千年前的夜宴声声……

秦北洋斜背着《韩熙载夜宴图》卷轴，爬上三层楼梯，从背后抱紧九色的鬃毛。

久别重逢，小镇墓兽回过头来，亲吻失散了一年的主人的嘴唇，胸中爆发熊熊热量，几乎就要变成一团火燃烧了秦北洋。

“你长大了……”一年零两个月不见，秦北洋可以明显察觉出九色的变化，“你从小男孩变成少年了……”

九色点点头，千言万语，只化作一个撒娇的眼神。

“莫失莫忘，仙寿恒昌。不离不弃，芳龄永继……”

秦北洋搂着它，忍不住泪崩了。

小郡王帖木儿也爬上来，指着秦北洋背着的卷轴问：“北洋，《韩熙载夜宴图》被你救回来了？”

“要打开看一下吗？”

“别！阳光会损害古画的。”小郡王出自诸侯贵胄之家，对于古董字画也略知一二，“我明白了，阿海那家伙，他跟延禧宫的老太监里应外合，偷盗故宫中的国宝，每夜运出去好些。然而，总有一些忠于职守的太监，拒绝同流合污，结果被这些王八蛋害死。这就是内务府总管大臣请求叶探长调查的真相。”

“怪不得，看到《韩熙载夜宴图》的异象，你就发出声响暴露了。”秦北洋眯起双眼，注视故宫层层叠叠的屋顶，巍峨的太和殿上的琉璃瓦，“不过，以我对阿海的了解，恐怕不只是盗窃文物国宝那么简单……”

忽然，一只细细的手缠住了秦北洋的脖子。

他刚想要反抗，却听到阿幽温柔的声音：“哥哥，我来了。”

不知不觉，她也爬上高高的屋顶，抚摸秦北洋满面的胡须，毫不嫌弃他那头油腻而打结的长发。

“阿幽妹妹，对不起，我答应过你的，少则三四个月，多则半年，就会回到你的身边……我让你久等了。”

“哥哥，就算阿幽等到头发白了，等到这紫禁城化作灰烬，我也会把你找回来的。”

看着小夫妻重逢卿卿我我，小郡王尴尬得想要钻下屋顶，却听到宫墙外响起一阵嘈杂的脚步声……

秦北洋也警觉地盯着底下，只见延禧宫的大门敞开，许多太监冲进来，前呼后拥着一顶敞篷轿子，上面坐着个身着白西装的年轻人，梳着油光锃亮的大背头，瘦长苍白的脸，没有胡须，戴着一副圆框眼镜。

他是紫禁城的最后一位主人，中国最后一位被历史书所承认的皇帝——爱新觉罗·溥仪。

第五章

再见！皇帝！

民国十三年，1924年11月5日，清晨七点。

北京城沐浴在朝阳之中，故宫角楼闪闪发光，宛如一尊被打磨过的镇墓兽。

秦北洋想起阿海说过的话——天亮时分，“皇上”就要看到这台宝贝的表演。

阿幽、老金、中山、小郡王、叶克难以及小镇墓兽九色，全都藏在阁楼之上。叶克难的肩膀受了刀伤，阿幽亲自给他包扎。至于还活着的老太监，几名黑褂男子的尸体，全被他们扔入了地窖。

秦北洋跑回二楼密室，瞎眼的老钟气息奄奄，油尽灯枯，什么话都说不出了。

太监们踏入延禧宫，护卫“皇上”步入二楼，穿过《十二美人图》的暗门，来到乾隆皇帝最爱的瑞士钟表机器人前。

相比身着清朝袍服、脑后拖着辫子的太监们，他们的“皇上”倒是剪着西式发型，西装革履，戴着眼镜，犹如吃过洋墨水回来的留学生。溥仪身边有位五十岁左右的西洋人，他便是中国第一位西洋“帝师”，小皇帝的英语老师，苏格兰人庄士敦。

秦北洋看到年轻的溥仪，也不下跪，只是九十度鞠躬道：“工匠秦北洋拜见陛下。”

“放肆！什么人啊？穿得像叫花子，头发多少天没洗了？牲口都比你干净，见了当今皇上、真龙天子，还不下跪叩首？”

旁边的太监正要抽他耳光，逼迫秦北洋下跪，却被溥仪阻拦道：“住手，这位小师傅是朕请来的客人，休得无礼。”

“嗻！奴才该死！”

溥仪厌恶地说了一句：“滚……”

那太监听闻皇上的命令，竟真的从楼梯咕噜噜地滚了下去。

苏格兰人庄士敦在旁边用英语嘀咕：“果然是个奴才。”

“阿海先生呢？”

溥仪竟然问起阿海……秦北洋故作镇定道：“陛下，昨晚阿海先生带我来到宫里，他说有要事处理，已先行告退。”

他称溥仪为“陛下”而不是“皇上”，盖因根据中华民国《优待清室条例》，是以外国君主之礼对待退位皇帝，称呼陛下就好像面对英国国王、德国皇帝，才是符合官方礼仪的。

“外面那口棺材什么意思？”溥仪掏出手绢蒙住口鼻，受不了秦北洋身上的味道，“多晦气啊！朕差点不敢进来。”

秦北洋随口胡诌一个理由：“阿海先生有诸多怪癖，他喜欢把维修工具都放在棺材里，说是能吸取古人精华之气，有助于修复古董。”

“这理由倒是新鲜。”

“陛下，乾隆爷的瑞士钟表机器人，小人已在钟师傅的指导下完工了。”

“太好了，速速为朕表演！”溥仪坐在太监们端来的龙椅上，跷起二郎腿，悠哉地说，“自从朕八岁那年，见到过这件宝贝的表演，便念念不忘，这不已等了十年……庄老师，您也坐下瞅瞅？”

太监又给了庄士敦一把椅子，洋老师和他的皇帝学生，并排坐在延禧宫二楼密室，开始观赏Pierre Jaquet-Droz制作的钟表机器人。

这台宝贝早已上紧了发条，秦北洋又细细检查了一遍，以免再出什么状况。

深呼吸，一晚上的搏命折腾，终于要化作这几分钟的华彩演出。

率先开幕的是钟表机器人的第三层，这是一支交响乐队，许多西洋小人各自手执乐器，有人拉响了小提琴，有人敲响了三角铁，还有人弹拨起竖琴……

延禧宫的三层楼，变成了音乐厅，传遍巴赫的《b小调弥撒曲》。这是首庄严的宗教音乐，十八世纪可没留声机，全靠这些机械小人操作乐器，形成交响乐队的奇妙效果。苏格兰人庄士敦大为惊讶，不久便沉醉其中。

底层的两个写字小人——西洋少女擦去小桌上的尘土，倒水入砚台，小心翼翼地磨墨。而那虬髯男子，提起迷你的微缩狼毫毛笔，蘸着墨水在宣纸上落笔。控制写字的机械部件是三个圆盘，边缘有长短不等的凹槽，按照每个笔画与笔锋特制，分别控制横竖笔画与上下移动。欧洲绅士一手扶案，一手握笔，气定神闲，功架十足，仿佛洛可可版的王羲之、颜真卿、柳公权，有板有眼地在纸上写下八个汉字：

八方向化，九土来王！

在巴赫的交响乐伴奏下，中国最后一位皇帝轻声念出这八个字，仿佛大清帝国从废墟上崛起，回到康熙乾隆时的盛世，万里之外的蛮夷仰慕中华的美德与威严，纷纷远渡重洋、跨越大漠前来敬奉贡品。

当然，这只是瑞士钟表机器人为十八岁的小皇帝营造的一个美妙梦境……

别看这西洋小人的交响乐队与写字都很成功，秦北洋的心弦却绷得紧紧的。古董钟表极其脆弱金贵，稍有任何差池，哪怕多了一粒灰尘，都会让钢丝偏移，把那八个汉字写丑了。

最后一关，顶层的两个西洋小人，他俩如同表演土耳其旋转舞那样转圈，两人展开一张卷轴横幅，分别用满文与汉文书写着“万寿无疆”——毕竟是给乾隆皇帝八十大寿的贺礼嘛。

“好！”

十八岁的溥仪鼓起掌来，英文老师庄士敦也赞叹了一个“perfect”。

表演终了，秦北洋终于跪下，却不是给皇帝下跪，而是给匠人钟老爷子磕头。

老爷子已经死了。

他听完了巴赫的交响乐，听到小皇帝的那声“好”，这才咽下最后一口气。

春蚕到死丝方尽，蜡炬成灰泪始干。

秦北洋想起昨晚，修复瑞士钟表机器人的过程中，瞎眼的钟老爷子不断说一句话：“择一事，终一生……咱们做工匠的，守护的不只是大皇帝，还有祖祖辈辈传下来的手艺。”

“还愣着干吗？快点给赏啊……”

溥仪一声催促，旁边的太监掏出几十块银圆塞到秦北洋手里，却被他拒绝了："陛下，小的这一跪，不为别人，只为了老钟。"

"阿海先生可不是这么对朕说的。"溥仪拿起放大镜，仔细观赏瑞士钟表机器人的所有细节，"这些天，直奉大战，时局动荡，冯玉祥控制了北京，为了安全起见，阿海先生劝朕去大连。"

"去大连？现在那不是变成了日本殖民地关东州吗？"

"朕也是这么说，朕是一国之君，就算死，也得死在紫禁城里。阿海先生还是不停地来劝朕，说留在这里太危险。有一天，他把朕劝得烦了，朕就说：'你要是帮我修复了乾隆爷最喜欢的瑞士钟表机器人，朕就跟你去大连。'"

溥仪说罢，旁边的庄士敦提醒道："皇上，可别再说了。"

"无妨，既是阿海先生请来的，就请这位技艺高超的小师傅，代替朕给阿海先生传个话吧——朕念在阿海先生一片忠心，修复了这件朕的心爱之宝物，万一形势逼人，朕要出宫避祸的话，可以考虑去大连。"

庄士敦吓得面无人色，立时高声道："皇上！您可千万不要去日本人的地盘啊。"

秦北洋的肩膀在发抖，既是一夜折腾下来的疲倦，也是愤怒于自己再次被阿海利用，修复这台瑞士钟表机器人，原来是要胁迫末代皇帝溥仪去大连。

阿海啊阿海，你真是为虎作伥、恶事做绝，若是将年少无知的溥仪骗去大连，便成了日本人所能利用的傀儡……

突然，秦北洋从密室角落里抽出三尺唐刀，吓得小皇帝与苏格兰老师瑟瑟发抖，但他并不是来"弑君"的，而是挥起一刀，劈碎了乾隆皇帝的瑞士钟表机器人！

秦北洋亲手劈碎了自己修复的文物至宝，西洋小人要么身首异处，要么被斩成两截，交响乐队发出各种噪声。碎片在延禧宫四处飞溅，有些划破秦北洋的脸颊，有些从溥仪的头顶飞出去。

"有刺客！"

太监呼喊一声便脚底抹油溜了。

溥仪蜷缩在角落，只有庄士敦还在保护他的学生。当年的御前带刀侍卫、大内高手们早已烟消云散，剩下的都是贪生怕死、手无缚鸡之力的太监，也均已作鸟兽散……

秦北洋刚要说一句：东北是你的故乡，但绝不是你的归宿——从三层阁楼之上，阿幽、老金与中山飞身而下，他们各自亮出兵刃，冲着溥仪小皇帝而去。

阿幽惊觉紫禁城的守卫如此松懈。自从六十年前，太平天国残部逃上太白山，开始漫长的刺客生涯，但他们终极的刺杀目标，永远都是清朝的皇帝——阿幽做梦都想着要杀到紫禁城，刺杀爱新觉罗大首领，为天国兄弟们复仇，也为父母与哥哥复仇。

秦北洋却伸出唐刀，拦在阿幽身前，厉声道："阿幽妹妹，你若杀了小皇帝，还会引起更大的腥风血雨，天下战火烽烟，妻离子散，白骨累累，谁人为之负责？"

"栽赃在冯玉祥头上不就行了？世人都知他痛恨清廷，要将小皇帝驱逐出宫。"

"若如此，军阀混战便会愈演愈烈，日本人还会利用溥仪之死，掀起中国更大的内乱。"

这对小夫妻说话之间，溥仪与庄士敦师徒早已吓得魂飞天外，只因自己的小命捏在秦北洋与阿幽的手中。

"哥哥，当初在巴黎凡尔赛，刺客联盟世界大会，我们刺杀三巨头，也是被你阻挠，你的心太软，成就不了大事！"

秦北洋淡然一笑："我本就是个小工匠，从来没想过什么大事。"

"你要放他走？我们等了六十年的复仇机会，近在眼前，天赐良机……"

"那是你们等了六十年，不是我……溥仪只是个十八岁的退位皇帝，尚未做过伤天害理之事，你若杀了他，天下共讨你，太白山也就离毁灭之日不远了。"

听完秦北洋的这番话，阿幽沉默几秒。延禧宫的楼下，内务府总管大臣绍英狂奔而来，哭丧着脸号道："皇上！大事不妙！冯玉祥麾下大将鹿钟麟，带兵闯入宫中，要求大清皇室立刻搬出紫禁城。"

"啊……"溥仪已吓得面色惨白，"今儿是什么日子啊？朕的列祖列宗啊……"

秦北洋冷冷地说："陛下，请下楼吧，我们不会害你。"

"小师傅，多谢救命之恩！您说……我该不该走？"

"快走吧，这座宫殿再掌握在你们这些人手里，文物国宝迟早要被糟蹋干净。"

"多谢指点迷津。"

溥仪与庄士敦搀扶着下楼，秦北洋叮嘱一句："无论走到哪里，北京、天津、上海……但不要出山海关，不要去日本人的地盘！"

"明白啦。"

小皇帝逃出延禧宫，跟着内务府总管大臣去开“御前会议”，商量如何应对鹿钟麟。

二楼密室内，秦北洋抓着阿幽的手说：“妹妹，我们已见证了历史，足够幸运了，不需要再改变历史。”

“好吧，哥哥，我只要你在我身边就够了。”阿幽把头靠在他的肩上，吹气如兰，“咱们回家吧。”

告别延禧宫，秦北洋对着死去的老钟再次磕头。

他将《韩熙载夜宴图》留在二楼密室。阿幽走在最前面，接着是秦北洋与九色，小郡王背着受伤的叶克难，老金与中山殿后。他们都收起了兵刃，免得被人看到惹来麻烦。

他们换上太监衣服，路过一道宫墙时，听到墙那边传来一个男人洪亮的嗓音：“快去告诉外面，时间虽然到了，但事情还可商量，先不要开炮放火，再延长二十分钟。”

这伙人沿着故宫东路，出了东华门。许多太监宫女往外逃命了，以为景山上架起大炮，即将把紫禁城炸为火海。

过了护城河，他们在南池子大街盘桓休息，数辆汽车开出东华门。秦北洋似乎看到溥仪忧郁的面孔。

从此以后，紫禁城里再也没有皇帝了。

再见！皇帝！

当晚，秦北洋出了北京城。他与名侦探叶克难相拥告别。

“活下去……”

这是叶克难在他耳边关照的最后三个字。

秦北洋心中谨记。小郡王也跟他告别，时局多变，还是回上海的墨者天工工厂去吧。帖木儿没敢告诉秦北洋，上海工厂去年遇袭被烧成废墟，如今只能从头再来。

阿幽在北京城外的香山，租下一间农家小院，为秦北洋剪干净头发与胡子，劈柴烧水，服侍他洗热水澡，冲去一年多来的层层污垢。秦北洋泡在大木桶里，氤氲的热气蒸腾，仿佛在白云深处的太白山。

阿幽为他换了一桶水，脱去身上衣衫，解开红肚兜，如同一条白花花的大鱼，钻入秦北洋所在的大木桶中：“哥哥，我想为你尽妻子的本分……”

他俩分别已近一年半，秦北洋乍有些不适应，耳根子竟然红了。阿幽无所顾忌，亲吻他的脖子，直到肌肉有些萎缩的胸口。

阿幽趴在他的胸口上，用手指尖在他的肚子上画圈圈：“哥哥，你不在的日子里，不断传来工匠联盟与刺客联盟血战的消息。”

“工匠联盟三个大执事，只是要树立一个外敌，便于他们攫取更大的权力。很不幸，他们挑选了我，因为我的身份最合适。”

“我听说‘天使’迈克尔在纽约百老汇表演魔术时遭到袭击，重伤几乎致死，幸亏多名北美刺客相救，他才侥幸脱险。”

“迈克尔？当初他冒死上山，为你平定叛乱，夺回太白山立下大功，我还时时惦念着他呢。”秦北洋捏起拳头，“我给他惹麻烦了，但愿他没事。”

“哥哥，你订立的刺客信条——‘流血五步，天下缟素’，已被翻译成英文、法文、德文、俄文、日文以及阿拉伯文，刺客联盟的兄弟们，引以为座右铭。大家都说你孤身闯入龙潭虎穴，在工匠联盟世界大会上刺杀大尊者的行为，堪比荆轲刺秦王图穷匕见，普林西普刺杀奥匈帝国皇储斐迪南大公的壮举。”

“荆轲是英雄，普林西普却只是个冲动又怯懦的年轻人。”

洗完澡，秦北洋变得清清爽爽，不再是个丐帮大叔，而是如假包换的二十四岁大小伙子。

在京西一座古墓中度过一宿，秦北洋吃饱喝足，拼命呼吸古墓气息，渐渐恢复体力。

众人沿着庚子年慈禧太后西行路线，回到秦岭，登上太白山。漫山遍野都是积雪，九色打头阵，走过吊桥，回到冰雪世界的山巅。

孟婆依然穿着左衽的太平天国服饰，黑布裹头，迎接秦北洋的归来。

谢天谢地，阿幽下山寻夫的一年多来，太白山平安无事，工匠联盟暂时没有来找麻烦。

回到秦始皇地宫的复制品中，秦北洋拜谒了唐朝小皇子、终南郡王李隆麒的棺椁。当他从黄肠题凑巨棺中出来，阿幽却板下面孔：“哥哥，是你违反了我们之间的约定，请你留在太白山上，这些日子里再也不要离开了。你若是肯听我的劝，没有执意溜下山的话，也不会造成如今的局面。”

“阿幽，我对不起你，我答应你……”

“有请哥哥在三年之内，不得离开太白山。”

“三年？”

“工匠联盟对你发出了必杀令，无论你躲到天涯海角，都会遭到追杀，唯有藏身于此才是安全的。”阿幽抚摸着他的胸口，“哥哥，你先在太白山上陪伴我三年，好好过我们只羡鸳鸯不羡仙的小日子，等三年过去，或许工匠联盟内部又会有大变化。”

“嗯……这倒不是没有可能，我看那三个大执事，各自心怀鬼胎，早晚都要内讧。”

“哥哥，那你答应我了吗？三年！先守着我三年。”

“三年以后呢？”

“三年之后，若是外面风声不那么紧了，只要我同意，哥哥便能自由下山，但可不能长期滞留山下，贪恋外面的花花世界哟……”

“三年后还要你同意？”

秦北洋心中悲戚，自己名义上是太白山的主人，阿萨辛的继承人，刺客联盟的领袖，其实不过是阿幽这个小女子的囚徒。

但他违背诺言在先，君子一言，驷马难追，又是阿幽把自己从紫禁城拯救出来，他必须答应。

“阿幽妹妹，这是我欠你的孽缘……”

“哥哥，咱俩谁也不欠谁的。”阿幽搂了搂九色的脑袋，“对了，我在广州见过安娜姐姐了。”

“安娜……你没有对她……”

秦北洋的心悬了起来，几乎就要给阿幽跪下。

“放心！我怎么会害自己的姐姐？她和齐远山在广州过得很幸福，他们有个很漂亮的女儿——她也叫九色。”

到这时，秦北洋不再说话，这是阿幽对他的威胁吗？他绝望地闭上眼睛，倒在秦始皇的地宫之中，唐朝小皇子的棺椁前。

从朝鲜太白山上的古墓真品，回到中国太白山上的古墓赝品，从一座监狱到另一座监狱。

第六章

幽神之死

三年……

阴历的三年，是1080天；公历的三年，则是1095天。

民国十六年，1927年，十二月。这一年，在中国多灾多难的土地上，发生了许多翻天覆地的大事，本书不复赘述。

白雪皑皑的太白山已沉入夜色，茫茫云海簇拥下，犹如没入深海的孤岛。只可惜秦北洋看不到。三年来，他被关在秦始皇地宫的赝品之中，从未踏出过墓室门一步，更未曾呼吸过太白山上的空气，见过秦岭云海上的日出月落。唯其如此，他那充满癌细胞的肉体，才能在古墓中长久存活下来。

仿佛回到十八年前，九岁的他离开天津德租界，被禁闭在清西陵的光绪皇帝地宫。只是父亲老秦早已化为一捧枯骨，埋葬在万里之外的巴黎凡尔赛。当年陪伴他的除了一豆灯芯，便是几十本书册；而今却是鲛人鱼膏的灯火，几百个巨型书架，陈列着数万册古籍，混合着手抄或印刷的油墨气味，以及纸张被蛀虫啃噬的腐烂味……

云遮雾绕的秦岭之巅，天上地宫，镇墓兽监狱，是全世界最安全的博物馆。三年来，秦北洋将许多洞窟辟为恒温恒湿的文物库房，存放陆机的《黄耳帖》、“云居四宝”，还有老金从全国各处抢救来的绝世国宝。每一件文物，经历千百年，都有其灵魂，不是文物本身的灵魂，就是工匠的灵魂，或者曾经主人的灵魂。

秦北洋重拾父亲传授的修复文物的技艺。每一次修理文物，便是一次精神的修行。人的生命渺小易逝，多么伟大的帝王，最终不过白骨一堆。更不幸的，将落入敌人或盗墓贼手里惨遭侮辱。唯有文物千年不朽，哪怕朽烂了，其存在过的精神与灵魂亦不朽。人类追寻不朽的信仰。文物不朽，信仰亦不朽，人类同不朽。哪怕地球毁灭、宇宙坍塌，但其中的沧海一粟，每个从未在历史上留名的普通人的生老病死、怨憎会、爱别离、求不得、五蕴炽盛，才是永恒的。子在川上曰，逝者如斯夫。这是秦北洋要用毕生完成的格物致知。

至于小镇墓兽九色，守护着一千三百年前的唐朝小皇子、终南郡王李隆麒的棺椁与真身。

但九色并不安分，不再是那个被封闭在白鹿原大墓中的唐朝镇墓兽，它已见识过天崩地裂的二十世纪，被照射过X光射线，甚至被机械工程师用科学的方式修复过，也大量吞噬过剧毒重金属化学物质。它的力量不断蓄积增长，像一座蓬勃的活火山，被强行按压在地壳下。原本琉璃般清澈的双眼，变得越发混浊暗淡，有时竟会发出赤色目光。

秦北洋每每看到它的双眼，抚摸它胸口灼热的力量，便会惴惴不安，仿佛身边沉睡着一颗定时炸弹。有时九色还会走到秦始皇地宫赝品周围各个洞窟，观察那些被囚禁的镇墓兽。它对这些帝王将相的守卫者垂涎欲滴，让人不寒而栗……

三年之约已满。

阿幽来了。她穿着汉时女子的衣裙，裹上一件冬天的皮毛袄子，袅袅婷婷地来到地宫之中。不再是当年的小姑娘或新媳妇，她已长成为二十四岁的美少妇。九色蹲立在黄肠题凑之前迎接太白山的女主人。秦北洋盘腿在地宫中央闭目打坐。三年以来，他几乎没修剪过头发与胡须。垂到后背的长发，宛如古时候的男子，其间夹杂几茎白发，更有太平天国“长毛”的形象。他的络腮胡须飘飘洒洒垂到胸口，宛如二十世纪最时髦的马克思与恩格斯。他甚至还长出一层薄薄的胸毛，都是来自父亲秦海关的遗传。

“君可思念奴家？”

阿幽用冰凉的手指甲在他的胸膛上画着一个又一个圈。

“妹妹，你怎么变了？”

“我没变！哥哥，从我六岁那年，你认识我的第一天起，我从没变过！”

三年来，阿幽一遍遍手抄白行简的《天地阴阳交欢大乐赋》。春夏秋冬又一春，此夫妇四时之乐也。

她满面绯红，斜倚着秦北洋宽阔的肩膀，牵着他布满老茧的大手，后头跟着小镇墓兽九色，一齐走出地宫，来到太白山的太阳下。

正值寒冬，一派银装素裹，北风凛冽，犹如回到西伯利亚甚至北极冰火岛。九色看到天地，到底还是一头幼兽，不禁痛快地撒欢起来。秦北洋背负安禄山的三尺唐刀，斜挎俄国十字弓，贪婪地深呼吸，哪怕这幕天席地大自然的空气，会迅速让肺里的癌细胞死灰复燃。

老金、中山带着一众刺客，皆在山巅跪拜迎接主人出关。还有阔别三年的汗血马幽神，居然长出了一层膘。老金越发会说话了，夸赞秦北洋须发飘飘，简直是上古圣贤再世；阿幽如古画上的吴带当风，真个是神仙眷侣。

中山已从天国学堂毕业，成为太白山最后一位刺客。他的相貌为之一变，已是二十来岁的小伙子，留起两撇小胡子。看到中山这番模样，秦北洋想起了另一人——齐远山，他与齐中山，果然是一对亲兄弟。

秦北洋问起孟婆，阿幽说，孟婆年事已高，正在闭关静养。这三年来，太白山的事务，全由阿幽一人独断专行，犹如女皇武则天。山上的第二号人物，自是左膀右臂老金。

来到格物致知大殿，秦北洋看到广场上多了一具雕像，高达数丈，青铜铸造，矗立在积雪上分外醒目。他再定睛一看，那身材，那脸型，那眉眼，赫然是自己的塑像。非但是秦北洋，脚边的小镇墓兽九色，背后的唐刀与十字弓，也都用青铜铸造了一个翻版。

“老金！这是何意？”

“主人，您是再造太白山的英雄，刺客联盟的大首领，阿萨辛的继承人，竖立这尊青铜雕像是实至名归！”

“放肆！”秦北洋几乎要抬手抽他耳光，“这尊雕像违背了天国的规矩。”

“主人，如今一切都变了，这可是您说的啊，我们得按照新规矩来。”

“好，我就给你看看什么是新规矩。”

秦北洋命人送来一把大铁锤，抡圆了砸向雕像。太白山上众兄弟，看得目瞪口呆。老金的面色尤其难看，与其说敲碎的是秦北洋的青铜雕像，不如说是把老金的脸面砸碎了。

唯独阿幽颇为冷静，待到秦北洋发泄完了在地下养精蓄锐三年的力量，在夫君耳后柔声道："哥哥，莫生气。"

阿幽继续牵着他的手，避开老金、中山与众刺客，进入山岩上的洞窟闺房。九色蹲守在门口，她推开悬崖上的窗格，看着白云慢慢飘入室内，从背后抱紧秦北洋的腰。

他喷出浓重的声气："妹妹，三年前，我们说好的，只要我在山上闭关三年，我便可以下山。"

"哥哥，你还是要离开阿幽？"

"我只是想去上海看看我的工厂，看看我的朋友钱科、朱塞佩·卡普罗尼，还有小郡王。"

"为了这工厂，你就如此疯魔？"

"不疯魔，不成活！"秦北洋想起小时候，父亲在地宫里告诫过自己的话，"哪怕再过十年、二十年，哪怕头发白了，只要还活着，就要看到镇墓兽飞行器翱翔于中国的天空。纵然死了，请将我的人头挂在工厂大门口，日日夜夜，魂兮归来！"

最后一句，让人后背心凉飕飕的，阿幽捅捅他的腰："哥哥，快到腊月过年了，能说些吉利话吗？"

"我诞生在唐朝古墓棺椁上，生下来就百无禁忌。"

"罢了罢了，哥哥别忘了，这工厂也有阿幽的一份呢。"阿幽满心委屈，"若非阿幽雪中送炭，恐怕早已化为废墟。"

秦北洋却没心没肺地说："明日，我可以下山否？"

"哥哥太心急了！为何不顾妹妹感受？年关将近，请伴我过完春节吧。外头风声甚紧，工匠联盟重金悬赏你的人头。你若下山，我必将陪你，还要提前命人打探虚实，无论太白山周遭五百里内，还是到上海沿途各处要害，确保万无一失才行。"

阿幽说得滴水不漏，秦北洋不得不答应。他望向窗外的秦岭群峰，隐隐有白鹤飞过，自己也恨不得插翅飞下云海而去……

两个月后，太白山下已是春意盎然，山上仍是银装素裹。

秦北洋白天陪伴阿幽住在洞窟闺房，闲来骑着汗血马幽神，奔驰在冰封的大爷海天池周围，每晚回到天上地宫，陪伴唐朝小皇子与九色睡觉。只有呼吸古墓的空气，才能让他感觉自由。

这一日，秦北洋收拾行装，准备下山去上海。

阿幽在闺阁中劝阻道："哥哥，你真的这么见不得阿幽吗？你还恨着太白山？"

"不，我不恨这座山，更不会恨你，妹妹。我只恨生不逢时。"秦北洋沉默许久才说，"禁闭在秦始皇地宫中的三年，我一直在回想，从我俩见面开始的每一日每一夜——从第一天开始，我便将你当作妹妹。"

"但我从六岁开始，就不仅仅把你当作哥哥。"

"对不起……"秦北洋冷冷地抬起双眼，"阿幽妹妹，你可别忘了，你第一次陷害我，让我成为海上达摩山灭门案的通缉犯；第二次陷害我，让我做了德胜门内陇西堂灭门案的通缉犯。你的目的是什么？四个字——逼上梁山！不，应该是逼上太白山！"

"哥哥，我早已跟你解释过了，何必旧事重提？"

"无论我到哪里，你都会在我的附近出现。整整十年前，民国七年的春天，你又将我绑架到太白山，让我在最短的时间内，修行'刺客道'与'地宫道'。但你欲擒故纵，将我送还北京，又在房山唐朝大墓底下，将我救出小徐的追兵围捕，送我上了去日本的轮船。你不是不想得到我，只是时机尚未成熟。关键是，我也尚未成熟，不过是个冲动易怒、脑子里少根筋的少年罢了。"

"这都是老爹和阿海的主意，那时候，我只是个十五六岁的小丫头。"

"不，阿幽妹妹，你的心思缜密，远远超出了实际年纪。"秦北洋终于说出埋在心底很久的疑惑，"其实，你一直想要除掉阿海与老爹。因为只要有他们二人——我的杀父杀母仇人，我就不可能跟你在一起。所以，你也恨他们，是吗？"

阿幽的肩膀微微颤抖，但不置可否。

秦北洋说下去："阿幽，你虽是太白山的主人，但老爹是这里的元老，刺客们都听他的号令，而阿海是刺客中身手最好的，要除掉他们二人，谈何容易？你不过是一介少主，就像少年康熙不敢去动鳌拜。至于阿海的叛乱，我不相信你没有预感。你恰恰需要这样一场叛乱，就能名正言顺除掉阿海。而老爹是忠于你的，你又可借阿海之手除掉老爹。然后，你再把我带上太白山，请来美国头号刺客迈克尔为帮手，老天爷还把小木送到我们手心，作为引诱阿海的诱饵。而你还留了一个后招，便是孟婆。她是何等聪明之人，焉能看不出你的计谋？我猜想，你和孟婆早就算计好了，万一刺杀阿海不成，便由孟婆来救我，最终让我复仇，手刃阿海——可惜，阿海逃跑超出了你们的计划。但在太白山上，你我之间的障碍扫除了。若说还剩下什么障碍的话，便在这里了。"

秦北洋拍拍自己心口，这是心魔。

“哥哥，你说的这一切，我都承认。”

“你着实可怕！太白山追杀了我十多年，命运转了一大圈，我却自投罗网。我可不是来这里做囚徒的，我也不稀罕什么天下的主人。十九年前，我的养父母被你们刺客所杀。养父留给我一份绝命书，愿我‘他日龙飞天下’。那一夜，我从仇小庚变成了秦北洋。我才发现，自己是一介工匠之子，一条出生在古墓棺椁上的贱命，注定要在地宫中颠沛流离。”

阿幽却把头靠在他的胸膛上：“哥哥，你不觉得我俩很像吗？都来自伟大的家族，都身怀神秘的技艺，你的技艺是造镇墓兽，我的技艺是杀人。我们从小都目睹父母被杀，又几乎同时被送到陵墓地宫之中。”

“我们两个人，就像两朵开在黄泉路上的彼岸花，最向往的不是地狱，而是太阳啊。”秦北洋决然摇头道，“阿幽，你放我下山，我们好合好散吧！”

阿幽的眼眶里已滚动大团泪珠，转了几圈却没掉下来：“哥哥，事已至此，我送你一程。”

已近黄昏，太白山上金灿灿的，此时无声胜有声。秦北洋带着九色走到吊桥边。化身为獒犬的小镇墓兽一步三回头，小皇子的棺椁还留在天上地宫，它又怎能放心得下？

他们没有惊动山上的众兄弟，老金与中山都一无所知，唯有阿幽牵着汗血马相送。

阿幽微笑着抚摸马鬃：“多好的马啊，它叫幽神，你用我的名字给它命名，骑着它就像骑着我一样……哥哥，幽神是我送给你的礼物，我也可以收回来！”

秦北洋尚未反应过来，阿幽已从腰间抽出象牙柄匕首，当场割断了汗血马的脖颈，滚烫的鲜血当即喷溅在他们的脸上。幽神惨叫着高高跃起，两只前蹄蹬倒了阿幽。秦北洋冲上去要抓缰绳，但悬崖边缘的小径狭窄，加上积雪打滑，汗血马的两条后腿已然踩空，整个坠入云海中的万丈深渊。秦北洋趴在鲜血淋漓的石头台阶上，眼睁睁看着云朵被马血染红，乌骓驹幽神化作一个黑点，消失无踪，就连最后的嘶鸣也被风声淹没。

幽神死了。

九色也把头探出悬崖，发出悲伤的鹿鸣。小镇墓兽与汗血马，曾经一起穿越新疆沙漠与昆仑山，走过秦岭上下与大江南北，亦是一对好伙伴，不免有兔死狐悲之感。秦北洋则想起几年前在上海跑马场，他骑着汗血马幽神赢得冠军，一人一马成为全上海人眼中的英雄，那是何等威风快活！

“为什么要这么对待幽神？你杀它就像杀条狗！你明知道它是我的伙伴！”

秦北洋抹掉一脸腥热之血，疯子似的冲向阿幽，双手掐住她的脖子。

阿幽满面涨红，几乎被丈夫掐得窒息，发出含混的嗓音：“唐太宗李世民有名马狮子骢，没人能调教好它。少女武则天初进宫，对唐太宗说：‘妾能制之，然须三物，一铁鞭，二铁挝，三匕首。铁鞭击之不服，则以挝挝其首，又不服，则以匕首断其喉。’”

秦北洋松开手指，胸口的和田暖血玉又热了，摇头退却：“你把自己比作武则天，把我比作你的马，你也要断我的喉？”

“哥哥！很抱歉，我给了你一切，我也可以收回这一切！”

“我的一切不是你给的。”

阿幽抹去匕首上的血迹：“你去找安娜姐姐吧。”

这反让秦北洋手足无措，这是威胁吗？她既能眼皮不眨地杀了幽神，又为何不能去杀欧阳安娜？

忽然，头顶传来老金的声音：“启禀主人！孟婆不行了！”

第七章

孟婆之死

孟婆快死了。

秦北洋暂且放下跟阿幽的恩怨，老金与中山引着他们转过大爷海，爬上幽深的山洞，里面飘来浓烈的腐烂味。过去三年，孟婆隐居于此，几乎足不出洞。

孟婆躺在一张草席上，依然穿着太平天国时期的衣装，仿佛从天王府的殿堂下来，黑布裹头，圆领长袍，寿服般的左衽，简直可以装棺出殡了。她已九十多岁，不再鹤发童颜，头发掉了大半，脸上露出纵横交错的皱纹，铜钱般的老人斑，雕凿出了死神的模样。

“婆婆！”秦北洋扑到孟婆身边，抓住她干瘪松弛的手，就像摸着一块冰凉的枯树根。

“北……北洋……你终于来了……”孟婆已气若游丝，但一看到秦北洋，仍然双眼放光，犹如太奶奶看到了重孙子，临终前的回光返照。

“婆婆！您不会有事的，我这就下山去给您找大夫，太白山北麓不是有孙思邈的药王谷吗？我去给您摘最好的草药，保准您能活到一百零八岁！”

孟婆嘴角泛出微笑：“北洋……你过来……我跟你说个秘密。”

秦北洋凑近她的嘴巴，不想孟婆又看了阿幽一眼，抬起枯树根般的右手摆了摆，意思是让阿幽回避。难道还有什么惊人的秘密，连天王的女儿都不能告知，只能让秦北洋知道？阿幽识相地退出，离开前在秦北洋耳边关照：“照顾好婆婆！”

阿幽退出后，孟婆拉着秦北洋的手说："北洋……婆婆这辈子……终于要到头了……天国无法复兴，这是我最大的遗憾。但再想想，我这一生看到过的人啊，经历过的事啊，还有天国的兴起与灭亡，就像看到了整部历史。也许唯一的遗憾，就在于我要告诉你的秘密。"

"婆婆，你不必告诉我的。"

"我不想让这个秘密被我带入天国。"孟婆双眼放光，憋足最后一口真气，让自己的嗓音重新变得洪亮，尽管广东口音依旧难懂，"你有前缘未了。"

"这……"

"我也有前缘未了。"孟婆露出一脸死皮与褶子，"我总是给'天国学堂'的学童们灌一碗孟婆汤，让他们忘记前世的一切，好好把握在天国的来世，做个优秀的刺客或'镇墓兽猎人'。我也时常想喝下自己熬的汤，可每喝一次，往事反而历历在目，如血如泣……北洋，还记得吗，你和阿幽大婚之夜，我给你们做了一张'合挥'，写有'西王议政司'五个字。"

"西王——太平天国的西王萧朝贵？"

"是的，他是我的夫君，我是西王娘。"

"难道说——婆婆，您就是大名鼎鼎的洪宣娇？"

为了解太白山上这伙人的心理、性格与逻辑，秦北洋已把天国历史补了一遍。洪宣娇是太平天国奇女子，艳绝一世，勇冠三军，常率女兵百名，所向披靡。每次大战，她先拜上帝，再化淡妆，乘绛马，舞双刀，长身白皙，衣裙青皓，如皎月落白雪，清兵望之如神女下凡。

"我本不姓洪，原名杨云娇，原与天王同乡——广东花县福源水村。我与天王结为兄妹，改姓洪，客家话云与宣发音接近，才有洪宣娇之名。金田起义，永安建制，我嫁给西王萧朝贵。新婚不久，他战死于长沙，我成了小寡妇。待到太平天国打下天京，东王倾心于我。而我正青春守寡，难耐寂寞，竟有了儿女私情。人之将死，我也无所忌讳。古往今来，功高震主会惹来杀身之祸。东王几次搞降童把戏，让天王尤为窝火，直至天京事变……"

"您很内疚？"

"我对不起东王，也对不起天王。北王叛乱被诛，翼王又负气出走，虽有忠王、英王、干王的忠勇才干，但清廷亦有曾妖、李妖、左妖等名臣良将，终于打破了天京。"

秦北洋接口道："婆婆，是您保护幼天王杀出重围，逃亡到太白山上重建了小天国。而在南昌被清廷凌迟处死的幼天王不过是个少年侍卫的替身。"

"但这是一个谎言……"孟婆沉重地喘着，"当年，我保护幼天王颠沛流离逃到江西。我洪宣娇无能，未能保护好幼天王，让他被清廷捉了去。当我带着一支精锐来救幼天王，却在死人堆里找到做替身的侍卫。我们计划在南昌劫狱，几次三番失败。也许是我要营救幼天王心切，反而促使清廷痛下杀心，以免夜长梦多。十六岁的幼天王被绑在牛车上，四根长钉将他钉于木桩。他被割了一千多刀，在受刑柱上惨叫，整个南昌都能听到哀号声……"

"中国历代帝王死于非命者不少，但被凌迟处死的只有这一位啊。"

"我躲藏在围观百姓之中，眼睁睁看着幼天王被千刀万剐，却无能为力。直到他仰天惨叫：'天父救我！'但没有奇迹出现，我也救不了他。事后，我只能用重金买下他被割下的骨肉与内脏，在南昌郊外草草掩埋……"

"婆婆，如果六十多年前，幼天王已被清朝凌迟处死，"秦北洋的脑袋急速转动，"那么太白山上的天王又是谁？阿幽又是谁的后代？难道说是做替身的少年侍卫？"

孟婆的双眼流出混浊的眼泪："幼天王已经升天，但天国的大旗却不能倒。恰逢遵王赖文光派人来接我们去太白山，我就想起长相酷似幼天王的少年侍卫。哪怕是个冒牌货，却也能凝聚人心，只要振臂一呼，管他是真是假？必有东山再起的一日。整整六十年前，我们登上太白山，拥戴少年侍卫登基为天王。我们欺骗了所有人，天国余部都相信他就是幼天王。我一心一意要复兴天国，为幼天王复仇，发誓刺杀曾国藩、李鸿章、左宗棠甚至清朝皇帝与淫妇叶赫那拉氏。因此才有了太白山刺客教团。"

秦北洋想起欧洲传说末代沙皇全家并未被杀光，还有个公主死里逃生到了西方世界，正在号召白俄的遗老遗少们效忠呢，恐怕也是个冒牌货吧。但对政治而言，是不是真货并不重要，重要的是人们是否相信他（她）是真货。

"原来阿幽并非天王洪秀全的曾孙女，她是少年侍卫的后代，她是个替身的后代，她原本也根本不姓洪？"

"是啊，这才是太白山真正的秘密。"孟婆淡淡一笑，"每年的升天祭，其实祭祀的不是替身，而是真正的幼天王洪天贵福！"

秦北洋颓然道："既然连幼天工都是假的，那么秦始皇地宫赝品之旁的天王陵墓，想必也是一个赝品了？"

"根本不存在天王灵柩……要知道，当年天京沦陷之日，连个活人逃出来都极其艰难，更别说运出一具棺椁了。”

“对啊，这是一个常识问题，人们却往往愿意相信神话，而不愿相信常识。”

孟婆还有最后一点点力气抬手抚摸秦北洋的下巴：“北洋，我没有看错你啊。这尊灵柩，或者说这座天王陵墓，只是为了团结太白山的人心士气，将太白山包装成天国的圣地。”

“这里的一切都是假的！包括信仰……”

秦北洋竟也流下眼泪，虽然他始终未曾真正融入太白山，永远不会放下对刺客们的仇恨，却对这座山上蹉跎了三代人的天国后代们，无限同情与怜悯。有些人为之奋斗了毕生的理想和信念，却是建立在谎言的基础上。也许这才是历史的真相与常态。

“这秘密原本是要告诉楼儿的，既然他不在山上，我只能告诉你了。”

楼儿是谁？秦北洋想起一个名字——李高楼，便是“鬼面具”，也是孟婆最喜欢的太白山上的学童，如今缥缈无踪。

孟婆又啜泣了好久，秦北洋将她扶起：“往事若能如烟，明日亦能如烟！”

她从怀中取出一个铁匣，打开锁头，有包黄绸缎，裹着一截乌黑头发。

“这是……”

“天王的头发。”孟婆颤抖着捻起一根粗粗的发丝，“天京事变前夕，天王召我入宫，求我拯救天国，断发相赠。”

“古人云，断发如断头，天王这是把身家性命都交给您了啊。”

“这截头发已保留了六十多年，也是我活着最后的念想。”

孟婆将头发贴着自己脸颊，似乎还能闻到天王活着的气味……

突然，她从席子上坐起来，双眼放射精光，高呼故乡的客家话：“天父天兄天王太平天国，洪宣娇灵魂归荣上帝享福之天堂！天王哥哥，妹妹来也。”

这话中气十足，吐出最后一点生命，仿佛面对天京沦陷的烈火熊熊，面对幼天王被千刀万剐的惨叫……

九十岁的孟婆闭上双眼，身体重新柔软，轻得宛如三尺白绫，躺倒在秦北洋怀中。

孟婆的魂魄已升上太白山的云海，飘过千山万水，去天王府的荣光大殿，去金田村的上帝教营盘，去广东花县的官禄布村，去洪秀全与杨秀清的身边。

秦北洋抱着死去的孟婆，双眼噙着泪水走出洞窟，走到白雪茫茫的大爷海前。阿幽、老金、中山以及太白山上的众兄弟，包括小镇墓兽九色，全都齐刷刷跪下，送别升天的孟婆。

按照太白山的风俗，守灵七日后下葬。孟婆在闭关的山洞的石壁上留下遗言——太平天国未曾光复，遗体不得入土，而要抛下悬崖，魂归天国。

至于孟婆的秘密，秦北洋没想好是否要告诉阿幽。如果幼天王是个冒牌货，那么阿幽也是个冒牌货，自己这个天王曾孙女婿更是个冒牌货，恐怕太白山上的一切都将烟消云散……

告别日，恰是头七，太白山又下起大雪，夹杂灰色烟尘，洋洋洒洒，如天国覆灭的灰烬。秦北洋亲手抬着孟婆灵柩来到拔仙台，将十九世纪的中国历史推下悬崖，穿破茫茫云海，直入尘埃。白鹤围绕孟婆告别，灵柩仿佛插上翅膀，翱翔三圈，魂兮归来，消失无踪。

阿幽抹干眼泪，命令老金与中山等众人散去，悬崖边只剩秦北洋与她二人，以及九色相伴。

她凑在夫君的耳边说："哥哥，告诉你一个秘密——我有了你的种。"

"什么？"

秦北洋惊得跳开三尺外，只见阿幽抚摸着自己小腹。

"傻瓜，你还不懂吗？"阿幽身着为孟婆守丧的白衣，却笑盈盈地捏了捏他的胳膊。

"你……"

"嗯，你要做爹了。"阿幽把头靠在秦北洋的肩上，这一回他却没有躲避。

"冤家啊……"秦北洋长长叹出一口气，这一辈子都要被拴牢在太白山上了。

阿幽勾住他的胳膊，吹气如兰："哥哥，你别走，你要陪着我，陪着我们的孩子。"

"嗯，妹妹，我答应你。"他下意识地抚摸阿幽的头发，粗壮的大手摸到她的肚子，仿佛有个螺蛳般大小的镇墓兽，正在缓缓萌芽孕育。

他回头盯着九色说："九色啊九色，勿要靠近阿幽，君知否？"

九色跟着秦北洋闯荡人间多年，早已粗通人事，可怜兮兮地逃入天上地宫，唐朝小皇子的棺椁前。它明白自己体内的数块灵石，已让主人身患绝症，如今更不能靠近孕妇。它半是哀怨自怜与嫌弃，半是嫉妒阿幽的肚子，恐怕那里头孕育的小生命，将会取代自己在主人心中的地位……

第八章

小木

民国十七年，公元1928年的春天。

出了洛阳南关，他来到伊水边的龙门石窟，只见卢舍那大佛气势磅礴。卢舍那意为光明遍照。大佛脸庞圆润，头顶波形发纹，双耳下垂，鼻梁高直，眉如新月，秀目微凝，宛若慈祥的中年妇女，淡然而永恒地俯视众生。据说武则天施舍了两万贯脂粉钱赞助，命工匠按照她的容颜雕凿。

经过龙门石窟，他从伊河逆流而上，走了十里地，只见几亩撂荒的薄田，密密麻麻的砖瓦房。走过村口的歪脖子老槐树，挂着一口战国青铜大钟，底下排开几十块墓志铭。

他知道，这是洛阳盗墓村。

村民们看到这位不速之客，做针线活的女人躲进屋子，娃娃们藏到水缸里头，十来个男人扛着洛阳铲出来，拦在他的面前："什么人？"

"我是来收货的，跟你们的大首领约好了。"

他举起手中的钱袋子，男人们喜不自禁。这几年，盗墓村的生意火爆，从原本的门可罗雀到如今的门庭若市，文物贩子和古董商络绎不绝地登门求购。

来到一间不起眼的小院前，周围矗立着许多崭新的宅院，哪一家都比这家强。两个男孩打闹着冲出院门，看来像是兄弟俩，已有十岁出头了。门里奔出个少妇，灰扑扑的衣服，头发绾在脑后，身材出奇地匀称诱人，烘托一张微微晒黑的俊俏面孔。她是两个男孩的妈妈，用力抽打他们的屁股，骂出一连串最肮脏的话语，教训孩子不要乱跑。少妇微微一笑，竟有些乡野村姑的风情万种，尴尬地说：“客官莫见怪！快请进啊！俺们家又来了好多货色。”

他低头跨入这间小小的院子。地上铺满了商周青铜器、春秋竹简、战国铁剑、秦朝瓦当、汉朝镏金铜车马，甚至摆着一株金光闪闪的摇钱树，让人几无立锥之地。

有个年轻男人蹲在地上，用毛刷子清理东汉双兽耳青釉陶器，左手断了一根指头。

收赃的古董贩子在他眼里，不过是一只盯着牛粪的苍蝇，他根本不屑于抬头，还是专注于清理从古墓里挖出来的陶器：“宝贝就在这里，挑中哪一件就开价吧。”

“我挑中的是你！”

他冷冷地回答，瘦弱白净的男人抬起头，看到了阿海的面孔。

小木的脸部肌肉僵硬了。

很久没这么僵硬过了，原本细皮嫩肉、眉清目秀的脸庞，顷刻间变得有些可怖。

数年前，小木带着海女，还有两个姓欧阳的男孩，回到洛阳盗墓村，阔别已久的故乡。因为挖了唐朝上官婉儿的墓，他成为盗墓村的首领，走上盗墓世家梦寐以求的生涯。

他有了自己的地盘，如同割据一方的诸侯。盗墓村的年轻后生们，初生牛犊不怕虎，扛着洛阳铲奔赴中国大地，从冰天雪地的长白山，到四季如春的苍山洱海，都留下他们的脚印或尸体。

小木貌似好欺负，却有一颗坚如磐石的心。他定了几大规矩，违令者死。

第一，任何人不得擅自行动，必须听从首领指挥，犹如纪律严明的军队。

第二，挖墓不得过于频繁。每月行动最多两次，一年不能超过二十次，免得破坏龙脉，引起天怒人怨，务必讲究人与墓的平衡之道。

第三，土夫子以墓为生，墓主人就是衣食父母，需有一颗敬畏之心，可以“升棺发财”，但不能侮辱和破坏遗骨。从前有盗墓贼打开棺材，发现年轻貌美的女尸尚未腐烂，竟有猥亵乃至奸尸的变态行为——这已被小木严厉禁绝。

第四，不得挖掘清朝以后墓葬。这些墓大多还有后人，或者聚居在祖坟附近，如此挖墓太丧阴德，并且容易被人抓获。若抓住，便是死路一条。小木谨慎小心，挖墓本身已有极大的风险，他不想再冒地面之上的风险。

第五，盗墓村的老规矩，兔子不吃窝边草，不能挖洛阳本地墓葬，河南省境内墓葬也尽量不挖，避免引起本省官府的缉拿。

以上，为盗墓村的《五条誓文》——因为小木在日本生活过半年，直接盗版了日本明治维新的“五条誓文”名称。

有趣的是，日后的《中国盗墓史》，将十九世纪二十年代洛阳盗墓村的改革，称为盗墓界的“明治维新”。

小木的队伍日益壮大，海女也夫唱妇随，跟着他走南闯北。他们再没遇到真正的镇墓兽，倒是挖出好多伪镇墓兽——战国的木雕、秦汉的石雕，还有灿烂的唐三彩，都被小木包装成正宗的镇墓兽，卖给北京琉璃厂与上海法租界的古董商，换来了白花花的袁大头。

八年来，盗墓村过上了好日子。所有的销赃收入由小木统一管理，第一笔钱，先给在盗墓中出意外死亡的人家作为抚恤金；第二笔钱，分给村里的鳏寡孤独以及老人；第三笔钱，才奖赏给幸存回来的后生们；最后一笔钱，小木留给了自己和海女，还有两个孩子。

虽然，小木和海女从未拜过天地办过喜酒，但大伙儿都将海女看作盗墓村的女主人，两个孩子也被当作小木亲生的。

上个月，他们刚在山东翻了一座诸侯王墓，挖出来不少好东西，用了几十匹骡子才运回来。为啥这么多宝贝堆在院子里？因为屋子里甚至炕头都已堆满了啊……

此刻，满院子的宝贝中间，还多了一张让小木永生难忘的脸。

阿海撕下贴在右脸上的假皮肤，露出蜈蚣爬过般的刀疤，太阳下反射出金属色的光……

他在对小木微笑。

仿佛大白天见到恶鬼，小木仰天摔倒在地，将价值千金的东汉青釉陶器砸得粉碎！

“小木，别来无恙？”

“阿海哥……”

他已面如灰土，仿佛目睹死神，双膝一抖，便跪在地上，响起一片瓷碗破碎之声。

“啊！”海女这才认出阿海，当即搅着两个孩子跪下。美丽的少妇摸了摸自己丰满的胸脯，索性豁出去了，“大兄弟，请你饶了我们当家的一命，我可以跟你睡一宿。”

原来这海女天性豪放，并不忌讳男女之事，她也晓得小木怕死，只要能活命，对这种事不会忌讳。

阿海怒了，扇了海女一个耳光。

欧阳樯橹与欧阳连帆两个男孩，颇能领略形势之严峻，立时大哭起来。这一家子四口，仿佛已上了刑场。

盗墓村的后生们听到哭声，各自提了家伙要来救老大。阿海关紧了院门，再用铁棍顶死。他将匕首顶在小木脖子上，对爬上院墙的人们高喊：“谁都不准进来！”

同时村外响起震耳欲聋的枪炮声，似是千军万马包围了这小村落。小木在军阀部队里待过，知道这动静不是开玩笑的，他甚至辨认出了马克沁机关枪的射击声。

马克沁终结一切。

“八年了，你为什么到现在才来杀我？”

小木想起八年前，东三省的春天，渤海古国七层石头大墓顶上，他用唐朝的铁锥子几乎刺破阿海的心脏，才得以侥幸逃脱。

“我从来没想过杀你。”

“你可以杀我！但不要伤害女人和孩子，放他们走吧。”小木难得硬气一回，“阿海哥，盗墓村的父老乡亲，请不要为难他们。这些后生只是跟着我混口饭吃，惩罚我一个人就够了。”

他不想看到自己苦心经营的盗墓村玉石俱焚。

阿海却摇头微微一笑：“小木，我邀请你跟我去做一件惊天动地的大事。”

“什么事？”

阿海眯起双眼，目光迷离地注视着院墙外的群山，低声说：

“我们去挖开清朝的皇陵。”

第九章

安娜

三千里外，江海茫茫之间，矗立着一座巨大的城市。黄浦江大拐弯处的陆家嘴，一座工厂的烟囱正在喷射黑烟，颇像某位诗人刚写完的诗句："黑沉沉的海湾，停泊着的轮船，进行着的轮船，数不尽的轮船，一枝枝的烟筒都开着了朵黑色的牡丹呀！哦哦，二十世纪的名花！近代文明的严母呀！"

民国十七年，公元1928年的春天。一双琉璃色的眼睛，注视黄浦江对岸的工厂。她的背后，矗立着列强们的建筑，那是从苏伊士运河到太平洋最雄伟的大厦，和平女神像如同纽约的自由女神像，俯瞰着初次下船来到这座城市的芸芸众生。

她是欧阳安娜。

对岸的工厂叫墨者天工飞行器公司。一听到这名字，还有飞行器，以及公司的总经理叫钱科，她自然想起了秦北洋。

去年，国民政府还都南京。齐远山在军事委员会任职，奔波于南京与上海之间。元旦刚过，欧阳安娜带着女儿九色，还有从永泰公主墓里出来的千年黑猫，告别五羊城与越秀山，乘船来到上海，定居在法租界。回到上海才发现，达摩山伯爵基金，经过投资房产与债券的增值，已远远超出百万白银。

安娜收回其中一栋小洋楼居住，把女儿送到上海最好的法国人开办的小学读书，每日有司机与保镖接送。春节过后，齐远山奉命参加二次北伐，终于有了带兵打仗的机会。

三月春光，欧阳安娜渡过黄浦江，登门拜访了墨者天工飞行器公司。走进开阔的厂区，车间里响起机器轰鸣之声，坚固的实验楼进出着西洋人的工程师。

倏忽间，背后响起一个男人醇厚的嗓音："安娜？"

她一回头，春日的阳光洒在一张俊朗的脸上，仿佛每寸皮肤都在反弹着水滴。

安娜脱口而出："李隆盛？"

"真是贵客喜从天降，我们有八九年没见了吧……别来无恙？"

"哦……是……是啊……"安娜下意识地整理头发和裙摆，依稀记得上次见到李隆盛，还是从北极冰海得救，她刚与秦北洋生离死别，仿佛已是上辈子的事，"别来无恙！"

"你我皆无恙，甚好！甚好！"

"说话不用酸了，我都是当妈的人了，"安娜冲李隆盛来了一句，看着浦东一侧的黄浦江水拍岸，"你不会不知道吧？"

"略知一二。"

"你呢？"欧阳安娜眯起双眼，看着阳光下李隆盛的面孔，想起当年在纽约曼哈顿，中国外交代表团的招待舞会上，跟这个玉树临风的男人跳过一场华尔兹。

"昨天刚到上海，前些日子在英国剑桥。"李隆盛的笑容没变，只是脸上多了几道岁月痕迹，"我是这家工厂的首席科学家，我还有些工厂股份呢，这次回来要做个新实验。"

安娜不再绕弯子了："这家工厂的主人是不是秦北洋？"

"你果真还是问到了……不错！"看到欧阳安娜的眼神微微一颤，李隆盛追问一句，"你还想要见他吗？"

"不，见他做什么？我和他早就没有瓜葛了，如今我是齐远山的夫人。"

"安娜，这可不是你的真心话。"李隆盛看人的眼睛果然毒辣，"我带你去见几个老朋友吧。"

欧阳安娜何等聪明，她已猜到会见到谁了。李隆盛领着她来到墨者天工的办公楼，在总经理办公室里，安娜先是见到钱科——工厂的总经理，湖州钱氏传人，也是中国第一代飞行器工程师。

接着是风流倜傥的意大利人朱塞佩·卡普罗尼，他已在上海扎根，一心要造出二十世纪最伟大的飞行器。当年在巴黎，他还想要对安娜一亲芳泽，结果被她抽过一马鞭。如今再见到这位意大利飞行英雄，安娜大大方方地还以西洋礼仪，与卡普罗尼握手拥抱。

最后一位，年纪与安娜相仿，穿着白西服，梳着油光锃亮的头路，赫然是鄂尔多斯多罗小郡王帖木儿。他跟欧阳安娜可是北大历史系的同班同学，多年不见，分外唏嘘。

小郡王已猜到安娜为何而来，尴尬地咳嗽两下说："我已好几年没见过秦北洋了，上一回还是冯玉祥逼宫，将末代皇帝请出紫禁城的时候。"

钱科点头附和："我只知他在太白山上，去年起，太白山就切断了通往上海的电报联系。原本我们的飞艇去运载过灵石，如今音信渺茫。"

李隆盛皱起眉头："难道山上出了什么变故？"

"听说秦北洋被夫人囚禁在山上了。"

"秦北洋的夫人？"欧阳安娜茫然问道。

小郡王却掐了掐钱科的大腿，让他不要乱说话。欧阳安娜想起几年前在广州与阿幽见过一面，心头自然一沉，脸上却无表情："原来是阿幽妹妹啊。"

其实，钱科对于秦北洋始终心心念念，这番话他是故意说给安娜听的："据说是有三年的约定，秦北洋被阿幽禁闭在太白山上。如今三年之约已过，但他还是没有消息，怕是出不来啦。"

欧阳安娜踱了两步，看到窗户对面的工厂作业区里，一架意大利卡普罗尼双翼运输机正在进入机库，脱口而出："我们一起去救北洋吧。"

李隆盛走到她面前："安娜，你可当真？"

"我当真。"

"何时出发？"钱科已经摩拳擦掌，搭着朱塞佩·卡普罗尼的肩膀。

两日后，欧阳安娜带着八岁的女儿去了趟南京，找到申建丰的官邸。

几个月前，申建丰在上海新婚。夫人系出名门，毕业于美国名校。齐远山与安娜夫妇去吃了喜酒。小九色还给新郎新娘做了花童。于是，安娜拜托申夫人照顾九色几日。申夫人非常喜欢九色，既然这孩子是申建丰的干女儿，申夫人就成了干妈。如今的天下，申建丰的府邸，正是警备最为森严之地。

安娜跟女儿亲吻着告别，那只古墓里出来的黑猫，不肯被申夫人抱，总是警觉地盘在小九色左右。她相信九色在此暂住，不必挂念安全问题，只是有些不舍而已。

她独自返回上海，坐上朱塞佩·卡普罗尼驾驶的大型运输机。钱科还带上了四翼天使镇墓兽。他明白灵石的放射性严重，这些年来，四翼天使一直被隔离在工厂地窖内，没有像秦北洋与小镇墓兽九色那样朝夕相处。

起飞前，引擎开始轰鸣，李隆盛大声说："安娜，你想好了吗？给你最后一次机会，现在反悔还来得及。"

"我这辈子做出过的决定，从不后悔！"

安娜拨着额前的头发，早已换上一身干净利落的工装，腰上插着一支手枪，怀里还有几张空白支票，如今她最不差的便是金钱。

"齐远山知道这件事吗？"小郡王多嘴一句，他毕竟参加过他们的婚礼。

"我已告诉齐远山，我要去太白山寻找秦北洋。远山说，北洋是他的结拜兄弟，只愿同年同月同日死。只可惜，远山在北伐前线打仗，每日枪林弹雨、戎马倥偬，实在无暇抽身，否则他会比我更早前往太白山。"

事已至此，无须多言。五人一兽，从上海浦东陆家嘴起飞，飞越黄浦江与外滩，告别远东第一大都市，飞入春寒料峭的江南大地。

卡普罗尼沿着长江飞行。到了汉口降落加油，短暂休整一夜，继续沿着汉水西行。

安娜从空中俯瞰变乱的中国大地。这两年，城头变幻大王旗，北洋政府终要被国民政府取而代之，政治中心即将从北京变为南京。但这片土地上老百姓的苦难，却丝毫没有减少过。

飞机在汉中城外的简易机场降落，虽是春天，却下了一场大雪。

卡普罗尼留守在飞机旁边，其余人等用大车装着四翼天使，踏上前往太白山的道路。

出发第二天，李隆盛便不见了。谁都不晓得他去了哪里。大家寻找了三天三夜，终究没有任何音讯。

安娜决定立即前往太白山，雇用秦岭山民为向导，加上数十匹骡马组成队伍。山中大雪，众人劝她不要冒险。她说既已千里迢迢来了，为何不上去看一眼？小郡王也早就听闻太白山大名，心中也有些痒痒，若能登上传说中的秦岭之巅拔仙台，也算不枉此行。

他们在秦岭腹地走了好几天，却始终不得要领，找不到通往山顶的道路。六十年前，天国余部在太白山上定居，便破坏了自古以来的栈道，新辟一条秘密小道，以至于在此定居千年的山民们，再也无法登上太白山。

这天夜间，堪堪抵达太白山脚下。欧阳安娜遥望山顶，却发现燃起了熊熊烈火，伴有雪崩与泥石流的巨响，仿佛整座秦岭即将崩塌……

她看到了太白山的末日。

第十章

刺客的礼物

十二小时前……

太白山的清晨，春日皑皑的白雪，如同镜子反射金灿灿的阳光。

洞窟闺房门外，响起老金结结巴巴的声音：“启禀主人，鬼……鬼……”

阿幽从床上翻身跃起，披着衣服到门后说：“天国圣地，太白山巅，哪里来的鬼？”

“主人，我这舌头没捋顺，我是说鬼面具来啦！”

秦北洋一骨碌滚下床问：“你是说——李高楼来了？”

片刻之后，秦北洋与阿幽来到格物致知大殿，但见一个身材瘦长的男子，风姿绰约，身着白色长袍，背后有个硕大的包袱，竟如扁担般长短，也许就是“地宫道”的包袱。他戴着狰狞的鬼面具，就像重生的兰陵王。会不会面具底下的人已经换了？但他身上有一种咄咄逼人的气场，仙风道骨，隔着一里地都能闻出来。不错，他是鬼面具，大唐李淳风的后裔，清朝皇家御用风水师之子，真名李高楼。

面具背后的那双眼睛，看到秦北洋与阿幽便又亮了。秦北洋握住他的双手，亲切拥抱，咬着耳朵说：“我好想看看你的脸啊！”

“那你会被吓坏的！”鬼面具朗声大笑，听声音还很年轻。

“一日为师，终身为父，请受我一拜！”

想起在秦始皇地宫和“天国图书馆”的修行，如今再见到鬼面具，秦北洋当着众人之面，以刺客领袖之尊，向他屈膝一拜。

“折杀我也！你是‘天国学堂’最好的毕业生，也是阿萨辛钦定的继承人，更是拯救天国的英雄，我不过是个无用之辈。”鬼面具又抓起阿幽的手，“北洋、阿幽，当年巴黎凡尔赛一别，我又在天下仗剑漫游了十年，可惜错过了你们的喜酒。对了，孟婆可在？”

秦北洋与阿幽面面相觑，索性把阔别太白山已久的鬼面具，带到山巅的拔仙台。今日雪霁初晴，云海中又有白鹤飞舞，犹如宋徽宗的画作。

“此物非普通禽兽，它们通人性、懂人言，比人更知廉耻、守信义。”鬼面具退后一步，“告诉我，孟婆到底如何了？她是否还活着？”

秦北洋不得不说了：“昨日此时，孟婆就从你所在位置升天。”

“果然如此，孟婆也将近百岁了吧。”鬼面具俯瞰悬崖之下，叹出长气，“一个月前，我忽地梦见孟婆，想到太白山甲子庆典即将到了，便跨越千山万水而来，只为见婆婆一面。天可怜见，我只错过了一日啊。”

“婆婆是寿终正寝，亦可算是喜丧。”

秦北洋安慰一句，鬼面具口中飘出两汉音韵——

西北有高楼，上与浮云齐。
交疏结绮窗，阿阁三重阶。
上有弦歌声，音响一何悲。
谁能为此曲？无乃杞梁妻。
清商随风发，中曲正徘徊。
一弹再三叹，慷慨有余哀。
不惜歌者苦，但伤知音稀。
愿为双鸣鹤，奋翅起高飞。

这不是《古诗十九首》的《西北有高楼》吗？

鬼面具一曲歌罢，秦北洋问道：“听说你的真名叫李高楼？孟婆也一直惦念着你，叫你楼儿，就是因为这个？”

“不错，先父是清朝御用风水师，生前酷爱诗书，尤爱汉朝的《古诗十九首》，其中有一篇《西北有高楼》，他以此为我取名。”

阿幽插了一句：“我们不会忘记孟婆的。高楼哥哥，明日便是太白山甲子庆典，你来得正是时候呢。”

这一晚，山上所有兄弟都在准备庆典。老金与中山为鬼面具李高楼接风洗尘，还是太白山的老规矩，用甘露汤与猕猴桃。李高楼在外闯荡多年，再尝这两样食物，竟然大哭一场。

秦北洋与李高楼喝了几盅酒，关于这些年经历之事，一言难尽，喝得胃里难受，早早回房间睡了。上了床，阿幽像只八爪鱼缠绕在他身上。自从怀孕，阿幽一改过去三年的强势，变回刚结婚时的乖乖小媳妇，大门不迈，二门不出，总是在闺房中缠着秦北洋。

阿幽把头枕在秦北洋的胸膛上，在他的乳头上画着圈说：“哥哥，你说我的腹中是男孩还是女孩？”

“你说呢？”

“我猜是个女孩！”她又亲了秦北洋一下，“你想啊，孟婆刚一升天，我就发觉自己怀孕，明日又是太白山甲子庆典，这不是孟婆转世投胎吗？”

“婆婆转世投胎到你腹中，还是我们的女儿？这……”

秦北洋不知是喜是悲，忽然肺里灼热起来。离开地宫数日，老毛病便又犯了。他让阿幽先睡，自己务必回到地宫，呼吸古墓气息，否则便会被癌细胞杀死。

太白山上，月黑风高，春寒料峭，积雪尚未消融。秦北洋转过大爷海，攀上高峰，钻入天上地宫。经过天王陵墓的墓室门，来到秦始皇地宫的赝品。深呼吸，冷风破灭肺叶里的火，这才感觉到自由。

巨大的黄肠题凑之中，九色蜷缩在唐朝棺椁前，守候它的小皇子李隆麒。秦北洋搂了搂小镇墓兽，数日不见主人，它竟有些黏人。但他觉得耳边有人说话，平常九色也会向他传递某种奇怪的声音，但是这次不同，声音是从棺材板里发出的。他狐疑地把耳朵贴着浓墨彩绘的梓木棺椁，仿佛听到一阵窸窸窣窣的声响，好像棺材里的少年正在整理衣冠。秦北洋倒吸一口冷气，便大胆地推开棺椁盖子。

就像第一次看到小皇子的真容，又似回到自己出生的古墓地宫，飘出一片冷入骨髓的寒气。他看到一床轻柔的罗衾被子，填满武则天时代的金银珠玉。唐高宗李治与女皇武则天之孙，睿宗李旦第六子，终南郡王李隆麒，依然栩栩如生，金色袍服，面容苍白，头顶束起发髻，赤色金边丝带缠绕，穿透锋利金簪。他已沉睡了一千二百年，穿越重重尘埃与蛛网，唯一生死相随的伙伴，是一头名唤“九色”的幼麒麟镇墓兽，也许还有秦北洋……

秦北洋翻身钻入棺椁，小心翼翼地躺在唐朝小皇子的身边，免得压坏了那些陪葬品，侧身对着李隆麒的耳朵，发出幽幽的气声："你有什么话要对我说？"

死……

秦北洋仿佛听到了一个"死"字。他闭上眼睛，眼前燃起熊熊烈火，鲜血从自己胸口的和田暖血玉蔓延——这玉原本就来自白鹿原大墓，唐朝小皇子的胸前，就像红色的溪流慢慢淹没整口棺材，又淹没了自己的鼻息，从棺椁四角源源不断溢出，染红了黄肠题凑的无数根柏木心子，也染红了秦始皇地宫赝品的地砖……

死……

秦始皇陵地宫的赝品。

秦北洋重新睁开眼睛，已然浑身冷汗。他怕自己的汗水与体液或口中呼出的热气，会破坏唐朝小皇子不腐的尸身，赶紧钻出棺椁，重新封上棺盖。

他把九色关在天上地宫，独自走到山顶，已是天明时分。他才发觉昨晚又下了一场大雪，如今雪霁初晴，漫山遍野都是琼玉般的雪白。

老金一大早就开始忙活了，还有中山也鞍前马后，指挥着太白山的一众人等，清扫小广场前的积雪，将格物致知大殿布置得金碧辉煌，今晚还要张灯结彩，庆祝太白山刺客教团一甲子。他俩变得不像是刺客，更像是大饭店的经理和门房。阿幽虽然怀着身孕，但毕竟只有两三个月，体形上基本没有变化，同样事无巨细地安排今晚的大典。秦北洋却显得无所事事，闲散地在雪中漫步，只有戴着鬼面具的李高楼陪伴他左右。

走过银装素裹的大爷海，李高楼背着大包袱说："从甲子、乙丑、丙寅、丁卯直到最后一个癸亥，恰好六十个组合，为一甲子循环，如此周而复始，永无止境。古时候的中国人，用天干地支来表示年、月、日、时，犹如天地间的四根柱子，支撑起时间这个概念。"

"时间……"秦北洋仿佛在跟他讨论某个哲学命题，"你让我想起一个朋友。"

"六十年前，太平天国余部护送着幼天王，以及天王的灵柩，避难逃上太白山，效仿七百年前波斯国的山中老人，创立了这个刺客教团。今晚的一甲子庆典，实为六十年来最重要的喜事。"

说话间，李高楼不停仰望天空，也不晓得鬼面具背后是双怎样的眼睛。

秦北洋抬头看向大雪后冰冷的苍穹："你在看什么？"

“看血光之灾。”

“朗朗乾坤，哪里有什么血光之灾？”

秦北洋虽如此说，却想到凌晨时分，躺在唐朝小皇子棺椁里做的那个梦。

李高楼拍着背后的大包袱说：“但愿没有。”

天黑了。

太白山甲子庆典正式开始。既是太白山六十年来的大喜事，又怎能少得了刺客联盟的宾客与贺礼？太白山的吊桥放下，老金与中山率领数名刺客，怀揣着匕首，肩背着快枪，迎来了六名刺客联盟的代表。

六名操着各种语言，有着不同肤色的顶级刺客，各自带着贺礼穿过吊桥。如今是刺客联盟与工匠联盟大战的多事之秋，他们都交出武器以示无害。

格物致知大殿，众人齐声高呼秦北洋制定的“流血五步，天下缟素”信条。太白山的男女主人，共同坐在宝座上。秦北洋腰间插着阿萨辛的金匕首，阿幽佩带等级最高的象牙柄匕首，两人容光焕发，十指相扣。老金站在第一个位置，第二个是鬼面具李高楼，第三个是年轻的中山，他的资历最浅，地位却远远超过了许多老兄弟。

刺客联盟的第一位代表是美国人，却不是上一回来帮助阿幽平定天国之乱的“天使迈克尔”，而是换成了黑头发鹰钩鼻的白人，却又不像是金发碧眼的日耳曼–盎格鲁人。来人以西洋礼仪向阿萨辛金匕首的继承人，刺客联盟名义上的大首领致敬。他自称维托·科里昂，老家在地中海西西里岛，纽约黑手党成员，刺杀过无数大佬，也干过政治谋杀的勾当。两年前，工匠联盟血洗了美国刺客联盟的老巢，杀了他的父亲与三个兄弟。他与工匠联盟有不共戴天之仇。维托·科里昂带来的贺礼是一套唱盘式留声机，附有意大利语的古典歌剧唱片。

秦北洋对这份礼物颇为喜爱，亲手接过留声机和唱片，用早已生疏的日式英语问道：“可有《费加罗的婚礼》？”

维托·科里昂拿出一张唱片放在唱盘上。前两年，老金已为太白山装上小型发电机，插上电源，两个意大利女人的歌声传遍格物致知大殿，扶摇直上到秦岭的夜空和宇宙……

阿幽兴致颇高，众人移驾秦岭之巅的拔仙台，坐在姜子牙庙前赏月。山上积着茫茫白雪，有的险峻之处，几可埋没膝盖，分外壮阔明媚。

太白山，拔仙台，传说乃姜子牙封神之所。三千年前，武王伐纣之后，共封三百六十五座尊神，覆盖整个中国神仙界，姜子牙也成为太白山主神。庙里的姜子牙塑像，胯下骑着一头四不像，酷似变身为幼麒麟镇墓兽的九色。秦北洋每次来到这里，都会想起：难道九色的神兽祖先，曾经是姜子牙的坐骑，帮助武王伐纣，开创了周天子的江山？

当年天国避难于太白山，根据天王的老规矩，是要砸烂这些旧神灵，供奉皇上帝的。好在孟婆对姜子牙网开一面，任由这座古庙在山顶破落，但禁止任何人崇拜神像。

拔仙台上，大家摆开猕猴桃与甘露水，听着哥伦比亚留声机的《费加罗的婚礼》。秦北洋已精神萎靡了一整天，听到这音乐声颇为振奋。

美国刺客进奉贺礼之后，西班牙刺客送上一把来自格拉纳达的阿尔罕布拉宫的古典吉他，法属叙利亚的阿拉伯刺客送上一把大马士革圆月弯刀，英属印度的拉杰普特刺客送上一颗“海洋之光”钻石，荷属东印度的爪哇刺客送上整整一麻袋的龙涎香。

最后一位刺客联盟的代表，便是朝鲜刺客。

阿幽只问一句：“为何不是尹吉？”

她想起了几年前，帮助她在朝鲜搜寻秦北洋的那位年轻刺客。

来宾身着布带打结的韩服长袍，年纪在三十岁以上，捋着胡须，用半生不熟的东北话说：“回太白山的主人，本人姓金，名正云，乃朝鲜独立暗杀团之一员。去年，尹吉谋划刺杀日本新近登基的昭和天皇，东窗事发，流亡上海租界避难呢。他特地委托小的为太白山的女主人，也为阿萨辛的继承人，奉上一支天字号高丽参。”

所有贺礼都被老金与中山检查过，朝鲜人再次打开高丽纸的包装，取出一支晒干的小婴儿般的高丽参。秦北洋从前也见过高丽参，却从未见过如此巨大漂亮的人参——长约七寸，表面红棕色，火光下发出某种亚光，略显油润，并存两个短粗凹窝状的根茎，又称“蝴蝶芦”。茎痕尤似碗口，根上布满横环纹，中下部则有纵皱和纵沟，下部有多达四条参腿，形如小孩子的脚丫，散发着浓浓异香，让人如坠梦中。秦北洋深深呼吸一口，便觉肺腑燥热，一股纯阳至刚之气，从丹田到涌泉滚动不息，感觉鼻血都要喷出来了。

“高丽参，乃百草之王，滋阴补肾、扶正固本之极品，可以大补元气、宁神益智、延年益寿。正宗的高丽参是选用了六年的人参炮制而成，其过程中会采用其他中药材以化解人参之燥气，这个配方掌握在朝鲜国的几位大师手中，秘不外传。因此，就算是有人在中国的长白山挖出了野山参，但是未经过朝鲜国大师之手，依然不能与高丽参相提并论。自古以来，高丽参便是朝鲜国王进贡给中国皇帝的头号贡品，而这样的极品高丽参，恐怕清朝的康熙、乾隆等大帝都未曾享用过呢。”朝鲜人金正云淫邪地一笑，“从前啊，清朝的达官贵人们都说，若是没有朝鲜国的高丽参，恐怕连床笫之事都很困难，连儿子都生不出呢。”

听到后半段，老金哼了一声：“这就有些吹牛了吧！”

“试试也无妨！”阿幽抚摸着自己腹部说，“哥哥，这支高丽参，我给你炖汤喝了，包你还能再生个儿子。”

秦北洋竟然满脸通红，这方面他还跟当初的少年似的。

朝鲜人金正云捧着这支价值连城的高丽参，谦卑地弯着腰，高高托过头顶，仿佛当年给清朝皇帝进贡的朝鲜使臣，慢慢靠近阿幽和秦北洋。

忽然，阿幽拔出腰间的象牙柄匕首。

秦北洋、老金和中山，以及多位刺客代表都瞪大了双眼，看到金正云的咽喉上，瞬间多了一道血痕。他的气管暴露在山巅冰冷的空气中，身体还僵硬在原地。阿幽的出手动如脱兔，眨眼之间完成一次杀人。

原来，就在一秒钟前，她发觉这个朝鲜人的目光深处，泄露出某种不可名状的杀气。她没有任何犹豫，秦北洋就在身边，她决不能容许夫君有任何闪失，哪怕错杀一千，也不能放过一个可疑者。何况如今天下人都要取他的项上人头。

金正云虽被割断了喉咙，却在死亡前的一刹那，捏碎了手中的高丽参，红棕色的根茎碎片飞溅，同时喷溅出大量黑色粉末。

阿幽先是一把猛推开秦北洋，再闭住气息往后退却，鼻息间也飘入了几许粉末。

而在周围，美国刺客维托·科里昂却已面色发黑，当场口吐鲜血，捂着喉咙，倒地抽搐，几秒钟后便断气而亡。

高丽参中的粉末有毒。

众人纷纷退散，秦北洋捂着鼻息后退，逼入姜子牙庙中，中山为他送来一张面罩。阿幽却是面色铁青，盘腿坐在姜子牙的塑像前，通过周身吐纳，希望把呼吸到的粉末逼出体外。鬼面具李高楼也为她点了几个穴位，意图迟滞血液流通。但她知道粉末已侵入肺叶，尽管可能只是几粒的尘埃，依然有十足的毒性。

少顷之后，阿幽的嘴唇已经透出黑紫之色，感觉五脏六腑都疼痛起来，血管中似有无数只小虫子爬行，让她抬起胳膊都觉得剧痛无比。

她瞪着双眼下令："杀了所有刺客联盟的使者！哪怕全部错杀！"

老金与中山立即执行了命令，西班牙、阿拉伯、英属印度、荷属东印度的刺客们，全部被快枪与匕首诛杀，尸体连同他们进贡的贺礼，全部被抛下拔仙台。

秦北洋确信自己并未中毒，海拔三千七百多米的拔仙台上的夜风，早已吹散稀释了高丽参里的毒药。

这个朝鲜刺客金正云是工匠联盟派来的奸细吗？堂堂的工匠联盟，大尊者秦晋开创的世界顶级工匠的兄弟会，竟也学会了刺客们的伎俩？高丽参本为救命的顶级中药材，却被嵌入致命毒药，让人防不胜防，真是卑劣至极。

忽然，秦北洋又听到姜子牙庙外，老金的叫喊声："主人，大事不妙啦！"

他冲出去，站在拔仙台上，俯瞰月光下的太白山，只见格物致知大殿燃烧起熊熊烈火。山上的风不再冰冷，反而夹带某种呼呼的热流。整座山巅响彻木头燃烧的噼啪作响声，人们的惨叫与喧哗声。太白山上的夜空，忽地被映得通红，仿佛火烧云的晚霞卷土重来。

那火焰竟然是从天上落下来的，就像是对刺客们的天谴。

然后，秦北洋看到了镇墓兽。

起先就是九色，头顶峥嵘雪白的鹿角，身披金光灿灿的鳞甲，幼麒麟镇墓兽，口中喷射出琉璃火球。自从阿幽怀孕以来，九色便一直躲在天上地宫，从未跑出过一步。

不是一只镇墓兽，而是许多只镇墓兽。太白山的月光下，秦北洋看到一张鬼魅似的猴脸，鲜红的鼻梁两侧布满皱纹，褐色毛发蓬松浓密——这不是东吴大帝孙权的山魈镇墓兽吗？紧接着，刘备的的卢马镇墓兽，关云长的赤兔马镇墓兽，司马懿的巾帼妇女镇墓兽全都袭来。

也算是开了眼界，为何司马懿的镇墓兽竟是个妇人？盖因五丈原对峙时，诸葛亮给司马懿送来一套妇人的巾帼，为了激怒他以便交战，没想到司马懿如同老乌龟，竟然笑纳了这套女人衣服，终于拖死了诸葛亮。

秦北洋看得眼花缭乱，太白山上的镇墓兽越来越多，完全分不清谁是谁了。也许春秋五霸、五虎上将、唐太宗的凌烟阁二十四名臣全都从镇墓兽监狱中逃了出来。听说自从天国余部来到太白山，便开始修建天王陵墓，又花了四十年，慢慢仿造出秦始皇陵地宫，集齐了一百零八尊镇墓兽……

它们可不分敌友，见到活人就撕咬成碎片。就像地狱开了庙会，四乡八邻的妖魔鬼怪牵着牛犊骑着毛驴来赶集了。

“我的老天爷呀！”老金几乎跪下了，这些镇墓兽大多是他亲手抓上山来的，“今晚是啥日子哟！”

鬼面具李高楼也倒吸冷气：“太白山的末日来了。”

“是谁把它们放出来的？是谁打开了洞窟监狱的铁门？”

秦北洋狂怒地吼叫着，今晚是太白山甲子庆典，这就是献给庆典的惊喜礼物吗？

不过，镇墓兽彼此之间也在争斗，开始互相撕咬打斗起来。但它们却有个共同的敌人，那便是九色——过去三年来，秦北洋与九色就住在地宫之中。镇墓兽监狱里的每一个囚徒都认识他们，九色更像镇墓兽界的典狱长，终日趾高气扬地巡视整个地宫，时不时吐出琉璃火球，威胁那伙镇墓兽一番。

此刻，九色用鹿角杀死了几尊镇墓兽，无奈敌人越来越多，从四面八方对它实施攻击。

秦北洋抽出三尺唐刀，冲下拔仙台，不想让九色孤身陷入重围。幸好秦北洋在地宫内蛰伏三年，他的“地宫道”身手丝毫没有退步，反而有所精进。他并不畏惧这些镇墓兽的群起攻之，仿佛回到镇墓兽大斗兽场，再使出华佗的“五禽戏”，避开那些致命的攻击，又用唐刀劈开好几个镇墓兽的脑袋，终于跟九色会合在一道。

除了无数镇墓兽的咆哮，耳边又响起猛烈的枪炮声，他听出了三八大盖、马克沁机关枪的扫射声。天空竟然飘着五艘硕大的硬式飞艇。月光照出飞艇的纺锤形气囊，竟然涂装着“独眼金字塔”的标志。

独眼金字塔！这不是工匠联盟吗？

除了飞艇，一架滑翔机穿破云端，借着亮如白昼的熊熊火光照明，竟然降落在大爷海跟前的雪地之中。秦北洋惊讶地发现，太白山顶的这片高原般的平地，却像是一片天然的飞机跑道。

第一架滑翔机轰鸣着降落在大爷海前。机翼上是中华民国五色旗的涂装，许多士兵从机腹中鱼贯而出。这些全副武装的士兵，穿着皮毛军装。军官们更是浑身貂裘。显而易见，这是东北张大帅的奉军。

紧接着来了第二架滑翔机、第三架、第四架，直到最后的第五架。

五架滑翔机，先后在太白山顶的平地降落，运来了数百名士兵，恰好避开了太白山的天险。什么秦岭绝径，什么悬崖绝壁，什么吊桥堡垒，在滑翔机与齐柏林飞艇的面前，全都成了秃子头上的虱子。

十多年后，第二次世界大战期间，墨索里尼被意大利人囚禁在亚平宁山脉的雪山之巅。希特勒派出滑翔机在山顶降落，竟然营救出了墨索里尼，这样的奇迹其实早已在中国发生过了。巧合的是，营救墨索里尼的德军指挥官，“欧洲最危险的男人”斯科尔兹尼少校，脸上有一道极其明显的刀疤。只不过，他的刀疤是在左脸上。

秦北洋看到了刀疤。

最后一架滑翔机上，走下来一个男人，右脸上爬着一道蜈蚣般的刀疤，那是将近二十年前，秦北洋送给那个人的礼物。

阿海回来了。

第十一章

鬼面具的背后

他回来了。

阿海穿一件黑色大氅，腰间藏着象牙柄匕首与勃朗宁手枪，脚踩大爷海畔融化的冰块，凝视烈焰火海中的太白山。

太白山顶有大块开阔地，犹如突兀在云端的一张桌子，长度至少有两千米。马鞍形的两座山峰在东西两端，滑翔机从北往南降落，几乎毫无阻拦。今晚月光很亮，加上提前点亮火光，飞艇会在半空盘旋，提供强光照明，等于一块天然的夜间滑行跑道。

第一架滑翔机强行降落，有惊无险。后面四架先后降落，无一损失。后半夜的大爷海，寂静无声，冰雪尚未消融，平坦得就像一面镜子。也没有任何人前来阻挡。太白山的防范重点全在吊桥和碉堡，谁会想到神兵天降？阿海不禁嘴角上扬，竟有古代名将之自诩，一如六百多年前的蒙古西征，在波斯的崇山峻岭，奇袭阿萨辛的天国花园的汉将郭侃，以及工匠联盟的第一代大尊者秦晋。

兵不血刃，三百名士兵，加上所有武器装备，降落在太白山上。天干地燥，入侵者在空中泼洒汽油，天降火焰，火借风势，转眼烧遍太白山。格物致知大殿，顷刻付之一炬。

突然，一团琉璃火球烧到阿海跟前。他飞快地闪展腾挪，才没被烧成灰烬。阿海命人打开探照灯，照亮对面山峰上的一人一兽。

人是长发飘飘的长毛男子，背插安禄山的唐刀，肩挎俄国人的十字弓；兽是头顶鹿角，身披鳞甲，金光灿灿的幼麒麟镇墓兽。相比数年前的分别，这一人一兽，似乎又长大了一圈。尤其是那头小镇墓兽，赤色鬃毛越发丰满，犹如一头少年雄狮，对他射来两道琉璃色目光。

第三道光是一支钢箭，来自秦北洋手中的俄国十字弓。

可惜距离数百米，中间隔着一个大爷海，太史公有云："且彊弩之极，矢不能穿鲁缟；冲风之末，力不能漂鸿毛。"钢箭飞到阿海眼前，已失去气力，匕首轻轻一拨，便打落在地。

秦北洋并不气馁，他拍拍九色的脑袋。幼麒麟镇墓兽撒开四蹄冲出，琉璃火球烧死敢于抵挡的士兵。马克沁机关枪的子弹也奈何不了它。九色冲过大爷海和滑翔机，头顶的鹿角长成参天大树，每个分叉都如张翼德的丈八蛇矛，挑着一两具尸体。勇猛善战的士兵们，看到这样一个怪物，都被吓得屁滚尿流。

阿海继续岿然不动。

一大群镇墓兽拥上来——分别来自春秋五霸、战国七雄、三国演义、八王之乱、五胡乱华十六国的墓葬。这群在天上地宫被囚禁了数十年的镇墓兽，将秦北洋与九色团团围困。眼看要同归于尽，头顶却响起悠扬的古琴声。镇墓兽仿佛被电流贯穿，目瞪口呆地不动了。

"地宫道"有言——镇墓兽，传诸商周先秦，性喜宫商音律，风雅丝竹。

秦北洋与九色趁机后退。但见月光下的拔仙台，盘腿坐着个白衣飘飘的男子，脸上戴着鬼面具，手中抚着一张七弦古琴。

鬼面具——李高楼。

原来这张古琴，就是藏在他背后包袱里的宝贝，也是克制镇墓兽的法宝。李高楼的十指修长有力，全神贯注于抚琴。空弦犹如磬钟撞击，一个人代替整个编钟乐队。若不看那张青面獠牙的面具，必以为是伯牙或钟子期再世，抑或嵇康二度走上刑场。

古琴乃纯正的中原本土乐器，不似二胡、琵琶、扬琴、唢呐等都是西域或游牧民族传入的。传说伏羲作琴，又说神农作琴，在中华乐器中最为崇高。仅仅七根弦的空灵之音，涵盖芸芸众生、大千世界，乃至于宇宙万物，胜过西洋教堂中巴赫的管风琴圣乐。

上百只镇墓兽被这黄钟大吕的音色震慑，从癫狂恢复到安静。九色没有攻击对手，反而颇有魏晋风度，摇头晃脑地享受古琴韵味，哪管刚才还在你死我活地搏杀。

云海中飘扬着古曲《文王操》。古琴最初五弦，内合金、木、水、火、土五行，外应宫、商、角、徵、羽五音。周文王被囚羑里，思念长子伯邑考，加一弦，为文弦；周武王伐纣，加一弦，为武弦，合称文武七弦琴。

李高楼十指抚着七根琴弦，走近三千年前的岐山周原。周文王姬昌怀着生啖长子之肉的悲愤，将伏羲八卦演绎为六十四卦和三百八十四爻，方有后世《周易》；然后是两千五百年前的孔子，身高两米的东方巨人，坐牛车，率门徒，步履蹒跚，走过杀伐不断的春秋列国……

秦北洋让九色守卫在拔仙台下。他独自攀爬到山顶，来到姜子牙庙前。太白山的女主人，嘴唇到面色都发黑了，有烟熏火燎之色，身上有点点鲜血梅花，看来中毒已深。

她一只手捂着下腹部，一只手抓紧夫君的胳膊，遥遥望向对面的阿海，喃喃自语："哥哥，我们早该杀了他。"

"阿幽妹妹，我们当中出了内奸。"秦北洋压低声音，看一眼她的下腹部，自己的骨肉正在其中孕育呢，"你想想，孟婆刚刚升天，今晚又是太白山甲子庆典，朝鲜刺客用高丽参毒药行刺，阿海偏偏选在这个节骨眼儿突袭，绝非偶然。"

《文王操》的古琴声依旧在拔仙台上飘荡，秦北洋却盯着正在抚琴的鬼面具："李高楼！你为何在失踪十年后现身？你知道孟婆死了，你知道太白山的一切秘密，你也知道如何将天上地宫的镇墓兽放出来……"

古琴声中断。李高楼回过头，鬼面具背后双眼闪烁，幽幽地说："内奸是谁？"

秦北洋二话不说，抡起三尺唐刀就向他砍去。李高楼站在拔仙台最高处，背后便是云海缭绕的万丈深渊，根本无处可逃。他的手上除了一张古琴，别无兵刃，便如松树一般挺胸肃立，直面夹带着安禄山邪灵之刀。

就在唐刀要把李高楼劈成两半之际，秦北洋犹豫半分，手腕力道微微回收，刀锋刚一劈到鬼面具，便如同电动开关般地静止下来。

鬼面具上多了一道裂缝。

拔仙台的月光下，鬼面具的裂缝比刀疤更长，从额头右上角破裂到嘴角左下方。秦北洋慢慢收回唐刀。鬼面具裂成两半，坠落在拔仙台的雪地上。

秦北洋看到了鬼面具背后的脸。

一张完整的脸，没有任何疤痕，也没有鲜血。这也是一张完美的脸，漂亮、高贵，像古希腊的雕塑，又像唐朝古墓里的壁画。

秦北洋认得这张脸。

他是李隆盛。

上次见到这张脸，是在六年前冬天的上海。剑桥大学理论物理系博士，自称唐玄宗李隆基后代，亦是墨者天工首席科学家。这张面孔与鬼面具，就像天使与魔鬼，分处于光谱两端。

“原来是你……”秦北洋将唐刀插回背后，“怪不得，你们说话的腔调那么像。”

李隆盛，或者说，李高楼，抬手捂着失去鬼面具的脸，打摆子般颤抖，像瞬间被剥光衣服的大姑娘。

“不错，是我，戴上鬼面具，我就是大唐李淳风的后代李高楼；摘下鬼面具，我就是唐玄宗李隆基的后代李隆盛。”李隆盛放下双手，大大方方地暴露面孔，额头上有一道血印子。方才若是秦北洋的力道稍微大半分，他的脑袋就变成两半了，“但我不是内奸。”

秦北洋一步步走近，唐刀重新对准他的眉心：“那你告诉我，内奸是谁？”

李隆盛看向他的身后说：“北洋，你想一想，今日之庆典，我们对所有刺客都搜了身，检查其携带的贺礼，为何独独漏过了高丽参？虽说在高丽参里掺放毒药，防不胜防，但若用银针刺入，便能发觉，太白山上精于此道的刺客也不少，为何没有想到？今夜，究竟是谁负责检查朝鲜刺客贺礼的？”

“是谁……”

秦北洋若有所思，回头看着中毒的阿幽，身边有两个人在保护她，一个是老金，一个是中山。

老金，今日是他负责检查所有刺客联盟的贺礼，包括高丽参。

老金的目光微微一跳……

第十二章

太白山之死

太白山的末日到了。

秦岭绝顶的拔仙台，姜子牙庙前，月明星稀，白雪皑皑。中毒后面色发黑的阿幽，发觉后脑勺被一支坚硬的圆柱体顶住了。

“阿幽小主，内奸是我。”

老金的声音传来，顶住阿幽后脑勺的是一支左轮手枪，枪膛内有六发子弹。

另一支黑洞洞的枪口，同时对准秦北洋——这支枪握在中山的手里。

老金的左手还有第二支手枪，恰好瞄准了李隆盛。

“老金、中山……你们俩？”

阿幽的声音在发抖，过去数年，她完全信任老金，也放过了中山。谁曾想到养虎为患，中山狼反噬了主人！

“不错，主人，是我勾结了阿海，也是我向他通风报信。是我悄悄闯入天上地宫，放出了洞窟中囚禁的一百零八尊镇墓兽。它们当中的大部分，可是我亲手捕获回来的，我也可以亲手把它们放出来。唯有这些镇墓兽，才能克制九色。”

老金大言不惭地承认。秦北洋能闻到老金与中山的枪膛里子弹润滑油的气味。

阿幽问：“七年前，你们俩忠诚于太白山，没有跟阿海同流合污，为何如今却变了？”

“人总是会变的！”老金的笑声像挖掘地洞的老鼠，倒是符合他当年伪装成矿工的形象，“七年前，我不过是个镇墓兽猎人，被主人发配到大西北掘墓。那时我的脑袋就是个榆木疙瘩，只知效忠天国，效忠阿幽小主，哪敢欺师灭祖、不忠不孝？七年后，我已是太白山的第二号人物，代表天国纵横全世界各地。我既已尝过外面世界的甜头，享受过美酒佳肴与美色，又怎甘心天天吃猕猴桃甘露汤喝西北风？每到冬天就要被大雪覆盖好几个月，你可以说是神仙日子，也可以说是禽兽生涯。但我已经受够了。什么天国，什么刺客联盟，全是骗人的鬼话。人这一辈子，不过几十年，我可不想永远像狗屎似的把时间浪费在这里。”

“老金，怪不得你在广场上竖立起我的青铜雕像！”

秦北洋心中叹息：凡是把你吹捧到天上去的马屁精，往往第一个背叛你。

“主人，我们做个生意如何？”老金在阿幽脑后说，“阿海此来，一是复仇，二是寻找五百吨沙俄黄金。只要您让我成为黄金的主人，我就帮助你杀死阿海。您接着做太白山的主人，而我带着黄金下山，去做俗世凡尘的主人。”

“老金啊老金，你终究是被金子迷住了。”

“当年在天山脚下的耶律大石陵墓，金子也是我一起发现的，为何我就没份？”老金的声音低沉下去，“若是您不交出黄金，我就杀死您的夫君。”

“动手吧，老金。”

秦北洋心想：自己这个病鬼，活到二十八岁也不算短命。死则死耳，只可惜了九色。天上的齐柏林飞艇依然盘旋，工匠联盟的独眼金字塔标志，凌驾于刺客联盟中国圣山之上。吊舱里清晰可见几支枪口，也许是狙击步枪，对准秦北洋与阿幽。即便能趁其不备杀死阿海与中山，飞艇上的火力也能顷刻消灭他们。

“等一等，老金，我把黄金交给你。你们谁都不准动北洋！”阿幽中毒颇深，拼尽力气吼道，“黄金就在我们脚下，拔仙台的姜子牙庙之中，塑像背后有道暗门。”

“阿幽，你果真把黄金都藏在其中？”

这不是老金的声音，拔仙台上来了第六个人。

他是阿海。

右脸上的刀疤，在山巅月光下闪烁。失去了《文王操》的古琴之声，九色重新陷入跟镇墓兽的缠斗。阿海趁机爬上拔仙台。他还带着数十名士兵，全都穿着毛皮军装，显然是奉军的亡命之徒，多半是胡子响马出身，终日把脑袋别在裤腰带上，举起快枪对准秦北洋、阿幽与李隆盛。

“阿海哥，你终于回家了。”盘腿坐在姜子牙庙前的阿幽，咬牙切齿地吐出一句。

“阿幽，对不起，高丽参中的毒药是用工匠联盟的配方做成，任何人一旦中毒，快则几秒钟，慢则两个钟头，绝无活命的机会。”

“阿海！”

秦北洋暴喝一声，正要举刀拼命，却被十几支枪拦住。

“哥哥勿妄动！”

阿幽捂着胸口，每次大声说话，都会让毒素加速向心脏流动。

不过，等到众人一回头，却发现老金不见了。

老金去找金子了。

五百吨沙俄黄金，竟然藏在“天上”——太白山的最高点之下。

一分钟前，老金转入姜子牙庙，在塑像背后发现一道暗门。老金在西北掘墓多年，任何石门都奈何不了他，从背后掏出矿工镐，眨眼打开暗门。老金步入一条秘道，辗转经过几道石门，一一破解，直达开阔的岩石大厅。原来拔仙台下早被挖空，恐怕是六十年前，天国余部刚来到太白山的秘密工程，只有孟婆与历代天王才知道。

老金看到无数个铁皮箱子，上面印着俄文字母，果真是当年他亲手从耶律大石墓中挖出来的。他打开其中一个箱子，双眼几乎被金灿灿的光芒刺瞎——五百吨黄金，沙俄帝国的民脂民膏，尽在手中。

他拿出一根根分量十足的金条，伸出舌头舔着，纵声狂笑。憋屈了一辈子的人生，终于盼到了头。

突然，老金听到外面响起轰隆隆的巨响，犹如剧烈爆炸，天崩地裂……

十秒钟前，拔仙台上。

阿幽夺过中山手里的枪，对着头顶的飞艇，猛然扣下扳机，子弹钻出枪膛，旋转着射入纺锤形的气囊。

工匠联盟独眼金字塔的标志被子弹撕开，气囊中充满易燃的氢气，一旦被子弹击中便会引发爆炸。第一次世界大战，无数飞艇因此在空中殉爆，飞艇上的人只有两个选择——摔死，或被烧死。秦北洋几乎听到吊舱里的惨叫声。气囊上爆开一朵红黑相间的罂粟花，接着转为剧烈爆炸，硕大的飞艇在几秒钟内烧成一团火球。

拔仙台上的人们纷纷低头趴下，阿海也闪身躲入一块大岩石下，来不及躲避之人，已被天空坠下的火星烧死。

但比飞艇爆炸更为可怕的是雪崩。

秦岭主峰拔仙台，乃青藏高原以东、台湾玉山以西的中国第一高峰。这些积雪恐怕已有几万年乃至几百万年之久，当人类尚未走出非洲，亚洲大陆仍然一片蛮荒之际，便已覆盖在太白山顶。虽然山脚下已是春暖花开，山上却刚下过洋洋洒洒的大雪。今晚山上燃起大火，坚冰渐渐消融，加上飞艇爆炸的巨响，如同雷霆万钧，震撼了终年不化的累累积雪，变成惊天动地的雪崩……

雪崩震动了拔仙台下的岩石，储藏五百吨沙俄黄金的秘密洞窟，瞬间被撕开一个大洞，向着悬崖下方倾斜。老金就算有天大本事，也是插翅难飞。他被裹挟在数百个装满黄金的大铁箱子之间，四肢断裂，五脏六腑破烂，鲜血、脑浆横流，飞出拔仙台下的半空。

第二分钟，太白山上的万年积雪、百万年的岩石、五百吨黄金宝藏，连带粉身碎骨的老金，飞流直下三千尺，砸入冰封的大爷海天池，激起惊涛骇浪。雪崩与泥石流同时淹没无数只镇墓兽，还有停在山顶的五架大型滑翔机。无论公元二十世纪还是公元二世纪的钢铁，全都化作一团废铜烂铁。这是大自然的力量，浩浩荡荡，不可违抗。

唯独拔仙台岿然不动，只是半山腰缺掉了一大块，这便是原本储藏五百吨黄金的区域。

阿幽从姜子牙庙前爬过来，俯瞰悬崖下白茫茫的一片雪野："老金，你要金子，我就给你金子，你与金子千年万载永在一起吧。"

镇墓兽已全军覆没，九色也被掩埋了吗？秦北洋正要跳下拔仙台，却被李隆盛拽住。

李隆盛看着大爷海说："此水极深，我少年时，曾做一竹筏，撑到大爷海中心，放下数百尺长的铁链探测。然而直到铁链用尽，仍未触及深潭之底。古时候就有传说，坠入大爷海的物件，是绝对捞不上来的。"

"如果有人潜水呢？"秦北洋竟想起南海鲛人。

"大爷海极深又极寒，任何人潜入水中，不超过一分钟便会冻死。"

这番描述让秦北洋想起北极冰火岛。这五百吨沙俄黄金，永生永世都无法捞上来了。

阿幽的声音越发虚弱：“阿海的叛乱，老金的变节，太白山上无穷无尽的内乱，皆是这五百吨黄金所致。”

“是这些黄金毁灭了太白山。”秦北洋看着她幽深的双眼，“阿幽妹妹，其实你老早就预料到了这个结局，你才故意把五百吨黄金运上山，将之作为阿海叛乱的诱饵？”

“哥哥，你终于聪明了一回。”

“你们住嘴！”阿海站起来，身后还有中山和十来个幸存的士兵，“阿幽小主，你这一招，果然厉害！只可惜老金贪得无厌，与五百吨黄金一同葬身了。”

“难道你不是为了这些黄金？”

“不，我是为了他。”

阿海的匕首指着秦北洋。

“别杀我的夫君！”阿幽拦在秦北洋身前，双目闪着幽光。

“我还为了一个人——白鹿原唐朝大墓之中的小皇子，终南郡王李隆麒的真身。”

“阿海，十年前从上海公共租界虹口巡捕房惨案开始，你们就在寻找唐朝小皇子，他对你真的如此重要？”

“他是一把钥匙。”

“打开乾陵的钥匙？”秦北洋苦笑着摇头，“你们都中了什么疯魔？可谁又能知道插入钥匙的锁孔在哪里呢？你在乾陵上找到过吗？”

“早晚会找到的。”

太白山上的风吹乱了阿海的头发，匕首慢慢靠近秦北洋的咽喉。

秦北洋纵声叹息：“我死不足惜，只可惜了我的九色，跟一百零八尊镇墓兽陪葬了。”

忽然，太白山的月光下，飞来一只张开翅膀的大鸟。不，它有两对翅膀，宛如四翼蝙蝠，扑扇着冲向拔仙台。

秦北洋痴痴地望向夜空，他认出了他的天使。

苍穹之上，破风而行的飞行兽。

四翼天使镇墓兽，来自北京房山唐朝景教徒大墓。墓主人是修建“大秦景教流行中国碑”的伊斯。它是世界上少有的几尊接受过机械化改造的镇墓兽之一，真正意义上的灵魂机械体，远渡过巴黎，航行过北极，又在上海的墨者天工飞行器公司蛰伏。

四翼天使来了，秦北洋的朋友们还会远吗?

然而，天上还有四艘工匠联盟的飞艇，吊舱下都装着类似战斗机的航炮。四艘飞艇射出四串炮弹，从各个角度打向四翼天使镇墓兽。

拔仙台上的秦北洋，仿佛回到巴黎埃菲尔铁塔。四翼天使的一片翅膀中弹，发出火星四溅的爆炸……

飞行兽的四片翅膀已少了一片，四翼天使变成三翼天使。但它向着拔仙台滑翔而来，降落到姜子牙庙的屋顶上。

李隆盛第一个爬上屋顶，骑上四翼天使的脖子，呼唤秦北洋与阿幽上来。

士兵们鼓噪着冲上来，要么将秦北洋乱枪打死，要么将他们生擒活捉。突然，阿幽飞身弹向阿海，袖子管里多了一把匕首，反手划向他的脖颈。

阿幽要抢在自己毒发身亡之前，拽着阿海，拉着太白山，同归于尽。

太白山已死。

彗星袭月，白虹贯日，苍鹰击于殿上……

可惜，阿海本是绝顶的刺客，整个人腰腹倒向地面，侥幸躲过这一击。

阿幽接连刺出三刀，每一击都是搏命。阿海本能地用匕首还击，原以为阿幽会闪身躲避，但她非但没有让开，反而挺着胸膛挨下了这一击。

象牙柄匕首刺入她的胸口，鲜血飞溅了阿海一脸，那条刀疤仿佛瞬间爆裂。

一秒钟后，阿幽浑身绵软地倒下，倒在秦北洋的怀中，碧血染红拔仙台上的残雪。秦北洋已惊得浑身发抖，不敢拔出她胸口的匕首，那镶嵌着螺钿的象牙柄，就像九岁那年插在养母后背心的那一支，并且来自同一个人的手。

阿海也被吓到，放弃匕首，抹去脸上鲜血，举着手枪后退。中山直接跪在地上，向着阿幽小主磕头谢罪。

阿海吩咐士兵们不要轻易开枪，务必活捉秦北洋。拔仙台上的四翼天使叫唤两声，飞艇航炮也不敢开火，生怕打到近在咫尺的阿海。两个大胆的士兵冲上去，却被飞行镇墓兽拖在地上的铁翼切成两段。

阿幽倒在秦北洋怀中，摸着自己的肚子，气若游丝："哥哥，对不起……"

秦北洋亲着她的脸颊："阿幽妹妹，我只要你活下去。"

“我骗了你。我没怀孕，我只要你留在我身边。”阿幽淡淡一笑，月光下，竟像六岁那年光绪地宫的小丫头，“我在想，六岁那年，如果我们没有分开……”

说罢，阿幽拼尽最后一口气，便从秦北洋的怀中挣脱开，又将他推向四翼天使镇墓兽。

秦北洋与李隆盛正要再向她冲去，只见阿幽硬生生拔出插在自己胸口的象牙柄匕首，顿时鲜血迸流如泉涌。阿幽举着阿海的匕首，再次向他搏命冲去。

阿海再也不敢抵挡，更失去了开枪的胆量，仿佛打在阿幽身上的每一颗子弹，都将要刺入自己的心口。他本能地向旁边闪身避让，阿幽的匕首一击刺空，强烈的惯性使然，大量失血加上中毒，让她完全无法控制步伐与平衡，整个人冲出了拔仙台悬崖。

阿幽的胸口喷洒鲜血，把自己变成一把彗星袭月的匕首，攒着仇恨刺向星辰大海。

“阿幽！”

秦北洋再次怒吼，将自己变作第二把匕首，紧跟着阿幽冲向万丈深渊。

在海拔三千七百米的高空坠落，他看到一片苍茫的暗夜白雾，阿幽正在冲向无尽的深渊。他已头下脚上，面孔冲着深渊，双手竭尽全力伸向阿幽。地心引力与自由落体定律让他注定无法抓住阿幽，只能勉强摸到她的一绺发丝，又在瞬间永别。

尼采说，当你凝视深渊的同时，深渊也在凝视着你。

秦北洋看到阿幽的最后一眼，是在茫茫黑夜的虚空之中，两道被泪水模糊的目光……

这是阿幽对他最后的凝视，也是深渊对他的凝视。

接下去就是秦北洋了，他看到自己的泪水在高空飞舞，他几乎看不到头顶的拔仙台，只剩下狂风、云雾以及黑魆魆的陡峭悬崖。

若阿幽粉身碎骨，我也粉身碎骨。秦北洋心想……

就在秦北洋闭上双眼，准备迎接与大地相撞的时刻，一片坚硬的钢铁托住了他的身躯。接着又是一双男人的手臂紧紧将他抓住，然后感到一团灼人的热浪。秦北洋重新睁眼，才看到四翼天使镇墓兽的脑袋，它的双目发出赤光，拖着受伤的身躯，正在太白山的半空中翱翔。

李隆盛也骑在四翼天使身上，抱着它背部的钢铁网格。几秒钟前，他驾驭着飞行兽，冲出阿海与士兵们的重围，跃下拔仙台的悬崖，前来拯救秦北洋。可惜，四翼天使已折断一片翅膀，剩余的三片翅膀无法造成升力，只能向着山下滑翔俯冲。但在幽暗的悬崖峭壁之间，随时可能撞得粉身碎骨。幸好它有蝙蝠般的能力，可在黑暗中辨别方向，通过人耳所听不到的声波，判断距离的远近。

秦北洋搂住镇墓兽的脖颈，疯狂地高呼阿幽之名，希望四翼天使下去寻找阿幽。但在这黑茫茫的暗夜，折翼的四翼天使能踉跄着盘旋飞行已属不易，再要飞下去救人绝无可能。李隆盛从背后抓着秦北洋，贴着他的耳朵说："北洋！冷静！阿幽走了！救不回来了！"

突然，半山腰间冲出一条黑影，闪烁两道琉璃色光芒。同时传来幼麒麟镇墓兽的气味。

九色还活着。

片刻之前，它被雪崩与泥石流掩埋，却没像其他镇墓兽那样呜呼哀哉。因为它是"跳出三界外，不在五行中"的镇墓兽。九色从滑翔机的钢铁废墟中钻出来，双眼透过黑暗，看到缓缓滑翔的四翼天使——只是缺了一只翅膀，飞得踉踉跄跄，只能盘旋滑翔而下。

九色既是火麒麟，也是翼麒麟。它发出呦呦鹿鸣，爬上陡峭的悬崖，纵身凌空飞越，跳向四翼天使镇墓兽的后背。

九色来了。

秦北洋回过头，看到它牢牢抓紧四翼天使的尾巴，如同攀上猛虎后背的猿猴，轻巧地攀爬到飞行兽的后背。九色擦过李隆盛，赤色鬃毛摩擦秦北洋的脸颊。镇墓兽比人类更为敏感，它没有看到阿幽，同时感受到主人心中的悲恸，鹿鸣变为悲戚的哀号。

四翼天使镇墓兽继续下降，它载着秦北洋、李隆盛，还有九色，这些分量让三只翅膀再也无法继续驾驭。

李隆盛高声呼喊："不要坠落地狱谷！"

飞行兽理解他的意思，否则必然撞得粉碎。它再次鼓动残缺的翅膀，勉强向外飞出数百米。秦北洋看不清幽暗的世界，仿佛那不是地狱谷，而是地狱本身……

最后一百米，掠过地狱谷上空。四翼天使沿着陡峭的半山腰，滑落到茂密的树林上空。钢铁之躯的镇墓兽，压断无数枯枝败叶。秦北洋与李隆盛的脸上被划出一道道血痕。

终于，他们坠在山坡的积雪之上。排山倒海般的冲击力，让秦北洋重新陷入雪地，仿佛每根骨头都要断裂，几近窒息。九色就地打滚，安然无恙，跑过来咬着秦北洋的胳膊，这才把他拽出来。李隆盛早有准备，施展“刺客道”轻功，飞上最近的树杈。

四翼天使再也飞不动了，双眼渐渐暗淡，三片翅膀折叠起来，胸口灵石也不再发热，就像正在变冷的阿幽。

九色再次呦呦鹿鸣，喷出几团琉璃火球，在半空中徐徐转悠，发出噼啪巨响，仿佛战场上的信号弹。李隆盛抬头仰望太白山，仍然不断有积雪与碎石坠落。山顶的大火经过雪崩，已经渐渐熄灭。

秦北洋翻身而起，摊开右手的掌心，惊觉手指尖上，缠绕着一绺乌黑的发丝，冰凉而有光泽，就像当年在光绪地宫看到的那道目光——阿幽的头发，最后被他触摸到的一部分。

当他再次高呼阿幽，就要冲向地狱谷去寻找妻子之时，正前方却飘来几支火把，照亮这片荒芜雪野。四翼天使已然无力战斗，小镇墓兽九色与李隆盛摆出决一死战的架势。

倏忽间，秦北洋看到几张熟面孔——首先是钱科，时隔数年未见，打着火炬照亮秦北洋的脸。

秦北洋与李隆盛都松了一口气，钱科与他俩紧紧相拥无言。松开双手，钱科又扑到四翼天使镇墓兽身上，心疼地摸着它断裂的翅膀与伤口。

第二个是鄂尔多斯多罗小郡王孛儿只斤・帖木儿，这位蒙古小郡王的眼眶有些湿润，捶着秦北洋的胸口说：“你还活着啊！真好！真好！老子就说你命大！”

还有第三个人，松明火把嗞嗞作响，照亮一双琉璃色的眼睛，缓慢地分泌泪水。她的皮肤依旧苍白，头发如少妇绾在脑后。她的左手中指上套着一枚玉指环。她走了很远很远的路而来，从十年前的上海滩，从达摩山舍身崖的大海，从北大公主府的屋顶，从纽约自由女神像，从巴黎圣母院的塔楼，从北极维京古墓的欲望女神的密室……

她是欧阳安娜。

第十三章

地狱谷

时隔七年，欧阳安娜再次见到了秦北洋。

太白山山腰的峡谷之中，她的双眼滚动着泪花，却发现秦北洋双眼通红，如同一头发狂的野兽。她还看到了小镇墓兽九色与折断了一只翅膀的四翼天使。九色怎会不认得她？它用脑袋蹭着安娜的裤腿。她发觉这尊镇墓兽长大了，不再是当年大狗的模样。

小郡王猛然捶了李隆盛胸口一拳，骂他为何在汉中不辞而别，怎又会在这里见到他。李隆盛无法解释，他喘息着说："各位，我们必须尽快撤离，以防万一阿海与工匠联盟又找下来！"

"你说啥？"小郡王惊诧道，"阿海在上头？工匠联盟也在上头？太白山上的这把火是他们放的？"

钱科望向太白山的高空，月光下依稀有几艘飞艇的影子。

秦北洋面对突然出现的他们，尤其是琉璃色眼球的欧阳安娜，一时间仿佛在梦中。

他使劲揉了揉双眼，再看着手指尖上的一绺乌黑发丝，便转身冲向地狱谷底。除了李隆盛与九色，其余人不明就里，只能跟着他穿过遍布荆棘的密林，又跳下陡峭的岩石斜坡，来到一片光秃秃的乱石谷底。

扫开表层的积雪，地面到处都是白骨，主要是各种动物的残骸，有华南虎、金钱豹、金丝猴、梅花鹿……甚至大熊猫。间或夹杂着人类的骨骸，有的只剩下残骨碎片，有的还有完整的头骨与肋骨，甚至有太平天国特有的服饰与武器。

秦北洋疯狂地在骨骸堆里寻找阿幽，哪怕只是破碎的身体，哪怕只是一段段的手指头。小镇墓兽九色也在帮助主人寻找，它的感官异常灵敏，绝对不会漏过阿幽的气味。

小郡王与钱科也大致明白了怎么回事，帮助秦北洋一同寻找。然而，他们哪怕掘地三尺，将几千年前古人的遗骸都翻出来了，也未曾发现阿幽的丝毫痕迹。

难道她已变成无数细小的尘埃碎片，抑或追随数日前升天的孟婆去了另一个世界？

阿幽死了，还是羽化飞升了？

刚刚看到秦北洋，安娜准备了千言万语，此刻全被自己活活咽了回去。她没想到此番上太白山，竟会看到这样的凄惨景象。想起十年前在北京城里，百花深处胡同，安娜与阿幽姐妹相称，每每抵足而眠，真希望一辈子都在一起。几年前，阿幽以“秦夫人”身份造访广州越秀山，安娜心中有过瞬间怨恨，但她并不怨恨阿幽。安娜怨恨的是自己，怨恨的是命。

“北洋！不要再找了！”一个时辰后，已是黎明时分，李隆盛规劝一句，仰望太白山的峭壁悬崖说，“阿幽的胸口中了阿海的匕首，又被高丽参里藏的剧毒所害……”

“住嘴！”秦北洋疯狂地叫喊，双手插入地狱谷的骨头堆里，“阿幽不会死的……不会死的……”

小郡王与钱科劝他节哀顺变，人死不能复生。欧阳安娜沉默地退到一边，却撞上了九色。

“九色，我知道，只有你才能劝说北洋。”欧阳安娜蹭着九色的鬃毛说。

小镇墓兽走到主人身边，一双琉璃色眼睛盯着秦北洋。九色的眼里竟也滚出一行泪水，这可不是秦氏墓匠族建造镇墓兽时的设计，而是上古神鹿的眼泪。

“数年前，我与阿幽新婚之时，她曾说过，将来若是死了，请我将她尸首抛入地狱谷，粉身碎骨，来于自然，又还于自然。”秦北洋仰天长啸，“除非她已被太白山的仙鹤所救。”

钱科与小郡王异口同声叹息：“不想北洋竟是如此痴情之男子。”

李隆盛却看了一眼退到侧旁的安娜，双眼闪烁道：“天底下，最难以捉摸的，莫过于男女之间的情事，我等岂能随意揣测？”

秦北洋在地狱谷中下跪，将阿幽残留下的一绺头发，用绸缎包好塞入怀中。

“自古美人如名将，不许人间见白头！”

李隆盛说罢，将跪地不起的秦北洋搀扶起来，眺望天上的星辰。

天空似乎坠落了无数颗星星。

拂晓天明，太白山上的众兄弟，想来已全军覆没。谢天谢地，工匠联盟的飞艇并没有飞下来。秦北洋倒是盼望着再见到阿海，亲手杀他复仇。

李隆盛判断，阿海和飞艇同样元气大伤，损折绝大部分兵力，无力再下山来搜索秦北洋，多半已飞离了太白山。

秦北洋决定上山再查看一番。钱科与马队留守在半山腰，还要看护和修复受伤的四翼天使。李隆盛、小郡王、欧阳安娜，还有九色，陪伴秦北洋登上太白山。他们在隐秘的山间小径走了数个小时，方才走到太白山的悬崖对面。

昨晚的战乱已毁灭了吊桥，李隆盛却知道堡垒中藏着备用的吊索。他按下机关，便有一条带着抓钩的钢铁吊索，牢牢搭在对面的乱石上。大家用绳索绑在腰间，抓着吊索爬到悬崖对面，一时惊险不已。九色虽然沉重，但它的四蹄长出爪子，猴子般灵敏地爬过了吊索。

太白山上已狼藉一片。清晨的太阳出来，积雪反射着阳光，泥石流的碎石到处都是，还有滑翔机的钢铁残骸。山上依旧飘着一阵浓烈的焦味，格物致知大殿已烧成了白地。至于被烧死、杀死以及被雪崩压死的尸体，更是触目惊心，遍地皆是。

秦北洋闯入天上地宫，闻到一股浓烈的火药味。天王陵墓已被阿海炸开，洪秀全的棺材被撬开，当然空空如也，没有任何陪葬品。李隆盛见到这番凄惨景象，不禁跪下磕了三个头。秦北洋相信阿海一无所获，本来就是空棺，什么幼天王，什么天王灵柩，全是谎言。六十多年前，洪秀全已在沦陷的天京灰飞烟灭了。

九色疯狂奔向秦始皇地宫的赝品，面对黄肠题凑巨棺，九色发出悲惨的哀鸣。秦北洋钻进去一看，唐朝小皇子的棺椁已不见了。

阿海偷袭太白山，除了要活捉秦北洋，也是为了获得这副棺椁，以及其中的终南郡王李隆麒的真身。

他们搬走了唐朝小皇子的棺椁，吊装上工匠联盟的飞艇，不知飞去了何处。白鹿原唐朝大墓的小皇子啊，生前英年早逝，死后也多灾多难，先是坟墓被军阀盗掘，棺椁又几经辗转，无数人为争他而命丧黄泉。

九色再次与小皇子分离。秦北洋抚摸着它的鬃毛，自己是失妻之痛，九色却是丧主之灾。

存放在地宫深处的灵石却还在。阿海也知道这东西的厉害，或者说是个祸害，不敢轻易接触，只能任由其留在山上。

奇袭太白山的滑翔机，以及身着毛皮军装的士兵们，显然来自奉天。阿海果然是通天的人物，也许他放出了五百吨黄金的诱饵。

至于独眼金字塔标志的飞艇，必然是工匠联盟提供——奇袭固若金汤的太白山，摧毁刺客联盟的中国基地，自然是工匠联盟梦寐以求的结果。

阿海选择突袭的时间，恰是太白山甲子庆典——这一夜，山上戒备必然松懈。何况孟婆最近刚刚升天。上次阿海叛乱失败，最致命的失误，便是没能找到孟婆。如今老天爷帮忙除去孟婆，可谓天时地利人和。

李隆盛叹息道："北洋，太白山已经彻底毁灭，不要再想着重建天国了。太平天国能在太白山上苟延残喘六十年，活到天崩地裂的二十世纪，便是个奇迹了。"

"是的，我余下的生命，所能做的只有两件事。"秦北洋抽出三尺唐刀，劈在黄肠题凑的柏木黄心上，"一是为阿幽复仇，杀死阿海、中山等叛徒；二是夺回唐朝小皇子的棺椁，为了九色。"

他们走出天上地宫，回到太白山绝顶的拔仙台上，看着云海间沉浮的太阳。

虽说太白山毁灭，但刺客联盟依然活着。秦北洋的腰间，仍然藏着六百年前阿萨辛的金匕首，可以号令天下的刺客。

从关中到西陵

第十四章

关中平原的春天，风沙从长城外黄河边阴山下吹来，夹着鄂尔多斯多罗小郡王故乡的气味。已届而立之年的小郡王，一套蒙古王爷的装束，骑着黑骏马冲在最前头。

第二个是匹枣红马，骑手是脸上蒙着黑布的李隆盛，一副西北人在风沙天常见的装扮。

第三个却身着西洋女装，英姿飒爽，戴着一顶女士遮阳帽，同样蒙着面纱，下半身是一条皮裤，足蹬乌黑的马靴，胯下是全身雪白的母马，她是欧阳安娜。

第四个全身工匠装扮，裤子的膝盖处甚至打着补丁，就像大西北走村串乡的木匠或石匠，背后插着伪装成长柄伞的三尺唐刀，胸口挎着俄国十字弓，骑着一匹杂色的公马。他的长发如同马鬃飞舞，数夜之间，两鬓竟已变得灰白，容貌似乎也沧桑了十岁，不再是当年鲜衣怒马纵横四海的翩翩少年。而他的双眼里没有别的，只有两个字——复仇。

还有第五个，一条赤色鬃毛的大狗，更像高原上的藏獒，凶猛地跟在主人后头，胸口散发着滚滚热流。

四骑一兽，涉过混浊的渭水，奔向西北方向的乾县——女皇武则天与高宗李治的合葬地乾陵。

三天前，他们离开了被毁灭的太白山。钱科从秦岭南麓折返汉中，带走折翼受伤的四翼天使，乘坐卡普罗尼的飞机回上海。他将在墨者天工飞行器公司修复这尊飞行镇墓兽。

秦北洋、李隆盛、小郡王与安娜决定同行，帮助秦北洋为阿幽与太白山复仇。阿海既已得到唐朝小皇子的棺椁，武则天的乾陵恐怕就危险了。他们四人带着九色，星夜赶往乾陵。

远远望见两座乳峰般的山丘，中间一条司马道，矗立着高宗李治的述圣记碑与武则天的无字碑。安娜下马，大胆地爬上乾陵的坟冢之巅。数年前，齐远山曾在此驻扎，女儿九色就是在乾陵丢失的。

谢天谢地，乾陵安然无恙。这座一千三百年的大墓，不是轻易能被挖开的。安娜跪在无字碑前，祈求武则天保佑，必要夺回女皇小孙子的棺椁，杀死恶人阿海，才能确保唐朝唯一没有被盗掘过的陵寝安全。

离开乾陵，渡过渭水，绕过西安城墙，来到白鹿原。秦北洋再次回到自己的出生地。唐朝小皇子的大墓前，依旧荒烟蔓草。秦北洋找到那株老槐树，往下挖三尺就是墓道口。他仔细检查一番，包括底下回填的泥土，确认最近并未有人闯入。尽管坟冢附近仍有几处新鲜的盗洞，但如果没从墓道口闯入，要么徒劳无功，要么已命丧地下。

秦北洋想到了一个人——小木。

过去多年，太白山的刺客们拥有了唐朝小皇子的棺椁，却未能越雷池一步，因为缺少两个关键人物：一是秦北洋，二便是小木。

阿海并不擅长掘墓，老金又死于雪崩。普天之下，唯有小木有能力进入白鹿原唐朝大墓的核心区域，其余任何闯入者都可能在魔方般移动的地宫中困死。

四人一兽，告别白鹿原，纵马向东而去。路过秦始皇陵，绕过华山，出了潼关，在漫天黄土间东行百里，便是丝绸之路的起点洛阳，如今也是陇海铁路的终点站。

出了洛阳南关，沿着伊水路过龙门石窟，便到了大名鼎鼎的盗墓村。

村前有几栋房子被烧成了残垣断壁，空气中残留着焦味。几口新坟刚刚堆起，有女人孩子趴在坟头哭着。秦北洋小心翼翼地抓着缰绳。村民们纷纷逃窜到屋子里，或干脆跑到光秃秃的山梁上。这些家伙对死人并不客气，看到活人反而怕得要命。

好不容易抓到个老妇人，欧阳安娜下马打听小木在哪儿。对方吓得魂飞魄散，问：“你们找小木干吗？”安娜想了想说：“我是小木媳妇的亲戚，她的孩子们的姐姐。”这还真不是说谎。

终于，他们找到了小木家的院子，天井里是一堆被砸烂的坛坛罐罐。秦北洋的眼睛却看出那都是古墓里挖出来的宝贝，随便哪样东西送到北京琉璃厂都能换回好几百块大洋。

“你们是来找小木的吗？”一个蓬头垢面的女人，蜷缩在墙角，搂着两个男孩说，“他已经被人抓走了。”

她的口音明显不同于盗墓村的本地人，而是带着江浙与海岛的味道。

“海女？”

安娜蹲下来，仔细看着她的容颜，她曾经是东海达摩山上的维纳斯。

多年未见，海女的身材变得更加丰腴，皮肤也被晒黑了，眼角多了许多细纹，唯独头发还像海藻般光滑。

“我是安娜！”她摘下面纱。安娜的变化并不大，若非一身成熟装扮，还能伪装成女大学生呢。安娜抚摸着两个男孩，“都这么大了啊。”

她还记得这两兄弟的名字——老大叫欧阳樯橹，老二叫欧阳连帆，他们是欧阳思聪的幼子，也是欧阳安娜的同父异母弟弟。

海女一把鼻涕一把泪地说：“一个月前，有支军队包围了盗墓村，抓走了小木。村民们意图反抗，毕竟小木是盗墓村的首领，军队无情地开枪，杀死十几个男丁，烧了几栋房子，便扬长而去。绑走小木的那个男人，脸上有一道刀疤，他是阿海。”

“果然是他！”安娜问，“你可知阿海要把小木带去哪里？”

海女皱起眉头想了想，好像阿海说起过“挖开清朝的皇陵”。

“挖开清朝的皇陵？”

小郡王倒吸一口冷气，他是世代蒙受清朝册封的蒙古诸侯，要是郡王老爷子听说了简直要气死。

“我明白了！”李隆盛说，“阿海跟我一样，和清朝有着不共戴天之仇。因此，他才会从小被送上太白山，被训练成以推翻清廷为己任的刺客。”

“去清朝皇陵！”秦北洋跨上马，看着九色的琉璃色双眼说，“我们去阻止阿海。”

安娜交给海女一百块银圆，说是给两个弟弟的礼物，买些干净衣服，别饿着冻着了，更要送去学堂读书，切勿耽误学业。

海女说，这两个孩子，是海盗之王欧阳思聪的种，宁肯让他俩长大后做海盗，也绝不会做盗墓贼的。她捏着安娜的手，再看一眼秦北洋说：“求求你们，把小木活着带回来。除了掘墓，他没有做过伤天害理的事。现在他才是这两个孩子的爹。”

“我懂了。”欧阳安娜抱起两个男孩亲了亲，不免想起留在南京的女儿。

出了盗墓村，俯瞰静静的伊水，秦北洋在马上说：“安娜，你不必跟着我们去，你回上海去照顾女儿吧。”

欧阳安娜微微一愣，虽说久别重逢，但秦北洋除了分析如何找到阿海，始终沉默寡言，尤其避免跟安娜单独相处。每到夜里，秦北洋还要寻找古墓钻进去，形如食尸恶鬼，教人望而生畏。

她直视秦北洋的双眼：“你要赶我走？”

“复仇是男人的事，与女人无关。”秦北洋转头看向苍穹，“这是我与阿海之间的仇怨。”

“与我无关？你忘了吗？十年前，上海虹口海上达摩山的灭门案，我的父亲欧阳思聪，便是死于阿海之手。”安娜纵马向前，“北洋，若是三个月内，还是不能找到阿海复仇，我自会离去，请你不必担忧。”

秦北洋无语，他要报杀父杀母与杀妻之仇，安娜同样也要报杀父与灭门之仇。

李隆盛拍了拍他的肩膀道：“你的身边总有奇女子。”

暮春时节，秦北洋、欧阳安娜、小郡王、李隆盛穿过华北平原，来到保定西北的易县。二十年前，秦北洋被京城名侦探叶克难从天津带到这里，从此改变一生。

小郡王手搭凉棚，永宁山的松柏如大海起伏，埋葬着前清的雍正、嘉庆、道光、光绪的四座帝陵，还有三座后陵与三座妃陵，更埋着王公、公主等许多皇亲国戚。

穿过火焰牌坊，便是巍峨的大红门。当年守门的八旗兵丁，早已树倒猢狲散，门槛内外布满杂草。闻着陵墓的气息，九色冲到最前头，犹如倦鸟归巢。清朝灭亡也才十多年，神道上的石像生已经残破了。

秦北洋先看了雍正皇帝的泰陵。小时候，他曾夜闯宝顶城楼，撞见过四爷的亡魂。四人围绕宝顶一周，加上九色对于陵墓的敏锐感觉，确认这座坟墓尚未被盗掘。

他们又查看了嘉庆的昌陵、道光的慕陵，均无破坏迹象。只是荒烟蔓草遍地，恐怕过不了几年，就会像明十三陵那样陷入尘埃。

来到光绪帝的崇陵。门口倒有几个守陵的老旗人，世代居住在皇陵。清朝覆灭，八旗粮饷断绝，只能种地伐木，自力更生，生活落魄，形如乞丐。他们看到穿着蒙古袍子的小郡王，仿佛见到亲人。帖木儿赏给每人几块大洋，打听近日是否有可疑人等来过皇陵。

回答皆是没有，这几年天下大乱，皇陵倒成了世外桃源。不知有晋，无论魏汉。他们也不知如今是谁坐了天下，还以为“万岁爷”溥仪依然住在紫禁城里呢。

小郡王谎称自己是来祭拜光绪皇帝的，守陵的旗人恭迎他们入内。先是五孔石桥，过桥有两尊石望柱，接着是大牌楼与碑楼。然后是宏伟的隆恩殿，木料皆为坚硬的铜铁藻，犹如铜梁铁柱。一路畅通无阻，穿过三道琉璃门，进入宝城，迎面是石五供与明楼。地宫就在明楼背后的宝顶底下。

除开窃国大盗袁世凯，这是中国最后一座帝陵。清朝灭亡前夕，墓匠族秦氏父子建造了陵墓最核心的部分。秦北洋人生当中第一次禁闭与博览群书，也在这座地宫内。他想念起了镇墓兽大羿，却祈祷永远别再见到大羿，因为那意味着陵寝被侵犯，老爹秦海关的心血被糟蹋。秦北洋跟阿幽第一次相遇就在这里，在地宫旁的密室，从老太监手里救了阿幽的命。那一年，他九岁，她六岁。

秦北洋躲到宝顶坟冢后大哭一场。九色跑来用脑袋顶了顶主人，这是一尊懂事的镇墓兽。

小郡王却在嘀咕：“李隆盛上哪儿去了？”

他们在明楼上找到了李隆盛，这里有尊石头刻着“德宗景皇帝之陵”。李隆盛竟在给光绪皇帝鞠躬上香。秦北洋惊骇，自己抹眼泪是为阿幽，李隆盛又是为谁？太白山的教育不是对清朝恨之入骨吗？

“我本名李高楼，清朝皇家风水师李先生的幼子，大唐李淳风的后人。”李隆盛回头哑然叹息，“自从上了太白山，我就只知天国梦与推翻清朝。”

秦北洋这才回过神来：“说起来，我们两家还是世交。”

“风水师李家，工匠秦氏，建筑师样式雷——李、秦、雷，这三个古老家族共同撑起了清朝二百六十八年的皇家陵寝。”

李隆盛看着雕梁画栋的明楼，自然出自样式雷的设计；而这帝王陵寝的点穴布局，又是自家祖传的技艺；秦氏墓匠族负责挖掘金井，营造陵墓，制作帝王镇墓兽。三家原本即属内务府的同僚关系。慈禧太后执政时，李先生并未嫌弃秦海关的工匠出身，两人私交颇好，经常一块儿探讨风水与手艺，在圆明园大水法的废墟中走象棋。

“不错，我爹也这样跟我说过。”

“先父虽是皇家风水师，却非闲云野鹤之人，而是心系江山社稷与黎民百姓。

他属于帝党，认定光绪帝是比肩俄国大彼得、日本明治天皇的一代明君。父亲支持康有为、梁启超的戊戌变法。当初他算过一卦，认定袁世凯不可信任，但是谭嗣同不听劝，结果铸成大错。戊戌六君子被斩首时，父亲带着八岁的我，来到刑场给英雄们送行——父亲强迫我亲眼看看，中国人的英雄是怎样被自己的同胞屠杀的。”

“可惜了戊戌六君子！”

秦北洋在心中念了一遍：“我自横刀向天笑，去留肝胆两昆仑。”

“六君子上法场，光绪帝被禁闭。父亲甚至策划过光绪帝逃出瀛台，避难到上海租界另立朝廷。两年后，庚子变乱，叶赫那拉氏那个老淫妇，害怕八国联军利用我父亲来反对她，下令对我家诛灭九族。不足十岁的我，亲眼看着父母双亲、弟弟妹妹，老小十几口人，全被清廷秘密处决。有的用刀子，有的用石头，有的用热毛巾捂脸使之窒息，有的……”

光绪帝的明楼，仿佛站在皇帝棺材板上，欧阳安娜与小郡王听着这番对话，后背心一阵阵冷汗。

秦北洋摆了摆手：“清廷之野蛮残暴，可想而知，你不必细说！”

“而我侥幸活了下来，因为落到一个太监的手中。”

“太监？”

秦北洋想起九岁那年，就在这座陵墓之下，遇到过一个可怕的老太监，把阿幽的哥哥灌入水银做了人殉。但那太监誓死效忠光绪帝，岂能与李先生作对呢？必然不是同一人。

“嗯，太监都是阉人，不能行男女之事，却热衷于玩弄戏子与娈童。”李隆盛嘴唇颤抖，“而我十岁那年，长得眉清目秀，不是戏子，胜似戏子，便被那龌龊的太监……”

“你不必说了……”秦北洋盯着李隆盛近乎完美的面孔，“我懂！”

李隆盛的眼眶发红：“你不懂！我落到那太监手里，七天七夜，是我此生最惨痛的记忆。最后一夜，八国联军打进北京城，那太监要跟慈禧太后西逃。我趁乱逃出他家，正要跳入水井自尽，却被人抓住了脚脖子。”

“是谁救了你？”

“孟婆。”

秦北洋恍然大悟：“怪不得，她最惦念的人是你。”

“嗯，庚子年，孟婆到北京，是为在兵荒马乱中，寻找刺杀慈禧太后的机会。

可惜她没能得手，却意外救出了我。我想她也是看中了我的身世，看中了我与清廷的不共戴天之仇，决定把我培养成天下一等的刺客。可我根本不想做什么刺客，而是一心求死。但孟婆不让我死，我便求孟婆一件事，让她给我一副鬼面具。”

“这是何意？”

“你可知兰陵王？”

“北齐兰陵王高长恭？”秦北洋自然知道，哪怕只是稗官野史，“据说兰陵王长相极为俊美，战场上易被敌军轻视，便戴上鬼面具杀敌。《兰陵王入阵曲》后来传至日本，为宫廷雅乐。我在京都读书时，看过日本人表演的兰陵王。”

“十岁的我戴上面具，因为受到那个太监欺负，我再也不敢以真面目示人，总觉得只要任何人看到我的脸，就会欺负我、占有我。”

“我明白了……”

秦北洋微微叹息，果然如托尔斯泰所说，不幸的各有各的不幸。

“无妨！无妨！但知道这秘密的人，寥寥无几，只因你我有缘，我才告诉你。”李隆盛按着他的肩膀，“孟婆给了我一张鬼面具，让我戴在脸上，又用黑布蒙面，以免引人注意。我们尾随着慈禧太后逃亡的队伍，一路翻山越岭来到西安。”

“我的爹娘也在那逃难队伍里，严格来说，我也在啊——在我妈的肚子里。”

“北洋，我认得你爹，小时候我叫他秦叔叔。你我生来便有缘分。”

“难不成……你看着我出生？”

秦北洋细思极恐，后背心都凉飕飕的。

“孟婆尾随慈禧太后，除了要刺杀，还有个目标，便是你爹——皇家工匠秦海关。我记得那日的节气是小雪，我和孟婆尾随你爹娘到白鹿原。到了唐朝小皇子大墓前，你娘竟然临盆要生孩子。一眨眼，飞沙走石，你爹和你娘渺无踪迹。我和孟婆在乱草丛中静待半个时辰，听到古墓里发出轰隆声，仿佛有千军万马奔腾……才见到你爹带着你娘出来，怀中抱着个婴儿。”

“那就是出生在唐朝古墓地宫中的我。”

秦北洋低头看着九色——原来这头小镇墓兽，不是自己出生的唯一见证人。刚才李隆盛说“你我有缘”，原来就是这缘分！

“当时孟婆就说，这孩子比秦海关重要一百倍。她的第二句话是——等这个孩子长大。然后，我就跟着孟婆上了太白山。”

“所以……二十年前在天津德租界，你们对我动手，杀害我的养父母，也是因为孟婆的这句话？”

“对不起！清廷偷袭太白山，劫走了阿幽兄妹俩，我们不得不提前行动。”

“Das Schicksal.”

秦北洋说了德语“命运”，搜肠刮肚，只有一句，记不清上次说德语是什么时候了。

“很抱歉，二十年前的事，也有我的一份。刺杀的那一夜，我在你家巷口望风。”

“原来第三个刺客就是你！”

“那时我只有十九岁……”李隆盛拔出腰间的匕首“白虹贯日”，放到秦北洋手中，神色无畏，引颈就戮。

握着这把象牙柄的匕首，秦北洋的右手在发抖。安娜尤为紧张，害怕会爆发一场血战。

李隆盛坦然道：“自古以来，习武之人，只知江湖恩仇，不问金瓯破碎，更不问天下苍生。戊戌变法失败，像大刀王五那样的侠义之士，屈指可数。”

“哐当”一声，匕首落在崇陵明楼的地砖上……

“杀你又有何用？自我出生二十八年来，你们杀来杀去，无辜献祭的生命还少吗？”秦北洋仰天苦笑，“而我躲过这一劫，来到西陵地宫，恰好救了阿幽的命。”

“北洋，你我可否约定，绝不以个人的快意恩仇，凌驾于四万万同胞之上？”

“一言为定！”

李隆盛与他双手相握：“你我是敌是友，自有时间来证明。”

“可你后来又是如何摘下鬼面具的呢？”

“二十岁，孟婆准许我离开太白山。她说我既不适合做刺客，更不适合去挖墓。她劝我不要在太白山上蹉跎岁月。清廷奇袭太白山，酿成那场大灾难，还是因我而起，不如把我这个灾星送走。我带着孟婆赠送的一笔巨款，远渡重洋，到英国读书，摘掉鬼面具，露出本来面目，改名李隆盛，自称唐玄宗李隆基之后，考进剑桥大学物理系。”

“我羡慕你，跟我同样遭遇大难、孤苦伶仃，但你能读上最好的大学，而我呢？”

“后来，我回到过太白山几次，有一次，便是专门为你而回来的。”

“就是整整十年前的春天，我被阿海等人掳到太白山，我还以为做了一个漫长的梦。在梦中，有个戴着鬼面具的老师，教授了我‘地宫道’。”

“当我戴上鬼面具，我就有仙风道骨。而当我摘下鬼面具，我就有了人性的弱点，有了酒色财气，比如我对楼兰英卡的始乱终弃。”

小郡王也插上了话：“哎呀，只要先帝的陵寝安全，我等就放心了，还是快点走吧，别总是踩在光绪爷的头上。”

光绪帝陵东侧一里地外，还有一座小型陵寝。小郡王向旗人打听，才知这是崇陵妃园寝，葬着光绪帝的两位嫔妃，一位是珍妃，另一位是瑾妃。

李隆盛叹息道：“珍妃娘娘与光绪帝情深意浓，庚子年，被慈禧太后下令，由崔玉贵执行，沉于紫禁城的井中。”

“几年前，我都亲眼看到过故宫中的珍妃娘娘显灵呢！”小郡王下马对着珍妃墓跪拜。

安娜叱道：“休得怪力乱神。”

秦北洋回头看了光绪帝的崇陵一眼，这位墓主人命途多舛，郁郁不得志，最后十年沦为阶下囚。他的一生贵为帝王，却只钟爱一个女子。死后同穴而葬的是皇后，两位嫔妃只能葬在陵寝之外。秦北洋想起自己这一生爱过的女子，因为自己而死去的女子，再看看眼前的欧阳安娜，不禁唏嘘。

出了大红门，安娜信口说道：“这里暂时是安全的，难道海女听错了，阿海并没有挖掘清朝皇陵的计划？”

小郡王面色已经发白，胯下黑马频频扬起前蹄，他费劲地驾驭着马匹说：“这里是清西陵，埋葬着四位皇帝。但在北京以东的遵化县，却还有一座东陵，埋葬着顺治、康熙、乾隆、咸丰、同治五位皇帝。慈禧太后也葬在东陵。”

“晚清以来，同治、光绪不过都是傀儡，真正执掌大权的是慈禧太后，犹如女皇武则天。阿海若是仇恨清朝，首先便是仇恨慈禧太后。他的目标怕是要去挖清东陵的慈禧太后墓。”李隆盛的声音微微颤抖，“叶赫那拉氏杀我全家，我也恨不得掘了她的墓。”

秦北洋看着九色：“我爹说过，慈禧太后的镇墓兽就是他亲手做的，我可不想让我爹保护的陵墓被盗掘。”

第十五章

从北京到北平

四人一兽，跨过永定河的卢沟桥，经过兵荒马乱的南苑，踏进了北京正阳门。

已是阳历六月天，前门箭楼上，五色旗换成青天白日满地红。站岗的士兵也换成国民革命军。昨天北京刚改名为北平，恢复五百年前朱元璋封四皇子朱棣为燕王时的旧名。既然去掉“京”字，便不再是中华民国的首都。风水轮流转，孙中山先生钦定的南京终于扶正了。

鄂尔多斯多罗小郡王一打听才知——数日前，盘踞北京的奉军刚撤退，张大帅乘专列出山海关去了。专列路过奉天郊外的皇姑屯，突遇炸弹，整节列车炸上了天，大帅隔天身亡，今日才公布消息。有人说，张大帅是被国民革命军炸死的，也有人说是死于奉系军阀内讧。

李隆盛分析道：“恐怕是日本人干的吧！”

路过前门大栅栏，商家们都已换上青天白日旗。要是哪天清朝复辟，同样这批市民也能马上举起黄龙旗，甚至装上假辫子。

小郡王是北洋政府的议员，尽管议会早被军阀解散，但他在北京有根基，在南锣鼓巷置办了一处大宅门，金屋藏娇了几房姨太太。他明媒正娶的是前清的格格，远在鄂尔多斯的郡王府里侍奉公婆呢。帖木儿把秦北洋、欧阳安娜与李隆盛安置在府邸中，每人单独一个院落，各有仆役伺候，果然是达官贵人气派。

安娜刚安顿下来，便抓起电话，给南京申建丰的官邸打了个长途。她跟申夫人唠了唠家常，便急着让九色听电话。小女儿说话不慌不忙，乖巧地向妈妈问好，让妈妈在外行走注意身体。她又说干爹干妈都对自己很好，申夫人还带她去玄武湖和紫金山玩过呢。

申夫人接过电话：“达令，你不要挂念齐远山了，他为二次北伐立下大功，如今就在北平，你还不快去找他！夫妻该团聚啦，上帝保佑你们！Good night.”

安娜长出一口气。原来丈夫就在北平，此地名媛如云，漂亮戏子也不少，或许他身边已有了佳人。她狠狠心，决定暂时不去找齐远山。如今国难当头，多事之秋，就让他安心领兵打仗吧。中国需要一个优秀的将军，可不要拖了他的后腿。待到杀了阿海，安娜自会回到丈夫和女儿身边。

突然，房间里电灯灭了。安娜惊慌出来，大宅门漆黑一片，仆人们说是全城停电了。

秦北洋也冲到四合院，他问：“有没有看到九色？”安娜摇头。他们都猜到九色去了哪里。两个人坐在屋檐下，心里头有千言万语，却一句话都说不出，默默遥望北平的月牙儿。

后半夜，九色回来了。它是幼麒麟镇墓兽，收起鹿角，褪下鳞甲，变回一条獒犬模样。但它浑身臭不可闻，任何人靠近都会被熏得晕倒，全是重金属化学污染物。时隔多年，九色的“毒瘾”又犯了，半夜逃出去偷袭了发电厂，吞吃了大量有毒物质。

秦北洋半蹲下看着它的琉璃色双眼：“九色啊九色！你会不会变成一只怪物？”

次日一早，秦北洋与九色出西直门，去了一趟京西骆驼村。

当年的山神庙还在，他掘开摇摇欲坠的山墙背后，掘地三尺，发现空空如也——十年前，秦北洋亲手在此埋下的《秦氏墓匠鉴》不见了。

这可是秦氏墓匠族传承了千年的宝贝，老爹秦海关心心念念的传家宝，记载了墓匠族与镇墓兽的许多秘密技艺，天下工匠梦寐以求之物。秦北洋后背心直冒冷汗，和田暖血玉也热了。他发觉整个骆驼村，都有被新近挖掘的痕迹。

秦北洋才知数日前，有支军队赶走骆驼村全体村民。隔了两天，村民们回家，整个村子已面目全非，仿佛被掘地三尺。村民们辨不清国民革命军与北洋军阀，也不晓得是哪家来路。

有人盗走了《秦氏墓匠鉴》，秦北洋让九色嗅着墙角气味：“九色啊九色，你闻到阿海的味道了吗？”

九色摇头，表示一无所知。秦北洋没辙，悻悻然回北平城。

到了鄂尔多斯多罗小郡王官邸，他抓着帖木儿说："我们还是快点动身去东陵吧！"

小郡王捂嘴道："莫着急，去东陵前，务必在北平见几个人，否则就算到了东陵，也可能徒劳无功。"

"要见谁？"

"其中一位，恰是你的老熟人。"

小郡王带着秦北洋、欧阳安娜以及李隆盛，牵着九色出门，来到鼓楼外一座四合院。敲开门，主人穿着宝蓝色薄布长衫，黑礼帽下目光凌厉，鼻子下两撇浓黑的胡须。

果然是老熟人——京城名侦探叶克难。

"北洋！"

叶克难看到满头长发的秦北洋，唏嘘不已。

"四年前，托您和小郡王的福，把我从紫禁城里救出来。叶探长，我这辈子只想做一件事，这件事也与你有关。"

"难道你还想着复仇之事？"

叶克难何等聪明，听到也与他有关，自然想起二十年前，天津德租界灭门案。

"不错！这次不仅是杀父杀母之仇，而且又新添了杀妻之恨！"

"你是说阿幽……"

秦北洋不想再提起太白山上的伤心事："一言难尽！"

欧阳安娜与叶克难也好久不见，两人寒暄叙旧。叶克难知道齐远山已是国民革命军的红人。身为齐夫人的安娜，又是达摩山伯爵基金的操盘人，早已不是当年的小姑娘了。

不过，叶克难对李隆盛颇为防范，他把秦北洋拉到后院问："北洋，此人到底是何来路？你在我眼里始终是个孩子，可不要再上当受骗吃闷亏了。"

秦北洋已无须隐瞒："二十年前，摄政王派遣新军精锐偷袭太白山，就是为了抓他！"

"你是说……"叶克难倒吸一口凉气，"皇家风水师李先生的幼子？"

"正是他。"

"怪不得，第一眼见到此人，便有一股肃杀之气。"

“叶探长，袁世凯称帝那年，以及张勋复辟那时，秦北洋两次遭遇太白山刺客们的袭击，您都恰到好处地及时相救，这可不是巧合呢。”

说话的是李隆盛，不知不觉间，他已站在叶克难与秦北洋的身后。

“此话怎讲？”

叶克难没有轻易否认，更让秦北洋觉得惊奇。关于这个问题，他也思量过许久，哪有那么巧合之事？但过去叶克难并未正面回答过。

李隆盛微微一笑：“叶探长，您收到的那些小字条，都是我托人送给您的。”

“你……”叶克难舒展双眉，“原来是你！”

“惭愧惭愧，我怕北洋会遭遇不测，便向叶探长通风报信。”

秦北洋也瞪大双眼：“如此说来，是你和叶探长共同救了我的命。”

“直到第三次，我来不及通知叶探长——便是国会议员曲靖和被刺，你追踪阿海与脱欢到铁狮子胡同的陆军部。是我亲手将昏迷中的你带走，连夜乘坐火车再换快马上了太白山。因为我得到孟婆的指令，必须让你活下来，绝不能有半点伤害。”

“想不到，你们还有那么多秘密。”

小郡王打断他们忆旧，单刀直入，说起此次拜访的要点——阿海毁灭了太白山，得到唐朝小皇子的棺椁与尸身，又绑架了洛阳盗墓村的首领小木，下一步行动目标，极可能是清朝东陵。

“东陵？”叶克难装作不慌不忙，其实内心已波澜起伏，“如今局势动荡，东陵处于北京与山海关之间，长城脚下的军事要地，兵连祸结的重灾区。于盗墓贼而言，却是动手的好时机。”

“不错，叶探长，但仅凭我们几人，未必能阻止得了阿海。而且我听说，东陵所在的遵化县，如今驻扎着上万人的军阀溃兵，原属直鲁联军，已被国民革命军收编为第十二军。”

“我明白了，你们要阻止阿海与军阀盗墓，保护清朝皇陵。清朝的是非功过，留待历史学家去评说，但这清朝皇陵，却是绝对动不得的！”

“但阿海也不会轻易动手。”安娜开始分析了，“叶探长，你想想，若是真有人要动手，他们会有什么准备工作？”

叶克难在四合院里踱步，又摸了摸九色的脑袋说：“我想起一人，或许可以帮助我们！”

后海北沿，荡漾的水面上开满了荷花，竟有江南水乡的错觉。一路上都是王公贵族的宅邸，其中最显赫的一栋，便是当年的摄政王府，也是末代皇帝溥仪的出生地。

李隆盛认得这个宅门，却在门槛前停下不动："对不起，叶探长，我不能进去。"

"因为二十年前的旧事？"

"当年摄政王载沣为了抓我，派兵偷袭了太白山，激起一连串腥风血雨。我怕见到载沣之后，忍不住当场刺杀了他。"李隆盛摸着腰间匕首说，"当我长大成人，曾经无数次探访摄政王府，知道这里头戒备森严，几番刺杀不成。我怕是今日进去，反而自投罗网。"

"也好，你在王府外等着吧。"叶克难刚走出几步，又回头，"若非摄政王的密令，我也不可能在天津找到北洋。载沣并非恶人，只是各为其主，劝你一笑泯恩仇。"

"一笑泯恩仇？"李隆盛后退半步，"谈何容易！"

叶克难、小郡王、秦北洋、欧阳安娜带着九色进入摄政王府，果然在第一道门厅被搜身检查，交出所有武器。即便安娜这样的女眷，也被王府的健妇搜身。

终于，叶克难领着大家在西花厅见到了摄政王。载沣已经四十五岁，依然留着辫子，身着长袍马褂，逗着鸟笼子里的画眉。

"呦，我的大探长，什么风儿把您给吹来了？"

摄政王对于叶克难颇为客气，命人给客人们上了铁观音茶、京城的蜜饯，还有西洋的糖果和巧克力。他注意到九色，赞叹这头藏獒漂亮。他还爹着胆子靠近九色，抚摸小镇墓兽的赤色鬃毛，秦北洋真担心九色会把摄政王的脑袋给咬下来。

小郡王是世受皇恩的蒙古诸侯，逢年过节都会来拜访孝敬摄政王，老郡王吩咐不能丢了老规矩，上来就给载沣磕了个头。摄政王皱起眉头道："小郡王啊，什么年头啦，还搞这一套？大清早就亡啦，皇上也从紫禁城被赶到了天津租界。而您可是中华民国的红人，折杀我这遗老了。"

摄政王口中的"皇上"，就是他的儿子爱新觉罗·溥仪。

帖木儿起身道："王爷，此番我与叶探长登门拜访，是想打听一件事。"

"但说无妨！"

叶克难抓着秦北洋的手说："好啊，王爷，我先带一位小朋友给您见见。"

秦北洋心想：我都二十八岁了，两鬓斑白，还什么小朋友啊？也许在叶克难心中，他永远都是天津德租界里九岁的仇小庚。

“这位少侠是……”

摄政王见多识广，看到秦北洋魁梧的身材，炯炯有神的双眼，以及长发披肩的气概，要么是杀人如麻的江洋大盗，要么是行走四方的江湖豪侠。

“王爷，您还记得吗？二十年前，您给我修书一封，让我寻找一位皇家工匠失散的幼子。”

“这……”载沣喝着盖碗茶，看着西花厅的地砖，“对！想起来了！那老工匠就在这个地方磕头，脑门把我的地砖都砸碎了。那天还来了太白山的……唉……不说啦……”

“我就是秦海关的儿子。”

秦北洋直截了当，面对摄政王，没有任何礼节。如果载沣不提老秦磕头砸碎了地砖，说不定秦北洋还会看在老爹面子上鞠躬作揖。既然提了这档子事，反而让秦北洋挺直脊梁，双目直视二十年前的帝国独裁者。

气氛略尴尬，小郡王拉了拉秦北洋说：“王爷，我这位朋友，在外头闯荡多年，不知京城的规矩礼节，请您多担待了。”

摄政王坐回到太师椅上：“无妨！见到我当年用亲笔信解救的孩子，而今长这么大了，我自然高兴都来不及呢，这可是积阴德的好事呢。”

秦北洋正想说若非你的一纸密令，我的养父母也不至于惨死，但叶克难在场，不说罢了。

“王爷，还是说正事吧。当年您要我找这孩子，是为修建德宗崇陵的镇墓兽。如今我们再来找您，却是为了东陵。”

说到这个点上，载沣眉毛微微一挑：“东陵又怎么了？”

名侦探看了一眼秦北洋说：“王爷，您当年派兵上太白山要剿灭的那伙刺客，如今尚有残部活动，他们对于大清可是有着国仇家恨。”

“这些乱臣贼子！难道他们盯上了东陵？”

小郡王补充一句：“据我们的消息，极有可能！何况如今兵荒马乱、改朝换代，北京又被改成了北平，东陵驻扎着多支军阀部队，这些家伙早就垂涎于皇陵里的宝贝。”

“放肆！”摄政王气得砸碎了茶杯，暴跳如雷，“朗朗乾坤，还有没有王法了？当初皇上退位，可是跟中华民国政府签订了条约，务必要保护大清列祖列宗的陵寝，他们岂能自食其言？”

“中华民国的条约不如说是厕纸！”身为国会议员的小郡王自嘲了一句。

“对不住各位，我失态了！毕竟我是皇上的生父，天下既已丢了，我也绝无再重新升起龙旗之心，只求子孙后代富贵，中华国运昌盛，祖宗陵寝平安。”

“王爷，不瞒您说，我们计划过几日去东陵，阻止那伙恶人与军阀们的盗墓企图。”

“好啊！叶探长、小郡王，还有这位秦小朋友。”摄政王对着众人抱拳作揖，又看了一眼安娜，“对了，这位小姐如何称呼？”

“欧阳……我是齐夫人。”

“好，请各位帮助我保护好东陵。”摄政王又命人从库房里取出黄金一百两，“这是我的一点点心意，敬请笑纳。”

“不必了！”叶克难代表大家推辞了黄金，尽管这足够他做探长一辈子的薪水，也足够在北京城里买一座大宅门了，“王爷，我们是为了中国而保护东陵。盗墓本属伤天害理之事，何况墓中文物俱是国宝，岂能落入恶人之手？万一流于海外，岂非民族之耻？这伙企图盗墓的恶人，绝非泛泛之辈，必会做大量准备工作。”

秦北洋插了一句：“除了擅长掘墓的小木，还需要有熟悉陵墓之人。古代陵墓相隔久远，没有资料可循，只能依靠盗墓贼的经验和胆魄。但清朝皇陵不过百十来年，尤其慈禧太后的陵墓也不过二十年。当年参与陵墓修建以及葬礼之人，不少还活在世上呢。”

“正是！”叶克难点头道，“我怕他们会先去找熟悉慈禧太后陵墓之人。”

摄政王重新沏了一碗茶说：“当年的陵墓监督早已去世。不过有位老太监，名叫何常在，从前随侍在太后左右。太后归天之前，指定此人负责下葬事宜，恐怕知道详情最多。”

叶克难急忙问：“这位何太监还活着吗？”

“嗯，今年春节，他还来给我拜过年，说是住在中官村。”

中官村，位于北京城外西北方向的海淀，临近圆明园与燕京大学。明朝的时候，太监便在这一代购买墓地，久而久之，成了太监们养老送终以及埋葬之处。“中官”便是太监之意。清朝覆灭，小皇帝又被冯玉祥赶出紫禁城，太监们流离失所，大多聚居到了中官村，以便死后可以就近入土。新中国成立后，因为嫌弃“中官村”不吉利，郭沫若建议改名“中关村”。谁曾想到，百年之后，此地竟成了中国的硅谷，林立各大互联网企业，房地产大兴土木之时，还从地下挖出了许多太监墓。

秦北洋、欧阳安娜、叶克难、小郡王、李隆盛以及九色，出了德胜门，骑马来到中官村。一群身着清朝大袍，脑后留着发辫，貌似老太太的人，正坐在屋檐下晒太阳。

安娜低声说：“这些人让我感觉恶心。”

小郡王甚至认得其中几张面孔，当年去紫禁城进贡时碰到过：“他们都是太监。”

“我看他们更像僵尸。”

秦北洋联想到古墓中见过的那些怪东西，直到几年前，这些家伙还堂而皇之地霸占着北京城的正中心。

小郡王下马打听到何公公住所，来到一处富丽堂皇的宅院门口。太监最为腐败，各种索贿受贿与贪污，老了以后都能置办宅院，可惜没有子孙可传。五人踏入宅门，却见得一片萧条破落景象。

令人称奇的是，屋里还有女人，四十来岁的妇人，稍稍有些姿色，叉腰横眉问道：“什么人？”

“请问何公公在府上吗？”还是小郡王最会说话，提起一盒礼物，“晚生从鄂尔多斯来，早年承蒙何公公关照，特来探望致谢。”

“七天前，他被一伙强盗抓走了。”

“什么？”叶克难走到她跟前问，“请问你是？”

“我是何常在的媳妇。”

安娜忍不住问：“太监也有媳妇？”

“我本是宫女，在宫廷服侍裕隆太后，又服侍皇后婉容，前几年被赶出紫禁城，便跟何常在做了夫妻。”

小郡王常在宫廷行走，明白这在古时称作“对食”。太监并非完全与男女之事无关，有的嫔妃得不到皇帝恩宠，或年纪轻轻守寡，欲火难填，会让年轻貌美的小太监服侍自己，即所谓的“上床太监”。传说安德海便是慈禧太后的“上床太监”。太监娶妻，一方面是照顾家务，另一方面也是老太监性虐待的对象。

“能去屋里坐坐吗？”叶克难总在试探遇到的每一个人，“我是警察局探员，何公公被强盗抓走，此案重大。”

老宫女不敢阻拦。进了屋子，叶克难看到墙头有个相框，是个中年太监，穿着官袍，背景像中南海瀛台。李隆盛也凑过来看照片，直勾勾地盯着太监的面孔。

“看什么？”老宫女警觉地抢过相框，“这是庚子事变前，一个西洋摄影师给何常在拍的。”

突然，李隆盛从怀里掏出象牙柄匕首，插上相框，恰好命中照片里何常在的眉心。

秦北洋一把抓住他的胳膊：“你认得他？”

李隆盛收回匕首，退到屋里角落，不再言语。

叶克难又问：“何公公被抓走时，可被强盗劫走了什么财物？”

“强盗什么都没抢，只说何常在本人就是无价之宝。”说话间，老宫女下意识地往头顶瞟了两眼，“自从大清国翻了船，我们啥都没有啦，早年老何的积蓄早就花光了，家里值钱的也都给了当铺，偶尔从紫禁城里偷点古董去琉璃厂换钱，还不够平常的吃用开销呢。”

“等一等！”

叶克难看着头顶房梁，沿着墙根爬上去，在屋顶下仔细搜索，终于在暗格里发现了一个木匣子。

老宫女脸色分外难看起来，小郡王拦住她以防万一。叶克难取下木匣，还有把铜锁。他问老宫女拿钥匙，自然得不到回答。秦北洋仔细琢磨铜锁，前些年他自学了锁匠手艺，三下五除二便开了锁。

木匣子打开，里头竟是个账本，蒙着厚厚的灰尘，仿佛死人骨灰扑面而来。

安娜皱起眉头，秦北洋小心地捧出账本打开，里面写满密密麻麻的蝇头小楷，其中有不少圈圈点点、涂涂画画，字迹模糊，形如狗爬，显然是文化水平不高的太监手抄的。

随手翻到一页，秦北洋轻声读出：

“太后未入棺时，先在棺底铺金花丝褥一层，褥上又铺珠一层，珠上又覆绣佛串珠之薄褥一床。头前置翠荷叶，脚下置一碧玺莲花。放后，始将太后抬入。后之两足登莲花上，头顶荷叶。身着金丝串珠彩绣礼服，外罩绣花串珠挂，又用串珠九练围后身而绕之，并以蚌佛十八尊置于后之臂上。以上所置之宝系私人孝敬，不列公账者。众人置后，方将陀罗经被盖后身。后头戴珠冠，其傍又置金佛、翠佛、玉佛等一百零八尊。后足左右各置西瓜一枚，甜瓜二枚，桃、李、杏、枣等宝物大小共二百件。身后左旁置玉藕一只，上有荷叶、荷花等；身之右旁置珊瑚一枝。其空处，则遍撒珠石等物，填满后，上盖网珠被一床。正欲上子盖时，大公主来。复将网珠被掀开，于盒中取出玉制八骏马一份，十八玉罗汉一份，置于后之手旁，方上子盖，至此殓礼已毕。”

秦北洋念得不紧不慢，老宫女面色煞白，仿佛慈禧太后的棺材已横在面前。

安娜不解地问：“棺材里放那么多西瓜、甜瓜、桃、李、杏、枣？死人又吃不了，不怕腐烂发臭？”

“这可不是瓜果，而是稀世的翡翠、玉石雕刻品。”小郡王为安娜科普，“当年慈禧太后就赏赐给过我父亲一块翡翠西瓜，绿玉皮紫玉瓤，中间切开，瓜子都是黑色的，巧夺天工，价值在十万两白银以上。”

“这份账簿到底是什么？”

李隆盛再次掏出匕首，这回秦北洋没有阻拦他。

老宫女吓得魂飞魄散，只能交底：“老佛爷下葬前，大太监李莲英誊写了陪葬品清单，我们家老何偷偷手抄了一份，就是这本账簿。我说这会惹来杀身之祸，劝他早点儿烧了，老何不听，还把账簿藏在房梁上，唉……”

“慈禧太后陪葬品的清单！”小郡王双眼发直，“这几张破纸里的记载可谓价值连城呢。”

秦北洋却面不改色，他是见识过五百吨黄金之人，再多的金银财宝堆在面前都如粪土，何况只是纸上的文字！便自顾自地念下去：

“金丝锦被制价八万四千两，镶八分珠一百粒，三分珠三百零四粒，六厘珠一千二百粒，米珠一万零五百粒。红蓝宝石大块者约重四钱十八块，小块者六十七块，奶奶绿五分者二块，碧玺、白玉共二百零三块，略估珠值八十五万四千二百两，宝石约值四万二千两。绣佛串珠褥制价二万二千两，用二分珠一千三百二十粒，约估值二万二千二百两。头顶翡翠荷叶重二十二两五钱四分，估值八十五万两。脚蹬碧玺莲花，重三十六两八钱，估值七十五万两。后身着串珠袍褂两件，绣价八千两，共用大珠四百二十粒，中珠一千粒，一分小珠四千五百粒，宝石大小共用一千一百三十五块，估值一百二十万两。后戴朝珠三挂，两挂珠，一挂红石，约值二百四十五两。后戴十八子珠镜等，共用八百粒，宝石三十五块，约值十九万两。陀罗经被铺珠八百二十粒，估值十六万两。珠冠制价五万五千两，用大珠四两者一粒，估价一千万两……”

说到这价值一千万两白银的大珠子，小郡王下巴快要掉下来了：“我的老天爷呀！英国王冠上的那颗世界最大钻石‘光之山’恐怕也值不了一千万两白银吧？”

“老佛爷最爱这些东西，什么珍珠、玛瑙、碧玺、玉器、金银器皿……”老宫女索性打开话匣子，“老佛爷升天之后，有七个贴身宫女为她沐浴、穿殓衣、覆面巾，器皿事后都要埋葬，我就是七个宫女之一。那些个翡翠西瓜啊甜瓜啊，都是我亲手放在老佛爷身上的。”

秦北洋狠狠瞪了她一眼，念到账簿最后一段：

“东陵完工至封闭三十余年，陆续在地宫内放置珍宝数万件。宝物殓葬完毕，棺内尚有孔隙，又倒进四升珍珠，八分大珠五百粒，三分珠二千二百粒，二分珠一千粒；红蓝宝石、奶奶绿宝石二千二百块，填空的珍珠宝石值二百二十三万两白银……”

说话间，仿佛这屋子里堆金积玉，慈禧太后的尸体直接变成一枚硕大的钻石，万丈光芒刺瞎所有人的眼睛。

秦北洋念完账簿里所有宝物，算出了白银价值：一亿一千六百八十三万两！

“相当于庚子赔款的四分之一。”叶克难猛然一拳打到墙壁上，想起当年在东海达摩山上，他们从恶龙镇墓兽爪下找出百万白银，跟慈禧太后陵墓里的珍宝相比，百分之一的零头罢了，“当时全中国库存白银不足七千万两，多少老百姓因为一两银子便饿死街头。”

“好几支北洋舰队都被装到慈禧太后的棺材里了。给这女人陪葬的是整个中国的国运哪，清朝焉有不亡之理！”

秦北洋心想：这当中还不包括父亲为慈禧太后制作的镇墓兽的价值呢。但这属于绝密，哪怕账簿中也不会记录一笔的。

小郡王又对老宫女说：“大婶你别怕，我们都是摄政王载沣老爷派来的，为了保护老佛爷陵寝，请问何公公是被什么样的人抓走的？我们这就去把他救回来。”

老宫女瘫软在暖炕上说：“一个脸上有刀疤的男人。”

“阿海！”

秦北洋一拳便把桌子砸得粉碎。

叶克难给了老宫女几块银圆做赔偿，又给她写了一张收条，带走慈禧太后陪葬品的账簿，说明自己不是强盗，但这账簿务必要归还民国政府的档案库。

众人离开中官村，约定明日清早，一同赶赴东陵。

第十六章

从北平到东陵

穿过万山丛中的河谷，风景荒凉辽阔，山脊犹如高墙，依稀有残垣断壁。过了将军关，便是黄崖关与马兰关，自先秦以来即为兵家必争之地。农耕民族在群山上筑起高墙，从未真正阻挡过游牧民族的马蹄。长城犹如山脊上起伏的龙脉。烽火敌台，全为戚继光所造，虽大多残破颓倒，但雄立山巅之气势，岂是千百年所能穷尽？

一驾马车内，小木全身绵软地躺着，犹如被土匪绑票的小媳妇，等待上山做压寨夫人。

小木身旁还躺着另一个人——留着花白的清朝发辫，满脸皱纹，就像从坟墓里钻出来，他是何常在，中国最后一个大太监。

一路上，小木跟何常在都沉默不语，因为他俩的嘴巴都被破布堵住了。

东方徐徐吹来的风中，小木嗅到某种熟悉的气味——自打出生起就闻着的，离开这味道仿佛就不能苟活。那是陵墓的气味。

这气味很新，不像小木从前挖过的战国、两汉与魏晋古墓，气味里夹杂不同年代的土层，早已化为灰烬的墓主人叹息，朽烂的木头与剥落的壁画以及慢慢氧化的青铜器。

小木此刻闻到的气味，像一具新鲜尸体，肌肉关节都是柔软的，残留一点点温度，留待他去打开触摸……

两个月前，河南洛阳盗墓村，小木被阿海的军队劫走。他被绑到西安的飞机场，再被塞上一艘飞艇，穿越关中平原的黑夜，直达覆满白雪的秦岭主峰——拔仙台。天国后裔们苦心经营六十年的太白山付之一炬……阿海带着小木闯入天国地宫，炸开天王陵墓，却发现棺材空空如也，传说中的天国宝藏也没能找到。阿海又打开秦始皇陵地宫的赝品，在黄肠题凑巨棺的心脏，阿海打开了白鹿原唐朝小皇子的棺椁。小木只看一眼，便确认躺在其中的少年，正是唐高宗李治与女皇武则天的孙子——终南郡王李隆麒。

盗掘出土十年后，小皇子的尸身仍然未曾腐烂，栩栩如生。小木当即跪下。士兵们搬来工匠联盟提供的机械设备，将巨大的唐朝棺椁搬出天上地宫，装上齐柏林式飞艇的吊舱，扔下无数镇墓兽与人类的尸体。

飞艇离开陕西，小木一路上被蒙着眼睛。到了北平，小木被送上马车。除了阿海，还有个年轻男子同行——他叫中山，相貌让小木想起一个人。

然后，他们来到北平。阿海在中官村找到老太监何常在，终于凑齐了人马，赶赴东陵。

马车的窗帘被风吹开，小木远远望见马兰关南的昌瑞山，东陵到了。

天台、烟墩两山之间，有个险要山口，一条激流奔涌而出，两岸壁立，水势浩大，又称龙门口。此乃清朝帝后梓宫下葬的必经之道。阿海暴露脸上刀疤，他与中山各赶一辆马车，遥遥望见巍峨的石牌坊——五间六柱十一楼，中国面阔最宽的大牌坊。

过了石牌坊，便是大红门。三个门洞犹如三口坟墓的眼睛，两侧逶迤绵延着东陵的风水墙，将整个陵园连同昌瑞山牢牢包裹。大红门前有荷枪实弹的士兵驻守，衣衫褴褛，跟土匪也没啥区别。

大红门外东侧，有一座古朴却破败的陵墓，侧面可见宝顶上的明楼——孝庄皇太后的昭西陵。说起这位孝庄皇后，也是鄂尔多斯多罗小郡王的同族，都是成吉思汗的黄金家族后裔。她是顺治的母亲，康熙的奶奶，亦是多尔衮的嫂子。这是清朝级别最高的皇后陵墓，亦是东陵辈分最高的一位清室祖先。

墙上贴着告示，上书国民革命军第六军团第十二军，大意是本部正在剿匪，进出陵墓的道路封闭，百姓不得擅闯，违令者，杀无赦。

守卫大红门的士兵看到阿海，拉动枪栓，准备射击。阿海高声吆喝："请通报军长阁下，就说海先生从北平来访。"

等了不久，有个军官走出大红门，请入这伙不速之客。神道两边有许多被砍伐的木桩。陵区内曾有八百万株大树，群松遮蔽山峦。即便酷暑，亦似寒秋，被称为

“海树”。还有三条防火道，扫除树木杂草，为免山火蔓延焚烧。前清鼎盛时，陵园内有八旗兵丁一千余人，山后马兰关绿营还有三千余人，加上内务府与礼部驻扎人员，总计超过八千人。皇家陵园内擅自砍树、打猎都要斩首或充军。如今所见，一派童山濯濯，陷入乱砍滥伐。清朝覆灭十余年间，皇室的守陵大臣早已逃得无影无踪。

穿过顺治皇帝的神功圣德碑楼，两侧华表，遥相辉映。神道两旁遍布着石像生，从狻猊、骆驼到大象、麒麟、卧马，以及穿着清朝服饰的文臣武将。到了六柱三门四壁的龙凤门，镶嵌着琉璃壁，门上钉着火焰柱，跨过此门，即为阴阳两隔。

马车无法再过此门，小木被拽下来。阿海吩咐给他松绑，到处都是士兵岗哨，根本没有逃脱的机会。小木乖乖地守在阿海身边，用余光偷瞄风景——正北方的群山，如同九龙入海。虽是七月盛夏，陵园内却有肃杀之气。

阿海掀开第二辆马车帘子，扯下老太监何常在。这阉人已有七十多岁，面色惨白，形同鬼魅，脸上布满褶子，牙齿脱落，脑后梳着雪白发辫，像个掉了头发的北方老太太。何常在抬手挡着烈日，似乎这具僵尸般不完整的身体，转眼会在阳光下灰飞烟灭。当他看到东陵的龙凤门，一座座红墙黄瓦的陵寝殿宇，便惊得跪倒在地磕头。

中山厌恶地踹了老太监屁股一脚：“等打开慈禧老妖婆的棺材再磕头吧。”

龙凤门后是顺治帝的孝陵，清军入关以来第一座皇陵，也是东陵的开山祖陵。顺治皇帝幼年即位，痴迷信佛。清初三大疑案，即有顺治帝五台山出家之说，民间传说是因为董鄂妃，又以讹传讹为董小宛。老百姓都认为孝陵是一座空冢，并无皇帝棺材埋葬，也无金银财宝，所以孝陵逃过了中华民国年间的种种盗墓劫难。

前两天，老太监何常在已把秘密告诉阿海——顺治帝连同棺材在景山寿皇殿火化，遵循了满人在关外的葬俗。顺治帝与皇后、董鄂妃的三个骨灰盒，安葬于遵化马兰峪的孝陵。之后的康熙、乾隆、咸丰、同治等子孙只能沉睡在其左右。

过了七孔桥，士兵护着他们拐弯，路过乾隆皇帝的神功圣德碑楼，向最西端的定陵而去。明十三陵也有一座定陵，墓主人万历皇帝，几十年后同样惨遭挖墓之祸，是为后话不提。清朝定陵是咸丰皇帝的陵墓。咸丰在位期间多灾多难，太平天国占据半壁江山，英法联军又打进北京城，火烧圆明园，逼得他远遁承德避暑山庄而亡。陪伴他逃亡的一位皇后一位妃子，日后都葬在他的陵墓之旁：一位是慈安太后钮祜禄氏，另一位便是慈禧太后叶赫那拉氏。

慈安太后才是咸丰皇帝正牌的皇后。慈禧不过是妃子，但她是同治皇帝的娘，母以子贵，才成了太后。慈安与慈禧两宫并尊，共同垂帘听政二十年——中国同时掌握在两个女人手里。只不过慈安太后性情温顺，早早入土为安，因祸得福，逃过了盗墓贼的惦记。

军官毕恭毕敬地对阿海说："军长阁下正在慈安太后陵墓隆恩殿里等候。"

中山有些紧张，仿佛要赴一场鸿门宴。阿海面不改色，穿过双下马碑、神道碑亭、三孔石桥与隆恩门，踩着凤在上龙在下的丹陛，便踏上了隆恩殿。

小木行走在烈日下，本已汗流浃背，到了幽暗的大殿中，立时阴凉下来，忍不住打了个喷嚏。

大殿里的宝座已被拆除，屏风与牌位等一扫而空，倒是架起了电话线，墙上贴了军用地图，俨然是个司令部。坐在正中的将军，穿着国民革命军的军服，年纪在四十岁左右，脑袋半秃，满脸麻子，想是生过天花的斑点，便是乱世枭雄"孙大麻子"。

阿海叛逃出太白山后，结交了不少北洋军阀，其中就有这个外号"孙大麻子"的将军。两年前，孙大麻子栖身于张宗昌麾下，寄人篱下，艰难困苦，受到了阿海的资金赞助。有几位孙大麻子的政敌，亦是阿海派遣刺客干掉的。

看到旧友来访，孙大麻子起身相迎，亲自搬来太师椅请客人坐下。他又命勤务兵沏茶，对中山、小木与老太监待以贵宾之礼。

阿海双手抱拳："大帅，阿海这厢有礼了。"

"哪儿的话！阿海兄弟，此番又有什么好事情找老哥我啊？"孙大麻子哈哈大笑，阿海一下子将他捧到与张大帅、吴大帅同等地位，岂不心花怒放？

"大帅，您驻军清东陵，司令部设在慈安太后的隆恩殿，隔壁就是慈禧太后的陵墓，司马昭之心路人皆知！"

"哈哈哈……知我者，阿海也！"孙大麻子字魁元，自幼舞刀弄枪，颇有游侠之气，"实不相瞒，俺老孙也是被逼出来的啊！谁不想风风光光地在战场上一决胜负？谁不想打下北京、天津这样的大城市花天酒地？如今形势吃紧，眼瞅着要改朝换代。我这小小的一方诸侯，若是站错了队，跟错了霸主，还不得顷刻间脑袋搬家？"

"我倒是觉得，大帅转投国民革命军这着棋不错呢。"

几个月前，孙大麻子还是北洋军阀直鲁联军的十四军军长，上个月摇身一变成了国民革命军的十二军军长，全靠麾下这一万多号人马。

"可申建丰早晚要对我动手。"孙大麻子走到隆恩殿门口，指着宏伟的陵园建筑，"既然如此，不如干他一票！说不定挖出个金山银山来，也能解俺的燃眉之急！"

“孙大帅，阿海此番前来东陵，就是想助您一臂之力！”

“我正愁如何下手呢。”

“关于挖墓，我倒是有些经验。”阿海望向宫墙的屋檐说，“盗墓不可枉用蛮力，虽说炸药势不可当，但若运用不当，亦可能将所有宝贝炸成齑粉。必须按照门道来盗墓，这样才能确保自身与宝物安全。我们要做的第一件事，便是确定盗掘哪一座陵墓。东陵坐拥五座皇帝陵墓、无数后妃王公与公主墓，务必一个个来解决。”

“自然是慈禧太后的陵墓！”

阿海脸上的刀疤金光闪闪：“当年，慈安太后与慈禧太后的陵墓同时动工兴建，两者紧紧相邻，形制几乎完全相同，就像一对双胞胎姐妹，显示东西两宫垂帘听政之地位平等。但在慈安太后下葬之后，慈禧便不甘于跟‘姐姐’享受同等的死后待遇，便在光绪二十一年，下令把自己修建了二十二年的陵墓——包括方城、明楼、宝城、隆恩殿、东西配殿、东西燎炉等全部拆除重建。故而表面看起来一样，实际上却大不相同。”

“我就知道有不少门道，不是行家办不了这个活儿。”孙大麻子出自中原草莽，干过土匪，少不了跟盗墓贼打交道，“我孙麻子在此发誓，只要阿海兄弟能帮我打开慈禧太后的陵墓，挖出所有宝物，你可分得二成！”

“行家在此！”阿海轻舒猿臂，搂着小木与老太监的肩膀，“没有这两位，任谁都打不开慈禧太后的陵墓。”

阿海为孙大麻子介绍了小木与老太监何常在，称赞小木是盗墓界的奇才，世上没有他打不开的墓。小木谦虚两句，说武则天的乾陵与秦始皇陵是这辈子都不敢想的。阿海贴着他的脸颊说：“在孙大帅跟前，你就放心大胆地干吧，挖了慈禧太后的陵墓，你便是古今中外最伟大的盗墓英雄，日后盗墓界的徒子徒孙都以你为祖师爷了。”

孙大麻子当场赏给小木二百个大洋，又说晚上要赏两个大姑娘给他，小木红着脸谢绝了。

阿海又拽着老太监何常在说：“这位何公公，亲历过慈禧下葬全程，只有他知道墓道口在哪儿，也只有他知道地宫里头藏了多少宝贝。”

孙大麻子照例给老太监赏赐了二百大洋，才想起这老家伙下面没有了，便省却了赏赐大姑娘这道流程。

何常在早已瘫软在地，磕头如同捣蒜。他并非给眼前的活人磕头，而是给这座陵墓以及隔壁的死人磕头。

孙大麻子拉着阿海的手走出隆恩殿："阿海兄弟，你看你脸上有道刀疤，而我满脸都是麻子，咱俩可真是天生一对，命中注定要携手干大事的啊。"

出了慈安陵墓门口的三孔石桥，隔壁便是慈禧陵墓，同样有一座三孔石桥。碑楼里有只大王八般的赑屃，底座石头四角分别刻着螃蟹、乌龟、大虾和鱼。乌龟壳托着个大石碑，用满汉两种文字刻着慈禧太后的谥号——

孝钦慈禧端佑康颐昭豫庄诚寿恭钦献崇熙配天兴圣显皇后

此谥号之长度为清朝皇后之最，可惜才上了三年，大清就完蛋了。老太监何常在跪下磕头，阿海却向赑屃脑袋上吐了口浓痰。

穿过隆恩门，便是富丽堂皇的隆恩殿。老太监一路走一路磕头，碰到凤在上龙在下的丹陛石，更是磕得厉害，仿佛老佛爷仍然端坐在隆恩殿里。殿前有镏金铜鹤与铜鹿，寓意"鹿鹤同春"。阿海与孙大麻子走入隆恩殿，满目金碧辉煌，士兵们都流下哈喇子。

"老佛爷的陵寝啊，豪华程度可是超过了紫禁城，可谓金、木、石三绝。咱先说这'金'，隆恩殿和东西配殿用的叶子金啊，就有四千五百多两，彩绘两千四百多条金龙，六十四根柱子上是铜镏金盘龙。定东陵虽不是帝王陵，耗费却超过了大清朝所有帝王陵，所有原材料都是最好的，京西房山的汉白玉，云南大理的大理石，山东临清的澄浆砖，还有苏州的桐油金砖……"老太监用尖细嗓子说，"再说木绝——整座大殿的梁、枋全都是用海南岛的黄花梨木做成，可谓寸木寸金啊。"

"这是个黄花梨木大殿？"

孙大麻子也知道黄花梨的价值，抬头张望高大的梁柱枋头，果然是贵气逼人。

老太监说开了："最后是石绝——老佛爷陵寝一律用最好的汉白玉，石雕更是极品。您看那些石望柱，上头雕刻着凤凰，柱身里内外侧各有一条飞龙，大清朝独一无二的'一凤压二龙'。这意思啊，就是老佛爷压着同治爷与光绪爷两位皇上。当年我曾经代表老佛爷，来监督陵寝工程，亲眼见到一个姓秦的皇家工匠，雕凿出了这些巧夺天工的汉白玉。"

阿海的眉头微微一挑："何公公，您说的姓秦的工匠，莫不是内务府世袭工匠秦海关？"

何常在唯唯诺诺道："名字不记得啦，只知道他的活计是给老佛爷造镇墓兽，在定东陵的地宫里关了五年才造出来。”

“镇墓兽？”孙大麻子阴沉下面孔：“阿海兄弟，我听说，帝王陵墓中大多藏有一种守墓冥器。所有见到过这种宝物的盗墓者，全被它给杀了……”

阿海转身问：“何公公，您可知道秦海关造的镇墓兽什么模样？”

“那可是皇家的绝密，只有工匠本人与陵墓监督知道。老佛爷下葬那日，我虽也下过地宫，却未曾见到过镇墓兽。”

孙大麻子摸着柱子上的金龙说：“阿海兄弟，难道你见过这种宝物？”

“嗯，非但见过，还有些缘分呢！”阿海又抓着小木的手，“还有你！”

阿海强行掰出他的左手，露出十来年前，在白鹿原唐朝大墓地宫之中，小木被幼麒麟镇墓兽九色咬掉的半截手指头。

有个副官匆匆爬上台阶，在孙大麻子耳边通报：“将军，国民革命军的代表从北平到了。”

孙大麻子拧起眉毛，用手指关节敲打着汉白玉的石栏杆，身边两个师长问道：“大哥，来者不善，见还是不见？”

“见！”孙大麻子抽出手套来抽了抽大腿。

“在哪里见呢？这里不太妥当吧？”

“就在这里见！慈禧太后的金銮殿上！”孙大麻子有枭雄之霸气，“若是藏着掖着，此地无银三百两，人家反而要怀疑咱，不如光明正大。大家记着，咱可不是土匪，也不再是北洋军阀了，而是堂堂正正的国民革命军！”

阿海低声说：“孙大帅，若有客人来访，我不如退避一番？”

孙大麻子点头道：“也好，省得惹麻烦，那就委屈一下阿海兄弟了。”

阿海与中山躲藏在隆恩殿的屏风后。小木与老太监何常在，分别关押在东西配殿。尤其是何常在，还得给他嘴巴里塞进破布，免得发出鬼喊鬼叫，提醒地下的慈禧太后。

一个青年军官踏入隆恩殿，身材颇为高大，肩膀宽阔，胸膛挺直，穿着朴素的北伐军装。青天白日徽章的大盖帽下，藏着一双冷峻的眼睛，当即被穷奢极侈的黄花梨木大殿震惊。

但他迅速恢复镇定，气定神闲地打量宝座上的孙大麻子，行了个标准军礼，微微鞠躬：“本人齐远山，国民政府特派员，奉申先生之命从北平而来，特与军长阁下商讨裁兵事宜。”

把门的。”

“话糙理不糙。”

半斤白酒下肚，孙大麻子已经舌头大了：“有……有句话啊……就是及时行乐……不是说俺要花天酒地，十七八个姨太太，而是握在手里的权力和金子，绝不能浪费了。您看我们脚底下踩着的是什么？就是天大的权力与金子啊！”

“嗯，权力与黄金就是画等号的。”齐远山蹬了蹬地上的“金砖”，底下传出瘆人的回应，仿佛慈禧太后也听到了，“这清朝的皇陵，代表至高无上的权力，同样藏匿着富可敌国的财宝。”

“对啊！你说这皇帝坏不坏啊，掠夺了民脂民膏，既不抵抗洋鬼子，又不造福老百姓，反而埋到了地底下，给慈禧太后去阴间享用了，这不是天大的罪孽吗？”

“古来如此啊，从秦始皇到武则天……慈禧太后又是一个新版的武则天。”

“俺老孙没读过几天书，不管这些古时候的皇上。如今啊，俺也是国民革命军的军长，咱国民革命军是不是孙中山先生的信徒？”

“当然！前些日子我还陪申先生在香山碧云寺祭奠中山先生呢。总理临终遗言：和平、奋斗、救中国！”齐远山将杯中酒洒在地上，“晚生没齿难忘，誓将奋斗毕生。”

“中山先生姓啥？”

“这还用问？姓孙啊。”

“俺也姓孙！”孙大麻子又干一杯，“自然要继承中山先生的革命遗志。俺老孙可不是乱攀亲戚，俺虽出身草莽，但也是忠良之后，俺的祖先乃大明辽东经略孙承宗。”

“孙承宗？”齐远山熟读过史书，立即想起这个名字，“可是镇守辽东，提拔袁崇焕的民族英雄？”

“我这位祖先在直隶高阳殉国，满门老小百余人无一投降，全部遇难，崇祯皇帝也为之流泪。”

齐远山心想，这年头乱认祖宗的不少，河南人袁世凯也差点认了广东人袁崇焕做祖宗，只能抱拳道：“军长阁下果然是英烈之后。”

“跟俺的祖宗比，俺可是惭愧啊！远山老弟，说到革命，中山先生前半辈子都在革谁的命？”

“自然是革清朝的命。”

孙大麻子拽着齐远山的袖子管说：“冤有头，债有主，清朝的总头目是谁？”

“慈禧太后！”

“那个老女人杀了多少革命党？你算算看！秋瑾、徐锡麟……”

“还有改良派的戊戌六君子。”

“血债累累啊！远山老弟，你以为慈禧太后二十年前死了，就能逃过这一劫吗？不能！那可是太便宜她了。不是不报，时候未到……现在正好，我们就要革慈禧太后的命！革叶赫那拉的命！革大清朝的命！”

“军长阁下，您对革命的忠心，真让远山惭愧！”

齐远山心里却想，这个孙大麻子满口革命，不过是打着革命的幌子盗墓罢了。

“好，远山老弟，今晚你好生休息，明天一早，我就要带领兵马，就地革命！”孙大麻子掏出手枪指着地砖，“咱们兄弟也能开开眼界，看看慈禧太后到底长啥样。”

孙大麻子有些醉了，晃晃悠悠出了东配殿。齐远山独自住在这偌大的宫殿里，仿佛跟慈禧太后的鬼魂相伴。他坐在行军床上，反复擦拭手枪。今夜凶多吉少，孙大麻子已交了底。白天在隆恩殿，齐远山总觉得有双眼睛在背后盯着自己，后脖子凉飕飕的。

这一宿，睡不着了，无论是住在东配殿里的齐远山，还是住在齐远山脚下数十米深处的慈禧太后。

后半夜。

齐远山梦见了她，谁都不知道她的真实名字。梦见她在圆明园的波光水色里流连忘返，倚靠着年轻的咸丰皇帝。那样的青春无敌、容光焕发，她在幻想未来的灿烂人生，幻想整个天下在花盆鞋底下拜倒……

头顶有阵风呼呼地吹下来。齐远山睁开眼睛，圆明园的艳阳天，变成清朝皇陵的暗夜。叶赫那拉家的女儿如同灰烬被风吹散，只剩屋顶上一轮月亮。

这不是做梦，而是东配殿的屋顶开了个缺口，有人掀开几块瓦片，垂下一根绳索。

齐远山提着手枪，翻身而起。他的枪法与眼力极佳，一眼便看到屋顶上的人。刚要抬手射击，上头传来一个声音，宛如石头砸下，听得清清楚楚：

“今夜凶险，请跟我上来！”

其实音量很轻，旁人根本听不到，仿佛接了一根耳机线，直接从屋顶插到耳里。“凶险”二字，齐远山早有预料，却不知屋顶上是何方神圣。

犹豫再三，决定上去。齐远山把手枪插在怀中，双手抓紧绳索，双脚在下盘夹紧。这两年戎马倥偬，他越发孔武有力，轻轻松松爬上房梁。

钻出东配殿的屋顶，四周呼啸着陵园的风，夹着清朝五位皇帝的灵魂，齐远山才看清对方容颜——二十来岁的年轻人，身着黑衣劲装，跟自己身形相似，脸庞轮廓以及五官，都有几分神似之处。

他是中山。

“我们见过吗？”

“几年前，在广州，越秀山下。”

“你是？”齐远山皱起眉头，月光越发明亮，记忆也越发清晰，“阿幽的手下？太白山的刺客？”

“嗯……”中山控制情绪，低声说，“此地不宜久留，我们速速离去。”

东配殿门口，包括隆恩殿都有卫兵站岗。陵园外响起行军操练声，偶有一两声枪响，看来大部队正在调动。齐远山知道事态严重，便跟着中山从东配殿爬下去，抓着绳索翻墙，出了陵园。

黑魆魆的荒野中，背后是枝繁叶茂的山坡，尽是风吹松林的沙沙声。齐远山问道：“你为何要救我？”

“哥，你不认得我了吗？”中山拖着齐远山来到山窝子里，打开火折子，照亮自己面孔，“我是中山，你的弟弟啊！”

话音未落，齐远山伸手触摸弟弟眉眼，仿佛触摸一团火焰。兄弟俩的父亲是在辛亥革命那年，被袁世凯派遣刺客所杀，不久兄弟俩便流落街头分离。那时齐远山已十二岁，牢牢记得父亲被杀，全家人痛哭的场景。他被送到军营去做小兵，心里却还惦念弟弟，曾经偷偷跑出来寻觅，却再没了中山的踪迹。

齐远山一把将弟弟推开，扒开中山的上衣，看到肩膀上有块三角形疤痕，泪如雨下……他记得小时候，兄弟俩过年玩炮仗，自己一不留神将鞭炮扔到弟弟身上，炸开一个血口子，留下这道三角形疤痕，他被爸爸吊起来打了三天。

“中山！”

这回不会有错了，兄弟俩终于相认，抱头痛哭。齐远山心想：怪不得啊，几年前在广州越秀山下，看到阿幽身边这个少年，就觉得面相很熟，骨子里有不可言说的亲切感。

齐远山刚想问他这些年怎么过的，又怎会跟太白山的刺客混到一块儿，却听到陵园外响起激烈的枪炮声。齐远山心中一紧，登高远望，黑夜的大红门外，亮起一大片火光。

“哥，别看了，你带来的骑兵连，已被孙大麻子包了饺子。”

“岂有此理！”

齐远山并非没有心理准备，只不过孙大麻子前脚刚跟自己喝过酒，后脚便使刀子，果然心狠手辣。

“这一带兵匪横行，孙大麻子计划是，声称你路遇军阀余部，或撞上关外小六子的部队，全军覆没，命丧长城下。”中山冷笑一声，“哥，军阀就是这样，翻手为云，覆手为雨。”

“弟弟，若非你来提醒，恐怕我已没命了。”

话音未落，慈禧陵墓四周亮起无数火把，果然有大队人马来搜捕他了。

中山拽着他的胳膊说：“哥，我好不容易才见着你，快点逃命去吧。”

“弟弟，你不跟我一起走？”

“明日我还有要事，我们兄弟俩自会再见面。”

齐远山俯瞰陵园：“难不成，明日你也要参与盗墓？”

中山不知该如何作答，背后响起一个男人的声音：“不错，明日就是打开慈禧陵墓的大日子。”

这声音让齐远山的心脏几乎爆裂，他刚转身要摸手枪，一把匕首已顶住脖颈。

月光照亮一道刀疤，齐远山看到了阿海的脸。

“阿海哥！”中山当即跪下为齐远山求饶，“请不要……”

“中山，我早就猜到你会这么做了。只是你应当提前告诉我，而非擅自行动。”阿海后退半步，将匕首从齐远山的脖子上撤走，“齐远山，你走吧。”

“你为何不杀我？”

“杀你对我有何好处？”

“阿海，你留着我这条命，必别有用心。”

“你是聪明人，不必多问，山上有的是藏身之所，千万别再下来。等过几日，清朝皇陵被挖空了，孙大麻子自会撤军，你便能回北平去了。”

齐远山后退两步，双手抱拳：“算我欠你的！”

中山催促一声："哥，快走啊。"

"弟弟，保重！"

说罢，齐远山钻入山上的莽莽丛林，纵使孙大麻子派兵去搜山，也未必能摸到一根毛。

中山依然跪在阿海面前："阿海哥，你要杀我吗？"

"杀你作甚？"阿海冷笑，"你能跟着我从太白山上下来，我俩已是一条绳上的蚂蚱，你这辈子都不可能再回到秦北洋那边去了。"

"是啊，这都是命呗。"

中山心底叫苦不迭，后悔听信了老金的话，关键时刻背叛太白山，非但一两黄金都没分到，反而跟着阿海到这里来挖墓了。

阿海收起匕首："我不相信命。"

"可你为何放走了齐远山？"

"你可知《三国演义》，赤壁大战后的'捉放曹'？"

"华容道？阿海哥，你是自比关云长？"

"错了，我可不是关云长，我才是曹孟德。"

阿海俯瞰整个东陵，看着大红门外的熊熊烈焰，山脚下两座陵墓的宝顶。

第十八章

老佛爷的地宫

宣统元年，农历十月，公元1909年11月15日，慈禧太后正式下葬埋入地宫。

不到二十年后，大祸就要临头了。

次日清晨，大队人马已在慈禧陵墓的隆恩殿前聚集，一半人挺着明晃晃的刺刀，另一半人却扛着铁铲和锄头。

孙大麻子抽了手下军官两个耳光："没用的东西！居然让齐远山逃跑了！"

阿海低声说："孙大帅，山前山后都有人马把守，我怕他也逃不远。"

"今天就动手吗？"

"事不宜迟，不要再出什么幺蛾子了。"

孙大麻子站在大殿前，整了整衣冠，清了清嗓子，发表动员讲话：

"诸位兄弟同袍！请听俺老孙几句话。有人说，咱今天的行动是盗墓！是盗墓吗？是！老子就是盗墓！但老子除了盗墓，还是革命！清朝杀了我祖宗三代，不得不报仇革命。孙中山有同盟会，革了清朝的命；冯焕章用枪杆子逼宫，把末代皇帝赶出紫禁城。我孙大麻子枪杆子没几条，只有革死人的命……发掘东陵，有三大好处：第一，清朝大兴文狱，枉杀士人，诸如吕留良等都被开棺戮尸，我虽不才，亦知以彼之道还施彼身。第二，清朝统治三百年，搜刮的财帛不知多少，今天我掘墓，是为通天下财货，收运转之利，丰藏中华国库。第三，东陵百姓向本座诉苦，多年以来，附近常有尸变为害。俺老孙在河南老家打过僵尸，知道尸变的根源在于坟墓。清廷以金玉珠宝养尸也，久久为患民间，今日本座发掘东陵，便是为民除害，为中国除害，此为一大义举，堪比李寄斩蛇、后羿射日！”

这番讲话看似冠冕堂皇，官兵们振臂高呼革命口号。阿海的嘴角也与刀疤连成了一线。

中山打开个大木箱子，取出一堆玩具积木般的小房子，却是整座慈禧太后陵墓的模样。

“这便是样式雷的‘烫样’。‘样式雷’家乃清朝皇家建筑设计师。这‘烫样’是呈献给慈禧太后所看的小样。数日前，我费了不少周折，才从‘样式雷’后人手里弄来。”

阿海没说他是盗窃来的。他将盗墓贼小木和老太监何常在拖过来问：“你们两位瞅瞅，墓道口到底应该在哪儿呢？”

果然，看“烫样”就一目了然，省却了绕着陵墓和宝顶转圈之苦。小木不敢说话。老太监吊着嗓子说：“这‘烫样’确属‘样式雷’所做，但要老朽说墓道口在哪儿，还是得到了方城明楼下才能清楚。”

孙大麻子、阿海、中山，带着小木与何常在，以及数百名精心挑选过的士兵，穿过隆恩殿背后的三洞琉璃门，便看到了慈禧太后的明楼与方城。

方城就是陵墓坟冢前的一道方形城墙，上头的木制城楼便是明楼。前头还有石五供以便祭祀。穿过方城下的门洞，便是宝顶，俗称月牙城。

虽是盛夏，却是阴气森森。迎面一块琉璃照壁，通常墓道口就在照壁下。阿海转身问小木：“以你的经验，应该从这里开挖吗？”

小木战战兢兢地回答：“这里只是名义上的入口，您若不信，可以向下挖挖。”

阿海又问老太监：“何公公，您记起来了吗？”

何常在照例又给慈禧太后磕头，念念有词：“老佛爷在上，小的罪该万死……”

几个士兵上去扒光了老太监的衣服，露出他光秃秃的下身，大伙儿哄堂大笑。何常在这把年纪，又受这等羞辱，哭得一把鼻涕一把眼泪。

这一幕，看得小木心惊肉跳，怕是下一个就轮到自己了。

阿海沉下面孔，帮老太监把一件件衣服重新穿回去，贴着他的耳朵说：“何公公，这回你想起来了吗？”

何常在哀号着说：“咱家……不……奴才……奴才……想起来了……”

阿海与中山架着老太监的胳膊，绕着宝顶转了好几圈。他们走得迷迷糊糊，后边跟着上百号士兵，铁铲与步枪相互不断碰撞出金属之声，孙大麻子又骂骂咧咧了。

突然，老太监指着宝顶侧面的一块砖墙说："好……好像……是这儿……"

阿海又把小木拽过来说："你瞅瞅，是不是？"

当年在太白山，老金是"地宫道"的好手，精于挖墓和捕捉镇墓兽。而阿海则是"刺客道"的高手，爱好把活人变成死人，但他对死后的世界毫无兴趣，"地宫道"的功夫早就荒废了。既然老金已死于太白山雪崩，普天下除了秦北洋，唯一能帮助他的人，便只有盗墓之王小木了。

小木仔细查看宝顶方位，再结合陵墓与山坡的位置，以及此处与明楼方城的角度关系，提起洛阳铲探了探深浅，点头道："应该是这里了。"

阿海贴着他的脸颊说："你骗过我很多次，这一次，我暂且相信你。"

孙大麻子也不客气，吩咐工兵营就地挖掘。幸好是光天化日之下，还有几百号人壮胆，许多士兵脱了上衣，光着膀子，挥汗如雨。孙大麻子点上一支烟，又亲手给阿海点了一支。火柴划了几次都灭了，其实是手在发抖，却尴尬地说是地底下吹的阴风。

但这墙体极其坚固，不知掺了什么特殊材料。也许是铁汁铜液。工兵营挖了两个钟头，这才挖出金刚墙的砖头。老太监何常在面色一变，再次跪下磕头。小木用手指关节敲打，又把耳朵凑到金刚墙上，点头说："就是这儿了。"

工兵继续挖掘，但这金刚墙如同其名，任由铁铲如何飞舞，只是砸出几个白坑，连裂缝都看不到。这支部队本就缺少粮饷，武器装备低劣，更不会有工程机械。阿海连连摇头，心想：这帮没用的家伙，要是有工匠联盟来帮忙挖墓就好了。

孙大麻子心急如焚道："照这么挖下去，下一次改朝换代才能把慈禧太后给拖出来啊，干脆用炸药吧！"

众人立即退散到方城外，工兵营在金刚墙下埋了炸药，远远按下起爆器。霎时间，宝顶下天崩地裂，巨响震动整个清东陵，阿海感觉仿佛有人在挠他的脚底板……

硝烟与灰尘渐渐散去，孙大麻子重新走近宝顶。原本坚不可摧的金刚墙，果然被炸开一个大口子，宛如某种怪兽的嘴巴张大，四周砖块就像牙齿与舌头。

阿海将两个火把扔进去，再让小木与老太监辨认，露出一条幽深的甬道，如假包换的墓道口，一团带着腐烂气息的烟雾，若有若无地飘入鼻孔……

孙大麻子召集敢死队。第一批由三名军官带队，各率数名亲信，总共二十余人，皆是亡命之徒。每人都签下生死状，奖赏一百块大洋，若是不幸死了，就抚恤给家属。他也把丑话说在前头，所有官兵一律单衣单裤，进出都要搜身检查，私藏宝物者，杀无赦。孙大麻子还给大伙儿准备了饯行酒，仿佛要上刑场的断头酒。

阿海与中山、小木以及何常在，四个人走在队伍最前头。步入幽深的地宫，仿佛从盛夏钻入寒冬，人人都打了冷战。老太监每走几步就要磕个头，后面的士兵免不了要踹他屁股。马灯与火把照亮前方，升起一团黑乎乎的雾气，又像女人的头发丝，从每个人的脚底下慢慢缠绕，顺着小腿肚子爬入身体……

有人吓得绊了一跤，手里的步枪走火，当即打中前头的士兵。灯火乱晃的刹那，有人以为遇到鬼魂，纷纷拉开枪栓射击。阿海与中山急忙拉着小木卧倒，老太监别的本事没有，保命的本领一流，早就趴在墙脚下了。这番交火持续好几分钟，不断传来惨叫声，直到阿海大喝一声："还没到地宫呢！别都自相残杀死光了！"

枪声停息下来，大家小心翼翼地起来，再用火把马灯一照，地砖上躺了七八具尸体，全是被自己人打死的。这伙人连个墓室门都没摸着，就背着自家兄弟的尸体出来了。孙大麻子又抽了军官的耳光，立即填补人马，重新深入墓道。

这一回，大家吸取了教训，就当是一次演习，再没有草木皆兵。阿海告诉士兵们——小木是挖墓的高手，别看他细皮嫩肉的，可是河南洛阳盗墓村的大首领。小木平生翻过的古墓，没有一千也有八百，这不也活得好好的吗？看他手里的洛阳铲，这可是他发明的独门兵刃。只要胆大心细，祖上积阴德，哪怕是盗墓贼，也有活到七老八十善终的呢。何况，咱也不是盗墓，咱是革命。

火把照出了第一道墓室门。门上有精美绝伦的高浮雕，似兽非兽，似佛非佛，完整的汉白玉石板雕刻而成。门上还有石雕的屋檐，乍看以为是木质宫殿，想必出自秦北洋老爹手笔。

老太监何常在照例又是磕头。士兵们一齐用力推门，却是纹丝不动，有人要举起铁铲和锤子，却被阿海阻拦，怕这样的震动会引发某种机关。

"小木，只有你能打开墓室门。"阿海搂着小木的肩膀，将他推到门缝前。

"俺先看看。"

小木虽然盗墓无数，但惯于挖掘一千到两千年前的古墓，最近的也有一二百年，却从未挖过如此新鲜的墓——地宫封闭至今尚不满二十年。他从包袱里掏出工具，一根细细长长的铁丝，伸入门缝之间。甭管是两千年前还是二十年前，从秦始皇传承下来的顶门石却从未变过，盗墓贼打开这道门的方法也是万变不离其宗。小木的双手抖抖豁豁，折腾半晌，终于开了墓室门。

门开了。

又一阵烟雾忽明忽暗地升腾而出，众人急忙戴上口罩，几个军官还戴上了防毒面具，看起来更像是魑魅魍魉。小木已经不需要这些东西了，他早就习惯于古墓里的空气。何常在原本就跟鬼魅差不多，混浊的双眼直勾勾地看着墓道深处，好像遥远的主子正在召唤奴才。

中山面色为之一变，他跟老金下过墓捉过镇墓兽，但毕竟年轻，看到这阵仗也有几分惊恐。唯独阿海面不改色，勾着小木的胳膊肘，两个人并排闯入墓室门。

墓道没有台阶，只有斜坡慢慢伸入地下。后边的士兵鱼贯而入，排成整齐队形，没有命令，谁都不许开枪。第二队士兵紧跟着上来，在墓道两旁列队站岗，还有四挺机关枪架在墓道口。孙大麻子早已做了预案，假若慈禧太后尸变，便以机关枪射杀之。

第二道汉白玉墓室门露出来了，形制跟第一道墓室门大同小异。小木再次拿出看家法宝，塞入墓室门的缝隙，如法炮制地推开了顶门石。

门打开的刹那，一阵阴风呼呼吹出，何常在捏着嗓子提醒一句："里头就是老佛爷的寝宫啦。"

阿海紧急吩咐大家趴下，就像平常操练散兵一样，士兵们齐刷刷倒在地上。小木也蜷缩在门边的角落中，借着火光往里观察。盗墓无数的他，练出超乎常人的眼力，哪怕在漆黑的古墓之中，只要有一星半点的光，也能看清楚个大概。

慈禧太后的地宫，黑烟渐渐散去。小木屏着呼吸，扛着洛阳铲，几乎在地砖上爬行，嘴里叼着一支手电筒，照亮前方黑雾。

后面人等胆子再大，也都上下牙齿打架了。还是阿海与中山押着何常在，走进这间汉白玉石铺砌的地宫石室。许多火把与马灯都进来了，前方越来越亮堂。黑烟仿佛起伏的水面，承载着一艘黑漆漆的木船。

阿海想起白鹿原唐朝小皇子的棺椁，乍看起来不也像一艘木船吗？

他吩咐大家镇定，抢到小木身边，火把照亮那艘"木船"。

慈禧太后的棺材，就像突然冲破狂风巨浪的艨艟，几乎要在礁石上撞得粉身碎骨。

地砖上有一座汉白玉石台"宝床"，停放着一具硕大的棺椁，便是晚清帝国独裁者的梓宫。这具棺材大如一座小房子，又像带着蚊帐的大架子床，全由价值连城的云南金丝楠木做成，不同于古墓里的朽烂气味，下葬不过二十年，至今散发着木料原始的香气。外棺表面刷了七七四十九道油漆，再用金线描绘四大天王与藏文经咒。

老太监看到棺材，立时泪如雨下，标准的“不见棺材不掉泪”。阿海确信慈禧太后正躺在棺椁之中。地宫内还有石墩台，放着记录慈禧谥号的宝册。四周堆放不少紫檀木的小柜子，自然装满了陪葬品。军官下令谁都不许动，必须先打开棺椁，让军长查看过才能动手。

不过，棺材盖子与主体之间绝无缝隙，钉子才过了二十年，也没有腐烂的可能，只能用斧头强行劈开。士兵们早已备好了工兵斧，阿海问小木：“你说从哪儿砍？”

小木没有看向棺椁，而是直勾勾地注视棺材正后方，一团黑影正覆盖眼球……

凤凰于飞

第十九章

慈禧太后下葬十九年后，秦海关亲手制作的镇墓兽来了。

清朝皇室规定只有皇帝墓才能使用镇墓兽，严禁王公贵族与后妃墓葬中出现此物，否则便是大逆不道的僭越。但慈禧太后的权力早已超过皇帝，一凤压两龙，她要给自己造镇墓兽，谁又胆敢阻拦呢？

黑影已铺满整个地宫穹顶，发出炙热的温度，原本的阴风变成热风，仿佛一口蒸笼，让所有人变得汗流浃背。一对翅膀在地宫中翱翔，缀满金色羽毛，响起金属的碰撞声。

小木看到一只挺立的鸡头，又像燕子与蛇的脖颈，后背隆起，如同乌龟，尾巴却像一条大鱼，又拖着五彩斑斓的羽毛，就像孔雀修长婀娜。

凤凰镇墓兽。

阿海与中山纷纷后撤，扔下老太监何常在。小木想起自己左手断指，便也一拍屁股逃跑。凤凰扑到士兵们身上，青铜爪子拧下两个人头。刚才士气高昂的官兵，全都丢盔卸甲地往外逃。

阿海的刀疤也被温热的鲜血沾满，但他是“刺客道”高手，踮着脚从士兵们的头顶与肩膀上飞踩过去。

凤凰向着小木袭来，他被堵在地宫角落，无处可逃，绝望中举起洛阳铲，竟然挡下了青铜做成的凤凰鸟喙的一击，但强劲的力道已将虎口震得鲜血迸裂。这一瞬间，他看清了凤凰镇墓兽的全貌……

晋朝郭璞注《尔雅》，说凤凰“鸡头、燕颔、蛇颈、龟背、鱼尾、五彩色，高六尺许”。东汉许慎《说文解字》载：“凤之象也，麟前鹿后，蛇头鱼尾，龙文龟背，燕颔鸡喙，五色备举。出于东方君子之国，翱翔四海之外，过昆仑、饮砥柱，濯羽弱水，暮宿风穴，见则天下大安宁。”

秦海关为慈禧太后设计制造的镇墓兽，按照古书上的记载完成，而非后世经常出现在戏台和木雕上的凤凰。想想隆恩殿上的丹陛石，凤在上，龙在下，慈禧太后用凤凰作为自己的镇墓兽，恰是最贴切不过了。

这是一只火凤凰，浑身冒出烈焰，就要把小木烧成灰烬之际，机关枪开始咆哮了。

四挺奉天兵工厂生产的马克沁机关枪，已被推到第二道墓室门外，对准凤凰镇墓兽射出几百发子弹。

马克沁终结一切……

这是用古老方式制造的青铜外壳无法承受的冲击力。就像僧格林沁的蒙古铁骑在北京八里庄被英法联军的火力方阵横扫。小木的耳膜与心脏几乎同时爆裂。他从指缝里看到弹壳横飞，一半在凤凰胸口弹开，一半射入镇墓兽体内，烧出赤色的火焰。他听到齿轮与弹簧被打断的声响，闻到某种焦烂的气味。凤凰仰着脖子冲天而去，却撞在墓室门的顶端，又轰然坠落倒地。

小木感到镇墓兽的温度正在下降，凤凰的双眼渐渐暗淡。但这并不意味着安全。

几个死里逃生的士兵回来，他们晓得一旦逃出墓室门，非但原本许诺的赏金没有了，反而可能落个临阵脱逃的罪名，当场被拖出去枪毙。

有个军官胆儿肥，端着驳壳枪走到镇墓兽跟前，用脚底板踩了踩凤凰的鸡冠，发出铿锵的金属之声，不禁发出大笑：“脱毛的凤凰不如鸡嘞！”

话音未落，慈禧太后的棺材背后，飞出了第二只凤凰。

第二只镇墓兽。

军官丝毫没有防备自己身后，后背心遭到重击，胸口多了一只鸟嘴，叼着一个活蹦乱跳的心脏。军官亲眼看着自己的心脏碎裂，然后脑袋一歪，洪水般的鲜血喷涌而出，整个人扑倒在死去的凤凰镇墓兽身上。

小木从未见过一个坟墓里竟会有两尊镇墓兽！

两尊镇墓兽都是相同的凤凰形态，不但打破了清朝二百多年来的祖制，也打破了中国帝王镇墓兽几千年来的传统。双兽（或者说双禽）保护一个墓主人，这待遇恐怕已超过秦皇汉武、唐宗宋祖。不是武则天，胜似武则天。

第二只凤凰镇墓兽，仅仅杀死了一个军官，并未乘胜直追。对面的机枪手们，刚刚吓得魂飞魄散，扔下马克沁机关枪逃出去了。盗墓贼小木心想这回必死无疑，没想到这只镇墓兽竟趴在第一只凤凰身上，用青铜鸟喙轻轻拨弄死去的凤凰鸟头，仿佛鸳鸯般情意绵绵，发出阵阵哀鸣。

小木再细看两只镇墓兽，并非完全没有差别。倒地的第一只凤凰更加鲜艳，身上缀满金片；后面出来的第二只凤凰，相较起来更为素净，没有那么多花哨颜色。就像自然界的鸟类，通常雄鸟漂亮，雌鸟朴素，恰恰跟人类相反。

死去的镇墓兽是凤，活着的镇墓兽是凰。

雄为凤，雌为凰。

秦海关为慈禧太后制作的镇墓兽，实为空前绝后的双镇墓兽。照道理说，镇墓兽本为至阴至阳之物，若在同一个地宫内，应是互相排斥，很可能自相残杀。一山不容二虎，天无二日，国无二君，岂可两个镇墓兽同守一穴、同事一主？但若用“凤、凰”镇墓兽，本来就是一雄一雌、一阳一阴，如天地万物之奥妙，皆在阴阳共生，道生一，一生二，二生三，三生万物之道……

秦海关是最后的墓匠族大师，竟然参透了这个道理，反其道而行之，设计“凤凰双兽”为慈禧太后镇守阴宅。果不其然，这对凤凰镇墓兽，就像夫妻般恩爱，凤被马克沁机关枪所杀，凰在死去的伴侣身边徘徊，犹如杜鹃啼血、子归哀鸣。

凰浑身燃烧的火光，照亮凤尸身上的一行铭文，小木依稀辨认出几行小篆——

“凤凰于飞，翙翙其羽，亦集爰止。蔼蔼王多吉士，维君子使，媚于天子。凤凰于飞，翙翙其羽，亦傅于天。蔼蔼王多吉人，维君子命，媚于庶人。”

这行文字出于《诗经·大雅·卷阿》。这样离经叛道的设计，不可能不经过慈禧太后的同意，但也正是“凤凰于飞”四个字，打动了这个更年期女人的内心。

小木的遐想只持续了几秒钟，耳边再次呼啸炙热的子弹。四挺马克沁机关枪重新咆哮，将数百发钢铁弹头射入凰的胸膛。

逃跑的机枪手全被孙大麻子的警卫队杀了，又换了一批士兵，迅速更换子弹带，对准哀鸣的凰镇墓兽，扣下扳机……

第二次屠杀只持续半分钟，凰轰然倒地，恰好压在凤之上。它的双眼看着地宫角落的小木，渐渐暗淡冰冷，再也没有光芒。凤凰于飞，坠落在地下宫殿。凤与凰，生亦同穴，死亦同穴。

另一批领了重赏的士兵，“汉阳造”上着明晃晃的刺刀，如履薄冰地靠近，似乎要与镇墓兽肉搏，抑或与棺材里尸变的慈禧太后血战。

满地的鲜血、残肢以及内脏，让清朝皇陵的地宫宛如污秽的屠宰场。阿海大胆地把手指头伸入镇墓兽身上的弹孔，确认它们再无杀人的力量。

中山文绉绉地念了半首诗，竟是西汉司马相如的《凤求凰》——

“有一美人兮，见之不忘。一日不见兮，思之如狂。凤飞翱翔兮，四海求凰。无奈佳人兮，不在东墙。将琴代语兮，聊写衷肠。何日见许兮，慰我彷徨。愿言配德兮，携手相将。不得於飞兮，使我沦亡……”

阿海吼了一嗓子：“小木！你还活着吗？”

小木从角落里钻出来，除了虎口震裂，几乎毫发无损。劫后余生，阿海拥抱小木一把。士兵们清理地宫，先把尸体与残肢搬出去，但把两只镇墓兽的残骸留下。

尸体堆里却还有个活人，原来是老太监何常在。身强力壮的小伙子们都死了，唯独这风烛残年的老头子活着。何常在又对慈禧太后的棺椁磕头，说是老佛爷显灵保佑自己不死。中山擦干净老太监脸上的血污，整张面孔是越擦越白，好像刚从棺材里爬出来。

众人聚齐到慈禧太后的棺椁前。阿海拿起工兵斧，爬上朱红色外棺盖，排山倒海般劈下去。他拥有畜生般的体格，加上运用一口真气，没几下就劈烂了金丝楠木的外棺。

凡帝王陵墓皆有外棺内椁，慈禧太后的内椁暴露在灯光下，同样是红漆填金的一口重型寿材，只是相比外棺小了两圈。阿海用手指关节敲打内椁盖子。老太监何常在已瘫软在地。

“慈禧太后就躺在这里头！”阿海长出一口气，“有请孙大帅开棺！”

孙大麻子在亲兵簇拥下步入地宫，绕过地上两具镇墓兽的残骸，惊骇地说：“阿海兄弟，千万不要再用蛮力开棺了，免得坏了棺材里的宝贝。”

小木提醒可在棺盖下打几个洞，再把棺材盖撬开，这是多年盗墓的经验。阿海亲自动手，用斧头劈开若干长方形裂缝。几名身强力壮的士兵，便用刺刀插入撬动，听到内椁盖子响起“嘎嘣”一声。

孙大麻子摸着胸口后退几步，众将官各自掏出家伙。小木提起洛阳铲，小心挪开棺材盖，阿海与中山上来帮忙，将棺盖轻轻地卸到地砖上。

慈禧太后的棺材打开了。

没有想象中的腐烂气味，反而飘出一阵异香，仿佛陈年香料涌入每个人的鼻孔，如同飘满肉豆蔻与檀香木气味的南洋海岛。

棺材里射出耀眼红光，所有火把与马灯都黯然失色。孙大麻子下意识挡住双眼，捂着颤抖的嘴巴说："小木兄弟，有请你先看看吧……"

小木知道这回躲不过了，无声无息地走到棺材边，踮起脚往里看……

地宫主人的面孔还未露出，却有一层薄薄的梓木板覆盖。小木在明清王公墓里看到过，这玩意儿叫"七星板"，表面用金线金箔勾出经文与菩萨像。

"七星板"下是由数千颗珍珠缀成的被子，又称"网珠被"。小木凝神静气，再把"网珠被"掀开。这一下，灿烂夺目的光芒再次蓬勃而出，犹如火山爆发，把地宫的穹顶都照得透亮，又像是在东海龙王的水晶宫里，四壁荡漾着水波般的光影。

终于，小木看到了她的脸。

第二十章

叶赫那拉氏

道光十五年，农历十月十日，她出生在北京西四牌楼劈柴胡同，今日的辟才胡同。父亲叶赫那拉·惠征，原是镶蓝旗人，并非满洲显贵，后来父以女贵，才升为上三旗的镶黄旗。惠征出身监生，当过笔帖式等小官，在地方上做过道员。

史书很少给女人留名，贵如女皇武则天，也不过留下个自己改的日月当空的“曌”字。有人说，这座坟墓的女主人小名“杏儿姑”，因为家中四合院种有白杏树，爷爷给她起名“杏贞”。也有人说她本是汉人，生于山西农村，本姓王，幼时被潞安知府惠征收为养女，改名“玉兰”，冒充亲生女儿选秀入宫——此说存疑。

十七岁的她成了咸丰皇帝的兰贵人，两年后晋封懿嫔。彼时彼刻，帝国半壁江山已经姓洪了，天王北望燕京，虎视眈眈。二十一岁，她为咸丰帝生下唯一的皇子，母以子贵，晋封懿贵妃。她跟武则天同样写得一手好字，皇帝总让她代笔批阅奏章。帝国四万万人的命运，全部浓缩在她朱红色的毛笔尖上。二十五岁，洋鬼子打进北京城，火烧圆明园，她陪皇帝逃亡热河。第二年，她成了寡妇，六岁儿子当了皇帝。咸丰帝驾崩前留下顾命八大臣，他们厌恶她，她也厌恶那八个男人。辛酉年，她学会了政变这一招，诛杀肃顺等顾命大臣。她重用曾国藩、李鸿章、左宗棠等汉人重臣，开创“同治中兴”。

四十岁那年，她唯一的儿子死了。她厌恶自己的儿媳妇，让那可怜的女孩吞金自杀，跟丈夫一同埋入东陵中的惠陵。

三十年后，她也被埋入坟墓，距离儿子媳妇的坟墓不过数千步之遥。历史书上给她的名字叫叶赫那拉氏，徽号慈禧，谥号孝钦显皇后。

又隔二十年，她从坟墓中苏醒。

叶赫是女真最古老的氏族之一，明朝初年，叶赫那拉氏与爱新觉罗氏征战不休，双方几为世仇。努尔哈赤兴起，方才彻底征服叶赫那拉，留下“灭建州者必为叶赫”的说法。

此时距离清朝灭亡，已过去了十六年。

她依然闭着眼睛，但她不像是个死人，而像刚刚睡着了一般。

唤醒她的是三个男人：一个穿着军装，满脸麻子；一个身着黑衣，右脸爬着一条蜈蚣般的刀疤；还有一个身着盗墓贼的衣衫，面孔白净，眉清目秀。

三个人头碰头扒着内棺边缘，眼睛都被珠光宝气炫得几乎瞎了，许久才适应这灿烂的光芒，看清楚躺在棺材里的她。

她死时已有七十三岁，容貌却仿佛中年妇人。给她拍摄过照片的西洋摄影师，陪她一起看戏游园的公使夫人，都说她比实际年龄更显得青春永驻，皮肤及气色都极好。当她长眠在棺材之中，同样保持生前姿容，只是多了一层厚厚的妆粉隔离空气。

对于活人来说，空气是生命之源；但对于死人来说，空气就是死神之吻。

阿海尽管咬牙切齿，却大气都不敢出了；孙大麻子几乎从棺材上摔倒，革命斗志烟消云散。地宫中还响着“砰砰砰”的磕头声，先是来自老太监何常在，接着是其他军官和士兵。

小木注意到她的双手叠加放于腹部，握着一支玉莲花。她的手背由龙凤袍子的袖子管覆盖，手指甲如鹰爪般锋利细长，装着金银珠玉和景泰蓝装饰的指甲套……这倒不是盗墓者传说的人死后还在长指甲头发，而是晚清达官贵人喜欢留长指甲的陋俗。慈禧太后更是此种风尚之引领者，盖因留出锋利的长指甲就说明无须干活，劳心者治劳力者。晚清社会的阶级划分，多半可从指甲长短看出。

但在指甲套与袖子管之间，暴露出了她的几节手指头，全都长满白毛，长达一寸有余，就像家里放了两天没吃过的豆腐。

她不是睡着了，而是死了。只是时光被塞进保险箱，将二十年凝固成了二十秒钟。

二十秒后，完整的容颜开始变化。空气就是死人的死神，空气像尖刀，空气像子弹，空气像毒药，空气像烈火，空气触摸着亲吻着尸体表面，让她的皮肤与肌肉开始剧烈收缩。原本四十余岁的面孔，瞬间变成满面皱纹的老太太，双颊与眼窝凹陷，嘴唇开裂，皮肤由苍白变得乌黑，最后化作一张僵尸的脸。

孙大麻子彻底摔倒，阿海也摇晃两下，唯有小木纹丝不动，这番情景早在预料之中。

人永远不可能既不打开冰箱又能吃到雪糕的。

老太监被押到棺材边，被逼目睹慈禧太后迅速腐败的遗容，并要他指点每个宝物的要领。何常在一把鼻涕一把眼泪，中山的匕首架在脖子上，尽管活了那么大把年纪，求生欲却一点不比年轻人小，嘴里尖厉地嘟囔着："老佛爷，小何子对不住您老人家了，小何子还想多活两天呢。"

阿海拍了拍小木的肩膀，无须多言，轮到他大显神通了。两个士兵扛着一块木板，小木爬上木板，全身跟尸体平行，双手正好腾空出来，可以触摸到棺材内任何地方。

在何常在指点下，小木慢慢取下慈禧太后头顶的九龙戏珠凤冠，顺便缠下几绺乌黑的头发丝，也不知是否染黑过。凤冠由珍珠宝石镶嵌，有颗大如鸡蛋的珍珠，捧在手心里约重四两。小木知道古董市场上的行情，每每刚打开棺材，便能在心中计算出大概的价值。但凤冠上这枚珠子，实在超出了测算范围，简直是天文数字。

盖在尸身上的织金陀罗经被，明黄缎底，捻金织成密密麻麻的陀罗尼经文，缀着八百多颗珍珠。小木颇有经验地从经被两端挑起，就像截取木乃伊身上的纺织品。

士兵们扛着木板掉转方向，小木从慈禧太后头顶摸到脚底板，掏出一蓬碧玉莲花——头顶荷花，脚蹬莲花，便是"步步生莲"。

小木又摸出两棵翡翠白菜，绿叶白心，白菜心上落有一只翠绿的蝈蝈，白菜叶旁有两只马蜂——正如翡翠白玉和红烧肉奇石，日后竟成台北故宫镇馆之宝。中国人的审美水平，在清朝的二百年内，实在是大大倒退了。

一株珊瑚树，八匹玉雕马，十尊翠玉佛，十八尊玉罗汉，一百零八尊黄金宝石等各式材质佛像……都在孙大麻子的亲自监督下，由亲兵们放入事先备好的木箱子。

终于，硕大的翡翠西瓜出来了，灿烂的光色让小木双手发抖，仿佛一只还没成熟的西瓜，就等着刀劈下去露出鲜红的瓜瓤呢。

老太监何常在跪着说："这枚翡翠西瓜，并非缅甸翡翠，而是西洋大美国大统领进贡给老佛爷的碧玺，制造商叫蒂凡尼……"

“慈禧太后喜欢蒂凡尼？”阿海听说过这个牌子，“何公公，您的记性不错啊。”

“说是大美国大统领进贡和孝敬的，其实啊，都是白花花的银子采办来的。”何常在揉了揉眼睛，“当年呢，大美国的商行还给俺老何贿赂过一个小碧玺西瓜，为了能让大美国的碧玺卖个好价钱，不晓得掏空了多少大清国库的白银呢。”

棺材里的翡翠西瓜共有四枚，两个白皮黄子粉瓤，两个绿皮白子黄瓤——后来的珠宝专家鉴定为加利福尼亚的碧玺矿出产。十九世纪末到二十世纪初，美国加州开采的碧玺，大半漂洋过海到了紫禁城，价格也翻了好多倍，原因无他——老佛爷喜欢呗。待到慈禧太后进了坟墓，大清朝被辛亥革命推翻，订单立马断了，加利福尼亚碧玺滞销，被迫关闭矿山了事。百年之后，中国市场又把碧玺价格炒上去了，加州的碧玺矿山才重新开发。

棺材里能摸的都摸了一遍，露出棺材底部的金丝织宝珠锦褥，镶着上万颗大小珍珠，几百块白玉，数十块红蓝宝石，两颗祖母绿，金碧辉煌，熠熠生辉……

小木憋着一口气，慢慢抬起慈禧太后的尸身。士兵们便用刺刀挑起锦褥，这下棺材里的金山银海才算是被搜刮一空——大清帝国数年来的财政收入都在这儿了。

搬空了相当于整个国库的宝藏，小木累得不轻，靠在棺材旁边喘息。士兵们却还没完没了，干脆扒下慈禧太后的袍子，将贴身珠宝洗劫一空。

阿海咬着小木的耳朵问：“嘴里还有东西吧？”

小木故意张大嘴巴：“我可没有私藏宝物啊。”

“我说的是她的嘴里……”

这下是瞒不过了，小木想保住慈禧太后嘴里的夜明珠，等到有机会自己偷出来，只能点头：“多半有货色吧。”

阿海掏出象牙柄匕首，切开慈禧太后嘴角，将手伸入腐烂的口腔，抠出一颗蓝光耀眼的夜明珠。

老太监看到夜明珠滚出来了，当场号哭不已，便被士兵们拖到一边去了。夜明珠中间有条缝隙，透出一道绿光。小木不是没见过夜明珠，许多帝王陵墓的尸骨之中都发现过，但因为遗骨腐烂破碎，夜明珠往往散落在棺椁角落，或被压在碎骨与纺织品之间，直接从嘴巴里掏出来的夜明珠极为稀罕。何况这夜明珠的亮度与成色，超过了他这辈子见过的所有珠宝。

所谓“夜明珠”并非某一种天然物质。凡是能在黑暗中自行发光的珠宝，都可概称之。最大的功能，却是在陵墓之中，据说可保尸身万年不腐。最好的夜明珠，乃地球深处经过几亿年磨炼的火山岩浆。春秋战国时有“悬黎”和“垂棘之璧”的珠宝，只有陶朱公范蠡才买得起，怕是专门为了点缀西施美人吧。传说秦始皇就有夜明珠殉葬。东汉光武帝的小舅子郭况炫富便是“悬明珠于四垂，昼视之如星，夜望之如月”。明朝也有人以红宝石与祖母绿为夜明珠，宫廷甚至派人采购锡兰国的宝石。

孙大麻子、阿海、中山都被照得睁不开眼。小木第一个适应过来，才发觉这夜明珠是由两块半圆形珠宝拼成，合拢便是个圆球。孙大麻子吩咐士兵们暂时熄灭火把与马灯。棺材里的灿烂珠宝，已被藏入木箱子。地宫陷入开启前的黑暗，唯独这夜明珠流光溢彩，将整个墓穴照得如同白昼。哪怕最深的角落凹陷，也能照得清清楚楚。

“老子这辈子算是没有白活！”孙大麻子又命人重新点灯，免得在绿光照耀之下，棺材里的慈禧太后会有啥动静。他拽起老太监问：“何公公，别哭啦，你给俺们说说，这颗夜明珠到底是啥来头？”

何常在抹去眼泪鼻涕：“回大帅的话，《周礼·地官·舍人》有言：‘天子含实以珠，诸侯以玉，大夫以玑，士以贝，庶人以谷实。’大清朝早有规矩，皇上与皇后可以含珠下葬，二品以上官员含玉，七品以上只能用金木屑，士用金银屑，庶人用银屑。”

孙大麻子当场抽了老太监一个耳光：“本帅问的是这颗珠子！”

“哎哟……老佛爷的这颗夜明珠嘛，奴才听大太监李莲英说起过，早先属于印度皇帝。他的宠妃是波斯国的美人儿，名叫泰姬。这宝珠以皇帝名命名，赠送给美人。泰姬因分娩而亡，印度皇帝为她营造了一座举世无双的陵墓，据说比咱们中国唐宋元明清所有的陵墓都要漂亮。后来阿富汗国打败了印度国，劫走这颗本要埋入泰姬陵墓的夜明珠。乾隆爷远征回疆，威震西域，阿富汗酋长称臣纳贡，奉上这颗夜明珠，这才送入紫禁城。百年后，太后老佛爷偶然从库房里发现这颗宝贝，便决定为自个儿陪葬。这颗夜明珠原本是要给波斯头号大美人泰姬陪葬的，太后老佛爷是咱们大清国的头号大美人。普天之下，除了泰姬，只有太后老佛爷配得上这颗夜明珠。美人配明珠，黄泉之下，永不朽矣……”

老太监捂着脸说到最后，竟然文绉绉起来，想必在怀念当年太后老佛爷的姿容。

小木可不知道什么泰姬，他从包袱里取出一杆小秤，原本并非盗墓行祖传的家什，就跟洛阳铲一样，也是他这两年新想出的花样，用来给墓中宝物称重，便于计算价值。毕竟有时宝物太多无法两全，必须舍弃掉一些累赘。小木将夜明珠放在小秤盘上，精准测算出其重量为三两一钱四分。

阿海立时跟孙大麻子耳语道："这个分量的夜明珠，恐怕价值在一千万两白银以上。"

"一千万两白银？这能换来多少挺马克沁与捷克机枪啊？装备三个师都不止呢。"

阿海双手抱拳道："恭喜大帅，得此宝物，可得天下也。"

"怪不得嘞，老人们说古时候的反贼们，都要刨前朝皇帝的陵墓，得到这种宝贝，才能打下天下，坐得龙庭呢。"

孙大麻子从小木手中接过夜明珠，放入随身口袋之中，似乎把江山社稷揣在胸口。

他又想起什么，走到棺材跟前，望向正在腐烂的慈禧太后问："她怎么办？"

阿海正要回答，有个军官急匆匆跑进地宫，对着孙大麻子的耳朵说："启禀军座，乾隆皇帝的墓打开了。"

第二十一章 乾隆皇帝

“东陵到了！”

鄂尔多斯多罗小郡王孛儿只斤·帖木儿骑在乌黑的蒙古马上，手搭凉棚，望向连绵起伏的昌瑞山。

李隆盛拍马赶到：“东陵正是我的七世高祖父选定的风水宝地。你们看这昌瑞山，重峦如涌，万绿茫茫，日照阔野，紫雾霭霭。顺治帝将随身佩鞢放入风水师选定的穴中，便是孝陵之金井。我家自先祖李淳风所传手艺，阴宅要讲究龙脉，东陵山川形势极为兴旺。而昌瑞山属于燕山之一部分，作为京畿屏障，向东延伸到山海关，清朝人认为燕山与长白山同属一脉。关外的长白山正是清朝龙兴之地，可保万年基业。”

“可清朝入关二百六十多年还是亡了。”

名侦探叶克难摘下白礼帽，在烈日下解开领口，遥望形如巨龙的燕山山脉。

“叶探长，先父跟我说过，再好的风水，再强的龙脉，也抵挡不了天下大势。龙脉在地，大势在天，地怎能压得过天呢？”李隆盛拍了拍马脖子说，“科学的说法，便是万物皆有半衰期。比如原子开始衰变，数量会越来越少，衰变速度减慢，产生出另一种元素，释放出阿尔法、贝塔粒子或中微子。衰变是把质量转为能量的方式，直到原子衰变至稳定的同位素。”

这一众人里，仅有的女子，英姿飒爽，穿着西洋装束，头戴狩猎帽，脚蹬皮靴，骑在一匹白马上，瞪着琉璃色的眼珠子说：“清朝漫长的衰变，释放出太平天国、列强入侵、割地赔款、辛亥革命等巨大能量，最终变成另一种物质，便是中华民国。”

李隆盛点头赞同：“这是比龙脉、风水更大的规律。用如今时髦的话来说，也是赛先生的规律。”

“诸位，别管赛先生还是德先生，前头那条龙就快死了！”一个身着工匠服，长发披肩，胡须浓密的男子说，“不，龙早就死了，前头是龙的尸体。”

他是秦北洋。

他的马蹄边站着一条凶猛的獒犬，却长着赤色的鬃毛，它是九色。

两天前，秦北洋、小郡王、李隆盛、名侦探叶克难，还有九色与欧阳安娜出了北京城，沿着长城向东骑马奔赴清东陵。

一路兵荒马乱，土匪和溃兵横行，还有许多被盗掘的古墓。秦北洋随便找了一座辽代古墓，钻进去一宿续命。

到了东陵，风水墙内传来阵阵炮火之声。秦北洋爬上高坡，可见东陵中有支上万人的军队，到处是站岗放哨的士兵，许多士兵向着旷野放枪射击，不时升起滚滚硝烟。

叶克难重新戴上礼帽：“他们要动手了。”

“看来大门是进不去了，风水墙也不用想了。”李隆盛下马走了几步，“我们可以爬上后山，进入陵寝。”

众人弃马步行，攀登险峻的山岭。在松林中走了一个多钟头，才望见山脚下红墙碧瓦的宫殿。

这时候，山下一座巨大宝顶中，响起轰隆隆的爆炸声，脚下也传来震动，九色的双眼再度发亮。李隆盛说，从这陵墓规格来看，必是帝王陵寝无疑。从后山下来就像走后门，与平日进入陵寝的方向正好相反，省却了神道、碑亭、隆恩殿等关卡，直接到了宝顶和月牙城的正后方。果然没看到几个士兵，大队人马都看守在陵墓正前方。

他们用绳索爬上坟冢宝顶，发现墓道口已被军阀打开。爆破造成严重破坏，地面散乱着夯土与砖石，不断有人马鱼贯进入陵墓。

宝顶另外几个角落，也看到明显的盗洞与爆破迹象——这伙士兵同时在宝顶上挖洞，就看哪一条通道能挖入地宫，这是乡野盗墓的土办法。

小郡王提醒："虽然不晓得是哪位皇帝的陵墓，但我们不能硬闯，否则会被机关枪打成筛子的。"

忽然，宝顶下传来一片尖叫，士兵们狼狈逃窜出来。其中一个没有脑袋的身体狂奔几步，倒在地上抽搐，腔子里喷着鲜血。

"底下有镇墓兽！"

秦北洋判断无疑，他摸了摸九色的脑门。这只小镇墓兽未等主人指令，便已转身钻入宝顶上方一个盗洞。

"九色！回来！"

秦北洋的呼喊没什么用。九色像一头饿极了的猛兽，终于发现猎物近在眼前。秦北洋只能跟着九色钻进去。

小郡王与欧阳安娜面面相觑，李隆盛低声说："不能让北洋身陷险境，我跟他下去，以防不测。你们几位就守在宝顶之上，若有士兵发现，务必赶紧撤退，不要管我们。"

安娜拽着李隆盛的胳膊说："我也要跟你们下去。"

"不必了，这座陵墓内有镇墓兽，我和北洋都修行过'地宫道'，而你们下去凶多吉少。自从太白山毁灭后，我时常告诫自己——生命可贵，切不可无谓牺牲。"

李隆盛说罢，微微一笑，明眸皓齿，让人心旌摇荡。

欧阳安娜叹息道："你们务必要活着回来！"

"遵命。"李隆盛纵身钻入盗洞。

盗洞极为深邃，往下打了几十米，李隆盛终于摸到了秦北洋。

黑暗中的九色变身为幼麒麟镇墓兽，用鹿角向前挖掘。镇墓兽对于陵墓有特殊感应，绝不会无缘无故打洞，说明这条盗洞确有可能通往地宫。但是军阀炸开了宝顶下方的墓道口，自然放弃了这条自上往下的盗洞。

秦北洋几番让九色住手，他说自己是来保护陵墓的，这下反而成了挖墓的。但九色嗅到了同类的气味，已几近失控，疯狂地用鹿角挖掘泥土与砖石。

终于，盗洞正下方被挖通了。一股腐臭霉烂之气扑面而来，九色、秦北洋与李隆盛随之跳下去。

两人身上都有"刺客道"的轻功，落在一片青石砖上。九色吐出了琉璃火球，照亮一条长长的甬道，四周铺着精美绝伦的高浮雕，不是佛像就是金刚，显然是帝王的墓道。

秦北洋贪婪地呼吸了陵墓之气，犹如从地狱回到人间。他看到地上散落着血迹，成百上千的金属弹壳，断裂的人体残肢，甚至内脏……

墓室门打开一半。倒下的那一半是被炸药粉碎的，剩下的那一半雕刻着四大天王，青白石仿木门楼上雕满繁复的吉祥物，还有多如瀚海的藏文和梵文佛经。

秦北洋感觉脚下踩到一片污水，墓道中泛起臭味与淤泥，说明这座帝王陵墓早已严重渗水。盗墓贼闯入之前，无孔不入的水，早已淹没了地宫。

九色冲在前头，它虽五行属火，但吞噬过东海恶龙镇墓兽的灵石，自然也不惧怕水了。到了地宫门口，污水淹没到了胸口，前头漂浮着几具穿着军装的尸体，难道要游泳进去不成？水面上漂来一具木筏，上头还有几支竹竿，显然是盗墓的军阀为进入地宫而临时拼凑的。

秦北洋与李隆盛爬上木筏，撑着竹竿，缓缓深入地宫。九色行走在水中，头顶雪白鹿角，喷射琉璃火球，照亮地宫内的角落。

木筏旁漂浮过来一具棺材。

硕大的帝王棺材，金丝楠木的外壳，简直千钧之重，却依然在水上漂浮。秦北洋不禁哑然，什么伟大的帝王，死后就算住进这样的宫殿，也免不了要随波逐流，生前又怎能想到这样的结局？

不止一口棺材，水面上还漂浮着好几口棺材，远看像硕大的尸体，或者露出水面的鳄鱼。这些棺椁的保存程度与大小各不相同，最大的一尊棺椁，形如漂浮的游船，仿佛还载着帝王与后妃，游荡在圆明园或避暑山庄的湖光山色之中。

这艘巨型棺椁突然加速，仿佛潜艇射出的鱼雷，猛然冲向秦北洋的竹筏。九色距离他们遥远，已无法前来救援。李隆盛举起竹筏，正好撑住棺椁正前方。但棺椁背后有强大力道，逼得竹筏连连后退，直到地宫角落。

眼看就要翻船，棺椁背后露出一双幽暗目光，某个活物爬上棺椁表面，却只有个残缺的脑袋，半个峥嵘的鹿角，布满弹孔的鳞片身体，如同一条大蟒蛇，却已被斩断后半截。

这是一条龙。

潜在水中之龙。

这也是一尊镇墓兽，胸口发出灵石的热量，头角都有金属反光，断裂肢体内暴露齿轮和发条等零部件——制造它的工匠是秦北洋的爷爷，或者曾祖父，或者爷爷的爷爷……

秦北洋迅速给它起了个名字——潜龙镇墓兽。

它刚刚消灭了入侵地宫的士兵，但也遭遇了马克沁机关枪的扫射，甚至集束手榴弹的攻击。这尊龙形镇墓兽被彻底打垮了，在冷兵器的年代它是无敌的，即便在冷热兵器并用的清朝，它也是坚不可摧的。但到了二十世纪，却只能成为被屠杀的对象。

如果在十分钟前，秦北洋与李隆盛见到这尊猛兽的话，必会被它撕成碎片。但此刻，潜龙镇墓兽已是强弩之末，只能将身体盘在自己守护的棺椁之上，这是它最后的尊严。

另一只镇墓兽爬上棺椁，它顶着雪白鹿角，披挂着鳞甲，双眼发出贪婪的琉璃色光芒。

“九色！”

秦北洋大声呵斥，但九色越来越不听话了，无法遏制对于灵石的渴望。它用双角刺破潜龙镇墓兽的胸口，挖出一颗正在变冷的灵石，大口将它嚼碎了吞入腹中，仿佛饿了三天的野狗。已经无法统计，这是九色吞吃的第几颗灵石了。

“北洋，这是天数。”李隆盛安慰一句，“这座陵墓，以及镇墓兽，乃你的祖先亲手打造，也是我的祖先选定的位置，注定在劫难逃。”

琉璃火球的光芒所到之处，水面上除了六具棺椁，还漂浮着许多木头箱子，至于金银珠宝之类，多半都藏匿在水底和淤泥深处了。

有个木箱正好漂到竹筏旁边，秦北洋将它搬上来打开，取出不少硕大的卷轴。

李隆盛打开第一个，铺开在自己膝盖上，却是一幅黑白画卷，画满了险峻的山川形势，竖立着几十个碉堡，都有手持火枪的男女守卫。围攻的士兵们则是清朝衣冠，同样大多使用火枪，还有红夷大炮伺候，夹杂刀枪弓弩等冷兵器。每个人物都画得活灵活现，细节栩栩如生，竟有一种浮雕般的立体感，截然不同于传统的中国画。

“这是西洋铜版画！”李隆盛看出了门道，“想必是清宫中的西洋画家所作。比如乾隆皇帝时候的耶稣会士郎世宁，就是一位宫廷画家。”

秦北洋脑中闪过某种图景：“此图中的碉楼，少年时，我在北京香山看到过。那里的老旗人说，这是乾隆朝平定大小金川之乱，模拟金川碉楼建造，转为训练八旗士兵。”

“这么说来，这张铜版画便是《平定金川战图》。”李隆盛又打开几幅卷轴，全是类似的铜版画，也都是在崇山峻岭之中的碉楼攻防战，“大小金川之战，是乾隆朝重要的战争，平定川西大小金川土司之乱。金川遍布碉楼，易守难攻，前后历时数十年，死伤数万，耗费白银七千万两。”

秦北洋又翻开几幅卷轴，还是同样风格的铜版画，内容却截然不同，变成大队骑兵之间的争斗。双方都装备大量火枪，还有骆驼骑兵与炮兵，俨然十八世纪的欧洲大战。只不过人物衣着却是东方式的，一方是清朝衣冠，一方却是蒙古与西域的衣冠。

“这是平定准噶尔统一新疆之战吗？”

“不错。”李隆盛从木箱子里打开几个卷轴，“这些铜版画描绘的都是乾隆皇帝的‘十全武功’。两次准噶尔之战，一次回部之战，两次金川之战，一次台湾平叛之战，一次缅甸之战，一次安南之战，两次廓尔喀之战，加起来总共十次战争。好大喜功的乾隆皇帝因此自称‘十全老人’，命令宫廷画家制作成铜版画。”

秦北洋慢慢收起卷轴，放回到木箱，免得落入污水之中：“中国可有铜版画艺人？”

“乾隆帝下令必须按照奥格斯堡铜版画雕刻家卢根达斯的风格完成。郎世宁等宫廷画家先绘制小尺寸底稿，万里迢迢送到法国，由巴黎工匠转刻铜版印制，再将铜版和版画一起送回中国——这些都是我那皇家风水师的父亲告诉我的。”

“这里的主人必是乾隆皇帝无疑。”秦北洋看着硕大棺椁上的九色，“他就在里面。”

李隆盛借着琉璃火球的光芒说：“至于其他五尊棺椁，必是乾隆皇帝的后妃，比如他的先后两位皇后，正室富察皇后，嘉庆皇帝的生母、生前的令妃魏佳氏；还有三位皇贵妃，高佳氏、富察氏、金佳氏。”

“我倒是好奇，乾隆皇帝真面目为何？民间有传说，乾隆皇帝本为汉人，乃海宁陈阁老之子，出生后被继位前的雍正帝抱养。”

“就像有人说明成祖朱棣实为元顺帝之子一样，都是无稽之谈。乾隆皇帝的画像，这几年也从宫禁流落民间，乾隆帝是个典型的满人：长脸，白肤，细长眼，胡须稀疏……”

“就让流言都变成武侠小说的桥段吧。”秦北洋干脆躺倒在竹筏上说，“听说乾隆皇帝的墓里，还有干将莫邪剑呢。”

“别想太多！既然乾隆皇帝的地宫已被破坏，镇墓兽也被打死，我们该怎么出去呢？”

“我是来找阿海复仇的，没有见到阿海，我是不会离开这里的。”

秦北洋话音未落，地宫外响起急促的脚步声，还有枪支碰撞之声。

李隆盛趴在竹筏上说：“他们来开棺了！”

九色站在漂浮的棺椁上，顶着鹿角，准备决一死战。

外面的士兵们开始尖叫：“我的妈呀，地宫里有人在说话！该不是乾隆皇帝显灵了吧？”

地宫外响起一片鼓噪之声，又传来两声枪响，也许是胆小鬼擦枪走火了。这帮军阀的匪兵，还没踏入地宫一步，自己便已乱作一团，枪声接二连三，甚至传来几声惨叫，必是黑灯瞎火打中自己人了。

秦北洋将计就计，索性跟李隆盛大声说话：“我们被困在地宫了，如何才能逃出去？”

“我也不晓得，难道躲在这口棺材之中？”

“你们太白山出来的人就喜欢藏棺材！”

秦北洋自然想起当年香山雪夜行刺，还有阿海与脱欢躲入唐朝小皇子的棺材行刺小徐将军的往事。地宫中的声音加上积水，形成奇妙的共鸣，犹如魔鬼歌唱，悠扬飘荡到墓道深处。

于是乎，外头响起一哄而散的逃跑声。

李隆盛在地宫中撑着竹筏，像在剑桥的康河划着小舟，快速冲出墓道。秦北洋用俄国十字弓护在胸口，九色也喷出琉璃火球开道。

火球上下翻飞，前方传来几声惨叫，士兵们加速后退。秦北洋与李隆盛穿过两道墓室门，便被密集的枪林弹雨挡住。不能再往外冲了，一旦出了墓道口，暴露在光天化日之下，九色就会恢复成为大狗模样，秦北洋与李隆盛也会被机关枪打成筛子。

两人一兽，走投无路，头顶却垂下一根绳索，正好晃到秦北洋的鼻子跟前。

“什么人？”

秦北洋警觉地抬头往上看。头顶是刚才自己跳下来的盗洞。他抓住绳索扯了扯，上头传来力道。

真是天降救兵，李隆盛先爬上绳索，接着是秦北洋，最后是四条腿并用的九色。

他们沿着粗壮的绳索爬上墓道穹顶，又从盗洞原路返回。从古墓的地狱爬上来，秦北洋的双眼几乎被太阳刺瞎。盗墓士兵们的注意力全在墓道中，没人注意到宝顶之上还有人。

除了秦北洋与李隆盛，还有第三个男人，他是齐远山。

第二十二章 香妃

齐远山已在东陵背后的山上躲藏了一天一夜。

他不晓得，阿海为何要放他逃生？也许因为中山？也许别有企图？欲擒故纵？无论如何，此番与失散十多年的弟弟中山重逢，都是绝境中的一大收获。

齐远山无路可逃，山上是唯一安全的。口渴至极时，恰好发现一眼山泉给自己续命。等到下午，他听到山下发出轰隆隆的爆破声。不消说，孙大麻子开始挖墓了。

他来到半山腰，居高临下俯瞰，只见乾隆皇帝的宝顶正上方，裂开一个大豁口的盗洞。还有两个男人与一个女人，守在这个盗洞跟前。但看他们的衣着打扮，又绝非盗墓贼。

齐远山再揉了揉眼睛，惊觉那女人分外眼熟，不就是欧阳安娜吗？

不曾想到，在这长城脚下，乾隆皇帝的陵墓之中，竟然见到了自己的妻子。

安娜怎会来到这里？

还有另外两人，齐远山也认出来了——鄂尔多斯多罗小郡王与京城名侦探叶克难，他们跟安娜一起聚在盗洞前，叶探长还将耳朵贴着盗洞，似乎下面还有什么人。

一支军阀的巡逻队绕行宝顶一圈，正准备从侧面爬上来。齐远山知道危险，但他又不能大声呼叫，怕引来更多士兵。他急中生智地抄起一块小石头，用力砸向宝顶正上方的盗洞。齐远山是神枪手，投掷石头也是准得很，不偏不倚地砸中了小郡王的后脑勺。

这个提醒颇为关键，叶克难发现了巡逻队即将上来，他拽着安娜与小郡王爬下宝顶，借着围墙与树丛的掩护，躲过士兵们的视线。他们三个闯入隔壁另一座陵寝，那里几乎已成一片废墟。齐远山很想追上去保护安娜，不巧又有一队士兵经过陵墓围墙。欧阳安娜算是运气好，前后脚刚好错过，再晚几秒钟就会被发现。

此时，乾陵皇帝的宝顶上空无一人。士兵们都聚集在底下的墓道口，似乎出了什么变故。

齐远山躲过巡逻队，大胆地跳下山坡，爬上月牙城与宝顶。他想要看看刚才安娜和叶克难、小郡王围着的盗洞里究竟有何宝物。

这是个新鲜的盗洞，还有某种坚硬物体挖掘过的痕迹，底下竟然传来说话声，仿佛有人在喊救命。正好宝顶上有被工兵丢弃的绳索。齐远山抓着一端，又将另一端扔下去，如同钓鱼一般，竟然钓上了秦北洋与李隆盛这两条大鱼。

还有九色。

回到光天化日之下，幼麒麟镇墓兽变成了灰白色被毛、赤色鬃毛的大狗。秦北洋痴痴地看着齐远山的面孔，怕是在心里叹息命运的神奇。他们彼此记得对方的脸，哪怕化作枯骨，烧成灰。

忽然，秦北洋抓着齐远山的胳膊问：“安娜呢？”

安娜在香妃的地宫中。

十分钟前，叶克难、小郡王、欧阳安娜遇到士兵巡逻，他们被迫放弃盗洞，慌不择路地逃亡，却闻到一股异香。她在广州相夫教子的几年，闲来学会了香道，可以分辨出不同的熏香原料，唯独此刻的异香不知何物。安娜循着香味而走，翻墙来到隔壁的陵寝。

这里不同于帝王陵墓，除了一座大宝顶、两座小宝顶，还整齐分布着其他三十来座小宝顶，就像佛寺的塔林。

此处同样被盗墓的士兵洗劫一空，许多宝顶被炸开和挖开。看来军阀们满载而归，地上布满破碎的砖瓦、木头与瓷片。他们就像一群蝗虫，毁灭了一片庄稼又去下一片祸害。

安娜在几十座小宝顶间搜索，走到东端第一排第一座，这里已经完整暴露出墓道口——异香是从这里发出的。

按理说，古墓中只会发出腐臭，何来异香？难道是防腐的香料？但闻起来却有一股活人的味道。

安娜忍不住闯入地宫，叶克难在旁边保护她。据说清朝陵墓只有皇帝能用镇墓兽——慈禧太后是个例外，这些小宝顶坟冢之内，是不会有镇墓兽的。

墓道很短，墓室门早被炸开，里头是个小小的地宫，棺材板也被盗墓士兵打碎了，地上散落着珠串等不值钱的陪葬品。那股沁人心脾的异香，正是从棺椁里散发而出的。

小郡王也感到新奇，这里毫无污秽腐臭之气，仿佛身处百花盛开的山谷，竟有几只蝴蝶蹁跹飞来。

叶克难在地宫角落发现了墓志，掏出手电细细观看道："她是香妃！"

"香妃？"

欧阳安娜颇感意外，但这异香扑鼻，恐怕就是出自棺椁中的墓主人。

"香妃——便是乾隆帝的容妃。"叶克难看着墓志说，"容妃为和卓氏，世居叶尔羌。乾隆二十四年，平定回疆之后，容妃亲族被召进京，封官晋爵，定居回子营。容妃被送入皇宫，册封为贵人。乾隆皇帝宠爱容妃，为她请了回民厨子，为她在中南海建造宝月楼，登楼便可见长安街对面的回子营。"

"这宝月楼便是如今的新华门吧。"小郡王插了一嘴，"袁世凯把它改成了总统府的大门，我还经常出入这道大门呢，原来是乾隆爷为香妃所造啊。"

"容妃一生备受乾隆恩宠，五十五岁逝于圆明园，葬入裕陵妃园寝。传说容妃天生异香，没想到至今暗香犹存。"叶克难颓然道，"可惜还是被这群军阀盗墓贼侵扰了。"

小郡王抓耳挠腮道："看来他们是要把东陵每个墓都挖一遍啊，忒狠了啊！"

忽然，墓道口外响起一个男人的声音："安娜！"

这喊声惊得小郡王差点心脏碎裂，这并非秦北洋的嗓音，而是另一个男人。

欧阳安娜一阵诧异，又一阵心悸，慌张地冲出去。宝顶外的阳光下，三个男人并排站立，前头还有装扮成獒犬的九色。

欧阳安娜看到了秦北洋和李隆盛，也看到了自己的丈夫。

"远山！"

"安娜！"

齐远山挺直胸膛走近妻子，却没有伸手或拥抱，而是保持一尺距离，看似相敬如宾，其实敬而远之。

秦北洋摸着小镇墓兽的脑袋说：“是九色把我们带到这里来找你们的。”

众人聚齐，来不及叙述各自经历，叶克难说：“诸位，我们此行是来保护皇家陵寝，不是为了清室，而是为了中国。我们无力保护乾隆皇帝的陵墓，那么去看看慈禧太后的吧。”

“八成已经被翻了吧。我们来晚了一天，怕是要无功而返了。”小郡王义愤填膺道，“是可忍孰不可忍！”

二百多年前，鄂尔多斯差点被准噶尔大汗噶尔丹攻占，幸亏康熙大帝御驾亲征，击败乱臣贼子，才保住郡王世袭领地。小郡王帖木儿的高祖父作为蒙古诸侯，又曾跟随乾隆皇帝的西征大军，一路打到伊犁草原，天山南北，在帕米尔高原接受阿富汗大酋长的臣服。康熙、乾隆两位皇帝都葬在这东陵，遭到军阀的这番侮辱，小郡王感觉愧对列祖列宗。

秦北洋说：“无论如何，去跟慈禧太后打个招呼吧。”

第二十三章

慈禧太后的金井

昨晚，齐远山还住在慈禧太后的东配殿里呢。他走在最前头，身后跟着秦北洋和九色，然后是叶克难、小郡王与李隆盛。

欧阳安娜反倒落在最后。面对自己的丈夫，她似乎有些尴尬，不晓得能说些什么好。这并不是她的性格。

他们小心翼翼地摸到定东陵，孙大麻子的军队已经撤离。到处是爆破与挖掘的痕迹。宝顶下的琉璃影壁已消失了，墓道口如同猛兽的嘴巴，朝向盛夏的天空。

秦北洋说："老规矩，你们在外面守着，我和九色、隆盛下去看看。"

"北洋，务必小心。"

欧阳安娜并不忌讳丈夫在身边，关照了秦北洋一句。

九色打着头阵，深入慈禧太后的墓道，重新化作幼麒麟镇墓兽，吐出琉璃色火球。

秦北洋与李隆盛，慢慢隐入一个女人的世界里……

什么都没有了。

幽深无边的墓道，通往地底世界的入口，向上喷涌着冰冷空气。地砖上残留着破碎的瓷片，还有被水冲刷过的血迹——军阀正在清洗来过的痕迹，想要销毁隐匿所有罪证。

墓室门尚完好无损，并非被外力强行打开。天底下能有这种能力之人，必是盗墓界的精英，比如小木。

九色加快脚步，在最后一道墓室门口，它发现了镇墓兽的残骸。

凤凰于飞镇墓兽，一只凤，一只凰——秦北洋头一回看到“一穴二兽”的奇观，在祖传的《秦氏墓匠鉴》里绝无仅有。

九色的双目放射出贪婪的光，嘴角里似乎流出涎液——体内肮脏物质化成的。九色用两只爪子扒开“凤”的身体，开始吞噬那颗硕大的灵石。

秦北洋高声训斥，却无法阻止九色的行为。

李隆盛轻轻拽了拽他的胳膊：“我看到她了。”

她?

秦北洋一回头，看到地宫角落，被劈开的金丝楠木棺椁，地上躺着个正在腐烂变质的老年女尸。她的上身包裹黄绸，裤子绣满寿字，右脚穿着白绫袜，左脚袜子却已不见，身体各部位都很完整。

“她……”

秦北洋顾不得九色了，他打起火折子，趴在地砖上，照亮那具尸身。

“就是她！”李隆盛压低声音，“慈禧太后，叶赫那拉氏。”

这个曾经不可一世的女人，掌握着全中国所有人的生命，将四万万人的财富攫取于自己的棺材之内，将帝国最后的六个忠良送上断头台，也将爱新觉罗家族的基业彻底葬送，就像三百年前努尔哈赤心心念念的那个诅咒……

她静静地躺在地宫一隅，慢慢地腐烂成灰泥，连同中国过去的三千年。

但在她的身后，暴露出的汉白玉棺床上，却还趴着四个男人。

四个活着的男人。

第一个看起来像老太婆，花白的发辫拖在脑后。秦北洋看他一眼，就觉得自己的眼睛脏了，胃里恶心了，脑袋龌龊了。

第二个男人，便是洛阳盗墓村的大首领，盗墓中原流的继承人，小木。

第三个最为年轻，不过二十来岁，来自太白山的齐中山。

第四个，几乎让秦北洋的眼珠子爆裂，这人斜长的嘴角，似乎与刀疤连在一起微笑——阿海。

阿海。

他并没有跟着军阀的部队离开，而是留在慈禧太后的陵墓中。孙大麻子留给他的那一份赃物，已封存在一个大箱子里，刚被掩埋在山上，只有阿海一个人知晓的某个隐秘所在。随后，阿海召集了中山、小木以及老太监何常在，重新返回慈禧太后的地宫。

小木说，陵墓中还有个重要位置——金井，常为盗墓者所忽视，因为金井位于棺椁正下方。除非把棺材挪动位置，否则看不到金井。

阿海与中山将破碎的棺椁移开，果然在汉白玉棺床正中，暴露出一口水井般的洞眼。

这便是风水师亲自点穴的金井，整座地宫以及陵墓都围绕金井而营造。从荒野平地之中挖掘金井，可说是陵墓奠基的第一步。

金井之中，通常会放置墓主人生前常用之物。慈禧太后的身边物，必是价值连城的宝物，或许会比棺材里的宝贝更为值钱。但阿海所要得到的，其实还不止这个价值。

老太监何常在也交底了。定东陵完工后，慈禧太后曾经亲自勘察，她将身上佩戴的十八颗珍珠、日常佩戴的金枣花手镯、白玉透雕夔龙天干地支转心壁佩、金镶万寿执壶、白玉灵芝天然小如意等巧夺天工的配饰，全都扔到了金井中。

小木用一根绳索套着簸箕，小心地垂入金井深处，钓鱼似的要钓出一条金龙。他拧着眉毛扭曲着面孔，仿佛金井变成了一口高压锅，几乎要将他的半边面孔烫熟了。

秦北洋、李隆盛与九色闯进来了。

复仇的时候到了。

秦北洋走了一千多里路，从春天走到盛夏，从太白山走到清东陵，只为这一刻。

他一声不吭地举起俄国十字弓，扣下扳机，钢箭呼啸过腐臭的空气，刺向阿海的眉心。

阿海已有防备，抄起手中的棺材板，正好挡住这一箭。金丝楠木的棺材板还是被射穿了，却减慢了速度，让他躲过了这一箭。

秦北洋也不废话，抽出唐刀，纵身跃起，几乎跳到地宫穹顶，用尽全力向阿海劈去。这一刀，既是为了阿幽，也是为二十年前的养父母。

他感觉双手已不属于自己，而属于毁灭唐朝的安禄山，仇恨让他的双眼变成黑洞，似乎要将阿海劈成两半，劈成碎片，劈成无数原子。

仇恨也会让人眼前模糊，如同坠入深夜，再也无法看清楚自己。

唐刀并没有劈到阿海，只轻轻削去他的两片衣角，秦北洋已失去重心，秤砣般坠向慈禧太后裸露的棺床。

但他继续坠跌，仿佛撞破汉白玉棺床底座，撞破地宫下的地宫，撞破地下世界的入口。

他感到炽热的金光笼罩自己，仿佛浑身浸泡在沸腾的铁水之中，将整个肉身与骨头熔化。他的手边全是坚硬的石壁，无法舒展四肢，就像被关进一个巨大的枷锁之中。

秦北洋坠入了慈禧太后的金井。

他想起二十年前，初到清西陵与生父秦海关相会，他也意外坠入光绪帝的金井。当年的金井是尚未完工的地宫。这个金井，却已被慈禧太后压在身下整整二十年。

这个金井的位置，恰是皇家风水师李先生所选定。故而摄政王势必要剿灭太白山，捉到李先生的幼子李高楼，否则便是皇家陵寝的心腹之患。

坠入金井，秦北洋感觉上半身炽热，下半身却又冰凉。金井并非深不见底，下面有一层流水，不知水源何来。空间虽小，但水质奇佳，并无任何异味。据说这种金井底下的水，也可以保护上方的尸身不腐。秦北洋无法转身弯腰，但感到脚底踩着许多小小的圆形颗粒，想必是慈禧太后随身佩戴的珠宝。

秦北洋仰着脖子，金井正上方的圆形出口，宛如一轮圆月，闪着奇异的光芒。若是无人前来救他，恐怕若干年后的盗墓贼，会发现金井底下还藏着一具枯骨，带着强烈的怨念，坐井观天，直到天地毁灭……

第二十四章 阿海挖的不是墓

慈禧太后的地宫。

幼麒麟镇墓兽九色带着浑身热流，以及嘴角淌下的肮脏液体，趴到汉白玉棺床上的金井洞口，张望着地狱深渊里的秦北洋。

另一边，李隆盛已掏出了匕首。即便没有戴上鬼面具，面对阿海右脸上的刀疤，李隆盛也觉得自己长出了一张杀气腾腾的鬼脸。

阿海认出了他——从小一块儿在太白山上长大的“鬼面具”李高楼。

当年在“天国学堂”，他俩可算是感情很好的小伙伴。阿海唯独没有看到过鬼面具底下的真实面孔。

“高楼贤弟，数月前在太白山，我才第一次看到了你的真面目！小时候，你心心念念要为全家一门老少复仇，你在拔仙台上发誓，要捣毁清朝皇陵，尤其是慈禧太后叶赫那拉氏……今日，阿海我问心无愧，已经为你做到了！”

“对不起，我这次来到东陵，不是为了掘墓，而是来清理门户。”李隆盛将匕首指向阿海的咽喉，同时瞟了中山一眼。

“总有一天，你会感激我的。”阿海还不想跟李隆盛拼命，何况九色已经回头，瞪大琉璃色的双眼，准备喷射琉璃火球了，“走！”

一声暴喝，阿海拽着中山纵身飞出地宫，两人施展“刺客道”轻功，如同两团鬼魅，风驰电掣地穿过墓道，径直撞到宝顶外。

迎面一片金灿灿的夕阳，阿海与中山下意识地抬手遮挡眼睛，却看到叶克难、小郡王、齐远山以及欧阳安娜。他们四个一直守候在墓道口，没想到跟阿海撞个正着。

阿海无心恋战，挥出匕首，虚晃一枪，纵身攀上慈禧太后的宝顶。他与中山踮着脚，眨眼间已飞出月牙城。唯独齐远山爬上宝顶，奋不顾身地追上去。

安娜在后喊道："远山！穷寇莫追！"

阵阵阴风从东陵的昌瑞山上袭来，齐远山一门心思跟着阿海与中山，爬上陡峭的山坡。

眼看那两人就要隐入松林，太阳在西边的山野沉没，入夜便再也追不到了。齐远山立时开枪，他的枪法在日本陆军士官学校被公认排名第一，与他同期的许多同学，后来的日本名将都自愧不如。子弹准确地穿过百米之遥，擦着阿海的耳朵边飞过，打断一根松树枝。

阿海停下脚步，残阳在侧脸上涂抹一层猩红的血色。他晓得，以齐远山的百步穿杨之功，下一发子弹有80%以上概率会打爆他的脑袋。

没待阿海发话，中山抢先说了："哥，你杀了我们吧。"

齐远山握着枪口的手在发抖，他的嘴唇发紫，很想扣下扳机，打爆阿海的脑袋，为秦北洋的养父母，为安娜的父亲报仇……

但他垂下胳膊，慢慢长出一口气："昨晚，你们放过了我；今日，我也放过你们。阿海、中山，从此以后，我们两不相欠。"

"远山，后会有期！"

阿海双手抱拳，中山的眼眶红了："哥，谢谢你，咱俩还会再见面的。"

阿海与中山潜入茂密的松林。他们转入山坳，从地下挖出刚才埋藏的木箱子，里头装满从慈禧太后地宫内挖出的珍宝。阿海的力道惊人，轻松地把箱子背在肩上，回头俯瞰整个东陵大地，前头便是暮色中的巍巍长城。

中山明白了，阿海放走过齐远山一次，齐远山必须还他一条命，哪怕明知要放走阿海，也要追上去告诉他。

昨晚，阿海所说的捉放曹——原来齐远山是关羽，阿海才是曹操。

夜幕降临，他们沿着长城向东而去，东面是山海关，是白山黑水。

阿海背着大箱子，爬上山脊残破的长城，突然说："此行收获颇丰，唯一的遗憾，便是把小木留给了秦北洋。"

秦北洋还在地宫金井下。

九色趴在井口，用了各种方法却奈何不得。镇墓兽的鹿角虽然可以挖掘金井，但在破坏金井四壁的同时，也可能会让底下的主人被砸死或闷死。还是李隆盛垂下一根粗壮的绳索。秦北洋无法舒展身体，极为别扭地将绳索捆在腰上，这才被拽出了金井。

带着金井里的强烈气场，秦北洋上半身热得冒汗，下半身冷得几乎冻僵了。他捡起唐刀和十字弓，暴怒着吼道："阿海呢？中山呢？"

"他们早就跑了！"李隆盛颇为遗憾，他又指着地宫角落说，"不过，他俩留下来了。"

地宫中还跪着两个男人，年轻的是盗墓贼小木，发辫苍白的是老太监何常在。

洛阳盗墓村的首领，此刻如同被捉奸在床的小媳妇："北……北洋……好久不见……俺……俺是被迫的……俺……"

秦北洋吃惊的是，数年不见，小木的容颜没有任何变化，依然是二十岁出头的模样，如同棺材里的不朽尸身般青春永驻，显得比秦北洋年轻多了。

小镇墓兽顶着雪白鹿角靠近，似乎随时要吐出琉璃火球，将小木烧成灰烬。

"九色，你可别吓着他了！"秦北洋将九色召唤回来，他将小木从地上拽起来，"跟我走吧，我答应了海女，我要送你回家。"

"回家？我真的能回家吗？"

小木的眼眶里冒着泪花。他本以为自己会被当作盗墓贼，或者是阿海的同党，当场人头落地。秦北洋架着几乎瘫软的小木，带着小镇墓兽九色，走出冰冷的地宫。

地宫内，还剩下三个人。

一个死人，两个活人——其中一个，跟死人也没什么区别。

李隆盛靠近何常在，借着一支烈焰燃烧的火把，冷冷地看着他布满皱纹的脸。

黄土埋脖子的老太监，跪在地上磕头，先是给慈禧太后磕头，然后又是给李隆盛磕头，嘴里喃喃地说些求饶的话语。

"抬起头来。"

李隆盛的声音不响，却是不怒自威。

何常在身体微微一震，眯着双眼，注视李隆盛的面容。李隆盛已然三十八岁，却依旧是个容貌英俊的男子，走到任何地方都会让大姑娘小媳妇们多看两眼。何常在被火光晃了晃眼，使劲揉着眼眶，这才看清这张脸。他的混浊目光里闪过一丝龌龊，表情虽然没有泄露，可是口水却滴滴答答、无法自控地滑落下来。

李隆盛低声问："你不认得我了吗？"

"我……请恕奴才老眼昏花，不认得您这位英雄……"

"好，我帮你回忆回忆！"李隆盛在老太监的耳边说，"二十八年前，庚子事变，皇家风水师，李先生全家被慈禧太后下令处死。"

"这……庚子年啊……年岁太久了啊……奴才记不清啦……"

"李先生全家遇难，只有一个男孩活下来，却落到一个太监手中。这男孩皮肤白皙，眉清目秀，容颜俊美。"

"啊……"老太监的记忆力，其实好得很呢，他盯着李隆盛的面孔，吓得倒在地上，"你……"

"是我！就是我！当年的小男孩，被你……"

李隆盛正反手抽了何常在两个耳光，当即让老家伙的嘴角爆裂，鲜血直流。

慈禧太后的御前太监，就是这张脸，李隆盛永生永世不会忘记。因为这个不男不女的东西，让他的少年时代如同地狱，一辈子都无法走出那张鬼面具的影子。哪怕他出国到了剑桥读书，夜深人静，独自一人，他也会躺在康河的小舟上，忍不住戴上鬼面具，生怕老天爷偷看他的容颜。

"您杀了我吧！"何常在一把鼻涕一把眼泪，抱着李隆盛的大腿，"是我该死……我就喜欢小男孩……喜欢漂亮的戏子……我是个腌臜货色……我活着就是在糟蹋别人……也是在糟蹋我自己啊……您就让我死吧……"

李隆盛的匕首已握在手中，轻轻动一动手指头，就能让何常在血溅五步。如果这算是便宜了他，那还有九十九种残酷的方法杀死他——以上都是在太白山学来的。

但他后退了，将匕首塞回腰间，仰天长叹："时光已经惩罚了这个老头子，就让时光继续惩罚他吧。"

"别！别抛下我！宝贝儿！我的小宝贝儿！"

何常在还抱着李隆盛的大腿。李隆盛一脚把他蹬开，将这老太监抛弃在慈禧太后的地宫。既然他心甘情愿做奴才，就让他继续陪伴自己的主子吧。

李隆盛大步走出墓道。其余人都在外面等他呢。他抹去脸上泪珠，淡淡一笑，说刚才处理了一下私事。

小郡王说："咱们要不要把墓道口封起来呢？"

“不必了！若是封锁墓道，那我们便成了盗墓贼。”还是叶克难考虑周到，“东陵被盗，可是天下大事，我想等到明天，天津租界里的末代皇帝溥仪就会知道，自然会派人来查看。”

“嗯，里头还有个活人呢，如果他愿意回到阳光下的话。”李隆盛掸去身上尘土，这地宫里的一切都如此肮脏，“我们也快点走吧，万一军阀再杀回来便糟了。”

“只可惜！让阿海给逃了！”

秦北洋挥起唐刀，斩断宝顶前的一块石雕。

齐远山说：“我已奋力追赶，但阿海逃入松林，便不敢再深入了。”

“跑得了初一，跑不了十五。”

小郡王帖木儿说罢，便爬上了宝顶，翻墙离开慈禧太后的定东陵。

天黑了，越过咸丰帝的定陵，到了残破的风水墙边，果然士兵都撤走了。他们找到留在山间的马匹。小木跟秦北洋共骑一匹马。齐远山却没有跟安娜共骑，而是爬上了小郡王的马背。叶克难、李隆盛与欧阳安娜打马走在前头。变身为幼麒麟镇墓兽的九色，喷射琉璃火球照出险峻的山道。

路过长城脚下的一座残破的古庙，供奉的竟是唐高宗时的名将薛仁贵，也许是这位名将当年东征高句丽路过之处。他们决定歇息留宿一晚。

九色如同古时的石狮子雕像，蹲守在古庙门口警戒。秦北洋在薛仁贵塑像下点了篝火，小郡王取出随身携带的一小瓶威士忌——装在不锈钢的扁平酒壶中，西洋酒鬼常拿这个自斟自饮，分给大家一人一小口。

同时面对秦北洋与齐远山，欧阳安娜面色尴尬，一言不发，故意避开他俩。倒是秦北洋与齐远山挤在篝火前饮酒，各自叙述分别数年来的经历。说到阿幽，秦北洋自然掉下眼泪；听到齐远山在战场上屡建奇功，一步步实现少年时的梦想，秦北洋也会由衷高兴。

叶克难到底是名侦探，忘不了审讯犯人的本能，盯着小木问：“你跟着阿海来到东陵，可知他要帮助军阀盗掘东陵的真正原因？”

欧阳安娜插了一嘴：“难道不是为了慈禧太后地宫里价值上亿两白银的财宝？”

秦北洋附和：“嗯，七年前的天国之乱，阿海便是贪图五百吨沙俄黄金。”

名侦探厉声道：“你们别插嘴，让小木回答！”

小木喝了一小口威士忌，原本苍白的面孔一片绯红：“我觉得，阿海大人——

不，是阿海这个王八蛋，他并非贪财之人，此番盗掘东陵，他应该另有企图。”

“你怎么护着阿海说话啊？”小郡王夺过酒壶，“该不是受了他的蛊惑吧？”

“我可证明，阿海的所作所为，绝不仅仅是贪图这点财富。我跟他是从小一起长大的，我太了解这个人了。”李隆盛说话了，“他跟我一样，对清廷恨之入骨，这也是他被四川道人送上太白山，加入刺客教团的原因。”

齐远山也说话了：“这么说……阿海复仇的动机大于盗宝？”

“不仅是复仇，我猜想，他还有某个政治目的。”

“政治？”

李隆盛看着古庙篝火中薛仁贵模糊的面目说：“你说东陵被盗，受刺激最大的是谁？”

“王家维教授这样的历史学家和考古学家？”安娜自然想起了她在北大历史系的老师。

李隆盛摇头：“非也。”

“自古以来，盗墓贼最怕的就是墓主人的家属，因而都盗年代久远的古墓，若是刨了一二百年内别家的祖坟，被抓住的话怕是要被活活打死。”

小木以盗墓贼的经验分析一番，却让小郡王开窍了：“对啊，摄政王拜托我们保护东陵，因为这是清皇室的祖坟啊。军阀挖开了慈禧太后和乾隆皇帝的地宫和棺材，必将激怒末代皇帝溥仪和遗老遗少。”

“你不就是遗少吗？”安娜最喜欢揶揄小郡王了，谁让他俩是大学同窗，“清朝来了，效忠爱新觉罗；民国来了，又效忠袁世凯；袁世凯倒了，又效忠北洋军阀；如今北洋军阀完蛋了，你又得去南京效忠青天白日旗了吧。”

这话说得小郡王羞愧难当，面孔一阵青一阵白的，堂堂的蒙古诸侯，掌握数十万臣民的生杀大权，唯独遇到欧阳安娜完全没辙。

齐远山若有所思：“申先生派我到孙大麻子的军中商谈裁军一事，还关照我要注意关外动向。”

“关外？”秦北洋想起了一个人，“小六子还打着五色旗跟青天白日旗分庭抗礼呢。”

“日本人刚在皇姑屯炸死了张大帅，小六子跟日本人有杀父之仇。五色旗必降，青天白日旗必升，这是日本人最不愿意见到的。日本军部对东三省的方针必有变化。”齐远山分析起政治来头头是道，“他们利用不了小六子，就会利用其他人，比如说——末代皇帝。”

秦北洋开窍了：“啊……阿海的计谋是通过挖掘清朝皇陵，让溥仪对中华民国恨之入骨，从而投入日本人的怀抱？”

小郡王皱起眉头说：“辛亥革命，清帝退位，中华民国政府承诺要保护清朝列祖列宗的陵寝。如今，孙大麻子的部队在名义上还是国民革命军。中华民国的军队挖了清朝皇陵，无异于亲手撕毁了国家签订的条约。”

“阿海挖掘的不仅是清朝皇陵，还是一个火药桶！”

第二十五章

从北平到上海

天明时分，薛仁贵庙里的篝火早就熄了，欧阳安娜却发现秦北洋不见了。

小镇墓兽九色也不见了，这对主仆如同幻影蒸发无踪。

齐远山、叶克难、李隆盛、小郡王这才惊醒。也许是在东陵的历险太过刺激，以至于困顿不堪，一觉安睡到天亮。他们冲出古庙，在残破的长城上下、险峻的山岭之巅寻觅秦北洋，却连半根毛都没找着。名侦探叶克难仔细勘察古庙，不放过任何蛛丝马迹，结论是并未有外人入侵，也没有发生过搏斗。

“秦北洋是自己走的。”

缩在角落里的小木淡淡地说。

安娜揪着这盗墓贼的衣领，就差抽他两耳刮子：“天杀的！怎不叫醒我们？”

“打人不打脸呢……”小木抖抖豁豁地回答，“秦北洋贴着我的耳边说，若我发出任何声音，他便会杀了我。”

“秦北洋有没有说他要去哪里？”

“没有呢。”

小木那副窝囊样子，不晓得是装出来的，还是真的吓破了胆。欧阳安娜觉得前者可能性更高。

“算了，安娜，你问不出什么劳什子的。”小郡王劝阻了她，也是给小木解围了，“我想，秦北洋做任何决定，都不会无缘无故。”

“这个我比你更了解他！”安娜愤愤地看着古庙外的长城，“可他为何不告诉我一声就走了！”

说者无心，听者有意——叶克难敏锐地观察到一边的齐远山，面色已变得相当难看。

“这个世界上没有人比我更懂秦北洋了！”齐远山出人意料地说话了，顿时让自家媳妇闭嘴，“他就是这样的人，一意孤行，不计后果，直到头破血流……”

李隆盛也点头道：“我猜秦北洋是跟九色一起去寻找唐朝小皇子的棺椁了吧。”

欧阳安娜自言自语：“嗯，秦北洋绝对不会放过阿海的，哪怕追到天涯海角，追到世界末日，他都要杀了那个家伙。”

叶克难叹息道：“安娜，这便是秦北洋的命。你由他去吧。吉人自有天相。”

三天后。

齐远山、欧阳安娜、叶克难、李隆盛、小郡王，加上盗墓贼小木，一行六人，沿着长城入古北口，终于回到了北平城里。虎口脱险的齐远山，听说申建丰已返回南京。

众人在卢沟桥上告别，小郡王与叶克难留在北平。李隆盛前往天津，准备坐船回英国剑桥。齐远山与安娜坐火车南下，数日后经过郑州，转道洛阳，来到盗墓村。

欧阳安娜遵守了诺言，将小木送还到海女和两个孩子手中。海女抱着小木痛哭一番，又是千恩万谢一番。齐远山心里寻思，还好没让叶探长一起过来，否则准会把盗墓村一锅端了。

告别盗墓村与小木，安娜在洛阳坐上火车。她无比想念着女儿九色，母女分别的三个多月间，她无数次在梦中见到这丫头。

两个昼夜后，他们便渡过长江，来到中华民国的新首都。

穿过南京的林荫大道，出东边的朝阳门，正在施工改建为中山门——为中山先生奉安大典的灵柩通过而准备的，紫金山上正在加紧建造中山陵。

郁郁葱葱的紫金山下，申公馆被一支军队严密保护。齐远山与欧阳安娜进入公馆，终于见到女儿九色。八岁的小姑娘又长高了，扑到爸爸妈妈怀中。安娜在她脸上亲了又亲，眼泪便哗啦啦掉下来了。那只千年黑猫也趴在九色肩上，寸步不离。申夫人新婚一年多，尚未有喜，分外喜欢九色，把她当作自己女儿来养。申公馆里的小姑娘九色，举手投足竟有中华民国公主的气派。

寒暄过后，齐远山便向申建丰报告在清东陵的大事——孙大麻子掘开慈禧太后与乾隆皇帝的陵墓，将富可敌国的财宝洗劫一空。

原以为这番告状，会让申建丰拍案而起，下令各路大军剿灭孙大麻子，追缴失窃文物，没想到申建丰抱着茶杯说："远山，此事我也有所耳闻，北平和天津的报纸上都说了，溥仪也派人去了东陵调查。调查报告出来前，我们不能妄自推断啊。"

"申先生，以上所述全属我亲眼所见，并有多位保护文物之名士可做证，包括鄂尔多斯多罗小郡王，兹事体大，影响恶劣，国宝之难，即为国难，申……"

"不必多言，远山，你的忠心耿耿，常某人绝不怀疑。但是东陵之事，就由北平地方法院，按照国法处理吧。孙大麻子，毕竟手握重兵，不可轻举妄动，免得狗急跳墙，投靠了关外。"申建丰又笑道，"大丈夫处世，需要顾全大局。你辛苦啦，我对你另有重用。对啦，你可要照顾好我的干女儿九色，我会时时关心这小姑娘的。"

齐远山何等聪明，早已听出话外之音，草草结束了这次告状。

当他跟安娜带着女儿，一起向申夫人告别时，才发现申夫人胸口的珠子，由两块半圆形的珠宝合成，熠熠发光，炫目逼人，实属人间罕有之物。

出了申公馆，欧阳安娜抱着九色提醒一句："申夫人身上佩戴的珠宝，好像小木描述的慈禧太后嘴巴里的夜明珠啊。"

"唉……孙大麻子的动作快啊，早我们一步来南京，向申夫人进贡了东陵赃物，这一颗夜明珠不但可保他性命无忧，还能保住他的军队不被裁撤，盗墓的目的全部实现了。原来我这条命，还有中华民国的法律和尊严，远远不及女人身上的首饰呢。"

欧阳安娜回头遥望飘扬的青天白日旗说："这样的中华民国，不如趁早亡了吧！"

齐远山就差蒙住妻子的嘴巴："安娜，休得胡言乱语。"

欧阳安娜不再言语，便带着孩子与蛇猫，到南京火车站上车前往上海。

这天深夜，上海到了。

一辆汽车来到北站，接上齐先生、齐太太以及九色小姐回到法租界的豪宅。

回到上海的第一夜，刚刚把女儿安顿睡着，欧阳安娜便向齐远山提出了离婚。

齐远山无从拒绝。欧阳安娜才是达摩山伯爵基金的主人，也是申建丰的救命恩人。他虽是国民革命军的青年将军，在北伐战争中屡立奇功，但在申建丰眼里不过是个小喽啰罢了。

至于离婚的理由，安娜一个字都没有说，齐远山也一个字都没有问。其实，他俩都心知肚明——不都是因为秦北洋吗？

磨蹭了三天，齐远山同意离婚。

但他有两个条件——第一，离婚消息不能对外公布，更不能让申建丰知道，以免影响他的仕途；第二，齐远山仍然可以经常见到九色，哪怕再也不能让九色叫他爸爸。

欧阳安娜答应了条件。她也不想让离婚影响女儿的成长。但她悄悄地去更改了女儿的户籍，将姓名由“齐九色”改为“秦九色”，这才是“完璧归秦”。

离婚后的齐远山，在虹口横滨桥置办了新家。他在南京还有一间公馆，方便参加中央军事委员会会议。每次申建丰夫妇想念小九色，齐远山就会护送她去南京甚至庐山或莫干山的度夏别墅。

一年后的深秋，纽约华尔街“黑色星期四”，大萧条如同上帝的惩罚降临美国，紧接着蔓延到世界上各个角落。英国完了，法国完了，德国完了，日本也完了……

欧阳安娜却到美国“抄底”，购买了纽约与加州的许多物业。达摩山伯爵基金的资产遍布海内外，她在上海、南京、宁波等地均有投资，甚至购买了湖北大冶的铜矿、江西大余的钨矿。短短两三年内，安娜已成为上海滩的头号女富豪。

除了经商和养育女儿，安娜还在圣约翰大学攻读法律，考出了律师执照，常常帮助穷人与妇女打官司，尤其善打经济纠纷与离婚官司。

欧阳安娜想在女儿身上，弥补自己不能从北大毕业，不能成为女外交官的遗憾。九色在学校的成绩优异，各门功课都是名列前茅，让外国老师也啧啧称赞。

旧时女子，无才便是德。因为女孩若多读书，便会有心思凡，思凡就可能坏了贞洁。可是思凡又有什么错？安娜问自己。

时光一晃，距离欧阳安娜与秦北洋分别，已过去了三年零六个月。

中国的历史翻开了新的一页……

第二十六章

他回来了

民国二十一年，公元1932年，一月。

秦北洋回来了。

这是个寒冷的上海冬天，法租界的花园洋房一片萧瑟，残雪还没消融。十二岁的九色看到铁门外，站着一个流浪汉和一条流浪狗。

流浪汉是个高大的中国男人，穿着关外的羊皮袄子，仿佛刚从冰天雪地出来。他的容貌不过三十岁左右，拖着一头蓬松杂乱的长发。小九色总感觉在哪里见过他，好像自己在很小很小的时候。

流浪狗大得吓人，仿佛动物园逃出来的一头野兽，披着赤色鬃毛与灰白色被毛。小九色参加过外国同学的派对，也去过法国与英国领事的官邸，见过洋人养的大狗，全都比不过眼前的这条。隔着铁栏杆与数尺之遥，她就感觉那狗浑身散发热量，让人心里发毛，肺里发抖，肝里发颤……

蛇猫出现在九色身后，它看到门外的流浪汉与流浪狗，立即发出凄厉的叫声，拖着小主人的裤脚管往屋里逃。

欧阳安娜走出洋房，抓住女儿说："别害怕！就要打仗了，还会有很多流浪汉的，妈妈会给他们食物，给他们寻找住处，不会让任何人饿肚子。"

安娜从兜里掏出几个大洋，准备将铁门外的流浪汉打发走，却看到了秦北洋的脸。

三年零六个月。

他回来了。

第二天，秦北洋在澡堂子洗出三斤污垢。他换了一身新衣服，不再是流浪汉，而成了体貌魁梧的奇男子，来到上海大世界游乐场。

齐远山、欧阳安娜，还有女儿九色，正在大世界门口等待秦北洋。坊间传说上海即将开战，洋人管理的租界却是歌照唱、舞照跳、马照跑。灯火辉煌的大世界，中国人、西洋人甚至印度人都来凑热闹了。秦北洋与齐远山轮流把小九色架在脖子上，让她玩得不亦乐乎。

安娜看着左手中指上的玉指环，站在摩肩接踵的人群中，回想十七岁那年，大世界开张那天，三个少男少女，一起在灯火中游玩的情景，真个是宛如昨日。女儿九色是个人精，敏感地察觉到了她的忧伤，牵着安娜的手问："妈妈，你干吗难过？"

"九色，我们回家吧。"

司机开着凯迪拉克轿车，先送欧阳安娜与九色母女回家了。

大世界门口，只剩下秦北洋与齐远山两人。

"北洋，好久不见。"

齐远山点了一支烟，红色火星在北风中飞舞，手指头微微发颤，这可不是在战场上指挥千军万马取敌方上将首级的风格。

"远山，好久不见。"

齐远山看着大世界的霓虹："三年零六个月前，我们刚从清东陵出来，你为什么一声不吭地消失了？"

"我去杀阿海。"

"找到他了吗？"

"没有。"

"那你去了哪里？"

"我和九色去了东三省，就算找不到阿海，我们也想找回唐朝小皇子的棺椁。"

每次秦北洋说起"九色"，齐远山第一反应都会想起十二岁的小九色——到现在他还把九色当作自己的女儿。

"两年前，我奉命出使关外拜见小六子。东三省是日本侵略中国的基地，驻有关东军重兵。阿海种种行为背后，都有日本人与奉系军阀的影子。唐朝小皇子的棺椁，若还在中国境内，最有可能便是东三省某处。那边尚是地广人稀的处女地，有的崇山峻岭中隐藏着宝贝。我私下请求小六子寻觅你和九色。不久有人报告，在鸭绿江边的高句丽古墓群，看到一头猛兽挖掘墓穴，还有个三十岁左右的男人操纵猛兽。这一人一兽，都不近人间烟火，无人能够靠近。哪怕小六子出动骑兵搜捕也无济于事……”

秦北洋垂首承认：“那就是我和九色！我打听到，长白山天池，有人封锁了上山道路，几年不通人烟。九色也对长白山方向有了感应。唐朝小皇子的棺椁，曾经在中原制高点的太白山存放十多年，从太白山转移到长白山，亦是东三省海拔最高之处，符合阿海与中山的习惯。何况长白山天池靠近朝鲜，那边是日本人的殖民地。当我跟九色前往长白山，路过沈阳，刚巧遇到一桩大事。”

“九一八事变？”

齐远山眉头一扬，手中烟头微微颤抖，一片烟灰飘过。

“一夜间，日本攻占沈阳全城。战火硝烟之中，此去长白山绝无胜算。关东军定会派遣重兵保护阿海及其巢穴。国仇家恨间，我只能选择国仇，而将家恨放在一边。我与九色撤离沈阳，跟随东北军的溃兵来到锦州。”

“赵四风流朱五狂，翩翩蝴蝶正当行。温柔乡是英雄冢，哪管东师入沈阳。”

齐远山吟出马君武在上海报纸上模仿李商隐“小怜玉体横陈夜，已报周师入晋阳”的诗作，讥讽小六子沉迷于电影明星，罔顾大好山河沦陷，堪比北齐亡国之君。

“一马平川的东北平原，锦州是唯一可以据险死守之地。三百年前，袁崇焕死守宁远、锦州一线，先后痛击努尔哈赤与皇太极父子，获得宁锦大捷。”秦北洋愤愤道，“数万东北军困守孤城，进也不是，退也不成。我只盼着能用唐刀与十字弓，还有九色的鹿角跟日寇杀个你死我活。”

“北洋，那你这次来上海是为了……”

“为了九色！”

秦北洋闭上双眼，想起东三省漫长而严酷的冬天……

那是1931年的最后一天。

锦州降下大雪，渤海冻上厚厚一层冰，城内外军民苦不堪言。关东军已集结大军，一场血战在即。

秦北洋与九色住在锦州城外一座古墓中，只有在这种环境，他才能遏制肺里的癌细胞。凌晨时分，当他抱着一堆古人枯骨，从破碎的棺椁里醒来，却发现九色不见了。秦北洋冲出古墓，寻找小镇墓兽，天空仍如锅底般黑。东方地平线上的晨曦迟迟被压着出不来。荒野白茫茫一片。他心急如焚地打出马灯，照亮一串九色的足迹，就像一只马鹿，或是一匹公狼。

翻过一道险峻山冈，进入白雪皑皑的谷地。足迹尽头，黑魆魆的地下亮起琉璃色光芒。到处都有被挖掘的痕迹，白雪间堆积黑土，暴露墓室门与棺椁残迹。原来是个古墓群，秦北洋将马灯对准墓碑。碑文苍茫遒劲，多半是魏晋南北朝的。

潜入墓穴，但见鬼火森森，一尊怪物蹲伏在棺椁前，雪白鹿角刺破棺材板，挑出墓主人遗骨，大口吞噬棺椁以及陪葬品。

“九色！”

秦北洋呵斥一句，那怪物转回头来，身上披挂青铜鳞甲，赤色鬃毛又长了一圈，双目瞪着主人发出咆哮。它的体形变得更大，腹部臃肿不堪，正如大腹便便的中年男人。它不再是幼兽的模样，浑身散发古墓里的霉烂与腐臭，嘴角淌着被咬碎的青铜器残渣。

九色已将古墓中的棺椁、墓主人遗骨以及陪葬品当作盘中美食。就像它杀死镇墓兽，吞噬灵石，攻击化工厂或发电厂，吞噬重金属化学物品一样，它把欲望扩大到了中国大地下的古墓。

九色并未拜倒在主人脚下，反而发出威胁的目光和吼声，像个鸦片瘾发作的瘾君子。物极必反，灵石是极其强大的动力，这股力量如果无法驾驭，也能毁灭镇墓兽。

秦北洋心脏颤抖着退出古墓，纵身一跃，没入厚厚积雪，头顶飞过一道琉璃火球——九色竟对主人反噬了。

难道九色不认得自己了？秦北洋在雪地中重新站稳，抽出三尺唐刀。幼麒麟镇墓兽爬出坟墓。

它已经不是九色了？

秦北洋仿佛一尊金刚立在苍茫大地，挺胸呵斥：“九色！你是看着我出生的，也注定要看着我死去，你来杀了我吧！”

九色看着他。

它不动了，宽阔的肩膀与四肢安静下来，像《佛本生故事》里那头饥饿的老虎，忽然遇见舍身饲虎的王子。

琉璃色双眼在颤抖，渐渐由混浊变得清澈。它想起来了，三十一年前的白鹿原地宫，十四年前的上海虹口海上达摩山的私人博物馆，巴黎毒物森林的墓碑和葬礼，北极冰海孤岛深处的火山口坠落，共同攀登永无止境的世界树，渡过地心海，走过西伯利亚与丝绸之路……

天亮了。

幼麒麟镇墓兽在旭日下，收起雪白鹿角，青铜鳞甲缝隙间重新长出被毛，恢复成獒犬模样，体形却比昨日大了不少。邪魔被驱散，九色茫然不知所措，犹如喝酒宿醉断片后的男人。

九色把脑袋凑在秦北洋怀里，巨大力道撞得他人仰马翻。它发出嘤嘤的声音，像一个壮汉发出小孩子的撒娇声。秦北洋看着东方日出，双眼被阳光刺得睁不开，几乎要雪盲的感觉。

秦北洋的九色回来了。

1932年的第一天，小六子下令驻守锦州的三万大军，全部撤退到关内。三百多年前，还有袁崇焕死守宁远与锦州，如今再也没有袁崇焕了。

大军西撤前，暴风雪中，秦北洋拉起俄国十字弓，向着东北方的雪野，射出一支钢箭，仿佛白色虚空之中，藏着一张刀疤爬过的右脸，还有一轮黑色的太阳……

以上，便是秦北洋在十几天前的回忆。

上海大世界的灯火下，遥遥可见南京路的先施公司与永安公司，还有大光明电影院刚刚散场的人群，难以想象两千里外冰天雪地的世界。

“我是为了九色回来的。”秦北洋的脸颊瘦削，这三年来风餐露宿，一门心思想着复仇，在东三省吃了不少苦头，“不能再让九色恶化，它会认不得自己，变成一个大怪物，拥有吞噬世界的力量。”

齐远山猜到了他的意图：“你是要去找浦东的墨者天工工厂？”

“解铃还须系铃人，九色曾经在巴黎起死回生。帮它做手术的人是钱科、李隆盛与朱塞佩·卡普罗尼。我相信他们还能第二次拯救九色。”

“祝你成功！”

齐远山却还舍不得秦北洋，两人去了一间小酒馆，点了几样小菜，两坛黄酒。

“我们兄弟很久没叙过旧了！”齐远山仰着脖子喝下一口，“还记得我们初次相逢吗？”

“太行山上，修建袁世凯的洪宪帝陵，我和我爹从狼群中救了你。”

“人生若只如初见！那一年，我们都才只有十六岁。想想青春容颜，再看如今的我俩，已届而立之年，半生功名浮沉……”

“远山，你是能成大事之人。哪像我只能做个小工匠，空负刺客联盟大首领的虚名，却还得东躲西藏，每天住在坟墓里，难得出来透透气，也觉死期将近！”

“我一个人成事又能如何？我们是好兄弟，应当一同成事。”

秦北洋纵然是块榆木疙瘩，也听出了齐远山的弦外之音：“你到底要跟我说什么？”

“我告诉你，北洋，九一八事变只是个开始。日本强，中国弱，我们没有实力将日寇赶出去。但中国毕竟国土辽阔、人口众多，日本也没有实力快速灭亡中国，这场战争没有十几年是打不完的。诚所谓，乱世出英雄，就像《三国演义》。”

“夫英雄者，胸怀大志，腹有良谋，有包藏宇宙之机，吞吐天地之志者也。”

半斤绍兴花雕下肚，秦北洋背诵出《三国演义》中的“青梅煮酒论英雄”。

“今天下英雄，使君与操！”齐远山也对这一段倒背如流，“北洋，你我究竟谁是曹操，谁又是刘备？”

“别傻了，我们不是小孩子了！”秦北洋无奈苦笑，“远山，你不做政治家可惜了。”

“我不跟你开玩笑！我们一起开创天下。”

“不，我无意于凡间功名利禄，太白山上刺客首领的宝座，我也毫不在意。”秦北洋想起他在东京拒绝了工匠联盟大尊者之位，却给自己惹来杀身之祸，“我宁愿做一个小工匠，守护陵墓与国宝。”

“比如唐朝小皇子？北洋，只有我们兄弟俩联手，才能从阿海手中夺回小皇子的棺椁。”

“远山，我只想依靠自己复仇。我若是借用你的力量，猜得没错的话，便是借用军队和国民政府之力。你还记得吗？当初‘北洋之龙’王士珍要收编我俩，但我冒死拒绝，我们在北京南苑分道扬镳。我对从军从政毫无兴趣，那是你的路，不是我的路。”

“唉，北洋，这么多年了，你依然毫无改变。”

秦北洋饮酒苦笑道：“人各有志，各有灿烂，不也挺好的吗？”

刚才聊三国吊起齐远山的兴致，酒过三巡，他红着脸，高声念诵：

“老大那堪说。似而今、元龙臭味，孟公瓜葛。我病君来高歌饮，惊散楼头飞雪。笑富贵、千钧如发。硬语盘空谁来听？记当时、只有西窗月。重进酒，换呜瑟。”

“事无两样人心别。问渠侬：神州毕竟，几番离合？汗血盐车无人顾，千里空收骏骨。正目断、关河路绝。我最怜君中宵舞，道‘男儿、到死心如铁’。看试手，补天裂。”

秦北洋立马接了下半阕，又是辛弃疾的《贺新郎》。七百年前，辛弃疾与陈亮相交甚厚，意图北伐中原，恢复失地。两人诗词唱和，留下不少千古名篇。十多年前，太行山中，少年秦北洋与齐远山常常大段背诵，至今记忆犹新。

接龙完宋词，齐远山莫名大哭起来。秦北洋经常热血冲头而落泪，却极少见到齐远山也会这样，有些不知所措。

“男儿有泪不轻弹，远山，你这是？”

齐远山尴尬地抹去泪水与鼻涕：“想到我俩终究要各走各的道儿，便悲从中来。”

“走吧！”秦北洋喝干最后一口酒，“我要回古墓去了，肺里受不了了，九色还在等着我呢！”

齐远山拽着秦北洋的胳膊问：“明天你去哪儿？”

“浦东，陆家嘴，墨者天工。”

墨者天工。

次日一早，秦北洋带着镇墓兽九色渡过黄浦江，在浦东陆家嘴的工厂码头登陆。

钱科把工厂管理得井井有条。李隆盛已从剑桥归国，车间在组装巨大的飞行器，计划在一个月后首次试飞。外形基本仿造四翼天使，但是规模和动力都比镇墓兽大上好多倍，俨然一座飞行城堡。中间部分有搭载舱，最多可容五十人，或数十吨物资。镇墓兽飞行器可持续飞行几十个小时甚至上百小时，无须降落地面补充燃料，就能实现环球航行。

至于飞行器搭载的灵石放射性，经过李隆盛在实验室处理，已得到很好控制，除非发生爆炸，否则不会对飞行器上的人员产生直接伤害。

“隆盛，你有这个技术——控制灵石的放射性？”

“许多物质都有天然的放射性。镇墓兽体内的灵石，只要不断激发其动力，释放出来的放射性尤其厉害。”李隆盛看着硕大的九色说，“北洋，九色确实跟过去不一样了，相比我第一次见到它时，似乎已经长大了两倍都不止。”

“十多年来，九色吞噬了太多灵石，还有大量重金属化学元素，它就像一座移动的有毒工厂，眼看就要失控了。”

秦北洋把九色支开，单独与李隆盛聊天。九色比人还精，它已预感到主人的想法，早已惴惴不安，不能再让它知道计划了。

李隆盛早已窥透他的心思：“北洋，你要给九色做手术，取出它体内的灵石？”

“是的，只留下最原始的那个——我的祖先在唐朝武则天时代放在它体内的灵石。至于后来被它吃下去的那些灵石，全都要取出来。我们再给它做一次内部清洗，将有毒化学品元素清理干净，让它回到白鹿原唐朝大墓中的原始状态。”

“这些年来，四翼天使镇墓兽也会吞吃有毒化学物品，但我们控制得很好，采用人工喂食的方式。”

秦北洋摇头道：“但四翼天使身体里没有那么多灵石。九色万一失控，便会造成巨大破坏，整个上海都会被它毁灭——它在日本已经干过类似的事了。”

“但我要告诉你，这有大风险，如果手术失败，要么九色死，要么我们全被它杀死。”

秦北洋咬着嘴唇说：“九色如果不变回来，那么它比死了更可怕。”

半个月后，手术即将进行。

手术室设在墨者天工的实验室。为让九色焕然一新，李隆盛准备了大量零部件与外壳原材料——大部分是秦北洋亲手制作的，既用到父亲传授的古老手艺，也用到现代机器。否则按照秦氏墓匠族的做法，没有一年半载完不成这个工程量。

最重要的准备，便是给九色全身照X光。

这不是镇墓兽第一次被照X光。但九色极不配合，秦北洋费了九牛二虎之力，用实验室里的灵石诱骗九色。但当X光片出来时，整个X光室已被九色用琉璃火球烧成灰烬，操作X光机的李隆盛死里逃生。

拿到片子的结果惊人——九色体内的灵石超过十个，各种有毒化学物质已凝结成类似结石般的物质，分别沉淀在九色的各脏器深处。

十多年前，秦北洋已知道九色体内还藏着一只上古神鹿。它是真正的“灵魂机械体”，有血有肉，千年不死，而非无生命的钢铁与青铜机械。这只神鹿的体形明显变大，外壳有部分来自秦氏墓匠族的制作，还有部分来自最近十年来，它不断吞噬的有毒物质以及钢铁，几乎再造了一副新的外壳——犹如蛇之蜕皮。

李隆盛惊叹道：“九色体内同时是一座微型的炼钢厂、灵石动力锅炉，也是锻造厂、机床冲压车间以及化工厂。墨者天工飞行器工厂的生产流程，便是九色体内的放大版。”

秦北洋的最大难题，就是九色根本不愿意接受手术。

这尊镇墓兽明白，手术将摘取它体内的灵石，将它十多年来修炼的力量极大减弱，稍有不慎就会造成它的死亡。

手术前夜，秦北洋与九色蹲在墨者天工的实验室大楼内。

他们说了一宿的悄悄话。秦北洋用了各种语言，从北京话到天津话、上海话甚至唐朝官话，又从德语、俄语说到日式英语：“要么你接受手术，变回到守护唐朝小皇子的幼麒麟镇墓兽；要么你离开我，变成一个发疯的魔王。若你选择后者，我必将与你为敌，要么亲手杀死你，要么被你杀死。即便你活下来，假如有朝一日，唐朝小皇子终南郡王李隆麒能够回到白鹿原大墓，你也无法再守护自己的主人……”

最后一句话，终于打动了九色——唐朝小皇子，如果李隆麒复活，将再也认不得它。

九色同意了，任由别人打开它的身体，取出体内多余的灵石与污垢。

秦北洋取出一支骨笛。他在辽西走廊的古墓中发现的。骨头上有许多小孔，竖直规整，由某种猛禽腿骨做成。

他眺望黄浦江对岸的外滩——无数星星点点的大厦灯光，鼓足了长着癌细胞的肺叶，长长地吹出一曲笛声……

第二十七章

交易

黄浦江，冷得几乎要结冰了。纪念第一次世界大战的外滩和平女神雕像下，齐远山仰望寒冷星空，脑中全是当年太行山上，两个少年的岁月。

隔着黑暗的江水，风中飘来一阵笛声。不像是江南丝竹的笛子，也不是北国的梆笛，而是某种沉闷的声音，就像从两千年前飘来……

后半夜，谁有心情在浦东陆家嘴吹骨笛呢？

明天便是镇墓兽九色做手术的日子——这时间极其保密，以免工匠联盟突袭墨者天工，否则秦北洋与九色都插翅难飞。昨晚，齐远山来到上海郊外的古墓中找秦北洋饮酒，才得知这个消息。

齐远山揉了揉发红的双眼，披上羊毛斗篷，正要坐进汽车回官邸，眼前浮出两个鬼魅般的人影。他刚要掏出手枪，听到一个年轻的声音——

“哥！别开枪！”

这是中山。三年前，东陵一别，这声音便一直烙印在齐远山的脑中。

路灯下，照亮中山的脸；第二张脸，有一道蜈蚣般的刀疤，四十岁左右的男人，他是阿海。

齐远山几乎坠入背后的黄浦江，幸亏他是个身经百战的军人，迅速将枪口对准阿海眉心，但那男人如尸体般冰冷而不为所动。

中山靠近齐远山：“哥，我们此来并无恶意。”

“中山，你我虽是同胞兄弟，但你甘愿投靠阿海与日寇，我与你必要兄弟反目。”

“哥，中山不在乎，只要哥能好。”

“阿海，上回我在东陵将你放走，我们两不相欠，再相逢，我会杀你。”齐远山向前走两步，直勾勾地看着阿海的双眼，“你为何自投罗网？”

“你不会杀我。”

阿海说话了，声音低沉，像从地宫里升上来。

“枪在我的手中，你凭什么这么说？”

“因为……我们是同一类人。”

“同一类人？”

齐远山有些疑惑，会不会是阿海用匕首将他割喉前的烟幕弹？他强打精神，枪口纹丝不动。

阿海淡淡一笑：“我和你，都出自风云人物之家。我们的父亲都死于非命，我们从小都背负着深仇大恨。”

“这话是何意思？你有什么资格拿家世来跟我比？”

“我不是中国人。”

“你终于承认了，你是日本人！”

“我也不是日本人。”

齐远山的枪口晃动：“那你是什么人？”

“我是朝鲜人。”

“你……你想跟我说什么？”

齐远山在日本读书期间，接触过不少朝鲜同学。他喜欢朝鲜人的脾气性格，仔细想来，倒是与阿海有几分相似，包括小眼睛这种相貌特征。

阿海眺望一眼外滩北端的外白渡桥：“你还记得上海公共租界的虹口巡捕房吗？”

“十多年前，我和秦北洋跟着青帮老大欧阳思聪，一起去了虹口捕房大屠杀的现场。”

“我与脱欢屠杀了捕房内的多名巡捕与囚犯，包括印度巡捕与英国探长，只为劫出铁窗中的小木。当我杀完人，便在虹口捕房外对空磕头，祭拜我的父亲大人。”

“你的父亲是谁？”

“甲午中日战争那年，上海发生过一桩刺杀案。此案轰动一时，牵涉到东亚三国政局。被刺身亡之人，便是我的父亲——金玉均。”

“金玉均？”

齐远山似乎有所耳闻，却又不明其详。

“我的父亲，乃朝鲜王朝的风云人物。他是科举状元，精通儒学汉文，相当于中国的翰林学士。彼时日本入侵朝鲜，清廷派兵东渡，控制了朝鲜军政大权，驻扎大臣便是袁世凯。”

“袁大头可是我家的头号仇人！”中山插了一句，“民国四公子之一的袁克文，便是袁世凯在朝鲜时与朝鲜夫人所生。”

“袁世凯也是我父亲的仇人！”阿海看着齐远山与齐中山兄弟俩说，“父亲大人考察日本明治维新，决定按照日本模式改造朝鲜。他成为‘开化党’首领，发动甲申政变，试图诛杀擅权的闵妃。”

“这段历史我倒是知道，朝鲜开化党政变三天，就被清朝驻军镇压。”

“嗯，父亲流亡日本十年，为了逃避刺客追杀，最远避居到太平洋上的小笠原群岛。父亲精通琴棋书画，他是朝鲜国旗——太极旗的设计者，因为他钻研太极与周易匪浅。他善画兰花，又是朝鲜第一围棋手，曾在热海与围棋世家本因坊秀荣手谈十八日，传为东亚围棋佳话。我便是在父亲流亡期间，出生在小笠原群岛。”

中山也是第一次听说阿海的身世秘密：“阿海哥，怪不得你从小下围棋便是一流。”

“在我四岁那年，父亲被人诱骗到上海。那是我的第一次记事——父亲离开的那天，他抱起我亲吻后，便出门坐上前往上海的轮船。”虽是三十八年前的旧事，阿海说来依然眼眶发热，“甲午年，公元1894年3月28日，父亲在东和旅馆遭遇刺客——第一颗子弹打中左颊，第二颗击中左胸，第三颗子弹命中肩胛骨，当场身亡……”

齐远山叹道：“阿海，你四岁就没了爹，看来我和中山比你走运一些。”

“刺客在吴淞口被逮捕，上海知县亲自审问，确认刺客是朝鲜人，奉朝鲜国王之命行刺。父亲的遗体停放在上海公共租界虹口捕房。日本政府派人来上海交涉，要求将尸体送到日本。但是，清政府将父亲的遗体连同刺客一同用军舰送回朝鲜。国王下令将父亲的遗体千刀万剐，人头挂在汉城的交通要冲，肢体传送到朝鲜八道警诫百姓。”

齐远山总结一句：“对于政敌的残酷，古来皆是如此。”

“对父亲恨之入骨的并非国王，而是他试图诛杀的闵妃。女人狠毒起来，绝不亚于男人。父亲流亡日本十年，结交日本名流，比如主张脱亚入欧的福泽谕吉。父亲在上海惨死后，日本政界包括黑龙组，都认为这是中国对日本的极大侮辱，纷纷主张开战。不久，朝鲜爆发东学道之乱，中日两国同时派兵，终于引爆甲午中日战争。幸好日本击溃清廷，日本浪人闯入朝鲜王宫，砍死王后闵妃，为我的父亲报了仇。”

“哪怕她后来被追封为明成皇后。”齐远山回忆了一下历史，“除了朝鲜国王，你最恨的人，便是清朝了吧？”

阿海点头道：“挖掘慈禧太后的陵墓，是我为父报仇的一部分。十五岁那年，我被义父中岛浪速送到太白山。从那天起，我只想着复仇。”

齐中山点头道：“不仅是阿海，还有芳子、脱欢，还有我，都是‘四川道人’送上太白山的‘血赋’，其实都是‘木马’。”

“认贼作父！”

“哥，有个秘密你还不知道，当年中岛先生，想要带走的少年是你！可惜他与你擦肩而过，就把我带走了。否则的话，太白山上长大的少年就是你。”

齐远山的后背心一阵发凉：“我恨不得杀死你那所谓的‘义父’。”

“无所谓，这不重要了。”阿海看向黄浦江对岸，“我们还都嫉妒同一个人。”

“秦……”

“你承认了！”阿海靠近一步，毫不畏惧齐远山的枪口，“看着我的脸！二十多年前，秦北洋给我造成的这道伤疤。但我早已不恨他了，我对他只有嫉妒。嫉妒他从一出生就拥有了白鹿原唐朝大墓的镇墓兽。嫉妒他从小获得了阿幽的心，让那小妮子死心塌地喜欢他，乃至把整个太白山都送给他，最后为他而死。我还嫉妒他得到了阿萨辛的金匕首，那是普天刺客的荣耀。”

“与我何干？”

“你也嫉妒秦北洋。”

齐远山外强中干地笑道：“哈哈哈……你说我嫉妒一个身患绝症随时可能暴毙之人，被工匠联盟悬赏追杀朝不保夕之人，四海漂泊、无以为家只能住在古墓睡于棺材之人？”

“你这么说，恰恰说明你嫉妒他。”阿海的语调相当平和，不像以往杀人如麻的印象，“若是含着金汤匙出生之人，身居高位，纵横天下之人，比如小六子——你会嫉妒他吗？恰恰是秦北洋，他跟你是不愿同年同月同日生，只愿同年同月同日死的好兄弟，得到了你一辈子都得不到的东西，你才会嫉妒他。”

这话说得齐远山毛骨悚然：“他得到了什么？”

“安娜。”

“你……”

齐远山重新掏出枪来，阿海却大方地说：“你不会开枪的。你和欧阳安娜的女儿，她叫九色，对吗？十年前，圣诞日，我看到过她后脖子上的胎记，就像一对火红的鹿角。秦北洋身上也有相同胎记，这是秦氏墓匠族的标记。安娜嫁给你，因为腹中有了秦北洋的骨血，却以为他已经死了。”

“这……是……”齐远山剧烈喘息与颤抖，“但这又如何？我早就知道这件事，我是为了安娜，让她不要受苦。我也希望秦北洋能留下后代，不要让三千年来的秦氏墓匠族断绝。此事虽难以启齿，但我并不觉得有多羞耻。”

阿海鼓起掌来：“好一个讲义气的汉子！可无论你对安娜付出多少真心，为她和她的女儿做了多大牺牲，她的心里依然没有你，只有秦北洋。”

“住嘴！你怎知道……不，你在胡说八道！”

阿海终于刺到齐远山的心底，齐远山几乎当场气血郁积。

“三年前，欧阳安娜就跟你离婚了。她不再是你的妻子，九色也不再是你的女儿……”阿海的嘴角斜起来，“远山，关于你们的一切，我都知道。”

齐远山就差一口唾沫喷到阿海的刀疤脸上：“你再敢提安娜和九色，我就杀了你。”

“嗯，你的反应说明，你强烈地嫉妒秦北洋，嫉妒他的一切。”

“如果我嫉妒他，我早有机会杀了秦北洋，可我非但不会害他，反而依然把他当作最好的兄弟。”

“你并不是嫉妒他还活着。如果他死了，但还活在欧阳安娜心里，你会嫉妒他一辈子。”

齐远山继续后退：“你到底要跟我说什么？”

“我们做朋友吧。”

若是忽略阿海脸颊上的刀疤，他的笑容还有几分诚恳与可信。

“给我个理由，为何要跟你做朋友？为何不杀了你？无论如何，我绝不会把秦北洋当作敌人。”

“你会的，十年前，当你没把小九色是秦北洋女儿的这个秘密告诉他时，你就已经把他当作敌人了。”

齐远山后背心冒出冷汗，阿海怎么啥都知道？他只得寻找个理由：“可安娜也没说。”

“女人的心思，我不懂。”阿海大步走到齐远山跟前，“但作为男人，我了解你。”

“能不再说秦北洋了吗？”

“你希望他从这个世界上消失吗？”

齐远山瞪着一宿未眠、布满血丝的双眼：“你说什么？”

“好，说些别的。你是北洋名将之子，渴望在乱世的中国成为一方诸侯，比如山西的阎锡山，山东的韩复榘，四川的刘湘，云南的龙云……但小六子不必指望了，他完蛋了。”

“你到底要说什么？”

“我问你，申建丰身边最倚重的人物是谁？”

这个问题可让齐远山挠头了，想了想说：“申夫人？”

“女子不算。”

“当年刺杀摄政王的汪先生？”

“哼！申建丰与汪先生可是死对头呢。”

“也在理啊，难道说——代先生？”

阿海点头道：“不错，代先生可是申建丰的莫逆之交。表面上，代先生没实权，但他掌握了中央军嫡系将领的升迁大权，只要他一句话，有人便会飞黄腾达，也有人会身败名裂。”

“是啊，上至小六子，下至孙大麻子，都在巴结代先生。”

“此人有个不为人知的习惯——喜欢玩耍古墓中未曾腐烂的死人——西洋人所谓恋尸癖。他不敢让旁人知道他的秘密，只能命令副官去野外挖掘坟墓。去年有一回，副官被地方保安队抓获，以盗墓罪当场处决。代先生便如同断了鸦片的瘾君子，每日生不如死。而我却能满足他的愿望，定期为他供应古墓里的尸体。”

齐远山听得恶心，仿佛雪夜中飘浮一片腐尸之气：“你……你居然控制了代先生？”

“想当年，北洋军阀的风云人物小徐将军，都被我们玩弄于股掌之中，何况代先生？”阿海话锋一转，“代先生如今将我奉若上宾，你想要占有哪一块领地，只要开口，我定能帮你办到。”

“关中！”

齐远山脱口而出，天下富庶之地，多被中央军控制，东三省又为日本人所据。关中虽然僻处西北，晚清以来天灾人祸连连，却是汉唐霸业肇兴之地，进可窥视中原，退可固守潼关，太平天国残部也选择太白山为复兴基地。十年前，齐远山受命北洋政府，驻军陕西乾陵，考察陕西全省形势，绘制过详尽的军用地图，诚可谓龙兴之野。

“有眼光！”阿海不禁鼓掌，“远山，我们不妨做个交易。请相信我有通天的能力，我答应把关中给你。”

整宿以来，齐远山第一次双眼放光，却冷静地问道：“交易条件是什么？”

第二十八章

九色乱

第二天，镇墓兽九色的手术开始了。

这天上海奇寒无比，黄浦江边有一小片结冰了。墨者天工戒备森严，全体工人待命。秦北洋、李隆盛、钱科、卡普罗尼都穿上防辐射的制服，从头到脚包裹成怪物。李隆盛、钱科与朱塞佩·卡普罗尼共同负责手术。制订了完整的手术方案，全程计划超过二十四小时。

九色依然是獒犬模样，这两天又长大了，秦北洋几乎能骑到它背上，仿佛《封神榜》里姜子牙的坐骑四不相。它的赤色鬃毛拖地，双眼冒着凶光，浑身热气腾腾，不做手术是撑不住了。秦北洋还是趴在它的耳朵边，说了大段悄悄话。旁边的李隆盛和钱科竖着耳朵，愣是一句都没听懂。

墨者天工的大门外，开来一辆劳斯莱斯轿车。齐远山与欧阳安娜坐在车上，外人看来还像是一对夫妻。他们来到实验室楼下，却被告知手术已经开始，任何人不得入内。

等了几个钟头。夕阳西下，黄浦江水被染得一片猩红。对岸的虹口闸北方向炮火连天。浦西华界燃起熊熊烈火，但被外滩和虹口的大厦遮挡，只能望见天空飘满霞光般的红色。

“今天上午，商务印书馆总厂和东方图书馆已被炸成平地，三十多万册图书包括许多古籍善本付之一炬。如今，日军正在猛攻火车北站吧。租界不会有问题吧？”

安娜牵挂起在法租界霞飞路上一栋花园洋房里，还在家中做功课的女儿九色。

“放心吧，日本人绝对不敢攻打租界，他们最怕英法列强了。”

“但这里呢？”欧阳安娜指着脚下的浦东陆家嘴，“这里可不是租界。”

话音未落，浓云遮盖的云层中，响起轰隆隆的巨响，这是螺旋桨与发动机的咆哮，整个上海都为之震动。齐远山当即拽着安娜往工厂外边奔去。

与此同时，墨者天工的仓库大门被撞破，一只扑扇着四扇翅膀的怪物飞了出来。

四翼天使镇墓兽。

它原本被锁在仓库之中，预感到来自天空的危险，双目发出红光，展翅翱翔。

欧阳安娜挣脱了齐远山，冲回实验室楼下。驾驶劳斯莱斯的司机已经逃命了，她用力按下喇叭，如同防空警报提醒楼里的人们。

实验室楼上的窗户打开，钱科听到了喇叭声。他先是看到楼下的安娜，接着下意识地抬头望天——四翼天使勇敢地扑向数架日本战机。但在云端更高处，隐藏着更多的轰炸机。

这些飞机都来自长江口外的日本航空母舰，一艘叫“加贺号”，一艘叫“凤翔号”——十年后，这两艘航母都参加了奇袭珍珠港的战斗。后来“加贺号”沉没于中途岛大海战，“凤翔号”则是世界海军史上第一艘现代航母，竟然幸存到战后。

四翼天使镇墓兽开始喷射火焰。日本飞行员从未见过如此的空中怪物，但他们的驾驶技艺高超，按照空中格斗规范避让。十多年前，四翼天使在巴黎曾与法国战机缠斗。但这十多年来，飞机性能有了长足进步。这批日本海军战机属于90式舰上战斗机，速度远超飞行兽的四片翅膀。它们躲过四翼天使的加特林机关炮，迅速抢占居高临下的位置射击。

四翼天使镇墓兽中弹了，浑身燃烧起火球，四片翅膀断裂，尾巴如同彗星，呼啸着坠向黄浦江，最终在江面上激起巨大的波浪。

眼看四翼天使折戟沉沙，欧阳安娜失声尖叫。当年这尊飞行兽伴她在巴黎与北极冒险，遭遇过无数危险，也曾救过她的性命，如今却轻而易举地被摧毁了。

但四翼天使镇墓兽的牺牲并非毫无意义——它为实验室大楼里的人们多争取了一分钟。

这一分钟，救了秦北洋等人的命，也救了欧阳安娜的命。

钱科、李隆盛与卡普罗尼，正好拖着秦北洋逃出实验室。秦北洋疯狂叫喊着要回去，原来九色的手术进行到一半，它已被大卸八块，开膛破肚，五脏六腑暴露着，如同遭遇变态碎尸的受害人，毫无尊严地躺在法医面前。这尊镇墓兽已毫无抵抗能力，只等待食客们用餐刀分解，送入牙齿与大肠。

一万英尺之上，日本海军的B2M八九式舰载轰炸机投放炸弹了。

死神趴在炸弹上狞笑着，穿过星空、云层与黑夜，扑向江南冬季的田野，扑向浦东陆家嘴的墨者天工工厂，扑向秦北洋和他的伙伴们。

欧阳安娜一步冲到秦北洋跟前，将他从实验室大楼下拽走，冲向工厂大门口。齐远山、李隆盛、钱科和卡普罗尼，还有上百名工人都向外奔跑。

炸弹划破空气的啸叫已到耳边，齐远山一声暴喝："卧倒！"

实验室大楼爆炸了。

航空炸弹准确击中楼顶天台，这栋楼虽如碉堡般坚固，经历过工匠联盟大爆炸而幸存，却再也躲不过这从头顶心的致命一击，雷霆灌顶般地粉身碎骨了。

实验楼里藏有灵石和化学物质，炸弹穿入大楼深处引发殉爆，成千上万块混凝土块与砖瓦齐飞，冲起火山爆发般的熊熊烈火。甚至有一团黑色与赤色相间的蘑菇云，不断滚动着恶魔的面孔，犹如安禄山的十角七头镇墓兽复活，升起在黄浦江畔的黑夜。

整个上海都能听到这爆炸声，黄浦江水被震动得激荡三尺浪，外滩海关大钟也震得停了表，和平女神雕像底座裂开数条缝隙，苏州河口的外白渡桥断了三根钢铁横梁。一辆劳斯莱斯轿车被气流抛上数百米高空，在百年后东方明珠电视塔顶的位置炸成碎片。

日本轰炸机队毁灭了墨者天工，让镇墓兽飞行器以及实验室灰飞烟灭。这是一次蓄意屠杀，外科手术式的精准打击，如同罗马摧毁迦太基，蒙古扫平花剌子模。

秦北洋还活着。

他被欧阳安娜压倒在地，车间里飞来一块钢板，正好盖在他们后背上——老天庇佑他们不死，这块钢板挡住了铺天盖地的爆炸冲击波和实验室大楼的混凝土块撞击。若非如此，他俩要么被炸成碎片，要么被砸作肉泥。

齐远山已逃到工厂大门口，李隆盛干脆跳进黄浦江，钱科与朱塞佩·卡普罗尼也跑远了。更多的工人则被炸得支离破碎，大地铺满模糊的血肉，天空还有残肢断手飞舞，如同冰雹与建筑碎片一同坠落。几只手指头掉落到安娜的眼前，让她声嘶力竭地尖叫。

秦北洋只看到安娜满脸都是黑烟。安娜看到的秦北洋也是同样一副尊容。刚才爆炸的巨响让他几乎失聪，身上衣衫已被烧毁大半。他和安娜推开救命的钢板，在地上打了两个滚，这才熄灭身上的火。实验室大楼已被炸成瓦砾废墟。烈火还在燃烧，放射出浓烈黑烟，空气中飘满刺鼻的有毒物质，犹如重现阿鼻地狱。

“九色！”

秦北洋再次狂吼，双眼飙出热泪。若非欧阳安娜从背后抱住他，就要冲回火海之中。爆炸的瞬间，九色正被开膛破肚，躺在实验室的手术台上，再无活下来的可能了。

李隆盛从黄浦江里爬上来，浑身湿漉漉的，像个淹死鬼，走到从火海中幸存的秦北洋身边，对准他的耳朵高喊：“九色死了！快走啊！不然我们都会死的！”

秦北洋依然要往火海中去，似乎想跟九色同归于尽。齐远山也从工厂门口跑回来，他和李隆盛一起抱住秦北洋，三个人扭成一团。

实验室大楼废墟深处传来一声怪响。

地下滚来灼热的烈焰，仿佛有口大锅重新沸腾，第二次火山即将爆发。秦北洋、齐远山和李隆盛下意识后退，废墟绽开几道裂缝，大地震般剧烈摇晃，让人站立不稳，纷纷摔倒。

裂缝如同大海，升起一尾鲨鱼的鳍，升起一团峥嵘的礁石，升起一个利维坦般的怪物。

九色出来了。

它还活着，但它已不再是秦北洋认识的九色了。

它如一座移动的建筑，如同人类那样直立行走，粗壮的双腿底部长出弯曲的利爪。它拖着硕大的尾巴，铁犁般剖开身后的大地。布满鳞甲的胸膛，两只前爪僵硬地向前伸展。脑袋依然是原本模样，头顶雪白的鹿角，瞬间长成盘根错节的参天大树。它的赤色鬃毛披在背后，其余部位都变得乌黑，仿佛刚从墨水汁里爬出。

手术台上四分五裂的九色，经过大爆炸的洗礼，重新排列组合成一个更可怕的怪物。它不再是秦北洋的幼麒麟镇墓兽，不再是守护唐朝小皇子一千二百年的小伙伴，它是一尊经过了二十世纪的文明与野蛮不断组装出来的史前神兽。

它是神兽，也是魔兽。

齐远山拽着秦北洋往后狂奔，九色铜铃般的双眼茫然无措，仿佛刚来到这个世界上的小生命。它往前走了几步，发现人们纷纷惊恐地逃跑，它也变得惊恐起来。

它后退着，几乎坠入黄浦江。它转过身，岸边燃烧着空袭后的烈火，黄浦江水如同一面火红色的镜子。它在这面镜子中看到了自己的脸。

九色吓坏了。

它不认得自己了，它觉得自己看到一个魔。它不相信亲眼所见，最好只是噩梦。九色仰天长啸，黄浦江镜子里的它扬起脖子，露出胸口乌黑的钢铁疙瘩与鳞片。

秦北洋挣脱了齐远山与李隆盛，他狂奔向江边。九色回眸看了他一眼，两个灯笼般的怪物之眼，流出充满金属光泽的混浊液体。九色依然认得主人，九色感到悲哀。但它再也不能跟秦北洋在一起了。

九色跳入了黄浦江。

沉重的身体激起数尺高的水花，冰凉地飞溅到秦北洋脸上。陆家嘴江面上转出一圈漩涡，接着被巨浪打碎，再也看不到任何踪迹。齐远山与李隆盛再次拽住秦北洋的双腿，否则他就要跟着九色跳下去了。

九色走了，它是与四翼天使镇墓兽一起去了另一个世界，还是从此蛰伏于黄浦江底，直到一百年、二百年后才重出水面？抑或它从黄浦江顺流而下，自吴淞口潜入长江，再逆流而上经过金山寺、石头城、采石矶、振风塔、石钟山、黄鹤楼、岳阳楼、西陵峡、神女峰，穿越巴山蜀水，直达奔腾的金沙江源头？还是从吴淞口入东海，再穿过第一岛链到太平洋，漫游到地球上任何一片大海或陆地……

再见，九色。

地上的怪物跳入江水，天上的怪物又从浓云中扑出。日本轰炸机并没走远，它们在云端骄傲地盘旋两周，再次向浦东陆家嘴俯冲而来，对已化作废墟的墨者天工进行第二轮轰炸，意在斩草除根、一丝不留。

一枚炸弹穿破云层，坠落到黄浦江边，一声开天辟地般的巨响，秦北洋失去了意识……

第二十九章 活死人

秦北洋看见了唐朝小皇子。

来自武则天时代的梓木棺椁，藏身于长白山天池之上的洞穴，下临冰封的火山口。深不可测的池水深处，据说连通数百里外的日本海，连通秦北洋漫游过的世界树与地心海。棺椁盖子慢慢移开，干冰蒸发般的烟雾升起，蔓延在长白山天池。十六岁的终南郡王，唐高宗李治与女皇武则天的孙子，睿宗李旦第六子李隆麒，从棺椁中坐起。他依然梳着高高的发髻，白衣胜雪，面容清朗。他站在高高的棺材盖上，回头看向棺材深处。

他看到了秦北洋。

秦北洋躺在棺材中，面容就像长大成年后的小皇子，两鬓早生白发，已是继承皇位的年龄。他穿着中华民国时代的工匠服，脸上布满尘埃，衣服全是烧焦的破洞。他想要爬起来，但是双手双脚无力，只能睁大双眼，盯着唐朝小皇子。这一瞬间，秦北洋是个死人，小皇子才是活人。

一千二百年前的李隆麒，凑近棺材里的秦北洋，低声用长安音说：“认识你自己！”

秦北洋醒了。

仿佛有数十个世纪那么漫长。先从嗅觉恢复。似乎是古墓的气味，无孔不入的腐烂味。接着是听觉，亘古般的寂静。然后是视觉，但他什么都没看到。他看到黑暗，无边无际。至于触觉，他没感觉到自己的身体。喉咙是干的，像沙漠里的干尸，没有一点点水分。他想，自己死了。

倏忽间，盖子打开。

一道强光射入封闭的黑匣子，照亮秦北洋的双眼，瞳孔剧烈收缩。他看到一口四方形的容器，散发腐烂气味的木板，两端呈现不规则形状。这是一口棺材。这些年来，秦北洋睡过无数口棺材，一眼分辨出这是明朝早期的棺材，从规模和木料来看，墓主人非富即贵。

果真死了吗？

胸口灼热的感觉，和田暖血玉，唐朝小皇子给他的诞生礼物，提醒自己还活着。

棺材上方出现一张脸。剪成短发的女子的脸，仍然像个女大学生，出现在北京大学公主府屋顶上的春风中。她是欧阳安娜，她已三十二岁，脸上的时光却仿佛凝固。

“安……安……娜……”

他的喉咙里似乎有一团火，就像九色喷出的琉璃火球，艰难地烧成几个汉字音节。

“北洋！你醒了！”

欧阳安娜把头探入棺椁，伸出纤长的手指，抚摸他的脸颊。

冰凉的指甲，皮肤的触觉回来了。秦北洋想要伸手抚摸她。但他动不了。胳膊动不了，大腿动不了，连手指头也动不了。他能动的只有脖子、喉咙、舌头、嘴唇，还有眼珠子。

安娜的眼眶里有泪水打转，鼻翼一抽一抽：“北洋，请记住，你还活着！”

“我……怎……么……了……”

秦北洋感到了最坏的那种可能性。

“你只是受伤了。”

欧阳安娜不敢说出实情——秦北洋伤得极其严重，日本轰炸机的炸弹在他身后十米爆炸。几百块大大小小的弹片嵌入体内，从大腿骨、小腿骨到双臂在内的多处骨骼断裂，许多内脏破碎出血。法租界最好的医院里，法国医生说他还活着就是奇迹，普通人早就粉身碎骨、肠穿肚烂、身首异处。医生给秦北洋做了截肢手术，锯掉两条胳膊与两条腿，只保留躯干部分，活像个马戏团里的畸形人。

为了取出破碎的肋骨，医生给秦北洋做了开胸手术，发现癌细胞已病入膏肓，没受伤也命不久矣。安娜告诉医生，秦北洋在古墓里就可以活下来，医生却说这是神话和巫术。

此时此刻，只剩下躯干与头颅的秦北洋气若游丝地问：“我……在……哪……里……”

“苏州……”

人们常说“上有天堂、下有苏杭”，而这里既不是天堂，也不是人间，而是地狱。

秦北洋昏迷期间，欧阳安娜跑到郊外刨了一座明朝古墓，掘出完整的棺材，扔掉骨骸与陪葬品，运到医院，将秦北洋装进去，医生和护士都以为病死者出殡了呢。

安娜雇了一辆卡车，将棺材中的秦北洋送到苏州城外。秦北洋已暴露栖身之地，工匠联盟或日本人还会来杀他的，何况上海依然在“一·二八事变”的战火中。欧阳安娜在虎丘山下，找到一处春秋吴国的贵族墓。她和李隆盛一起打开墓穴，清理了两千五百年前的地宫，发现几十把青铜古剑，便将明朝棺材与秦北洋安置其中。安娜就住在虎丘，每天钻到古墓里来照顾秦北洋。

这是他重伤昏迷后的第101天。

“这……里……是……古……墓……”

秦北洋猜到了，嗅觉渐渐恢复，闻到几千年前的气味。他的鼻子可以分辨出具体哪个朝代，墓主人是男是女是老是少，甚至脑子里自动呈现墓主人生前的相貌。

“嗯，你会活下去的。”

“其……他……人……呢……远……山……呢……”

“哎，你怎么第一个想起的人是他呢？”欧阳安娜耐着性子回答，“齐远山跟李隆盛在第二次轰炸前跳入了黄浦江。他们本想把你一起拖入江水，但你固执得像头蛮牛，就是站在原地不动。还好他俩都只受了轻伤。钱科与卡普罗尼重伤，但还活着，这两天刚出医院。”

那一夜的灾难，唯独安娜似有天佑，几乎毫发无伤。

“墨……者……天……工……呢……”

秦北洋感觉自己说话的样子，就像在日本吉野古坟之中的徐福。

“完了。”

欧阳安娜言简意赅地回答。她闭上眼睛，浮现出外滩对面的浦东陆家嘴，已成为瓦砾遍地的废墟，烟雾与烧焦的气味经久不散。

十年一觉墨者梦，又转回原点——十年前秦北洋渡过黄浦江，邀请大伙儿在陆家嘴的田野风雪之中饮酒的时刻。重伤的钱科还想重整旗鼓，李隆盛劝他放弃，再没这个可能了。接下来的中国，恐怕还会连年战乱。日本人占了东三省，如今又对上海动手，就算这一战能熬过去，下次又不知何时重开战端。

秦北洋眨了两下眼皮，似有泪水在眼角涌动。

“九……色……呢……”

安娜听到“九色”，首先想起自己的女儿。她刚想说九色很好，却猛然意识到秦北洋惦念的“九色”，其实是小镇墓兽。

“九色……我不知道。”

墨者天工毁灭的第二天，欧阳安娜重金雇用几名潜水员，潜入混浊的黄浦江底，搜寻九色的踪迹。潜水员在黄浦江心打捞出了四翼天使镇墓兽的残骸，灵石已沉没在江底淤泥中。至于九色，秦北洋的幼麒麟镇墓兽，连根毛都没打捞上来。

秦北洋剩下的完整的东西，只有他的三尺唐刀与俄国十字弓。

“是……我……害……死……了……九……色……”

秦北洋心如刀割，眼角忍了半天的泪水，扑簌扑簌地滑落。他明白，若是不做这次手术，若不是它被开膛破肚躺在手术台上，以九色的敏锐与迅捷，早已逃出。

“我相信九色还活着。”

欧阳安娜相信只要女儿九色平安，镇墓兽九色也一定平安。

“但……愿……”秦北洋望着棺材上方的安娜，终于有了表情，“可……我……为……什……么……还……活……着……”

“因为你还有九色。”

“啥……”

安娜凑近他的耳朵说：“北洋，我把九色带来了。”

片刻后。秦北洋看到了另一张面孔。十二岁的女孩，继承了她妈妈的漂亮，琉璃色的眼眸，乌黑的长发，近乎透明的皮肤；她也继承了某个人的英武，高挺的鼻梁，饱满的天庭，还有立体的五官。

她是九色，安娜的女儿。

小姑娘痴痴地看着秦北洋，既陌生又熟悉，好像在博物馆看古埃及木乃伊的展览。而在她的肩头上，盘踞着一只古老的黑猫，如同蛇一样拉长身体。秦北洋认得这只猫，它来自唐朝小皇子的姐姐永泰公主墓。

“齐……九……色……”

秦北洋缓慢地喊出女孩的名字，但是女孩摇头回答：“我叫秦九色。”

他听懂了，但他不明白，他只有力气眨眼皮了。

安娜把头凑过来，搂着女儿说："嗯，她叫秦九色，她是你的女儿，她是我们的女儿。"

"我……的……"秦北洋的嘴唇在发抖，"我……们……的……"

"嗯，你不记得了吗？在北极冰海，在维京人的陵墓，在那间密室……"

"记……得……"

秦北洋的鼻翼开始抽搐，但再也流不出眼泪。

"你是我的爸爸？"

小九色眨了眨眼睛，伸手触摸秦北洋的面孔。他的身体已惨不忍睹，被一张毛毯卷起，犹如裹尸布，双臂与双腿都已成了医疗废弃物。

父女相认。

秦北洋无法抬起手，就连脖颈都难以转动，他只是直勾勾地看着女儿的容颜，仿佛看见少年时的自己。

九色却不知怎么叫他，目光透着那么一丝疏离。毕竟十二年的养育之恩、父女之情，还在齐远山那边。

她不是第一次见到秦北洋。

相比秦北洋九岁在光绪帝地宫中第一次见到亲生父亲的反应，十二岁的九色如此镇定，也许有那只千年黑猫盘踞在肩头上，给了她某种直面历史的勇气。

九色没有欢欣，也没有悲伤，更没有质疑。这种不悲不喜、不增不减的态度，让秦北洋呼吸急促起来，盯着安娜的双眼："为……什……么……不……早……点……儿……告……诉……我……"

"这是我的错！对不起，北洋，对不起，九色！"

此时此刻，秦北洋与小九色，已是欧阳安娜生命中仅有的重要之人。

躺在棺材中的秦北洋，叹息自己失去了一个九色，却得到了另一个九色。

失之东隅，收之桑榆。

只可惜，失去的身体，何时可以回来？

秦北洋在春秋古墓中躺了一个月，1932年的夏天快到了。

他的语言功能已经完全恢复，舌头、喉咙、声带都已痊愈，脖颈也能转动大半，甚至能做出仰脖与低头的动作。但他的脊椎骨处于瘫痪状态，五脏六腑在本能中蠕动，饮食和排泄都要别人来服侍。安娜和九色承担了他的保姆和护工的角色。

秦北洋又问安娜：“你天天来服侍我，远山可怎么办？毕竟他才是你的丈夫。”

“三年多前，我就跟齐远山离婚了。”

“离婚？”

在秦北洋的字典里，第一次出现这个词，仿佛过去都只有外国人才有这个概念，哪能轮到中国人的头上？

“嗯，末代皇帝不也跟他的皇妃离婚了吗？”

秦北洋苦笑道：“我又是最后一个知道的。”

“我和远山，只是为了女儿，才保守了这个秘密，没有告诉别人。”安娜如释重负般地长出一口气，“如今，既然九色已知道自己姓秦而不姓齐，也没有再隐瞒的必要了。”

一个月前，欧阳安娜把这个秘密告诉了九色。

九色不相信。自打她出生的那天起，她就把齐远山视作爸爸。十二年来，齐远山也十分疼爱她，将她当作亲生闺女。女儿一天天长大，欧阳安娜本以为可以永远保守秘密，但她发觉自己做不到。几年前，安娜搬回上海，齐远山戎马生涯，无法陪伴在妻子左右。她跟九色母女俩，虽然过着王后公主般的富足生活，但是总感觉缺少什么。重新见到秦北洋后，她无数次想把这个秘密说出来，告诉秦北洋，也告诉九色，却总是话到嘴边又吞咽回去。她害怕秦北洋会恨她，会恨齐远山。她也怕九色会恨这个突如其来的父亲。

十二岁的小姑娘在最初巨大的疑惑、震惊和抵触之后，却似懂非懂地理解了——那不是任何个人可以挽回的，而是一个叫命运的家伙，给妈妈也给自己出的一道难题。

绝大多数女孩根本无法忍受墓里的气味，安娜也得时不时跑出去呼吸几口，否则便觉窒息。九色却天生喜欢这种味道，半是遗传了秦氏墓匠族的基因，半是因为刚出生便被姑获鸟镇墓兽掳到唐朝古墓里抚养，是曾经熟悉的味道。当欧阳安娜打开明朝的棺材盖，露出秦北洋半死不活的真容时，九色竟没有害怕。

“如此说来，是我有负于远山啊。”

“是我有负于你！”欧阳安娜伸出手指，触摸秦北洋的嘴唇，“但你不必为远山担心，他正春风得意呢。两个月前，齐远山到南京的中央军事委员会任职，据说权倾朝野的代先生起了至关重要的作用。”

“我不懂政治，看来还是远山有前途。如今的我呢，跟死人又有何区别？”

“北洋，我不准你说这种话，无论如何，你都必须活下去。”

“给我个理由。行尸走肉般的我，已没有复仇的可能，活在这世上不过是承受永无止境的酷刑罢了，简直比遭受凌迟处死的幼天王还要凄惨。”

“因为你是秦氏墓匠族最后的传人！三千年的技艺和秘密，不能在你手里断了。”

这句话彻底惊醒了秦北洋，回想起二十多年前，被禁闭在清西陵地宫，跟随父亲秦海关学习技艺的时光。

秦北洋闭上眼睛，长长思考了一个小时，仿佛有一千年那么久。

“我们秦氏一族，因为接触镇墓兽，所以寿命短暂，我父亲能活到将近六十岁，已是奇迹。大部分族人，往往三十岁就一命呜呼，就像我这个年龄。但父亲跟我说过，《秦氏墓匠鉴》里藏有能让我们延长寿命的方法。”

欧阳安娜双眼放光：“是什么？”

“可惜啊，我爹传下来的那本《秦氏墓匠鉴》，原本埋在京西骆驼村的山神庙，不知被何人盗掘而去了。”

安娜趴在棺材边缘问：“可有副本？”

“我家收藏的《秦氏墓匠鉴》就是副本，因此有几页错漏缺失。正本早在七百年前，便被南宋时的秦氏祖先秦晋带走了。”

“秦晋，就是工匠联盟第一代大尊者秦晋？”

这些年，欧阳安娜也被卷入刺客联盟与工匠联盟的战争，对此有所耳闻。

“当时恰逢襄阳之战，墓匠族的大房有两兄弟，哥哥秦晋带着《秦氏墓匠鉴》的正本被蒙古大军掳走，弟弟秦楚则携带副本南逃，繁衍了我家这一支血脉。秦晋跟随蒙古大军西征，利用工匠手艺制造器具攻克了阿萨辛的天国花园。后来，秦晋渡海逃亡到欧洲，作为天下顶尖的工匠，创建了工匠联盟，成为第一任大尊者。十多年前在法国，巴黎圣母院的塔楼上，我发现过大尊者秦晋的棺椁。”

“如果秦晋的棺椁就在巴黎圣母院，也许《秦氏墓匠鉴》的正本也在那里。”

“也许……”

“北洋，我明天动身去巴黎！”欧阳安娜回头大喝一声，“九色，你留下好好照顾爸爸！”

第三十章

巴黎墓匠

巴黎！巴黎！

1932年，巴黎的夏天。

大灾难前最后的和平年代，大萧条正以不可阻挡之势涤荡这个星球。世界花都的巴黎，也难以逃脱饥饿与衰败，更多的少女走上街头出卖身体，工人为抗议裁员和失业而游行。保王党期待着第三共和国的覆灭。军人们筹划下一次世界大战，要么继续把德国大卸八块，要么被德国反推。

欧阳安娜戴一顶白色软帽，穿着那年最时髦的裙子和高跟鞋，徐徐走下巴黎火车站。她在旺多姆广场的丽兹酒店放下行李，换上干净利落的工装连衣裤，头戴黑色猎狐帽，腰间藏着一支手枪，前往西堤岛上的巴黎圣母院。

巴黎艳阳下，圣母院的一对塔楼直冲云霄。安娜步入拱门内的大殿，八百年古建筑的凉意，从脚下直达头顶。玫瑰花形的彩色玻璃圆窗，将灼热的阳光折射成幽暗、绚烂而细密的碎片，如同点点星光洒在她琉璃色的眼眸上。

安娜找到旋转楼梯，踏着石头台阶爬向塔楼。十多年前，这是秦北洋与受伤的九色藏身之地，也是工匠联盟第一代大尊者秦晋的棺椁所在。

楼梯上出现两名黑衣大汉，胸前衣襟有“独眼金字塔”的标志。安娜想起工匠联盟依然在悬赏秦北洋的人头，心底凉飕飕。但她不能立即逃跑，以免此地无银三百两。她装作游客，用标准的法语问为何不让上去。对方只用含混的法语回答，这是大主教的意思，便粗暴地将她推到底楼。

欧阳安娜倍感头疼，便去大殿内向神父忏悔。

神父问她："犯了什么罪孽？"

安娜想了想说："我错过了自己所爱之人。"

神父说："你更应该爱上帝。"

安娜又说："我爱上帝，想要到圣母院的塔楼上，感受上帝之爱。"

神父却说："塔楼是圣母院的禁区，大主教请来骑士们守卫，任何人不得上去。"

欧阳安娜明白了，所谓"骑士"便是工匠联盟的大汉，硬闯已绝无可能。

已是黄昏，巴黎圣母院内没剩下多少人。安娜在最后一排坐下，向着圣母像祈祷，如何才能进入塔楼，打开第一代大尊者秦晋的秘密？

她看到了一个人。

安娜坐到第一排，回头再看这个男人——乱蓬蓬的头发，黑发变成银丝，一个德国名字跳到嘴边——卡尔·霍尔施泰因博士。

他曾是欧洲最离经叛道的武器专家，在北洋政府的南苑兵工厂担任工程师多年，毕生研究"灵魂机械体"，改造出了第一尊现代镇墓兽。巴黎和会期间，秦北洋几乎将他杀了，却因恻隐之心放了他。从此以后，霍尔施泰因博士销声匿迹了十三年。

此时此刻，为何他出现在巴黎圣母院？博士是来祈求上帝的宽恕吗？不，这家伙被罗马教廷开除出教会，一定另有目的。

欧阳安娜坐到霍尔施泰因身边，低声用法语问："说出你的罪？"

博士惊得几乎跳起，正欲转身逃跑，却见到一个神仙般的中国姑娘。欧阳安娜三十二岁了，即便不施粉黛，却还像二十多岁的妙龄女郎。

"你是……"

博士先下意识地用母语德语，接着说法语，最后变成北京话，转身冲出大殿。

欧阳安娜紧追不舍，冲出巴黎圣母院，转到背后的小巷中。安娜穿着工装裤和运动鞋，自然跑得飞快。霍尔施泰因博士的武力值几乎为零，何况已快六十岁了，很快被安娜从背后击倒。

黄昏的小巷，隐蔽在圣母院塔楼阴影下的动静，根本无人注意。欧阳安娜一只脚踩着博士后背，掏出枪来对准他的后脑勺，用法语问候道："博士，别来无恙？"

"安……安娜小姐……你怎么会来巴黎……"

"应该我问你才对，亲爱的博士。"安娜将霍尔施泰因拽起来，让他坐在墙角下，抚平他西装上的褶皱，"请你老实回答，如果骗我的话，你马上就没命了。"

博士知道欧阳安娜厉害，惊恐地往后缩了缩："我……我是来找镇墓兽的……"

"在哪里？"

霍尔施泰因先做噤声手势，又指了指头顶塔楼。

"巴黎圣母院？塔楼上有镇墓兽？"

欧阳安娜也抬起头，她只知塔楼四周有许多石雕的小怪兽，以及关于它们的有趣传说。

"是的。"

"工匠联盟大尊者秦晋的棺椁？"

安娜分别用汉语和法语说了一遍。

"你也知道？"

霍尔施泰因博士索性竹筒倒豆子了。这十年来，他在欧洲各地流浪，寻找工匠联盟第一代大尊者的遗迹和故事。传说这位来自中国的工匠大师，随身携带一本中国古书，记载了无数鬼斧神工的技艺。当年刺客联盟为了复仇，派人刺杀工匠联盟大尊者秦晋。大尊者重伤后存活了三个月才死去，在此期间，他计划要为自己制造一尊镇墓兽，但谁都不知道镇墓兽是否制造成功。

"如果镇墓兽和古书属实，最有可能就在我们的头顶！"

欧阳安娜想起1919年巴黎和会期间，为何四翼天使会载着秦北洋与重伤的九色，飞到巴黎圣母院的塔楼。

"镇墓兽在欧洲已不是稀罕物件了。"博士用法语、德语夹杂着北京话说，"我亲手改造出来的十角七头镇墓兽的残骸，原本被法国政府封存在阿尔卑斯山脉的洞穴之中。就在上个月，有人从雪山上盗取了它的残骸。"

"是谁干的？"

欧阳安娜记得十角七头，安禄山的镇墓兽，经过霍尔施泰因的机械化改造后，沦为绝对的邪恶，曾在凡尔赛制造过大屠杀。

"谁知道呢？欧洲快完蛋了。"卡尔·霍尔施泰因说了一句中国话，"意大利的法西斯党、德国的纳粹党，都对镇墓兽虎视眈眈。如今德国即将大选，饥饿的德国人将在台尔曼与希特勒之间二选一。我必须早点儿下手，不能让纳粹党得到镇墓兽。”

“为什么？”

“那伙人的领袖是个大恶魔——十角七头镇墓兽跟他相比，简直就是个宠物了。”霍尔施泰因长出一口气，“我必须阻止他们，否则欧洲会有大灾难。”

“博士，你变了。”

“巴黎和会以来的十三年，世界发生了大变化，我也不可能不变。”

安娜将他搀扶起来：“博士先生，我和你联手可好？”

“你也要它？”霍尔施泰因手指头顶的巴黎圣母院塔楼，“难道说，秦北洋也来了？”

“不，他来不了。”欧阳安娜蹙起蛾眉，“秦北洋派我来巴黎的，他是秦氏墓匠族的继承人，理所应当得到工匠联盟第一代大尊者秦晋的遗产。”

“安娜小姐，你可知工匠联盟已经控制了巴黎圣母院塔楼？”

霍尔施泰因博士告诉安娜——十年前，日本关东大地震后，工匠联盟大尊者之位空缺，其下三大执事，分别是法国人、英国人、美国人，各自争权夺利，谁都互相不买账。而工匠联盟与刺客联盟的大战，不亚于异常隐蔽的世界大战，数年来已牺牲成千上万的生命，有些小国家的刺客组织甚至已全灭，背后必有凡尔赛体系英美法意日五强之因素导致。

欧阳安娜毕竟做过外交部的实习生，自然也关注国际形势，不会跑题：“博士，你来到圣母院大殿，显然也不是来祈祷的吧。”

卡尔·霍尔施泰因博士咧开嘴角：“其实，我已做好了准备，明晚一起行动。”

巴黎，夜。

热气球从郊外的森林出发。没有月光，几乎隐藏在黑暗中。热气球下的吊舱里，欧阳安娜穿一身鼓鼓囊囊的外套。霍尔施泰因博士问她为何穿成这样，毕竟还是夏天。

“这是秦北洋传授给我的进入墓穴必备的装束。”

安娜从容回答，俯瞰巴黎的芸芸众生。塞纳河变成一条暗淡的带子，唯有蒙马特高地歌舞升平。霍尔施泰因操纵着热气球，马达驱动螺旋桨，借着风势靠近巴黎圣母院。

巍峨的塔楼已在脚下，黑夜中似有无数蝙蝠飞舞，那是巴黎圣母院的小怪兽雕塑。博士放下热气球的锚链，悬停在西北塔楼上空，再放下一截软梯。

欧阳安娜先行抓着软梯，爬到塔楼边缘的窗格中。霍尔施泰因也下来了。谢天谢地，工匠联盟的黑衣大汉没在塔楼上，想必还在楼梯口守卫，谁会想到神兵天降？

塔楼内悬挂着一口大钟，更深处有扇铁门。霍尔施泰因掏出工具，迅速锯断铜锁，迎面一股腐烂之气。安娜却没往里走，而是用手电照亮墙壁，自墙角中觅到一行字母——

'ANAΓKH

这是希腊文，意为命运。

那两具骨骸依然躺在那儿，一个娇小的女子，一个畸形佝偻的男人。这便是维克多·雨果在《巴黎圣母院》中描述的钟楼怪人卡西莫多与吉卜赛少女艾斯美兰达。

密室里还有一道铁门，隐隐可见一口石棺。如秦北洋的描述，是中国风格的船形棺材。

安娜的手电照出铁门下的石碑，露出一行颜体汉字——

工匠联盟大尊者秦晋墓志

这便是工匠联盟第一代大尊者，亦是秦氏墓匠族正宗传人秦晋的墓志。

她看到墓志正文里还有六个汉字——

兼爱、非攻、救守

这是墨子之道，也是工匠与游侠之道。

欧阳安娜代表秦北洋向这副棺椁下跪叩头，念念有词，祈求工匠联盟大尊者在天之灵原谅——自己所作所为并非亵渎，而是为了三千年来的秦氏墓匠族后继有人，为了救活秦北洋的性命。

她从霍尔施泰因博士手中抢过工具，三下五除二破坏铁门，博士在后头说：“万一有镇墓兽呢？”

“那就让我们同归于尽吧！”

欧阳安娜挥舞起一把铁锤，用尽全力砸向石棺。铁锤如同雷霆万钧，在石棺上砸出个大坑，裂开数道缝隙，扬起数百年的石头碎屑与灰尘，发出震耳欲聋的巨响。

霍尔施泰因没想到这中国姑娘如此莽撞。他吃了一口灰屑，咳嗽着后退到铁门外，生怕被镇墓兽抓住碎尸万段。

忽然，背后响起急促的脚步声。看守楼梯口的两条黑衣大汉，循着声音冲上来了。

霍尔施泰因掏出手枪，射出两发子弹。塔楼上响起一声惨叫——他只打中其中一人。博士想要再开枪，一道剑光闪过头顶，工匠联盟正要取下他的人头。

博士正要受死，只听到金属穿破肉体之声。接着宝剑坠落，整条大汉压在霍尔施泰因身上。一支坚硬的钢箭，箭羽擦着博士的脸颊，一同折断在地。

欧阳安娜握着一支十字弓，这是秦北洋给她的武器，也是工匠联盟俄国捕兽夹大师的武器。她藏在身上以备不时之需，看到霍尔施泰因只击中一人，便迅速射出钢箭，将命悬一线的博士救了回来。

卡尔·霍尔施泰因从死尸底下爬出，浑身血污。他惊魂未定地检查另一个家伙，此人被子弹击中胸口，还有最后一口气。博士抖抖豁豁地捡回手枪，正要再开第二枪，安娜便射出第二支钢箭，准确刺穿对方心脏。

博士惊恐地说：“你好狠！”

“我若不狠，你便已经死了。何况，我是在仁慈地帮助他结束痛苦。”

安娜嘴上硬气，心里却怕得要命。她过了十几年相夫教女的生涯，亲手杀人绝非易事。刚才连续夺取两人性命，怕是其父上海滩青帮老大的基因作祟吧。

霍尔施泰因擦去脸上血迹，跌跌撞撞爬到被安娜砸碎的石棺旁边。尘埃散尽，强烈的手电光束之下，暴露出棺材内部的墓主人……

欧阳安娜强迫自己瞪大双眼，哪怕看到一具腐朽的枯骨，或是保存完好如唐朝小皇子般的尸身，甚至一堆寄生在腐尸之上的蛆虫、毒蛇……

然而，她看到的是一尊镇墓兽。

但它没有兽的四肢与形体，却有人类的双臂、双腿，还有五官。它顶着一副兽头盔甲，形如凶猛的狮子，明显是钢铁材质。两只狮眼瞪在盔顶，脑袋两边垂下蓬松金黄的鬃毛。全身都是野兽形状的盔甲，雕饰复杂的花纹。唯独胸口两块巨大的椭圆形镜面铁甲，历经数百年而光滑灿烂，照出了欧阳安娜与霍尔施泰因的脸庞。

欧阳安娜毕竟是北大历史系毕业，她看出这尊镇墓兽穿戴唐朝明光铠，手臂与膝盖关节又像是欧洲中世纪骑士的板甲。尤其头盔有一大块钢铁护面罩，雕成狮脸形状，完全覆盖住面部，这也是欧洲骑士板甲的规格。

但这盔甲与在博物馆里见到的欧洲贵族板甲、日本战国当世具足相比，体形壮大了不少。仿佛钢铁外壳里包裹着一个身高两米五，体重三百斤以上的巨人，必须用野兽般的形状才能完全保护“他”的身体。

“这到底是镇墓兽还是盔甲？”霍尔施泰因提出疑问，“好像是中国与欧洲风格融合的盔甲，集结了东西方最强大的钢铁防护装备。”

“人形盔甲镇墓兽。”

欧阳安娜给出了回答。这是她从中国出发前，秦北洋在苏州城外的棺材里告诉她的秘密——秦氏墓匠族失传的技艺，工匠联盟第一代大尊者秦晋才掌握，也是秦北洋所见的《秦氏墓匠鉴》里被撕掉的那几页所记载的内容。

但只有打开秦晋的棺材，亲眼一睹棺椁里的墓主人，才能明白这个道理——秦晋把自己做成了镇墓兽。

可惜六百多年前，秦晋是在遭受刺杀、身受重伤的情况下，才将自己制作成镇墓兽。就像九色也是一尊活体镇墓兽，利用上古神鹿为活体，外加秦氏墓匠族的人工材料。九色可在墓穴里存活千年，秦晋却是难逃一死。失去了活体的灵魂，就算还有镇墓兽的灵石，也只是一堆枯骨与钢铁机械。

霍尔施泰因博士问道：“工匠联盟要守卫的就是这个吗？”

“我觉得，他们自己也不知道在守卫什么，否则也不必处心积虑建造镇墓兽了。只是第一代大尊者的坟墓，是他们必须保护的。何况如今镇墓兽与‘灵魂机械体’流行，他们更不能让外人得到这些宝物。至于打开大尊者秦晋的棺椁，至少工匠联盟没人敢这么做。”

博士看着地上两具尸体，沮丧地说：“看来我们也要被工匠联盟追杀了。”

“但总比落到你说的恶魔手里要好。”

“问题来了，我们如何把这尊人形镇墓兽运走呢？”

“我要的可不是镇墓兽本身。”

欧阳安娜心一横，嘴里叼着手电筒，把手伸到棺材中，仿佛盗墓的小木，要从尸身底下挖出宝贝来。霍尔施泰因要去拽她，以为她要被棺材吞噬，却被安娜一脚踹远了。

忽然，人形镇墓兽胸口的两片铜镜盔甲下，开始散发热流，响起机械转动之声。那声音与气场让人难以靠近，霍尔施泰因立即明白了——灵石。

果真是一尊镇墓兽，难道就要复活了吗？人形镇墓兽的手指头动了，头顶的狮子盔甲发出咕噜声，所有鬃毛一根根竖起。霍尔施泰因断定下一秒钟，欧阳安娜就要被这镇墓兽撕成两段。

安娜如弹簧逃离棺椁，手里握着一个铁匣子。而当她退出来，镇墓兽却慢慢安静，胸口灵石的灼热变冷，恢复死寂。

“你拿出了什么？”

霍尔施泰因博士用手电照射安娜手中的铁匣子。

欧阳安娜已经面色苍白，刚才切身感受到了灵石的威力。她后退几步，回到卡西莫多与艾斯美兰达的骨骸旁边。

她打开铁匣子，露出一本中国线装古书。虽在巴黎圣母院的塔楼中沉睡了六百多年，却依然保有中国古书的墨香。安娜小心翼翼地将书捧出来，只见封面上五个大字——

秦氏墓匠鉴

欧阳安娜的心脏就快跳出嗓子眼了。

翻开第一页，上面是欧阳询的字体。开篇讲述墓匠族源起。按照秦晋生活的年代来算，此书属于宋版书。但由于是手工抄写，不是雕版印刷，又不同于价值连城的宋版书。安娜平时收藏不少古书，认出这本书用皮约纸，即以桑树皮和楮树皮制成，色白而厚，两面光洁，多为浙本、蜀本所用。

安娜确信这就是《秦氏墓匠鉴》的正本，被工匠联盟第一代大尊者秦晋带到欧洲，最终陪伴人形镇墓兽长眠于巴黎圣母院。

这才是她万里迢迢赶到巴黎所要得到的宝物。

欧阳安娜不敢再触碰《秦氏墓匠鉴》，生怕自己口中呼出的气息，会让六百年前的纸张灰飞烟灭，赶紧把古书重新放入铁匣子合上。

刹那间，伴随着一声巨响，仿佛有一记重拳打在她的后背上，几乎戳断脊椎骨的力量，将她整个人推了出去，迎面撞在塔楼石壁之上。

空气中飘散过硝烟的味道。卡尔·霍尔施泰因博士握着一支枪。他冷笑着走近安娜，并从她手里抓起铁匣子。

“安娜小姐，你跟秦北洋一样愚蠢。我就是被纳粹党派来夺取《秦氏墓匠鉴》的。法国政府封存的十角七头镇墓兽，也是我从阿尔卑斯山上盗取的。我承认他们是恶魔，但我情愿跟恶魔为伍，只要能实现抱负。”

霍尔施泰因说了一遍德语，又用法语夹杂中国话说了一遍。

安娜还活着。不但活着，她还掏出左手袖子管里藏的匕首，猛然抬起胳膊，自下而上插入霍尔施泰因的裤裆。

一记断子绝孙的重击。博士当场惨叫，双腿之间鲜血横流，肝肠寸断，那情状比清朝大内给太监净身还要凶狠。

这回轮到霍尔施泰因倒地不起，他是再也爬不起来了，匕首非但割断了他的子孙根，还刺伤了他的腹股沟神经。

欧阳安娜左手中指上的玉指环，已被霍尔施泰因的鲜血浸透，她咬紧牙关爬起来，扶着自己后腰，艰难地走了两步，又从博士手中夺回铁匣子。

霍尔施泰因感到不可思议：明明她已经中弹了。

安娜喘出一大口气，脱下厚厚的外套，原来内衬全是真丝——这是一件真丝防弹衣。

十九世纪，便有人发明了丝绸纤维的防弹衣。其实，中国明清的棉甲也有减少火器伤害的功能。据说萨拉热窝刺杀事件中，斐迪南大公也穿着防弹衣，但刺客向着大公脖子开枪，从而避开了防弹衣。

今晚的行动，欧阳安娜知道会有危险——最大的危险就是霍尔施泰因博士。她是上海滩青帮老大之女，从小目睹黑道之间的尔虞我诈。以防万一，她重金购买了一套真丝防弹衣，外面再披上普通衣服。

欧阳安娜多出的这个心眼救了自己的命。

子弹力道巨大，犹如黑虎掏心的重拳，却还是没能穿透防弹衣。安娜的后腰疼得不行。她用鲜血淋漓的匕首对准霍尔施泰因博士。她本可以立即了断他的性命，转念一想，既然给这男人去了势，不如就让他生不如死地度过余生吧，这是比剥夺生命更残酷的惩罚。

欧阳安娜扔下博士，带着《秦氏墓匠鉴》的正本，爬出巴黎圣母院塔楼。热气球依然悬浮在半空，一根缆绳系在塔楼边缘。她脱了真丝防弹衣，忍着疼痛爬上软梯，回到热气球吊舱中。她再用匕首割断缆绳，任由风吹起热气球，飘向巴黎夜空的云端。

她在空中随风飘荡，眼前一片云雾散去，迎面竟是埃菲尔铁塔的塔尖。安娜想起十三年前，五月四日的清晨，她跟秦北洋爬上埃菲尔塔顶，看到太阳与四翼天使的瞬间。

命运的安排，吊舱竟然挂在埃菲尔铁塔之巅。欧阳安娜再次放下软梯和缆绳，将铁匣子绑在身上爬下去。狂风吹动她的身躯，稍有不慎，就会从三百米高空坠落。但她仿佛被一双大手抱住后背，就像秦北洋的手，自遥远的苏州城外飞来，牢牢地温暖地保护她攀上铁塔。

她回头再看东方的地平线，层层叠叠的屋顶背后，泛起黎明的鱼肚白。

《秦氏墓匠鉴》的秘密，正绑在她的胸口，倾听她扑腾扑腾的心脏。

第三十一章

姑苏城外寒山寺

九千公里外，苏州。

姑苏城外寒山寺，唐朝张继夜泊的古枫桥渡口。过了渡口往西三里地，便是秦北洋栖身的春秋古墓。

秦北洋在这里度过整个夏天。幸好在古墓与棺椁中，一年四季都是深秋，避过了外头的酷暑。

无论刮风下雨，每天都来的人，却是个十二岁的小姑娘。

欧阳安娜去欧洲前，她为女儿在苏州城外买下一座古宅，曾是晚清一位状元的宅邸，连同宅子里的用人和仆役。妈妈远行后，九色定居在苏州，每天对着亭台楼阁与园林水榭，跟着家庭教师学习古典诗词、代数几何、英文法文，甚至日语。

宅邸门口有军人站岗护卫，这是九色的干爹申建丰派遣来的。申建丰夫妇从南京到上海的路上，偶尔还会顺道来看她。申夫人没有儿女，把聪明伶俐的九色看作掌上明珠。申建丰也对九色百依百顺，前两年带她去庐山避暑。军政要员们开会，小姑娘就钻在台子底下乱爬，她还恶狠狠地咬过小六子大腿一口。

在苏州的日子，每天黄昏，小姑娘九色都会钻入古墓，给秦北洋送各种好吃的，每天为他翻身擦背，也发现了秦北洋脖颈后的赤色鹿角胎记。

九色还为他念诵唐诗宋词，念他最爱的《三国演义》与《资治通鉴》。她的肩上总是盘着那只黑猫。它对任何人都是虎视眈眈，哪怕申建丰夫妇也畏惧它三分。它唯独对秦北洋颇为温柔，不再像一千多岁的“蛇猫”。

秦北洋总是跟女儿说起镇墓兽九色的故事，说起他们两个漫游世界的冒险，在东海达摩山屠杀恶龙镇墓兽，在日本吉野古坟发现徐福的秘密，还有在巴黎凡尔赛改变世界的一夜……

女儿越听越兴奋，仿佛自己也变成镇墓兽九色，跟着爸爸上天入地。她也知道了家族历史，从三千年前的殷商传到中华民国的秦氏墓匠族。九色甚至很崇拜自己的爷爷——清朝最后一位皇家工匠秦海关。

终于，秦九色向爸爸提出了一个要求：“我想要跟你学习镇墓兽的技艺！”

“什么？”

“爸爸，除了九色，你还有其他儿女吗？”

躺在明朝棺材里的秦北洋微微一笑：“我这辈子都不会再有了，有你这天赐的女儿，我就算是死也能瞑目啦。”

“好啊，九色是你唯一的后代，你应将镇墓兽的技艺传授给我。”

“绝无可能！”

秦北洋说得斩钉截铁，让小九色皱起眉头：“为何不能？”

“第一，秦氏墓匠族的规矩，传男不传女。岂有女孩子学习工匠手艺之理？中国自古以来，各行各业不都如此吗？女孩子嘛，总要嫁入别家，不是肥水流了外人田吗？”

“什么自古以来？现在是二十世纪，男孩子能做之事，女孩子一样也能做，甚至做得更好！”小九色挺身站立，朗诵鉴湖女侠秋瑾的诗文，“嗟险阻，叹飘零，关山万里作雄行。休言女子非英物，夜夜龙泉壁上鸣！”

“不错，男子不能做之事，女子也能做了。”秦北洋淡淡一笑，“九色，你能来到这个世上，必须感谢你的妈妈。”

“别扯开话题啊，你要给我理由，为何不能让我学习镇墓兽的技艺？”

十二岁的秦九色，就跟九岁那年的秦北洋一样固执也一样聪明。

“第二，更重要的原因——凡是掌握了镇墓兽技艺的秦氏子弟，全都短命，通常在我如今的年龄一命归西。原因无他，镇墓兽要有灵石驱动，而灵石对人体杀伤极大。我之所以行将就木，只能留在古墓续命，便是因为灵石的伤害。”

九色呼吸一口古墓里的空气：“你不想让我也跟你一样罹患绝症？”

若非四肢断裂，秦北洋早就想抚摸小九色的头发了，叹息道：“哪有为人父母者想要自己孩子短命的呢？”

“既然如此，为何秦氏墓匠族的技艺三千年来不中断而传承至今？为何我爷爷要把技艺传授给你？你不是老秦家的独子吗？我爷爷也忍心看着你短命吗？”

“这是我们家族的命，每一代的男丁，谁都逃脱不了。”

“我虽不是男儿身，但我是你的女儿，我也逃脱不了。”

秦九色转过身来，翻开衣服后领，暴露出脖颈上的一对赤色鹿角胎记。

看到这跟自己一样的胎记，秦北洋的眼眶湿润：“俺爹说过，秦氏后代只有儿子才会继承这种胎记，没想到你一个女孩子也有。”

九色索性坐在明朝棺材上说话：“从我很小的时候起，便觉得自己与平常孩子不同。女孩子都爱花儿草儿、漂亮衣衫。但我不喜欢这些，我更爱天文地理与数学，每到荒郊野外，看到古墓便特别喜欢，尤其爱看墓碑上的字，一个个念出来，任谁都不能把我拖走。有一回，我路过明孝陵，我独自闯入陵园，围绕明太祖朱元璋的宝顶，走了一圈又一圈，仿佛地下有个声音跟我说话……”

“十多年前，张勋复辟时期，我跟齐远山从北京南下，也曾路过南京明孝陵，在明楼上住过一宿。那一夜，我有过相同的感觉，好像朱元璋的鬼魂不散……”

“是啊，我们都有相同的感应，就像在这座春秋古墓里，我妈就感觉不舒服，但我甘之如饴。”九色在墓穴里走了一圈，“我妈都告诉我了，我刚出生不久，便被姑获鸟镇墓兽掳到唐朝永泰公主陵墓中去了。我在古墓里喝着鹿奶长到八个多月，命中注定是墓匠族的一员。”

秦北洋无言以对，他想：就连小九色这颗种子，也是在北极冰海的维京人陵墓中埋下的。这个孩子跟自己一样，来自古墓，又必将回到古墓。

但他还是摇头：“对不起，九色，我不能让你学习镇墓兽的技艺。”

“爹，你就眼睁睁看着三千年的技艺和宝藏在自己手里断绝？”

“就让它断绝吧！皇帝早就没有了，建造皇陵与镇墓兽又有何用？难道还要让我给日本人的傀儡溥仪造陵墓吗？这是天命与大势，谁又能抗拒得了？”

九色皱起眉头说：“可我别的什么都不想做，只想要跟你一样，发现地底下的秘密。”

“那你可以学习历史和考古学啊，完成你妈妈没能完成的心愿，不是很好吗？”

“我妈妈不就为了把我生下来，才没能完成北大历史系的学业吗？”

“这……那是我的错……”

“没有任何人有错，你没错，我妈也没错，甚至……远山叔叔，他也没错。”

“远山是我最好的朋友，我从没怨恨过他。九色，你还会想念他吗？”

这个问题让她沉默不语，九色已把秦北洋叫作爸爸，把齐远山叫作叔叔。失去九色这个女儿，齐远山闷闷不乐了好些日子。今年以来，齐远山常住南京，居于政治与军事中枢，才能有飞黄腾达的机会。有时他会突然来苏州看望九色，毕竟有多年父女之情。只是九色对他的态度，变得客客气气，而不再亲密无间了。

忽然，古墓外头响起窸窸窣窣的声音。

秦北洋警觉地提醒一句：“唐刀！”

九色从棺椁底下抽出安禄山的三尺唐刀。这把刀对于小姑娘来说实在太沉，简直是一根粗壮的铁棍子。秦九色却不怯场，镇定地握着唐刀，藏在棺椁背后。

“北洋！九色！”

墓道口响起欧阳安娜的声音，一盏马灯照出她风尘仆仆的容颜。她依然穿着工装裤，头戴猎狐帽。

她回来了。

她跨越了九千公里，穿过地中海、苏伊士运河、印度洋与中国海，带着秦北洋的救命宝贝回来了。她跟女儿紧紧拥抱，趴在明朝棺材边缘，看着活死人般的秦北洋。

“安娜，你找到《秦氏墓匠鉴》正本了？”

“嗯，果然在巴黎圣母院的塔楼上，工匠联盟第一代大尊者秦晋的棺椁中。”安娜从怀中取出一个铁匣子，打开便是六百年前的《秦氏墓匠鉴》，“北洋，我还有个更大的发现——不但能让你延长寿命，还能让你重新站在大地上奔跑。”

“怎么说？”

听到欧阳安娜如此说法，秦北洋非但没有展颜，反而忧心忡忡，让他想起小镇墓兽九色做手术摘除多余的灵石所引起的灾祸。

“北洋，从法国回来的路上，我已从头到尾读完整本《秦氏墓匠鉴》。你只要按照我说的做，就能一直活下去，总有一天获得自由。”

“安娜，你要怎么做？”

“跟我走，我们明天就出发！”

“去哪里？”

欧阳安娜起身说：“我们先去洛阳，然后去白鹿原。”

“白鹿原？”九色扑到妈妈身边，“我可以一起去吗？”

“不行！”

秦北洋斩钉截铁地拒绝了女儿的要求。

“让她去吧，她也不是没去过。”安娜搂着女儿，“从今往后，我们三个，不分离。”

第三十二章

洛阳亲友如相问

寒雨连江夜入吴，平明送客楚山孤。

洛阳亲友如相问，一片冰心在玉壶。

一千二百年前，王昌龄前头望着吴越，后头望着楚天，一片冰心，却还牵挂着洛阳。

一千二百年后，欧阳安娜自姑苏城外出发，运送秦北洋的明朝棺材，在枫桥古渡上了木帆船，沿着京杭大运河西上。

秦北洋还是工匠联盟追杀的对象。为了掩人耳目，他们假扮成返乡归葬的队伍。安娜如小寡妇穿着麻布白袍，女儿九色也是一身重孝。毕竟是十二岁的姑娘，欢天喜地坐在船头，眺望江南秋日风光。毛皮乌黑的蛇猫，始终盘踞在九色身边，似是踏上回家的路。

到了镇江，也是王昌龄写《芙蓉楼送辛渐》之地，木帆船从运河转入长江。欧阳安娜与女儿护送棺椁里的秦北洋逆流而上。经过武汉三镇、龟蛇二山，溯汉水而行。到了襄阳，棺椁卸下船来，装上牛车，碾过秋雨泥泞的大地，穿过南阳地界与伏牛山，蹒跚北上到洛阳。

棺椁抵达了盗墓村。

阔别数年，盗墓村已旧貌换新颜，建造了一座座坚固宅邸。村中戒备森严，安娜说要来拜访盗墓村的大首领小木。村民们说小木和海女已搬到了洛阳城北的北邙山。

安娜与九色驱着牛车，穿过伊水和洛水，绕过洛阳城西北，遥遥望见布满帝王陵冢的北邙山。这座山并不高大，童山濯濯的衰败感，却是从《古诗十九首》的年代便适合做阴宅的风水宝地，葬着从东周到五代的二十四座帝王陵墓，这一密度超过了中国任何一座山。

牛车停在北邙山腰，一座西洋式三层楼房下。大门口悬挂匾额，上书四个古朴苍凉的汉隶大字——盗墓学堂。

欧阳安娜看到了海女。其实只比她大两三岁，却因为盗墓村操劳的生活，加上北方的风沙磨人，海女显得苍老许多，不再是当年出没在东海波涛中的美人儿。安娜跟海女站在一块儿，仿佛一个闺女一个娘。

但真正不老的不是安娜，而是海女的丈夫——小木。

小木穿着一身读书人的长衫，那张脸却让安娜震惊。仿佛时间凝固，停留在十五年前的秋夜，上海虹口海上达摩山初见的小盗贼——二十岁的容颜，皮肤白净光洁，没有任何变化，哪怕眼角与脖子。

他就像吃了长生不老之药。

五年前，欧阳安娜看到小木就起疑心：一个盗墓贼，土夫子之王，风里来雨里去，脑袋别在裤腰带上掘墓，必然比常人更显操劳。为何他反而青春永驻，简直比清宫里的妃子都懂驻颜之术。隔了五年，小木依然不变，绝对就是"妖孽"了。

若说小木有什么变了，那就是他的眼神，不再唯唯诺诺，眼球滴溜溜转，而是平和了许多，更像是个普通的乡村农夫或匠人。

欧阳安娜想起多年前在日本奈良，吉野古坟发现徐福地宫之事。尽管没有亲眼一睹，但她听秦北洋、齐远山都说起过——小木撬开秦朝棺椁，杀死了存活两千多年的徐福，得到了长生不老之药。

如果徐福活了两千多年，不是秦北洋与齐远山的幻觉；如果长生不老之药是真的；如果……

欧阳安娜再看一眼青春无敌的小木，再回头看牛车上的棺椁，藏着活死人般的秦北洋。

她知道如何拯救秦北洋了。

见到欧阳安娜与十二岁的九色，小木与海女都很愕然。海女的两个儿子——欧阳樯橹与欧阳连帆，都已长成十几岁的少年。他们是欧阳思聪的儿子，安娜的弟弟，九色的舅舅。

五年前，秦北洋与安娜来到盗墓村，帮助海女救回了小木。海女把欧阳安娜当作恩人，她领着安娜母女参观盗墓学堂。每间课堂都如上海与北平的中学，甚至还有两间像模像样的化学实验室。

这些年，小木减少了外出盗墓。他在中国古墓最集中的北邙山，建造起这座盗墓学堂。他打破了盗墓村的血统论，向全国各地有志于盗墓事业的后生开放大门，条件是毕业后留在盗墓村。小木高薪聘请了许多老师，教授古文、数学、物理、化学。他有感于过去盗墓，往往对墓葬以及宝贝造成很大破坏，甚至用炸药这种野蛮方式。如果用科学的手段，一能减少盗墓过程中的危险和伤亡；二是尽可能保护墓里头的宝贝完整，将来卖出更好的价钱。盗墓学堂地下还有一座人造古墓，仿造春秋战国、两汉、魏晋、隋唐、两宋、元明、清朝的形制特点挖了七座地宫，用以培训学员们如何挖墓，如何打开墓室门，又如何规避可能的危险。

但唯独无解的是镇墓兽——盗墓时若是遇到镇墓兽，便只能听天由命了。

五年来，小木的学员桃李满天下。北邙山盗墓学堂，成为中国盗墓界的黄埔军校，培养了后世闻名的多位盗墓贼，甚至一部分早期的考古工作者，此为后话，不表。

当晚，欧阳安娜与女儿下榻盗墓学堂。

载着明朝棺材的牛车，停在学堂后院。安娜掌着马灯，打开棺材盖，露出秦北洋的面孔。长途远行十多天，秦北洋第一次看到北邙山上的星空，便道出《古诗十九首》中的《青青陵上柏》：“青青陵上柏，磊磊涧中石。人生天地间，忽如远行客……”

欧阳安娜的面孔旁边，多出一张年轻的脸。秦北洋有些疑惑，也有些恐惧，担心棺椁是否落入坏人之手，比如阿海，比如中山，比如……

几秒钟的犹疑后，秦北洋认出了这张脸——小木。

十五年来，没有变化的小木。

“小……木……”

太久没说话，秦北洋的喉咙仿佛喷出小镇墓兽九色般的琉璃火球。小木伸出他的左手，露出被烧断的那根手指。

每次看到秦北洋，都让小木害怕，好像又要把他关进古墓。但这一次，看到秦北洋身受重伤，仿佛一堆被敲碎的骨头，人不像人，鬼不像鬼，躺在棺椁中，便让小木的心底生出某种怜悯。

“北洋，安娜都跟我说过了，她要我陪你去白鹿原——”

小木还没说下半句，秦北洋已微笑道：“谢谢你。”

“嗯，我会陪你去的。你不止一次救过我的命。”小木说罢，便将手伸到秦北洋的脸上，轻轻触摸他的嘴唇，“你可一定要活下去啊！”

洛阳，北邙山，盗墓学堂。一条灿烂的银河铺满棺椁上空。西风烈。

第三十三章

忽如远行客

十日后。

西安城外，白鹿原。

秦北洋的棺椁来到了他的出生地。初秋时节。这座高大的黄土塬子，仿佛一张桌子摆在关中平原之上，俯瞰浐河与灞河。农人们还在田野上耕作，十二岁的九色手搭凉棚，遥望连绵苍翠的终南山。

欧阳安娜与小木从牛车上下来，唐朝小皇子的大墓草木深长，坟冢上布满累累盗洞。

安娜拍了拍棺椁："北洋，我带你回家来了。"

他们早已准备一辆平板小车。女儿九色还带了液压千斤顶，将明朝棺材顶起，再由小木带来的后生们一起搬上平板车，这样就能不用畜力，而以人力推入墓道。小木遣散了他的后生们，关照他们这辈子都不要再来白鹿原。

待到天黑，白鹿原上鬼火幽幽，除了秦北洋的棺椁，只剩下欧阳安娜、九色、小木。

小木找到了那株歪脖子槐树。他清晰地记得，往下挖三丈三尺，可见墓道口。小木和安娜母女一起挥舞铁铲，发现了被掩埋的墓道口。小木提着马灯，仔细分析泥土，确认最近几年没人来挖过。

第一个钻入墓道的是九色的黑猫。小木第一眼看到这只猫，就感觉猫眼里有凌厉杀气。这只猫很喜欢唐朝的空气。它原本就来自武则天时代，永泰公主的墓穴。

小木第三次进入小皇子的大墓。他打着马灯跟在黑猫后面，安娜与九色推动平板车上的棺椁前进。灯火照亮甬道与壁画，让这黑猫不时将身体拉成蛇形，驻足观望墙上的唐朝仕女。

此行必须拉上小木——这是秦北洋关照过安娜的。这个世界上，除了小镇墓兽九色，除了小盗墓贼小木，没人能真正打开这座坟墓。

小木走的是一条直路，看似弯弯曲曲，但并未发现岔路口。若是其他人闯入这座大墓，则会遇到变幻无穷的岔道，犹如踏进诸葛亮的八阵图，或西洋人的迷宫世界。这迷宫就像秦北洋所说的“魔方”，每当你走到下一个路口，就会再次变换形状，即便每走一步都插标志也会迷路。这里埋葬着无数个地宫，几乎每个地宫都会有镇墓兽，误入其中必成为镇墓兽的晚餐，或被活活困死成一堆枯骨。

小木是一把钥匙。这是他天生的力量。他的身上埋藏着堪比秦氏墓匠族的秘密。

不出所料，小木看到水淹的痕迹，还有小孩般的尸骨。黑色蛇猫对其龇牙咧嘴。这便是古时候的罔象。这块通道地势低洼，安娜与九色推不动平板车上的棺椁了。小木也来帮忙推拉，他虽是经验丰富的盗墓之王，却如细胳膊细腿的书生，盗墓只靠智取而非力敌，因而也没起到什么作用。

突然，汗流浃背的小九色指着黑猫说：“蛇猫可以，它的力道大得惊人。”

小姑娘用一根粗壮的麻绳缠在黑猫的脖颈上，看起来像要把它吊死。但是蛇猫陪伴九色长大，彼此完全信任。果不其然，蛇猫小小的身躯力大无穷，一只猫拖着平板车上的棺椁走出了低洼地带。

小木被这只猫吓到了。它仿佛来过这里，拖着秦北洋的棺椁，径直来到墓道尽头，灯光照出金刚墙上的墓室门。

蛇猫盯着石门上雕着的一对神鹿，竟然做了两条前腿跪地的动作。

门是虚掩着的，十五年前，还有十一年前，这扇门都被人打开过。第一次是小木；第二次是秦北洋，还有阿幽。

秦北洋的棺椁被送入白鹿原唐朝大墓的心脏——终南郡王李隆麒的地宫。

十二岁的九色深呼吸，每寸空气都让她兴奋。马灯照亮壁画，唐朝帝王的卤簿车驾，文武百官与侍女太监，仿佛能看到车帘背后的女皇武则天的真容。九色可是在永泰公主墓里生活过的孩子，对于武则天的气场绝不陌生。她看到了唐朝小皇子，白马上的翩翩少年，十五六岁，束发金冠，气宇轩昂，胸口挂着块昆仑羊脂玉。

小皇子跟秦北洋长得有几分相似，或者说，秦北洋就是长大成人三十而立的小皇子。

欧阳安娜第一次进入这座地宫。她早已心驰神往，从第一次见到小镇墓兽九色开始。但她从未想过这辈子会进来。她发现壁画底下的落款，竟有“吴道子”的字样。

小木看到玉石围棋上的残局，一千多年未曾变化过，这是小镇墓兽九色与小皇子的魂魄对弈的结果。

跨过许多散乱的书册与卷轴，小姑娘九色发现一块正方形石碑，徐徐念出一行字——

大周故终南郡王墓志

“王讳隆麒字幼明陇西成纪人也昔者龙光柱史弘道德于东周猨臂将军建功名于西汉武昭之经纶霸业奄宅瓜凉神尧之缔构皇基勃兴沃晋地灵钟祕天族蕃昌募瓜瓞于金柯表葭莩于玉茎王即大唐天皇大帝之孙今大周相王之第六子也……”

九色读书不错，遗传了其父的天赋，古文认得颇多，一口气念出那么多字。

这便是唐朝小皇子——唐高宗李治与女皇武则天的孙子，睿宗李旦的第六子，终南郡王，李隆麒的地宫。

这里也是三十二年前，天崩地裂的庚子年，秦北洋出生的所在。

只可惜，小皇子的棺椁，已不知在天涯何处。据说在长白山天池之巅，日本人与阿海的手中。

空空荡荡的硕大棺床之下，只有一口灼热的金井。

秦九色刚要靠近，便被小木阻拦：“金井之下，乃另一个世界，切勿！切勿！”

“小木哥哥，你下去过？”

姑娘九色嘴甜，照辈分该管小木叫叔叔，但看他长得青春年少，便叫他哥哥了。

看到九色乱了辈分，小木便也顺水推舟道：“妹妹，俺下去过，可不是闹着玩儿的。”

“我们就把北洋放在棺床上吧，让这座明朝棺材代替唐朝小皇子的棺椁。”

欧阳安娜说了正事。小木和九色一齐用力，加上力大无穷的蛇猫，将沉重的棺椁卸下平板车，一齐搬运上棺床。金井口被牢牢压在棺椁下，不必担心小姑娘掉下去了。

小木忙活得满头是汗，这才打开秦北洋的棺材盖，让他可以透透气。

秦北洋深呼吸，这是他此生能呼吸到的最亲切的气息。欧阳安娜、女儿九色，还有小木的三张面孔，全都凑到棺椁正上方。在棺材里待得久了，双眼许久才能适应光线。

他看到了地宫的穹顶，在数盏灯光照耀下，宇宙星辰的图画，中间最醒目处用金线勾勒出了勺子状的北斗七星。其中还有个破洞，但已被泥土填满。便是三十多年前，秦海关夫妇从坟冢上意外坠入地宫，因而在此生下秦北洋的那个盗洞。

在秦北洋出生的地宫，小木刚转过身，却被蛇猫咬住了裤脚管。

欧阳安娜拦住他说："小木，感谢你陪我们来白鹿原。我还想问你借一样东西。"

"什么？"

小木下意识地抱着自己的脑袋。

安娜咬着盗墓贼的耳朵说："徐福的长生不老之药！"

小木当即摔倒，趴在墓室门上说："这个……你在跟我开玩笑吗……"

"你有的！"安娜继续耳语，"你撒泡尿照照镜子，就知道你一定有的。"

"我的脸……"

小木无法反驳。十五年过去了，他的脸毫无变化。有时他都想拿把刀给自己画两道伤疤，可他下不了这个手。海女跟他朝夕相处，反而感受不到他身上诡异的年轻。小木只说自己经常出入古墓，呼吸过上古仙人的真气，因而保持不老之身。但这番鬼话只能骗骗无知少妇与农夫，在欧阳安娜面前自然失效了。

欧阳安娜掏出匕首对准小木的脖子，另一只手在小木身上乱摸。摸得小木都红了脸，才从裤裆里掏出一尊银质的小佛像，差不多鼻烟壶尺寸。

匕首剖开小佛像，安娜发现锡纸包裹的一粒药丸，鼻息中闻到一股死人般的气味——这是长生不老的徐福棺椁里的气味。

"为何只有一粒？"

"我只带了一粒。"小木索性道出，"我承认，十三年前，在日本吉野古坟的徐福墓里，我亲手杀了存活两千多年的徐福，还偷吃了他的长生不老之药。如今我是长生不老之身，只要不被杀死，我便不会生病，也不会饿死。我曾多次被困古墓，时间长达数月，没有任何饮食与水，只要还有空气，我便能活下去，就像尘埃中的小虫子。”

“你还有几粒长生不老之药？”

“十二粒，原本全部藏在这个小佛像里。我欺骗了海女，让她帮我保管佛像，说是从大阪四天王寺求来的护身符，保护两个孩子无病无灾。海女把它像命根子一样保护着。那么多年，我没动过这些仙丹。我不知道该如何用它们，也不知该给谁服用。我想到自己能够再活一千年，一万年。未来我还会碰到其他有缘人，遇到风起云涌的天下大势，也许到那时候，这十二粒长生不老之药便能为我所用。”

“你想得倒是真长远！”

欧阳安娜半是惊叹，半是讽刺。

“当你带着秦北洋的棺椁来找我，又要我一同来到白鹿原唐朝大墓，我便猜到了你的心思。而我手中的长生不老之药，便是秦北洋续命的仙丹。”小木翻身坐起，看着秦北洋的棺椁说，“其实，我已决定献出一粒长生不老之药，此番特意随身携带。”

“有何缘故？”

“第一，他不止一次救过我的命。他是顶天立地的大英雄，他应当活下去，无论是人还是镇墓兽。”小木咽了口唾沫，“第二嘛，我可以活到未来，但不能保证未来没有危险。就像徐福在棺材里活了两千多年，最后还是被我杀了。如果我有个好伙伴，像秦北洋这样的英雄，陪伴我一直到未来，那我就等于多了一个保护神。”

“小木啊小木，亏你想得到这么多！还有第三条理由吗？”

“因为……秦北洋的脸，他长得跟唐朝小皇子一样。”

“我明白了……”欧阳安娜皱起眉头，目光里流露出轻微的厌恶，“最后一个问题，小木，你如何证明这粒仙丹能让人长生不老，而不是让人一命呜呼的毒药呢？”

“我无法证明，我唯一能证明的是我自己服下的那一粒。”

小木说得有道理，欧阳安娜无法反驳，这里只有一粒仙丹，连找个动物做实验都不行。

突然，秦北洋的棺椁里传出声音：“我相信小木，给我服下这粒仙丹吧！”

安娜趴到棺椁边，将仙丹送到秦北洋眼前：“你再仔细看看，是不是这个？”

“我不确定。”秦北洋的表情平和，“但我跟徐福有过对话，他确实活了两千多年。”

“若你有事，我必杀小木。”

欧阳安娜恶狠狠地瞪了小木一眼，便将长生不老药丸送到秦北洋嘴边。

他缓缓吞下这枚仙丹。舌尖渗满古怪的滋味，无须品尝和咀嚼，囫囵吞枣，咽入喉咙，滑入胃囊。

秦北洋闭上眼：“感觉好多了，请把小木放走。无论我活着还是死了，都不要为难他。”

停留在墓室门口的小木，对着秦北洋的棺椁下跪磕头，好像面对唐朝小皇子的棺椁：“不知道你们有没有注意到，刚才我走进来，一路上都是这只猫带路。有了它，你们就能自由出入这座大墓，不会在墓道中迷路，也不会被恶人发现。”

欧阳安娜与九色母女齐齐向盗墓贼小木抱拳，他能带来徐福的这枚长生不老仙丹，已是对秦北洋最大的报恩。

秦北洋闭上眼睛，他太累了，不仅是从苏州到白鹿原的长途跋涉，还有这辈子三十多年来的颠沛流离。

终于回家了……

第三十四章

卢沟九色

五年后。

世界又发生了天翻地覆的变化。欧洲的心脏飘扬万字旗；东北亚出现傀儡溥仪的伪满洲国；日本在1936年的冬天发生兵变，多名大臣被杀，西园寺公望与牧野伸显这两名参加过巴黎和会的元老险些遇害，羽田大树恰好在东京，他被视作军部的敌人死于军刀之下。欧洲与亚洲，正如两头失控的镇墓兽，一步一步地冲出坟墓。

民国二十六年，公元1937年，公历七月七日。

京城名侦探叶克难，骑一匹白马，着一袭青色长衫，头戴礼帽，腰佩手枪，犹如前清时的侠客。年轻时的威风，已化作满脸风尘。两年前，他刚过五十大寿，唇上胡子越发浓黑，唯有两鬓多了几根白发。媳妇过世已有多年，叶克难打着光棍儿，不是没有媒人送来过大姑娘或小寡妇的相片儿，而是他从没正眼看过一个。

黄昏时分，叶克难独自出了广安门，骑马来到宛平城。城内驻扎国民革命军第29军，正处在高度警备状态，夜间不容任何人马靠近。叶克难下了马，借着夜色绕城而过，沿着宛平北城墙步行。

这是最危险的选择，宛平城北的丰台近在咫尺，驻扎着日本华北驻屯军第一联队。日军已从三面围困北平。卢沟桥与宛平县城，几乎成为北平对外的唯一通道。宋哲元的29军困守孤城，以及城外的南苑基地。至于北洋军阀时代修建的兵工厂，因为改朝换代，早已被拆得一干二净。身为北平警察局的侦探，叶克难奉局长密令，来到卢沟桥调查形势。

虽是盛夏，永定河两岸的局势，却如深秋般肃杀。静谧的荒野之夜，蛐蛐使劲地鸣叫着。十一孔联拱的卢沟桥，自金代大定年间便横跨于永定河上，是为华北最长的古石桥。马可·波罗曾对这座桥大为赞美，西洋人都叫它“马可波罗桥”。卢沟桥亦是北京南下中原的必经之地，所有埋葬在清西陵的皇帝棺椁，都必须通过卢沟桥——最后一位，便是光绪皇帝。

桥东头是乾隆皇帝御笔的“卢沟晓月”，抬头却不见一丝月光。叶克难小心翼翼踏上桥头，若是被中日双方的士兵当作间谍，必定被乱枪打成马蜂窝。

卢沟桥北边响起隆隆的炮火声。叶克难躲在桥栏的石狮子下，发现日军驻扎的丰台一带，到处是晃动的灯火。如果不是打仗，至少也是一场真刀真枪的军事演习。天空升起几道曳光弹，几乎照亮卢沟桥桥头。

尽管空气中飘满硝烟味道，古老的卢沟桥仍然保持寂静。叶克难的眼角余光，看到一个瘦小的人影掠过。他当即掏出手枪，心想：该不是矮东洋的日本侦察兵吧？

那人影一步三回头，脑后拖着一根马尾，身上背着个大包袱，还有一把长柄伞，不知何方神圣。

叶克难抬起手枪，低声喝道：“什么人？”

“中国人！”

声音竟似个少女，借着永定河上的探照灯灯光，叶克难才看清卢沟桥上有个十六七岁的美少女，身着北平城里常见的大姑娘装束，鬼魂般浮动在暗夜中。

“你是何人？”

到底是名侦探，不会见着姑娘就松懈防备，照旧抬着枪口问道。

“我……我是北平女子中学的学生，请问你又是哪位？”

这姑娘的国语虽然标准，却不是京片子，想是从南方来的。

叶克难便也亮了底：“北平警察局，叶克难。”

“叶探长？您就是大名鼎鼎的京城名侦探叶克难？”

“如假包换。”

叶克难靠近对方两步，他这张脸孔虽然成熟了些，却还保持风流倜傥的英姿，让人看了不免印象深刻。

“你还记得我吗？”姑娘几乎把脸凑到叶克难的眼前，“你抱过我！还亲过我！”

“放肆！”叶克难的脸几乎红了，退后一大步，“你这丫头，怎的满口胡言！”

“那年我才一岁多，我妈说，在西安灞桥，你亲我的时候，我还在你身上撒了泡尿。”

“你是……”叶克难瞪大双眼，等到日本人的探照灯再扫到卢沟桥上，才看清楚少女的脸，端的是个美人儿，眼睛像欧阳安娜，鼻梁却又像秦北洋，“你是——九色？”

“嗯，我妈是欧阳安娜，我爸是……秦北洋。”

“你果然是秦北洋之女！”

叶克难就差当场击掌而鸣，十七年前，欧阳安娜要跟齐远山结婚之际，他还极力反对，如今终于有了答案。

十七岁的丫头嘻嘻一笑：“现在我叫秦九色。两年前，我妈把我送到北平读女中，准备明年考国立北京大学。”

“哦，你妈妈呢？到了北平也不来找我。”

“她又回白鹿原去了。”

听到白鹿原三字，叶克难皱起眉头：“你妈妈不在北平，也不在上海，而在白鹿原？”

“嗯，但这是个秘密，我只告诉叶探长你一个人。”

“好吧，今晚剑拔弩张，大战在即，你缘何来到卢沟桥？”

九色抬头看天：“嗯……我是来卢沟桥赏月的啊，你看那桥头不是写着‘卢沟晓月’四个字吗？”

“今儿是农历二十九，时辰不对，天上见不着月亮。”

九色尴尬地干咳两声：“如今这时局，我怕是过两天，便再也见不着卢沟桥了。”

“编！”叶克难嘿嘿一笑，如同审问犯人，“接着编！”

小姑娘挠挠头，恰好手上摸着一只桥栏上的石狮子：“对啦，人说卢沟桥上的狮子数也数不完，今晚我是来数数到底有多少只呢。”

“五百零二只，我数过！”

叶克难脱口而出，九色哑口无言。

忽然，卢沟桥的石板微微一震。两人面前的石狮子也开始晃动，仿佛即将怒吼。日本人的炮弹打过来了？叶克难拽着九色趴下，双手保护小姑娘的后背。九色却用力挣脱他，把头探出桥栏杆，注视黑夜里静水深流的永定河。

又一颗曳光弹飞过天空，照亮卢沟桥下的水面，露出一团混浊的漩涡，白沫飞溅，犹如趵突泉的喷流，发出隆隆怪声，甚至温泉才有的热量与臭鸡蛋味。叶克难无比惊奇，要知北方干旱，这永定河早已不是当年水草丰茂之地，每年大多断流。今晚水深不过一两尺，恐怕连小孩都淹不死，如何会有这样大的动静？

难道桥底下藏着什么怪物？

探照灯把夜空照亮的同时，水面上泛起层层金光。两道琉璃色的耀眼光芒，瞬间从卢沟桥底冲出，刺得叶克难睁不开眼。

秦九色趴在栏杆边，只见永定河里浮起一对硕大无朋的鹿角，犹如两株张牙舞爪的参天大树，却是森然白骨般的颜色。鹿角安在一个野兽的脑袋上，它乌黑发亮的外壳，就像南方大泽里的猪婆龙。它那骇人的双目，盯着卢沟桥上的老男人与美少女。

怪物来了。

它的脖颈与后背长满赤色鬃毛，仿佛一团熊熊燃烧的火焰。它的身体和胸口，布满黑色鳞甲。尽管有着利维坦的外貌，它却拥有直立行走的四肢。秦九色想起刚在北平城的影院里看过的好莱坞电影《金刚》。不同于那只大猩猩的是，怪物粗壮的双臂末端生长着猛兽的利爪，两条大象般的兽腿底部却是食草动物的蹄子。它浑身散发出炽烈的热流，腐尸般的刺鼻恶臭，仿佛让人看一眼都会变瞎，大口呼吸就会中毒身亡。

虽然体形放大了数倍，叶克难却觉得它有些眼熟——就像他看到秦九色的第一眼，就想起十六年前西安城外灞桥柳下在他身上撒尿的小丫头。

它是九色。

秦北洋的九色，白鹿原唐朝大墓地宫内，陪伴了小皇子李隆麒一千二百年的小镇墓兽。

五年前，上海“一·二八事变”，浦东陆家嘴的墨者天工工厂，在日本轰炸机的炸弹下化为灰烬。正在工厂实验室里做摘除灵石手术的九色，也被炸得粉身碎骨。它却如凤凰涅槃，从废墟中重生成不可名状的怪物。爆炸让有毒化学物质泄漏，也让它吞噬了更多的灵石。它已不再认得自己，甚至不再认得主人秦北洋。它潜入湍急的黄浦江消失。

它开始在中国的山川湖海游荡，从长江口走到海南岛，穿越万水千山来到青藏高原的长江源头。它跨越过黄河、阴山与大兴安岭，想要去长白山寻觅唐朝小皇子的踪迹——据说终南郡王李隆麒的棺椁被阿海藏在那里。但当它杀死成百上千的日本与伪满洲国士兵，爬上海拔两千多米的长白山之巅，钻入冰封的天池，却发现唐朝小皇子的棺椁已被转移了。

它愤怒地袭击发电厂与化工厂，将化工原材料与有毒物质作为美食大快朵颐。但在中国辽阔的内陆，找不到近代文明的踪迹。它只能掘开古墓，吞噬棺材与尸体，呼吸古墓里腐臭的气息。它不仅能准确地找到墓葬，还能发现盗墓贼也无法探索的镇墓兽。无论是战国七雄的君主还是十六国的土皇帝，形形色色的镇墓兽都成了它的盘中餐——九色的体内已经汇聚了上百枚大小不同的灵石，俨然是一座移动的核反应堆。

“它是九色！”

秦九色趴在卢沟桥的石板上，对着叶克难的耳朵说。

“你是说秦北洋的小镇墓兽九色？”叶克难心想这下凶多吉少，“它怎么变成这般怪物了？”

“上个礼拜，报纸上说，古北口长城闹了怪物，几十座古墓都被挖掘，似乎不是人力所能为之。报纸上又说永定河水流发热，不时有沸腾奇观。我就想是不是镇墓兽九色来了。”

“九色，你来卢沟桥是来找九色的？”

叶克难的脑袋有些迷糊，搞不清美少女“九色”与镇墓兽“九色”了。

“不，我是来抓九色的！”

秦九色从长柄伞里抽出一把三尺唐刀，又从大包袱里掏出一张俄国十字弓。

“这不是秦北洋的行头吗？”

“嗯，我爹把这些宝贝都传给我了。”

秦九色感觉后背心一阵发热，一尊石狮子断裂摔碎在身边。小姑娘再一回头，只见怪物九色已站立在她面前，铁爪如同炮弹向她袭来。

叶克难生怕秦九色被九色打成肉泥，耳边却传来铮铮作响之声。原来秦九色举起唐刀，硬生生挡下了这一击。若是常人早被打扁了，十七岁的女孩却纹丝不动，双臂似乎蕴含着无穷力量，抑或已得其父真传，借用了唐刀中潜伏的安禄山之力。

高中女生秦九色摇身一变，仿佛成了女版的少年秦北洋，在1937年7月7日的卢沟桥上熠熠生辉，不免让叶克难想起十七岁那年的秦北洋。她身手矫健地挥舞唐刀，借着怪物九色的力道，腾空而起，灵巧地躲开怪物九色的连续攻击，这不是太白山上“刺客道”的功夫吗？又像早已失传的华佗“五禽戏”绝学，分别如同虎、鹿、熊、猿、鸟的姿态，加上刚发育的女孩窈窕婀娜的身姿，在曳光弹照亮的夜空中分外迷人。

怪物九色的鹿角继续长大，如同无孔不入的藤蔓荆棘，向着天空野蛮生长。秦九色已跳到最高端往下跌坠。叶克难知道手枪无用，只能大喊一声“小心”。为时已晚，秦九色的身体已被鹿角的分叉困住。她越要挣脱越困难，身体倒悬下来，眼看要被怪物九色吞吃。

十七岁的秦九色露出后脖子的赤色鹿角胎记——如同冲天烈火，向下对着怪物九色的双眼。

怪物怔住了。它认得这对胎记，从三十七年前的白鹿原起。秦九色也意识到了这尊镇墓兽大怪物的变化，她倒挂在半空中喊道：“九色！我也是九色！我是秦北洋之女！”

她先用北京话说，又说了一遍唐朝的长安音，这是九色最能理解的人类语言。

刹那间，怪物九色的目光柔和下来，就跟秦九色的琉璃色眼眸一样。

它痴痴地看着这个小姑娘，就像看到二十年前的上海滩，海上达摩山的私家博物馆里，一对十七岁的少男少女——来自北国的工匠秦北洋，来自海岛的少女欧阳安娜，他俩同时带着朔气与海风，宛如两个泥人被命运打碎，用水调和拌匀，塑造成眼前的少女九色。

九色放过了九色。

头顶的鹿角开始收缩，从千万枝丫变成几根棍子。秦九色缓缓滑落，正好坐到怪物九色的后脖颈上。她抓着怪物的双耳，感到浑身热流滚动，仿佛有千言万语在耳边呢喃。无法理解的古老言语，穿越几千年的时光，自九色的心脏而来。

突然，卢沟桥北边爆发出激烈的枪炮声。怪物背上的九色，桥栏杆边的叶克难，都望见宛平城墙上炸开几个口子。丰台方向射来密集的弹雨，黑夜里千万条彩练飞舞，又像过年烟花般的火舌舔过。

叶克难看得真切，这不是军事演习，而是真刀真枪的战争。下一秒钟，日本人的子弹就像密如蛛网的刀子，齐刷刷向着卢沟桥袭来。叶克难下意识地趴在桥栏杆下，许多石狮子已被打断，眼看下一轮机关枪扫射就要将他打成筛子了。

突然，镇墓兽九色伸出前爪，将叶克难整个人提溜起来，轻巧地放在自己的后脖颈上。

秦九色抓着叶克难的腰，高喊道：“我们一起走！”

生死一线的关头，庞然大物镇墓兽九色，竟然接受了小姑娘九色的命令。就像一头大象驮着两个人，镇墓兽九色爬上永定河的西岸，日本人的子弹扫射到鳞甲之上，它却比钢铁更为坚硬，弹壳火星四溅，如同挠痒痒似的。

五十出头的叶克难，头一回骑在镇墓兽的脖子上，身边还有个十七岁的小姑娘，顿时热血沸腾起来，仿佛回到庚子年国破家亡的岁月。

秦九色指挥着镇墓兽九色，穿过卢沟桥与永定河西岸的荒野，离开狼烟北平，钻入京西的巍巍群山。这头怪物驮着叶克难与秦九色，向着太行山狂奔而去。

这一夜，驻守丰台的日军借口军事演习中有士兵失踪，意欲进入宛平城搜查，遭到中国军队拒绝，由此爆发战事——史称“七七事变”，又称“卢沟桥事变”。

这个被卢沟桥的石狮子们见证，也被镇墓兽九色、少女九色、名侦探叶克难见证的夜晚，引爆了一场漫长而血腥的战争，也将是一道中国人用血用肉用眼泪用灵魂筑成的长城……

第三十五章

终南女妖

一个月后。

北平与天津相继沦陷。上海与南京，即将陷入空前的浩劫，然后是半个中国的大地。

1937年的盛夏。镇墓兽九色飞奔在北中国的山巅。它不敢走人烟稠密的平原，它害怕自己要么伤害了人类，要么被人类所伤害。它只能在黑夜行走，穿越荒山野岭，从太行山到王屋山，穿过愚公移山的纵谷。九色与叶克难，跟着镇墓兽渡过黄河，一老一少，差点都被混浊的河水淹死。

到了河南地界，路过洛阳城外的北邙山，秦九色想去盗墓学堂看望小木、海女与自己的两个舅舅。她发现盗墓学堂已被烧成残垣断壁，瓦砾堆里还冒着白烟，到处是烧焦的死尸，再也找不到半个活人。

京城名侦探心里一惊，这个节骨眼儿上，这种事绝非偶然。他去了趟洛阳城里的电报局，分别给上海和鄂尔多斯打了电报。然后，叶克难带着少女九色与镇墓兽九色，穿过赤地千里的崤山与函谷关。

少女秦九色成为镇墓兽九色的主人，如同二十年前的少年秦北洋，驾驭这尊已变成大怪物的镇墓兽，像一只小母鹿指挥一头大公象。偶尔这只九色小鹿还会骑到九色公象的背上，威风凛凛地俯瞰龟裂的黄土高原。有人警告过她，镇墓兽不可接近，尤其是拥有多枚灵石的巨兽。每到夜晚，镇墓兽九色便自动刨开一个古墓躲起来，十七岁的姑娘则跟叶克难一起生起篝火，眺望天上的月亮。

几年前，终南山村民来道观说遇到女妖——袭击山村，偷吃牲畜。村民们用了各种方法捕捉女妖未果，因此邀请道士作法除妖。重阳宫的全真派道士便上山捉妖，没想那女妖甚为厉害，反倒搭上多名道长性命。这几年，女妖频频袭击重阳宫，搞得鸡犬不宁。道长们的各种法事都不管用。昨晚，女妖又来惹事，放火烧毁几间厢房，道士们纷纷下山避难。老道士差点也被埋葬在瓦砾堆下。

“什么女妖啊！”秦九色摩拳擦掌，“我们去把她灭了！为山民乡亲们报仇！”

老道士纳头便拜：“多谢女侠！这女妖已占据终南山的活死人墓，沿着这条山脊上去，一株大银杏树下，便是她的藏身之所。”

“好，道长啊，你放心，我肯定提着女妖的脑袋回来！”

叶克难却摇头道：“九色，休要多管闲事！”

“喂，哥哥，你不是京城名侦探吗，怎么变得如此胆小如鼠？你不敢去，我带着九色去！”

十七岁的九色无所畏惧，她抛下叶克难与老道士，背着安禄山唐刀与俄国十字弓，独自向终南山而去。

眼看黑夜即将笼罩群山。叶克难无奈叹息，怎能让一个姑娘家进深山抓女妖？只能跟在屁股后头，形影不离地保护她。

秦九色打着火把，来到密林之中，手指放入口中打了个呼哨，便将镇墓兽九色呼唤出来。怪不得进入终南山，这尊大怪物总是双眼放光、跃跃欲试，原来已感受到女妖将近。若是白天，镇墓兽的威力发挥不出，唯有夜里才有用武之地。

月黑风高，顺着山脊而上，野兽的呼号此起彼伏，数十只猴子遇见镇墓兽，纷纷尖叫着攀缘逃窜。叶克难第一个看到大银杏树，借着九色吐出的琉璃火球，看清大树下有座古老的坟冢，巨大石条堆砌而成，缝隙间长满青草，表面有光滑的青苔，不知有多少年头了。

“这就是活死人墓？”小姑娘九色躲在叶克难身后问。

“据说全真派祖师爷王重阳就曾在活死人墓里修炼得道。”

叶克难说罢，镇墓兽九色已把脑袋探到坟冢背后的破洞口。它的琉璃色双眼越发犀利，头顶的鹿角迅速长大变锋利，正要吐出琉璃火球之时，一团黑影从坟冢内冲了出来。

这影子带着一道凄惨的目光，如同彗星袭月，身形却又婀娜矫健，仿佛杨柳细腰，竟从镇墓兽头顶的鹿角缝隙之间穿过。黑影双脚轻点银杏树干，目光正好对上叶克难，便直直地向他冲来。镇墓兽九色身躯庞大，反而不如当年小镇墓兽灵活，转身缓慢，女妖已经来到叶克难跟前。匕首已经擦到了脖颈，名侦探徒呼奈何，只得引颈就戮。

刹那间，叶克难听到金属碰撞之声，脖子上微微一凉，却没有被割开喉咙的感觉。他本能地往后缩，幽暗光芒之中，少女九色的三尺唐刀，挡下了女妖的匕首攻击。

秦九色大喝一声："哥哥，你可欠我一条命！"

叶克难心想：这小丫头身手不凡，怕是已得秦北洋的真传。生死相搏之间，容不得说话，他掏出手枪瞄准女妖。然而女妖再度扑向秦九色，两人缠斗在一块儿，唐刀与匕首，上下翻飞，让人眼花缭乱，叶克难根本不敢射击。

仔细观察女妖的样貌——身形却与平常年轻女子无异，只是全身披着褴褛的袍子，仿佛从古墓里掘出来的衣衫。她拖着一头乱蓬蓬的长发，面目多有污垢，嘴角含着血迹。她的眼圈周围颜色深黑，目光却甚为逼人，在这夜里让任何人与动物都不寒而栗。

镇墓兽九色也不敢喷射琉璃火球，怕误伤了小主人。它只能用两只前爪去扑女妖，动作恍如一只狂怒的狗熊。然而女妖仿佛脑后长了眼睛，轻盈地腾跃而起，在半空中躲过大怪物的袭击。

秦九色趁机掏出俄国十字弓，借着银杏树上盘旋的数枚琉璃火球光束，射出一支钢箭。女妖还在躲避镇墓兽的第二击，十字弓的钢箭挟着风声，侥幸射中了她的胳膊。

女妖应声坠落在地，镇墓兽正要用鹿角刺穿她的胸口，叶克难大喝一声："住手！"

长矛尖刃般的鹿角距离女妖只有最后半寸，硬生生停下。但一对鹿角把女妖困在地上，如同层层枷锁，让她没有半点逃脱的空隙。

"阿幽！"

叶克难喊出了她的名字。

女妖对这个名字有了反应，疯狂的目光渐渐平息，甚至变得柔和。幽深的双眼，一张小小的瓜子脸，仿佛回到二十年前的北京百花深处胡同……

第三十六章

盛夏白鹿原

白鹿原。

三十七岁的齐远山，穿着国民革命军的将军制服，头戴青天白日军帽，站在白鹿原的高冈上，雄姿英发，手搭凉棚，眺望黛色的终南山。他的身后是一支装备精良的工兵团。

数月前，齐远山得到一大块地盘，恰是关中平原的膏腴之地。这是汉唐龙兴之地，进可攻，退可守。乾陵、白鹿原与秦始皇陵——中国最伟大的古墓都已控制在他手中。

秦失其鹿，天下逐之。齐远山就有逐鹿之志。

来到西安不到三个月，他便接到中央军事委员会电令，要他东出潼关，前往华北平原，阻止日军沿着平汉线南下。

上峰电令，不得不从。大军开拔，齐远山选择走白鹿原。到了黄土濯濯的塬上，纵马来到传说中的唐朝小皇子大墓。

古老巨大的坟冢前，有间大院正在熊熊燃烧。这是白鹿原上的乡村国民小学，幸好孩子们都不在学堂中，只有位女老师被捆绑后扔在地窖里。士兵们将女老师救起来，送到齐远山的面前，竟是欧阳安娜。

“安娜！”

齐远山跳下马来，搀扶她的肩膀。欧阳安娜却下意识后退，她的身体还有灵魂，从未真正属于过齐远山。

“远山……”安娜灰头土脸，农妇装束，身上还有血迹，还是少妇容颜，“快！快阻止那伙盗墓贼！”

齐远山给她倒了杯水，又叫军医来检查身体，急着问：“你怎么会在白鹿原？”

“我已在此隐居四年，捐款建了这所乡村国民小学，为白鹿原上的孩子们教授国文与数学。”欧阳安娜无意跟齐远山叙旧，“刚才一伙土匪来到这里，烧了我们学校，又去挖掘唐朝大墓。远山，你必须将这伙人绳之以法！”

安娜冲向唐朝小皇子坟冢，果然到处是挖掘的痕迹。最后绕到大墓背后，歪脖子老槐树下，墓道口竟然已被打开。

“天杀的！”安娜面色惨白，“他们发现了这里！”

齐远山当即选取一百名年轻力壮的精锐士兵，携带各种挖掘工具与捷克式轻机枪。古墓情况复杂，常人进去极度危险，但若有工兵在的话，可以提前预判危险，破解杀人机关。

齐远山与安娜走入墓道，到处都是被破坏的痕迹，墙上壁画也被人切割下来，满地狼藉，还有尚未燃尽的烟头——说明盗墓贼并未走远，甚至可听到前头凌乱的脚步声。

白鹿原唐朝大墓本为魔方大墓，布满不计其数的地宫墓室。任何盗墓贼进入均会死无葬身之地。即便如此，这些盗墓贼也可能破坏墓室里的古物。何况如今的盗墓手段高明，可以用到炸药和机械，甚至还有金属探测仪器。唐朝的魔方大墓未必能阻止这些家伙。

果然，安娜发觉这伙盗墓贼并未迷路。他们选择的道路相当正确，竟是五年前小木带她走过的那条路，比如低洼地带出现了婴儿般的怪物骨骸。

出乎意料，半小时内，他们便走到了唐朝小皇子地宫门口。灯光照出一伙盗墓贼，正在研究怎么打开金刚墙和墓室门呢。

齐远山掏出手枪射击。盗墓者们也携带了武器，一水的军用步枪。双方在狭窄墓道中生死相搏。盗墓贼不过寥寥二十来人，更打不过捷克式机枪的扫射。片刻过后，死伤累累，已无还手之力。齐远山带着警卫兵冲上去，却在死人堆里发现个装死的活人，还用别人的鲜血抹了自己一脸。

齐远山踩着对方胸口，又用马灯照着他说：“哎哟！这不是老熟人吗？”

他看到的是小木。

保持二十岁容颜的小木，依然没有任何变化。安娜也冲到小木跟前说：“你！你！”

她怒不可遏地抽了小木一耳光。欧阳安娜未曾料到，小木贼心不改，又回来盗掘白鹿原唐朝大墓了。怪不得这伙盗墓贼能顺利至此，因为普天下只有小木有这能耐。更何况，除了秦北洋，普天下知道这地宫里秘密的只有三个人——其中之一就是小木。

小木嘴角流下鲜红的血来，显得万分无辜，就像委屈的小媳妇："我是被他们绑来的！"

"此话怎讲？"

"十天前，有人袭击了北邙山，放火烧了盗墓学堂。我被这伙人抓住，绑到白鹿原来。我没有帮助他们盗墓，但只要有我在，这些王八蛋就不会在墓道中迷路。"

小木信誓旦旦，不像说谎的样子。但欧阳安娜知道这家伙平时没一句真话，谁知道这次是不是说谎呢？

"你说盗墓学堂被烧了，那么海女呢？"

"她被这伙畜生杀了！"

安娜心头一震："海女死了？"

"嗯，就死在我的眼前。"小木颓丧地叹气，"是我无能……无法保护自己的女人。"

"我的两个弟弟呢？"

"樯橹和连帆生死不明！"

小木将这两个孩子视若己出，尽管他自己还有一张年轻后生的脸。

"天杀的！你没有骗我？"

"若有半句谎话，天诛地灭！"

安娜以手捶地，回头看着齐远山说："事已至此，我们清理尸体，赶快退出大墓，免得再出意外！"

齐远山却吞吞吐吐地说："我这是第一次走进这座大墓，秦北洋便是在这里出生的吗？"

"你这是什么意思？"

安娜拧起眉毛，似乎从齐远山的眼睛里看出千变万化来。

齐远山避开她的目光下令："清理盗墓贼的尸体！若还有喘气的，立即用刺刀处死，盗墓乃伤天害理之事，这群悍匪杀人无数，恶贯满盈，绝无再存活于人间之理！"

正当士兵们手忙脚乱搬运尸体时，有个盗墓贼还没死透，抬起沾满鲜血的手，抓住齐远山的军靴，用最后一口气喊道："司令！齐司令！"

说话间，齐远山面色大变，他从腰间抽出一把中正剑，猛然刺入盗墓贼后心。一腔黑血喷溅在他的制服上。他后退两步，擦了擦身上血迹，下令绝对不要留半个活口。

"远山！这些盗墓贼认识你？"

欧阳安娜将小木保护在自己身后，冷眼盯着齐远山的双目。

"这……"齐远山恢复镇定，"想必是我出镇关中，严厉打击盗墓，已让这些匪徒闻风丧胆。"

安娜已看穿了一切："你在骗我！这些盗墓贼的额头与鬓角，均有一道印痕，这是常年行伍之人才有的标志——头戴军帽勒出来的。"

"安娜，你听我解释。"

"我来替你解释吧！这些盗墓贼，都是你麾下的士兵假扮，换上土匪装束，用的却还是军队的武器。你们焚烧了北邙山盗墓学堂，绑架了小木，因此才能深入白鹿原唐朝大墓。唯其如此，打着追捕盗墓贼的名义，你才能名正言顺地进入墓道。可怜这些士兵，为你杀人放火，为你盗墓，却被你卸磨杀驴，全数击毙于此，仅留小木一个活口。"

话说到这个份儿上，安娜摆出鱼死网破的气概，小木躲藏在她身后，向齐远山瞪着双眼说："这是真的吗？盗墓学堂是你烧的？海女是你杀的？"

齐远山沉默半晌，举枪对准欧阳安娜和小木："对不起，我别无选择。过几日大军就要出关抗战，这是我最后的机会了。"

不容分说，士兵们一拥而上，重新将安娜和小木五花大绑起来。

齐远山再不敢看欧阳安娜的眼睛，自从九年前，安娜去寻找秦北洋的那天起，他俩便已形同陌路了。

少顷，地宫的墓室门打开了。

齐远山深呼吸一口，命人往里扔了几只活鸡，接着便听到鸡叫声。几名大胆的年轻士兵挑着马灯进入。金灿灿的壁画反光下，偌大的地宫让每个人目瞪口呆，似乎每寸空气中都飘荡着唐朝鬼魂。待到尘埃落定，朽烂的气味退却，齐远山借着灯光往里看，只见地宫中心的棺床上，躺着一具硕大的明朝棺材。

明朝棺材。

齐远山看得真切，他也跟随秦北洋下过古墓，这些年留心各地盗墓与考古发掘，还亲自抓过盗墓贼，对于各个年代的古墓颇为熟悉，惊觉明朝棺材怎的出现在唐朝地宫。

更让齐远山倒吸一口冷气的是——这具明朝棺材上盘踞着一只猫。

黑色的猫，身体拉长，恍如一条蛇，目光幽幽地注视着这伙不速之客。

齐远山认得这只猫，它曾经住在他家，陪伴闺女九色十多年，来自乾陵侧畔的永泰公主墓之中。

这只猫至少有一千二百岁了，它盘踞在一千二百年前的唐朝小皇子地宫，毫无违和感。

乌黑的蛇猫向齐远山龇牙咧嘴，发出刺耳的警告声。它认得这个闯入者。从它伴随小九色开始，就从没给过齐远山好脸色。每次齐远山抱小九色，看到这只蛇猫凌厉的目光，便感到后脊梁发凉。

齐远山抬手就给了蛇猫一枪。

他是神枪手，当年在日本留学时弹无虚发。蛇猫早有预感，提前腾跃到地宫穹顶。士兵们纷纷向上头开火，子弹在地宫中乱撞，不断有壁画碎片掉落，仿佛穹顶上的星辰纷纷坠跌……

“停！”

齐远山一声令下，枪声停歇，这伙士兵都是跟随他多年的精锐，训练有素，视死如归。

他仰天看着地宫穹顶，发现蛇猫不见了。

士兵们端着刺刀搜索地宫各处角落，除了被打碎的坛坛罐罐与古物，并没有任何猫或者人的踪迹。

这只猫就像个魂，没由来地出现在永泰公主墓中，又没由来地消失在唐朝小皇子地宫穹顶之上。

齐远山顾不得它了，抢一步向前，围绕明朝棺材转了两圈，伸出鼻子嗅了嗅，再用巴掌拍了拍棺材板，骤然下令：“开棺！”

第三十七章

镇墓兽秦北洋

棺材打开了。

十几名士兵的刺刀，撬开了唐朝大墓里的明朝棺材。一阵烟雾翻腾而起，宛如四周壁画里的魂灵们都回来了。他们将棺材盖小心地移开，正上方悬挂起一盏明亮的马灯。

齐远山把头探到棺材上，看见了躺在其中的男人。

那是一个赤身裸体的男子，披肩长发一半黑一半白，面容在三十五岁左右，脸颊上布满灰色须髯，皮肤却如冰冻过般惨白。

齐远山一辈子都不会忘记这张脸，就像二十年前在太行山的狼群中初次相见。那时他俩都是半大孩子，如今各自出走半生，归来虽非尘满面鬓如霜，也是儿童相见不相识了。

“北……洋……”

他轻声唤出了躺在棺材里的男人的名字。

如假包换的秦北洋。他的身体和四肢都是完整的。除了头部与面孔，全身每一处皮肤都布满奇怪图案的文身。齐远山仔细端详秦北洋赤裸的身体，除了胸口用红丝线挂着那枚和田暖血玉，便是一丝不挂。胸口凸出发达的肌肉，犹如古希腊罗马或文艺复兴时期的雕像。记忆中的秦北洋原本身材高大，个头在一米八以上，如今身体每个部分都变大了一圈，甚至包括男人的下体。粗粗目测一番，秦北洋已在棺材里二次发育到了一米九以上。

齐远山明明记得——五年前，“一·二八事变”，上海浦东陆家嘴的墨者天工化为火海，秦北洋被日本轰炸机投下的最后一颗炸弹碎片击中，从肩膀到肋骨再到大腿骨和足尖部分，骨骼几乎全部断裂。他的双手双脚全被截肢，同时高位截瘫，这辈子别说是行动，就连转动脖颈也极为困难。

秦北洋的一对胳膊与两条长腿，又是如何从残破的躯干里长出来的呢？齐远山想想就感觉可怕，他屏着呼吸，噤若寒蝉，缓缓伸出手来，触摸秦北洋的胸口。

冰凉冰凉的，齐远山仿佛摸着了死人——棺材里躺着的不是死人又是什么？

心脏猛然收缩，手指头像被电流滚过，齐远山的每根汗毛都竖起来。刚才那记触摸，不但感觉是冰凉的，而且是硬的。秦北洋的胸口不是男性肌肉的紧绷，更不是死后尸体的僵硬，而是骨头般的，石头般的，甚至可说是钢铁般的坚硬。

齐远山这才明白——替换秦北洋的四肢、包裹他全身的物质，早已不是血肉之躯，而是钢铁之躯。

就像一尊镇墓兽。

秦北洋还活着吗？齐远山把手伸到他的鼻孔前，似乎感受不到呼吸，但脸上皮肤是柔软的。齐远山更大胆地托起秦北洋的后脑勺，发现脖颈后的一对赤色鹿角胎记——这才是秦北洋真正的肉身。

齐远山后退两步，面色大变道：“把我的手提箱拿来！”

警卫兵奉上一只箱子，齐远山小心打开，取出一本皱巴巴的古书，封面上赫然写着：秦氏墓匠鉴。

吞入一大口古墓空气，齐远山回想九年前——1928年，当他跟随北伐大军来到北平，心想此生再也见不到秦北洋了。齐远山重游北平监狱故地，想起张勋复辟时，自己与秦海关、秦北洋父子都被关在大牢，听到老秦所说：“京西骆驼村的地下，埋着的那几口瓮缸里，藏着老秦家的宝贝。”——这宝贝大概就是秦海关心心念念的《秦氏墓匠鉴》。不晓得被秦北洋挖出来了没有。齐远山忍不住去了趟骆驼村，他带了军队，将骆驼村里的居民赶了个精光，又挖遍了每栋房子的门前屋后。掘地三尺，终于在山神庙后挖出一个瓮缸，里面藏着一本泛黄发臭的手抄本古书。齐远山知道这是无价之宝，便把《秦氏墓匠鉴》带走，藏在北平银行的保险箱里。不久后，齐远山在清东陵重逢秦北洋。他犹豫了好几天，却没把这秘密说出口。回到上海，他也没告诉过欧阳安娜。这本秦氏墓匠族祖传的古书，始终被他秘藏……

齐远山匆匆翻开《秦氏墓匠鉴》。这本书他看过无数遍，虽然有许多地方看不懂，但有一处记在了心头。

他翻到那一页——秦始皇时代，营造皇陵的同时，亦把活人与活马制造成镇墓兽，也就是兵马俑镇墓兽。秦氏祖先奉命建造了一支地下镇墓兽军团，采用上万名活人殉葬，全部造成披甲战士与战马的外形。

可是活人镇墓兽又如何能在地下存活呢？毕竟齐远山过去所见的镇墓兽，全是机械加上灵石的“灵魂机械体”。

倏忽间，他想起当年在日本吉野古坟，发现徐福的地下宫殿，那棺材里的老家伙不是还活着吗？自称沉睡了两千多年的徐福，结果被盗墓贼小木一刀捅死。难道徐福的长生不老之药是真的？

对啊，还有小木，他为何至今还像个二十岁后生？小木应该接近四十岁了吧，在中华民国的苦难农村，这个年纪早该被岁月摧残得苍老颓败，怎么可能保养得如此逆天？

齐远山得出一个惊骇无比的结论——小木吃过徐福的长生不老之药，并且获得了长生的能力。

所谓的镇墓兽兵马俑，大概便是吃过长生不老之药的活人镇墓兽。

“小木！”

齐远山大喝一声。地宫内的士兵们，全都蹑手蹑脚，不敢喘大气，唯恐惊醒了这唐朝大墓里的魂魄。但齐远山的这声大吼，如同平地惊雷，在地宫深处回响碰撞。穹顶上的日月星辰，壁画里的侍女随从，乃至于飞禽走兽，似乎全都被他喊醒了，一个个耸动着耳朵，睁大了双眼，嚅动着嘴唇……

躺在明朝棺材里的男人，同样耸动耳朵，睁开双眼，嚅动嘴唇。胸口的和田暖血玉炽热起来。

秦北洋醒了。

除了回音，齐远山似乎听到了什么。

唐朝小皇子的地宫内，他慢慢转回头来。身边的侍卫们纷纷面露惊恐之色，仿佛看到了这辈子最可怕的东西。

他看到了秦北洋。

不是躺在棺材里沉睡的活死人，而是双腿站立于棺材之中，挺胸抬头的活人镇墓兽。热流从他的胸口传来，让整个地宫从寒秋转入盛夏，让人额头冒出豆大的汗珠。

齐远山的手下训练有素，即便个个股栗，依然排成整齐的队形，牢牢保护在主人身前，用黑洞洞的枪口、明晃晃的刺刀对准棺材。

秦北洋犹如立地金刚，每块皮肤与肌肉都是唐朝的明光铠。身上唯一可见的兵刃，便是腰间的一把金色匕首——七百年前阿萨辛祖师爷的宝物，谁拥有这把匕首，谁便是普天刺客的最高领袖。

刚才消逝无踪的蛇猫，正盘踞在这尊活人镇墓兽的肩头上。

他的双腿轻而易举地跨出棺材，重重地踩在唐朝地砖上，犹如穿了一双钢铁靴子，地砖瞬间裂开几道缝隙，如同分叉的闪电，蔓延到齐远山脚下，整个地宫震动起来。

士兵们从脚底到头顶都在颤抖，最年轻的后生手指头微微一抖，汉阳造步枪便走火了，撞针击中子弹，旋转着飞出枪膛，正好射中秦北洋的心口。

“不要啊！”

齐远山再度高呼，眼见秦北洋心脏的位置多了个枪眼。

然而，秦北洋纹丝不动地站着，胸口暴露出乌黑发亮的金属，子弹如同打中钢板，反弹到对面的唐朝壁画上，打瞎一匹战马的眼睛。

活人镇墓兽彻底醒了。

他看到胸口被子弹打中的痕迹，原本无表情的沉睡面孔，骤然暴怒起来。他往前迈出一大步，超出常人两步的步幅，飞速挥出铁拳，砸中开枪的士兵脑袋，就像子弹击中西瓜，鲜红的瓜瓤，黑色的瓜子，四散喷溅到周遭人的脸上。

身着明光铠的恶魔，秦北洋大开杀戒。绝望的士兵们纷纷开枪，子弹如雨点般喷射到他身上，却如蚊子叮咬一般，无法阻拦镇墓兽的杀戮。流星般的铁拳捣破一颗颗人头，疾风似的飞腿踩碎一个个胸膛……

一千二百年的小皇子地宫，顿时成了二十世纪的修罗场。

齐远山缩成一团，退出地宫的墓室门。活人镇墓兽秦北洋收不住了，将闯入地宫的士兵们斩尽杀绝，追出去继续杀戮。齐远山命令士兵们拼死抵抗，亲信们架着欧阳安娜与小木一同退却。齐远山善养死士，侍卫们明知这活人镇墓兽厉害，佛挡杀佛，神挡杀神，仍然奋不顾身地开火阻击，保护主人且战且退。

镇墓兽毫不留情地追击，除恶务尽。从地宫通向墓道口的路上，留下不计其数的尸体与残肢，而他腰间的金匕首还没用过呢。

终于，穿过弯弯曲曲的墓道，秦北洋冲出唐朝大墓，浑身鲜血淋漓，如同刚刚爬出娘胎的婴儿，瞬间长成参天巨人，来到盛夏白鹿原的星空下。

五年来，他第一次呼吸到地球表面的氧气。

他是镇墓兽秦北洋。

第三十八章

人生天地间

五年前。

白鹿原，唐朝大墓，终南郡王李隆麒地宫。

秦北洋躺在明朝棺材中，原本唐朝小皇子棺椁安放之地。他还是人，一个活死人——四肢折断，脊椎重伤瘫痪，只剩脑袋与内脏。

陪伴他的唯有欧阳安娜、十二岁的女儿九色、黑色的千年蛇猫。安娜从怀里掏出铁匣子，打开六百多年前的《秦氏墓匠鉴》正本——她从巴黎圣母院塔楼，工匠联盟第一代大尊者秦晋的棺椁里带出来的。

她隔着棺材低声说："这本秦氏墓匠族祖传的古书里藏着给你续命的法门。我想把你制作成一尊活人镇墓兽，只有这样，你才能一直活下去，并且重新站起来。秦北洋，你愿意吗？"

明朝棺材内沉默半晌，幽幽地响起一个声音："我们秦氏世代建造镇墓兽，我宁愿自己成为镇墓兽，永生永世代替九色，守护唐朝小皇子的陵墓。"

秦北洋的回答令人动容，十二岁的女儿九色，也趴在棺材上说："爹，你是在说小镇墓兽九色吗？"

"嗯，虽然唐朝小皇子的棺椁已不在了。但这唐朝魔方大墓下，依然藏着莫大的宝藏与秘密，以及武则天的乾陵之谜，我愿意守护自己的出生之地，成为一尊活人镇墓兽。这是命，我认命。"

安娜点头说："但必须有一个匠人。"

"我来做这个匠人！"秦九色把头探入棺材，"爹爹，刚刚踏入这座大墓，我就觉得分外亲切，这里的每幅壁画，每一丝空气，都仿佛是我前世经历过的。你刚才说过命，这里也是我的命，是我命中注定之地。”

“不！九色，我不要你继承秦氏墓匠族的技艺，我不要你继承我的命运！”秦北洋决然地别过头去，“我宁愿去死。”

“爹爹，你若死了，那我也活不长。跟你相处的这些时光，我发觉自己生来便是建造与驾驭镇墓兽之人。若我不能继承你的手艺，我的人生将一无是处。”

“九色……”秦北洋看着这姑娘倔强的眼神，跟二十年前的自己如出一辙，同样也是不撞南墙不回头的脾性。他又长叹一声，看着欧阳安娜说：“你这当妈的说说，要不要让女儿身入险境？”

“若是九色心意已决，我只能同意她的抉择。”

安娜的回答出乎秦北洋的意料。可惜他四肢皆断，否则真要从棺材里坐起来了：“你这当妈的怎么不为女儿的性命与未来着想？”

“十九岁时，我的梦想是成为中国第一个女外交官，第一个女外交总长，甚至第一个女总统……”欧阳安娜苦笑一声，“可惜，我注定无法实现这些梦想了。九色的梦想是什么呢？我曾经以为，也跟我一样是做个伟大的女性，完成男人才能完成的伟大事业。但我只猜对了一半，女儿的志向不在于天下，而在于地下。她想成为镇墓兽工匠，继承三千年来的家族技艺。关于这件事，我和她长谈过无数遍。她已有成年人一般的心智，绝非一时冲动的异想天开。”

“是的，妈妈，从我出生的那天起，我就知道，我注定与古墓有缘。”小姑娘说罢，蛇猫就爬上她的肩头，她俩不像主仆，更像姐妹。也许蛇猫身上就有终南郡王李隆麒的姐姐永泰公主的魂魄，“爹爹，请你答应我。”

“北洋，只要你愿意，九色就能实现自己的梦想。”

安娜说这话之前也是心如刀绞，但她决定尊重女儿的选择。

秦北洋再次沉默，真如死人一般。他在脑海中回忆一生，从出生在这座唐朝古墓开始，再到天津德租界的童年，目睹养父母被杀的惨案，带着血海深仇走到“完璧归秦”这一步，又在地宫中禁闭学习秦氏墓匠族的技艺……

这是命运，谁都无法抗拒，自己不能，女儿也不能。

他睁开眼：“好吧，九色，但愿你不会后悔。”

“爹爹，学习镇墓兽的技艺，你后悔过吗？”

秦北洋想了想，大笑起来：“我从没后悔过……哪怕一命归西。”

“你不后悔，九色怎么会后悔呢？”

女儿如是说，秦北洋心里的包袱终于放下。不管未来如何，人生求的就是一个“不悔”。秦北洋这辈子后悔了无数回，留下了数不清的遗憾，唯独继承秦氏墓匠族的技艺，进入镇墓兽的世界，与小镇墓兽九色结成伙伴，乃至被灵石辐射罹患癌症，是他心甘情愿，无怨无悔。

秦北洋决定向女儿九色传授秦氏墓匠族的全部技艺，打破三千年来传男不传女的老规矩，把自己铸造成一尊活人镇墓兽。

九色向棺材下跪，对着爹爹磕头，目光肃穆：“今日起，你不但是我的爹爹，也是我的师父。”

欧阳安娜将女儿扶起来：“你的老师不只是爹爹，还有这本《秦氏墓匠鉴》。有了这本书，你就能事半功倍地学习三千年来的手艺。”

这姑娘早已跟着妈妈读了《春秋》《史记》与《资治通鉴》，古文于她而言绝非难事，这本《秦氏墓匠鉴》的正本，将成为她的枕边书。

从1932年的盛夏，到1933年的早春，秦九色住在白鹿原唐朝大墓地宫中，跟着秦北洋学习秦氏墓匠族的手艺。

美中不足的是，秦北洋无法手把手地教导女儿。幸好秦九色天资聪颖，短时间内将《秦氏墓匠鉴》背得滚瓜烂熟。她并非天天守在坟墓中闭门造车，而是回到地面，深入白鹿原与关中平原的人间，向乡村的木匠、石匠、铁匠、陶瓷匠、泥瓦匠学习各种手艺。

小小年纪的九色，学会了使用安禄山的唐刀与俄国十字弓的技艺。虽然没有小木带路，蛇猫却始终陪伴着秦北洋与九色父女。只要有这只猫，白鹿原大墓的迷宫便不会开启，安娜与九色就能自由出入地宫。

九色要出师了，父亲传授给她的最重要的一句话，却来自梨园行——不疯魔，不成活。

这是二十多年前，秦海关送给少年秦北洋的教诲。那时候，秦北洋跟随父亲建造过两尊镇墓兽：光绪帝的大羿、袁世凯的金蟾。

这一回，他要给自己建造镇墓兽了。

活人镇墓兽的制兽九宫——第一宫，发愿奏表。秦北洋没有双手，只能由女儿代为撰写。没想到，秦九色写得一手俊逸的好字，既写给还活着的父亲，也写给这座地宫曾经的主人，唐朝小皇子李隆麒。

第二宫，设计图纸。秦北洋与女儿一同商量，由秦北洋口述，九色用笔画出了活人镇墓兽的图纸。

第三宫，选材。欧阳安娜随身携带了大量黄金，自然什么原材料都能买到。至于灵石，她亲自跑了一趟太行山，雇用数名老镖客，从山洞中运出一小块灵石。

第四宫，拼接塑形，设置机关。在秦北洋指导下，十三岁的九色制造出机械手臂与双腿，还有人造的脊椎骨，在关节之中埋入齿轮、传送带、擒纵器……最重要的是，在秦北洋胸口埋入一颗灵石。若是常人，恐怕几天内就会命丧黄泉。可在秦北洋病入膏肓的肺叶旁，灵石却几乎起到以毒攻毒的作用，大量杀灭癌细胞——或许是最早的肿瘤化学疗法。

第五宫，种魂。这一关可以忽略，因为秦北洋还活着，他的魂就在心中。

第六宫，雕琢。安娜购买了一台冲压机床。秦九色向老师傅学会如何操纵机床，搬运到白鹿原的地宫中，快速完成了这一关。

第七宫，操控。秦北洋不需要任何人来操纵自己，他的灵魂与意念便能操纵这副全新的钢铁之躯。

第八宫，点睛。欧阳安娜从秦岭的猎户手中买来一头猛虎、一只豹子，还有一只狗熊，送入地宫，全被秦北洋轻易地撕成碎片。

第九宫，命名——这尊活人镇墓兽就叫秦北洋。

然后，欧阳安娜和九色封闭了地宫，陪伴他的只有永泰公主墓里的蛇猫。

秦北洋不会死，或者说，秦北洋已不再是活人秦北洋，而变成介于活人与死人、灵魂与机械体之间的特殊物种。

1933年的春天，他躺在棺材之中，也许醒来就是一百年后，或者天荒地老，或者，永远不再醒来……

人生天地间。

第三十九章

相认

1937年，八月盛夏，白鹿原。

唐朝小皇子大墓外，十七岁的少女九色，她如倦鸟归巢般兴奋，抽出背后的三尺唐刀。

年过五旬的叶克难，踩着星空下的荒野，到底见多识广，虽是三更半夜，却一眼看出了军队的营帐与篝火。

他俩身后跟着一头黑色怪物，头上长着雪白森然的鹿角，眨着一对琉璃色眼睛，它是镇墓兽九色。

还有第三个人，她是一个女妖，潜伏在白鹿原的野草深处……

夜空中响彻震耳欲聋的音乐声。在这辽阔古老的黄土塬上，不知埋葬了多少帝王将相的枯骨亡灵间，弦乐、单簧管与嘹亮的圆号声，犹如子弹一颗颗钻入耳膜。转瞬间，古老的白鹿原成了魏玛共和国的祭祀场，维也纳与德累斯顿的吊唁台。

“贝多芬！”

少女秦九色瞪大双眼，回头看着叶克难。童年住在上海时，九色就学过钢琴，妈妈为她收藏了不少唱片，最多的就是贝多芬与巴赫的乐曲。她竖着耳朵倾听，惊觉白鹿原上飘扬的交响乐，不就是《命运交响曲》吗？

贝多芬的《C小调第五交响曲》……

这一夜，每个音符都如命运的敲门声，撞击着秦九色与叶克难的心门。进入第二乐章，命运露出凶残的面目，无穷地毁灭肉体与灵魂，让人惊恐、徘徊、落落寡合、怀疑自我……

秦九色猛然一怔。大怪物九色，瞬间安静下来，从猛虎变成小猫，温驯地趴在地上，嘴巴贴着小姑娘后背，姿态撩人，形如蛇猫。他们在野草中匍匐前进，望见唐朝小皇子的坟冢四周，竖起数十只大喇叭，《命运交响曲》响彻白鹿原，那气势仿佛农家红白喜事的吹吹打打。

月光出来了。唐朝大墓的顶端，宛如小山丘的巅峰，站立着一个男人。

他如战神下凡，又像死神在世。全身皆是黑色金属反光，刚从油锅里捞上来似的，充满热腾腾的蒸气。胸口挂着一块和田暖血玉。腰间别着一把金色匕首，那是刺客联盟祖师爷传下来的。他的黑色战衣上，沾着星星点点的鲜血。他的脚下堆满尸骨，犹如旅顺口203高地、凡尔登血肉砧板、加里波利半岛的战壕……

他是人，也是兽，他是人形镇墓兽。

四周篝火烘托下，秦九色认出了他的脸——秦北洋。

镇墓兽秦北洋，在地宫中封闭了四年零五个月后，破茧而出。

叶克难抬头仰望坟冢之巅，将近三十年前自己亲手拯救并送入地宫的小男孩，如今已成了一尊镇墓兽。

大怪物九色认出了曾经的主人，竟已成为自己的同类。这硕大的镇墓兽想要发出狮子般的怒吼，却只能喊出猫叫似的哀号。

修行过《秦氏墓匠鉴》与“地宫道”的秦九色明白——镇墓兽唯一的缺陷，是会被音乐克制，这便是“贝多芬”降临白鹿原的原因。

一小时前，镇墓兽秦北洋杀出唐朝大墓地宫。活人镇墓兽大开杀戒，处死所有活着的人，帮助他们进入六道轮回。

情急之下，齐远山想起了镇墓兽唯一的弱点——音乐。

半年前，他到关中来做诸侯，随军携带留声机，其中有几张欧阳安娜喜欢的唱片，尤其是贝多芬的《命运交响曲》。他一边命令士兵们对秦北洋进行决死冲锋，甚至用手榴弹来对付他，当然徒劳无功。同时他命人打开柴油发电机，迅速安装留声机与数十只大喇叭，让整个白鹿原响彻交响乐的轰鸣。

他做到了。活人镇墓兽秦北洋被音乐声所震慑，凝固在小皇子坟冢顶上，几乎不能动弹。齐远山下令不要伤害秦北洋，士兵们围困唐朝大墓即可。他自己率领幸存的亲兵侍卫，重新进入墓道。

秦北洋站在白鹿原之巅。唯一能束缚他的荆棘与锁链，便是“贝多芬”，便是震慑人心的交响乐。

弗里德里希·恩格斯说："要是没有听过这部壮丽的作品的话，那么你这一生可以说是什么作品也没听过。"

大喇叭响起《命运交响曲》第三乐章。命运火山的大爆发，岩浆四处漫延，火山灰铺天盖地，主宰人世间的一切，八年后的蘑菇云傲然伫立东方……

这是贝多芬的命运，德意志的命运，也是马蒂亚斯·秦北洋的命运。

倏忽间，音乐停止了。

仿佛有人在夜空中按下静音键，白鹿原的天地变得鸦雀无声。秦九色与叶克难爬行到留声机旁，切断了电源线和柴油发电机，十几台大喇叭瞬间变成哑巴。

贝多芬的灵魂消散，交响乐团灰飞烟灭。原本牢牢捆绑着镇墓兽的枷锁，刹那间断裂粉碎。秦北洋缓缓睁开双眼，他刚经历过一次漫长的沉睡，接着又是短暂的小憩，重新看到阔别五年的盛夏星空，白鹿原的沧桑田野，中国的古老大地。

活人镇墓兽醒了。

秦北洋抬起双腿，如同黑色闪电，从尸山血海的大墓之巅跳下。四周还有一批士兵，徒劳地开枪射击。活人镇墓兽把他们当作侵犯唐朝小皇子陵墓的盗墓贼，转瞬将他们撕成碎片。

剩余的人顷刻间作鸟兽散，消失在白鹿原的黑夜。他们不过是齐远山的先头部队。真正的千军万马，尚驻扎在西安城外，预备明日一早，开拔东征。

月光下的镇墓兽，正在搜寻一切活物杀戮。他毁灭了所有的大喇叭，正是这些二十世纪的文明困住了他。

他冲到秦九色与叶克难面前，举起钢铁双臂要敲碎他俩脑壳。十七岁的女孩握着唐刀，既不能反击，也不能躲避。千钧一发的关头，一只黑色怪物横空出世，迅速生长出雪白鹿角，如数十支刀剑挡住了秦北洋的这一击。

金属与金属的碰撞，镇墓兽与镇墓兽的角斗，共工怒触不周山，惊天动地。

然而，镇墓兽九色慢慢收回鹿角，露出黑色脑袋与赤色鬃毛，坐以待毙般地匍匐在秦北洋面前，只待被他的铁拳砸烂……

活人镇墓兽却怔了一下，凶猛的胳膊停留在半空，仿佛要摘下天上的星辰。

他看到鹿角大怪物闪烁着琉璃色目光，眼角滑落两行晶莹剔透的液体，又迅速被炽热的钢铁外壳蒸发成嗞嗞作响的水汽。

镇墓兽的眼泪。

镇墓兽秦北洋认出了这两行泪水，认出了这双琉璃色眼睛，认出了赤色鬃毛与覆盖全身的鳞甲，认出了这尊已经长成大怪物的小镇墓兽。

它回家了。

三十七年前，它就在眼前的这座唐朝大墓地宫之中，目睹秦北洋的出生。

“九色……”

秦北洋吐出含混的两个字，嗓音沙哑得像片磨砂纸，似乎每个音节都迸发着火星。

大怪物像小猫似的点头，彻底收起了鹿角，将脑袋与鬃毛送入秦北洋怀里，撒娇般蹭来蹭去。它曾经被大卸八块，抛入熊熊燃烧的火狱。它不再认得主人，被所有人厌恶和恐惧，躲入冰冷的水底、幽暗的丛林、荒芜的沙漠。它甚至遗忘了白鹿原，遗忘了这片命中注定之地，遗忘了自己守护过一千二百年的坟墓地宫。

但当秦北洋成为一尊活人镇墓兽时，瞬间就被九色认了出来。因为他们第一次有了完全相同的气场——都是镇墓兽中的顶级，不仅具有人造的金属外壳与机械系统以及灵石提供的无穷动力，更重要的是还有永生不死的生命体。

严格来说，九色与秦北洋，成了同样的“生命体镇墓兽”，只不过一个是活着的现代人，一个是活着的上古神鹿。

这一刻，镇墓兽秦北洋，终于真正醒了。

秦北洋再也抱不住九色了，它再也不是当年的小镇墓兽，不是赤色鬃毛的獒犬模样。这只变得丑陋的大怪物，反过来抱住已成为镇墓兽的主人。

镇墓兽九色的泪水继续在飞，镇墓兽秦北洋却已哭不出眼泪。

小姑娘秦九色与京城名侦探叶克难互相搀扶着站立，无声地注视着秦北洋与镇墓兽九色——从这一刻起，秦北洋不再是九色的主人，而是最亲爱的伙伴。

“爹……”

秦九色轻轻呼唤他。秦北洋的目光变得温柔，他不再是几分钟前的杀人机器。他伸出钢铁手指，抚摸女儿的一对小辫子，又对叶克难双手抱拳致意。

军队废弃的营帐之中，爬起一个女子的身影。她跌跌撞撞地走来，踩过不计其数的尸体，肩头盘踞着一只黑色老猫。

镇墓兽九色吐出琉璃火球，照亮她的面孔。秦九色先是惊讶，接着欢快地喊：“妈！”

她是欧阳安娜，她在白鹿原等待了整整五年，她看到了他。

大团的泪水滚下来，她冲入秦北洋的怀中。但他在摇头，目光惶恐地后退。他已不再是“人”，他是镇守古墓地宫的镇墓兽，他只是寄居在人间的怪物。

“北洋！来不及说了，你跟我回去。”

安娜回头看了一眼唐朝大墓，月光下的歪脖子大槐树下，墓道口正敞开着。

十七岁的秦九色摸不着头脑：“妈，你要去哪里？”

“地宫！齐远山已闯入小皇子的地宫和金井了！”片刻前，安娜是被齐远山的军队押送出来的，她的嘴唇再度发紫，“我还看到了一个人与一只兽。”

叶克难倒吸一口冷气：“什么人？什么兽？”

“人是阿海，兽是十角七头。”

该来的人都来了，不该来的人也来了。

欧阳安娜话音未落，便从镇墓兽九色的背后，钻出个白衣长袍的女子——长发覆盖半张面孔，浑身透着妖气与鬼气。她的那双眼睛，犹如地宫中的魂，时聚时散，却又直勾勾地盯着你，仿佛剖开你的脑壳，把你的每寸心思都看穿，将你的每段记忆都唤醒。

安娜狐疑地看着这张脸，打起马灯反复端详，却好像看到二十年前的北京城，看到百花深处胡同的厢房，一张床上抵足而眠的两个小姑娘，互相搂抱着说起北国的儿歌与江南的童谣……

“阿幽！”

她认出了阿幽，这个已经介于人与妖之间的女子。

“安娜姐姐。”

此时此刻，阿幽已恢复成少女的音色，依然是嘤嘤的，让人无法抗拒。但她的容颜已难以分辨年龄，也许二十岁，也许三十岁，也许已活了一千年，也许回到了十五岁。

“阿幽，真是你吗？”安娜放弃所有戒备，一把将阿幽紧紧搂住，抚摸那头乌黑卷曲的长发，“九年前的春天，你在太白山上坠入地狱谷，我们掘地三尺寻找你。你去了哪里？你身上又发生了什么？”

“过眼云烟……”

阿幽淡然豁达的回答，反而让心中各种放不下的欧阳安娜，有了些许自惭形秽。

“嗯……过眼云烟……阿幽妹妹，我们还是好姐妹，所有一切，都是过眼云烟……”

原本想要安慰阿幽的安娜，反而被阿幽狠狠安慰了一顿。欧阳安娜伏在阿幽肩头上，居然痛哭一场。阿幽抚摸着她的后背，双目仍然直视前方，她的视线越过镇墓兽九色，越过少女九色，也越过名侦探叶克难，最后撞在另一双男人的眼睛上，撞得粉身碎骨，撞得泪眼蒙眬。

她看到了秦北洋。

她还是他的妻子，他还是她的丈夫，渡尽劫波，一切都变了，一切也都没变。

但他已不再是凡人，他成了一尊镇墓兽，他和她之间的界限，已从一道鸿沟变成星辰大海。

镇墓兽秦北洋靠近阿幽。她伸出手，摸到他的胳膊和胸膛，却是无比坚硬的钢铁。她还想触摸他的嘴唇，但他避开了。他不晓得该说什么，一尊镇墓兽又能说些什么呢？

成为镇墓兽以后，秦北洋的语言能力大为退化，几乎无法说出一句完整的话来。他更擅长用心灵语言跟人交流，就像过去的九色。心有千言万语，却只提炼成一句话——

“你……很……好……我……便……安……心……”

话说到这份儿上，阿幽也彻底明白了。当年在太白山上，她没能拴住他的心。如今到了白鹿原，她就更没有这个能耐了。

她死心了。

哀莫大于心死，阿幽的悲哀尚不止于此。

秦九色与父亲心有灵犀，她已知道镇墓兽秦北洋的所思所想，就如镇墓兽九色与秦北洋的关系。

镇墓兽九色已经嗅到了唐朝小皇子棺椁的气味。这头大怪物的双眼发出琉璃色光芒，第一个冲入最熟悉的墓道，这是它在外漂泊了二十年后的第二次回家。

接着是镇墓兽秦北洋，十七岁的少女九色，京城名侦探叶克难，还有欧阳安娜。

最后一个闯入墓道的，便是女妖阿幽。

阿幽摸着腰间的象牙柄匕首，她要去地宫深处，她要去金井之下，她要去封印之门，她要向阿海复仇。

复仇之夜。

第四十章 封印之门

他是阿海。

右侧脸颊上的刀疤，犹如恶鬼触须从嘴角爬到耳根。他不年轻了，岁月在额头上刻画出几道皱纹，鬓角有了些许白发。唯独一双目光，仍是三十年前，跳下天津德租界四合院的刺客少年。他的腰间插着一支象牙柄匕首，螺钿镶嵌白虹贯日的图案。

他的身后，躺着一尊硕大的唐朝棺椁。梓木棺材板上有五彩斑斓的图画，船形巨棺仿佛潜入冥河。棺椁正下方安装了四个轮子，如同一辆运送煤炭的矿车，以便被人推动前进。

白鹿原唐朝小皇子大墓，这具梓木巨棺的真正归宿。

壁画布满弹孔，千年前的侍女、武士、宦官们仍然栩栩如生，惊恐地注视着这群不速之客。

阿海回过头，贴着棺椁正前方的木板说："我送你回家来了。"

女皇武则天与高宗李治的孙子，睿宗李旦的第六子，终南郡王李隆麒的棺椁，便是打开乾陵的钥匙。此番阿海前来开门，必定随身携带钥匙。

小皇子棺椁正后方，还有一只怪物——

它有着坚硬的钢铁外壳，四条野兽的腿，七个奇形怪状、各不相同的脑袋。每个头上都有犄角，三个头各有一对角，四个头各有一只角，合计七个头上顶着十个角，而每个角上都挂着一顶小小的王冠。它的后背有个半圆形的凸起，犹如顶着一具龟壳，又像一具移动的棺椁。它浑身散发着腐烂臭味，体内滚动着热流，仿佛刚从乱葬岗万人坑中爬出来。

它是十角七头，中国历史上最邪恶的镇墓兽之一。

它的墓主人是安禄山，在白鹿原大墓落成五十多年后，几乎推翻了终南郡王李隆麒的哥哥——唐玄宗李隆基的天下。

它在阿尔卑斯雪山的洞窟中沉睡了十多年，几年前被一个叫汉斯·波尔的德国人盗走。它被送到柏林的工厂，进行了艰巨而又完美的修复。

三个月前，阿海与中山远渡重洋到柏林。他们学会了如何操纵这台杀人猛兽，并将它从第三帝国带回东方——这也是一场交易：一个小胡子与另一个小胡子的交易。

地宫深处，地砖上布满四分五裂的尸体……

齐远山蹲下来，抚平一个死不瞑目的卫士双眼，都是跟随他多年的死士，但在镇墓兽秦北洋面前不堪一击。

“哥，我们回来了。”

十角七头后背的盖头打开，一个青年跳下，落到满地尸体堆中。他是齐中山。天国学堂最后一位毕业生，如今已长成七尺男儿，相貌堂堂，气宇轩昂，跟齐远山站在一块儿，果然是上阵亲兄弟。

齐远山看着恶鬼般的十角七头镇墓兽，后背心汗毛凛凛：“中山，你们决定好了吗？”

阿海代替中山回答：“正是今夜，命定之刻。”

中山点头说：“哥，秦北洋已被贝多芬的《命运交响曲》克制住了，我看他一时半会儿回不来了。”

“不，他已经不是秦北洋了，他是一个怪物。”齐远山的语调低沉，神情没落，“谁曾想到？他消失了五年，安娜没跟我透露过一个字，竟然藏在这里！”

说到安娜，齐远山脸色又难看起来。

阿海轻拍他的肩膀：“远山，你我都是同一类人。我早就跟你说过，若要成就大事，便不能拘泥于儿女情长。”

齐远山斜睨着阿海脸上的刀疤，内心翻腾不已，真想即刻在他的眉心开个枪眼儿，然后把这具肮脏的肉体拖出去喂狗……

阿海却淡淡一笑：“你忘了我们的交易了吗？”

这场交易从六年前的上海滩开始。

齐远山出卖的是灵魂。

“一·二八事变”的上海。因为齐远山提供的精准情报，墨者天工遭到了日本轰炸机的空袭。镇墓兽九色正在进行摘取灵石的外科手术，它没有任何反抗与逃亡的能力，被按在解剖台上坐以待毙。齐远山还得带着安娜同时出现在墨者天工，冒着死于空袭的危险，这样就不会有人怀疑他泄密了。然而，九色竟从废墟中崛起，变成了一只大怪物。紧接着，日本人还有第二波空袭，目的是杀死秦北洋。

齐远山从没想过要将秦北洋置于死地，但他已骑虎难下，明知前头就是地狱。他愤怒，也恐惧。他愤怒阿海欺骗了他，日本人的每一步都要斩尽杀绝；他恐惧安娜彻底离开他，带走被他视若己出的秦九色，他是多么爱这个小姑娘呀！何况她是申建丰夫妇的干女儿，对于齐远山的仕途多有帮助。不久后，欧阳安娜和秦北洋都不见了，女儿九色也音信渺茫。

作为交易的回报，阿海帮助齐远山疏通了代先生。有了这层关系，齐远山步步高升，越发接近权力中枢。三年前，齐远山奉命去德国采购军火，学习纳粹党制度，并为中国组建德械师。他得到隆美尔、古德里安、曼施坦因等名将接见，并与希姆莱一见如故。就在柏林的实验室，他见到了阔别已久的霍尔施泰因博士。

博士衰老了许多，坐在轮椅上，面色苍白，说话声音尖厉，像北平中官村的前清老太监。霍尔施泰因告诉齐远山，安娜跟他潜入巴黎圣母院塔楼，打开了工匠联盟第一代大尊者秦晋的棺椁，并用断子绝孙的狠毒方法伤害了他……齐远山相信这是安娜做得出来的，想想都觉得下半身疼痛。

如今，齐远山成为关中的诸侯，统辖境内数百万人民，拥有数万精锐兵马，依然时常从噩梦中醒来。而出现在他的梦中最多的人，便是秦北洋。

三天前，阿海与中山来到西安，带来一辆卡车，装着唐朝小皇子的棺椁。他们走了两千多公里，从伪满洲国的长白山天池，跨越烽火绵延的华北平原，直达白鹿原。

日寇大举入侵，齐远山已接到出关抗战的调令。他却与阿海达成交易，待到遭遇日军前锋，他将故意放水，装作奋死抗战，实则保存实力，让日军沿着平汉线长驱直入。许多诸侯都这么干，割据山东的韩复榘便是此中高手，只是做得太过分，后被委员长一怒之下枪毙了。

阿海带来的交易条件，便是帮助齐远山挖掘乾陵——普天下盗墓贼与英雄好汉垂涎欲滴了一千二百年的镇墓天子。

得到镇墓天子，便可得到天下，这才是齐远山要的。

正是今夜，命定之刻。

“开始吧！”

阿海从唐朝小皇子的棺椁跟前走到地宫中心，注视着唐朝棺床上极其违和的明朝棺材。

几十名幸存的士兵爬上去，一齐用力推开秦北洋栖身了五年的棺椁。来自江南的棺木碎片纷纷坠落，破碎的漆皮掉了士兵们一脸。整个棺材被推下棺床，暴露出底下的金井。

热气腾腾的金井，宛如大地的眼睛，怒目圆睁，洞若观火……

齐远山走近几步，便感到强大的吸力，仿佛金井洞口便是磁极，而自己变成一整块磁铁，异性磁极互相吸引，就要把他吸入金井。阿海与中山及时冲上来，死命抱住他的腰腹，几乎把他拦腰截成两段，犹如“腰斩”酷刑。齐远山倒在地宫壁画下，满头皆是豆大汗珠。他想起十七岁那年，跟着秦海关与秦北洋父子在太行山修建袁世凯陵墓，也曾因好奇而坠入金井，那滋味绝不好受。

地宫内还有一个人，便是小木。

仍然保持青春容颜的小木，正被五花大绑的盗墓村首领。

齐远山厉声问道：“喂！你下去过吗？”

“金井？不……不……我怎么可能下去过呢？我……”

小木也是惊魂未定，刚才目睹了活人镇墓兽大开杀戒，他怕自己被秦北洋误杀了。

“你在撒谎！”

阿海伸出钢铁般的手指，掐着小木的脖子。

小木当即喘不过气了，不知是故意装死还是天生孱弱，已然翻白眼了。

“别让他死了！”齐远山提醒一声，“你没看出来吗？小木本身就是无价之宝。”

阿海松开手指：“我明白，这么多年，他仍是二十岁的模样……”

“小木，当年在日本吉野古坟，徐福地宫，你吃下了长生不老之药！”齐远山心想，老天爷真不公平，永生的机会竟留给一个无耻的盗墓贼。他用一把三棱刺刀顶在小木的喉咙口，“你承认吧！”

小木的嘴唇瑟瑟发抖，他虽能长生不老，却无法不死。就像徐福在棺材里活了两千多年，到头来还是被自己一刀了结了性命。

“我……我承认！”

齐远山瞪着血红的双眼，仿佛要把小木一口吞了：“你还有长生不老之药吗？”

“全部的……全部的仙丹……都已经被我吃了！”

“混账！”齐远山将小木推倒在地，“我要把你送到德国的实验室，让霍尔施泰因博士把你磨成粉，提炼出长生不老的生物成分。”

刺刀尖几乎要扎破小木的喉咙。他用余光瞥着阿海，祈求他来救命。阿海出手了，他扼住齐远山的手腕，宛如铁箍让人无法动弹。

“远山，没有小木，我们便不能打开乾陵。”

阿海的命令让人无从抗拒。齐远山颓然坐倒。阿海迅速接管了局面，中山随身携带了几根雷管，小心安放在棺床上，炽热的金井周围。

众人纷纷撤退到地宫外，中山计算好了距离与时间，熟练地按下起爆键。

地宫内砰然巨响，一阵烟雾翻腾，犹如壁画里所有幽灵释放出来。齐远山戴上口罩，第一个闯入地宫，用强光照亮破碎的棺床。

金井已被炸开，棺床全部坍塌，穹顶大半震得脱落。仿佛面对《地心游记》中的冰岛火山口，齐远山只见一个硕大深坑——深不可测，宽度达到十米左右，恰好可以放下唐朝小皇子的棺椁。

唯独小木下过这个金井，但他已是噤若寒蝉，怎敢再出一口大气？

阿海一声令下，中山带着十角七头镇墓兽，跳入由金井而来的深坑。这头怪物的钢铁外壳经过德国人加固，能够经受数百公斤重击。

深坑底部传来猛烈的撞击声，齐远山与士兵们面面相觑，担心中山是否粉身碎骨。底下传来十角七头的咆哮声，接着是中山的声音：“哥，下来吧！”

齐远山长出一口气，小木的面色愈加苍白。士兵们放入绳索垂下。齐远山将小木跟自己绑在一块儿，决不能让这个长生不老之人跑了。

小木跟齐远山如同大闸蟹一起绑着，顺着绳索深入坑底。热流已然衰退，不知残留的是不是爆炸的热量。十多年前，深入金井的幻觉也消失了。身为盗墓之王的男人，小木观察到深坑四壁，呈现光滑的人工打磨迹象。

他明白了——唐朝武则天时代，人们修建魔方大墓时，便已在金井位置掘出一口宽阔的深坑，运入民夫、牲畜、各种工程设备，才能在地宫下建造起机械运动的核心，或许还有更为宏伟深远的建筑物。待到完工，人们再填入泥土砖瓦，使之恢复到狭窄如深井的模样。金井狭窄，因而能量聚集，而今被炸开拓宽，能量便被稀释掉了。

当齐远山与小木双脚触及深坑底部，头顶慢慢垂下巨大的棺椁。阿海对于运送唐朝小皇子的棺椁颇有经验，早已备好铁索与绞盘等工具，固定在地宫，以柴油机与机械控制，确保棺椁平稳下降，而不碰擦到深坑四壁。

他用了一辈子等待这一天。

魔方大墓的心脏。

所有人都下来了，无论活人、死人或怪物。十角七头镇墓兽在最前头，双眼如同探照灯，将地宫下的幽冥世界照得犹如白昼。接着是齐远山和小木，数十名亡命之徒类的军人。阿海与唐朝小皇子的棺椁在最后，他和数名黑衣男子推动着带有轮子的棺椁前进。

幽冥世界并不安静，齐远山听到各种机器轰鸣声，它们喷射出滚滚热流，也许布满强大的灵石。士兵们打出火把，照亮四周布满齿轮、发条、弹簧与皮革的机械，就像齐远山在德国狼堡参观过的大众汽车的工厂。

钟摆般飞过的机械体，恰好砸在一名士兵头上，致其当场脑浆迸裂。有个士兵不慎坠入热气喷涌的活塞口，瞬间化作烤肉。齐远山和阿海都没有恐惧，反而是发现新大陆般的兴奋。

一道光射来了。

十角七头镇墓兽向着光而去，众人小心翼翼地鱼贯而行，眼前出现了一扇门。

门上雕着一对神鹿，门缝贴着一道封条。齐远山看得真切，这道麻纸做成的封条已逾千年，丝毫没有腐烂痕迹。

封条上有一道五芒星形状的封印，发出灿烂炫目的光芒。

封条上还有两行蝇头小楷——

茫茫天地，不知所止。日月循环，周而复始。

自从盘古迄希夷，虎斗龙争事正奇。悟得循环真谛在，试于唐后论元机。

“李淳风与袁天罡的《推背图》第一象。”齐中山从十角七头镇墓兽身边走来，“第一行为谶，第二行为颂。”

齐远山点头道：“唐朝大墓之下，如五行八卦之阵，难道是李淳风的手迹？”

说罢，他正要伸手去揭封条，却被阿海扼住手腕：“不要冒险，让手下人去试试。”

齐远山意识到了危险，他命令贴身侍卫去揭封条。侍卫不敢怠慢，刚一抬手触到五芒星封印，整个人便如羊痫风似的，发出惨绝人寰的吼叫声。无数金光穿透侍卫的手掌，顺着全身经络流动，宛如被人揭开头皮，灌入金汁银水。

有胆儿肥的伸手救人，结果一搭上胳膊，同样发抖惨叫，接着一同被弹飞。齐远山扶起两人一看，都已瞳孔放大，裤子里全是屎尿。

众人纷纷退散，唯有十角七头镇墓兽大胆靠近。它还没摸到封印的一根毛，便仿佛脑袋上中了一拳，轰隆巨响着弹开，顺便撞死两个士兵。

中山急忙冲上去，确认十角七头镇墓兽并无大碍。这头怪物瞪着双眼，嘴角淌下恶臭的唾液，面对封印之门连连后退，躲藏到唐朝小皇子的棺椁背后。

阿海却站到最前面，盯着五芒星封印说：“在我们当中，唯有一个人可以打破它，那就是小木。”

听到这里，小木已面如灰土。两名强壮的士兵架着他，让他无处可逃。

十六年前，他初次来到此地，刚入金井，便撞见秦北洋与阿幽，又将他俩带出地宫。他并没有见到这扇门，更别提五芒星的封印了。

此刻，阿海将小木强推到封印跟前，小木就像三千年前被推到万人坑前献祭的奴隶。

他已别无选择。小木往前跨出一步，直勾勾地盯着五芒星，盯着石门上两头神鹿，仿佛看到门缝后边闪起幽暗的光。

躯壳似已不属于自己，像有根丝线纠缠在无名指上，牵着小木抬起手，慢慢触摸到封印……

第四十一章

兰亭集序

小木揭开了封印。

就是这么简单，一气呵成，轻描淡写，毫不费力，指有余香。

像拆开一封来自故乡的书信，打开老娘邮来的一个包裹……

二十岁青春容颜的小木，以为自己会被弹飞，或者当场烧成一团灰烬。但他整个撕下了唐朝封条，李淳风手书的《推背图》文字，还有五芒星的古老封印，变成黑白碎片，散落在他脚下，宛如一堆腐烂的垃圾。

阿海、中山，还有齐远山和他的士兵，全都目瞪口呆。十角七头镇墓兽，伸过来三个脑袋，上下左右打量着小木，想看看这白面后生究竟是何方神圣。

“把门推开！”

阿海第一个缓过劲儿来，在小木身后命令道。

既已走到鬼门关前，小木便也豁出去了，再度抬起他的黄金右手，慢慢推开石门。

蓬门今始为君开。两扇石门咿呀敞开。十角七头镇墓兽射出两道电光，穿过一片尘土，照出宽阔的甬道。

小木跨过门槛，一千二百年来，头一回有地球人跨入这条甬道。

其余人等小心翼翼地跟上，十角七头镇墓兽再不敢耀武扬威，乖乖尾随在小木屁股后头。有人拆卸掉了门槛，以便唐朝小皇子的棺椁通过。

小木、十角七头镇墓兽、唐朝小皇子棺椁，还有齐远山的军队……

必须聚集于此时此地，才能完成阿海的夙愿，达成大海那边的梦想。

穿越封印。

这支胆大包天的队伍鱼贯而行，一步步进入地狱或天国。漫长的甬道永无尽头，斜坡不断往下深入。他们在沿途画下标记。齐远山走到双腿麻木，依然没有个所以然。甬道大约有七尺宽，可以容纳更大的棺椁通行。脚下依然是唐朝地砖，中间有数道深深的车轱辘碾痕，说明一千多年前曾经运入过重物。两侧墙壁也都被平整粉刷过，依然是唐朝的壁画，只是一接触空气便慢慢氧化，变得暗淡。

壁画中的线条非常漂亮，有六朝与隋唐前期的风骨，人物飘逸潇洒，颜色绚烂又不失优雅，简直个个“吴带当风”。阿海的父亲当年既是开化党领袖，也是围棋国手与大画家，他也继承了一点中国水墨的底子，惊觉这些壁画极有可能出自唐朝“画圣”吴道子的手笔。

究竟是什么规格的陵墓，能让吴道子这样的人物天天待在墓道里画画？

在没有白天黑夜、春夏秋冬的世界，幸好齐远山戴了手表，发觉已走了整整一日。大伙儿坐下休息，阿海备好水与食物。但绝不能睡觉，暂且缓缓体力，继续赶路。齐远山尤其提防小木，这个“年轻”的盗墓贼如同黄鳝般狡猾，不能让他逃跑或使坏……

三天三夜。

众人皆疲惫不堪时，甬道终于到头了。小木看到两扇宽阔的石门。同样是雕刻着神鹿形象的大门。但是门上既没有铜锁，也没有封条与封印，更没有顶门石等物件。齐远山派遣两名士兵，轻轻松松地推开了门。

光芒万丈。

在黑暗的世界里潜行太久，所有人双眼都被刺得睁不开。唯有十角七头跃跃欲试。阿海阻拦住了这尊镇墓兽。

石门之内，竟然是一个天地——无边无际的地下世界，穹顶上有着日月星辰的光芒流转，让人误以为回到了人间。

不，这是真正的地狱。

一千二百年前强盛而风流的帝国。这不是赝品，而是如假包换的唐朝地宫。

撼人心魄的天地间，竟有一支旗帜鲜明的军队……

眼前陈列着步兵、骑兵，还有弓弩兵。战马皆是高大的塞外良驹，狮头战盔的将军胯下甚至是汗血宝马。他们披挂着明光铠，护颈护耳，身甲正面有左右两片护心镜，胸甲与背甲在肩上扣联。肩头双层披膊，上层是威严的虎头，虎口吐出下层的绿色披膊。腰带下挂着两条膝裙，威风凛凛，全身反射穹顶光芒。

二十世纪的盗墓士兵们纷纷举起步枪，准备与唐朝军队决一死战。十角七头镇墓兽更是把七个脑袋探出来，打开全部的机关炮，仿佛安禄山叛军直捣长安。

阿海却摆了摆手说："他们都是死的！"

还是他的眼睛尖利，看出那些锃亮的盔甲并非金属，而是烧制出来的唐三彩。

小木挖过不计其数的唐墓，经常发现唐三彩陪葬品。唐人厚葬，发展出唐三彩这种冥器。官家明文规定，根据官员品级高低，决定唐三彩陪葬的规格。唐三彩以高岭土为坯，用含铜、铁、钴、锰、金等矿物的釉料着色，加入炼铅熔渣和铅灰，烧制中釉面扩散漫延，水乳交融，自然生成美轮美奂的绚烂色泽，尤以铅黄、绿、青三彩常见，雍容华贵，犹如大唐之盛世。

这是一座唐三彩军阵。

齐远山大胆地抚摸一尊尊冰凉的雕塑，突然挥舞枪托，猛力砸碎其中一尊武士，果然里头都是冰凉雪白的陶瓷，而没有半点肉体或骨骸的踪迹——他担心会撞上跟秦北洋一样的活人镇墓兽。

齐远山熟读古代兵书，惊觉这唐三彩军阵的布局，竟与古书上的大唐军阵别无二致，就连士兵盔甲装备都完全匹配。盛唐以四十到五十个连队为一团，如同古罗马军团，唐朝每个团都具备独有的军服与旗帜。齐远山目力所及，便见到青龙、白虎、朱雀、玄武、龟蛇、三足乌等不同标志。眼前的军阵有两个轻装骑兵团，一个重甲骑兵团，两个长矛兵团，一个陌刀兵团，一个刀盾手团，一个弩手团，最后是一个辎重团，每个团有两三千人——总计约有两万尊唐三彩武士，这阵势堪比齐远山在纳粹德国考察的德国师团。

地宫容纳了如此规模的军阵，四周居然还有空地，真不知如何支撑起这光明灿烂的穹顶。

阿海把齐远山叫回来，众人以及十角七头镇墓兽，护送唐朝小皇子棺椁，绕过唐三彩军阵，继续往地宫后半部而去。

中山携带仪器测量海拔高度，扣除白鹿原所处海拔，竟已深入关中平原地下超过三百米——这意味从这里竖立起一座埃菲尔铁塔，刚好能碰到地面。

"按照我们行走的时间与速度，以及从白鹿原出发的方向计算，我们已经走到

阿海喃喃自语，谁都无法回答。他把手探入蓝田玉匣，轻轻打开那一张长卷。

折叠的“蝴蝶装”，便是一张白纸或绢本沿着中缝朝内对折。再看纸张材料，古老的蚕茧纸，表面纤维如同蚕丝，富有光泽，“纸似茧而泽也”。某种奇异的墨香扑面而来，历经一千二百年而未有腐朽之气，恐怕早已做过某种保护性的处理。

从右至左，开头便见两个朱红色印章，一个字是“贞”，一个字是“观”，上下连起来便是“贞观”——唐太宗李世民的年号。

“此为唐太宗的‘贞观’连珠印！”

齐中山脱口而出，又用手捂住自己嘴巴，免得唾沫喷溅到纸上。

所谓连珠印，就是用相同材质做成两方印章，既可单独使用也可同时使用。秦汉时期，印章只有实用功能，比如传国玉玺、官府印鉴。唐太宗酷爱收集历代书画，鉴定真伪后，便用这枚“贞观”连珠印盖上。从此以后，中国文人才有了在书画上盖印章的传统。

阿海做了个噤声的手势，只要看，不要说。唐太宗李世民的“贞观”连珠印后，第一列文字，自上而下——

永和九年岁在癸丑暮春之初会

没人胆敢念出这行字，阿海、齐远山与中山，乃至后边的小木，四个人都清楚地知道，这行字意味着什么。

第二列，自上而下——

于会稽山阴之兰亭修禊事

第六个字“之”，几乎是被压扁的字形，上紧下松，轻笔出锋，独一无二，妙不可言。这一点一横一撇一捺，区区三个笔画的“之”，却是任何书法大师都无法企及之意境。齐远山虽是军人，平常也爱临二王的帖子，看到这个“之”，嘴唇已然颤抖，就差发出惊呼，却被阿海一把堵住。

第三列，自上而下——

也群贤毕至少长咸集此地

中山的面孔也变得苍白，十角七头镇墓兽凑过来三个脑袋，想要看看这张纸上究竟有何幺蛾子。

第四列，自上而下——

有崇山峻领茂林修竹又有清流激

这一列有所不同，“崇山”是两个小字，补在“有”和“峻领”之间，显然是书写之时遗漏，后补在这个位置，就像小学生写作文常会插两个字。“峻领”其实是“峻嶺”，“领”字遗漏了“山”字头……

后头还有24列文字，总共28列。齐远山的双眼如同照相机，已从第一个字“永”扫描到了最后一个字“文”，总计324字。

古人书写，当然没有标点符号。齐远山在心中做了标点，默念一遍——

永和九年，岁在癸丑，暮春之初，会于会稽山阴之兰亭，修禊事也。群贤毕至，少长咸集。此地有崇山峻岭，茂林修竹，又有清流激湍，映带左右，引以为流觞曲水，列坐其次。虽无丝竹管弦之盛，一觞一咏，亦足以畅叙幽情。是日也，天朗气清，惠风和畅。仰观宇宙之大，俯察品类之盛，所以游目骋怀，足以极视听之娱，信可乐也。夫人之相与，俯仰一世。或取诸怀抱，悟言一室之内；或因寄所托，放浪形骸之外。虽趣舍万殊，静躁不同，当其欣于所遇，暂得于己，快然自足，不知老之将至；及其所之既倦，情随事迁，感慨系之矣。向之所欣，俯仰之间，已为陈迹，犹不能不以之兴怀，况修短随化，终期于尽！古人云：“死生亦大矣。”岂不痛哉！每览昔人兴感之由，若合一契，未尝不临文嗟悼，不能喻之于怀。固知一死生为虚诞，齐彭殇为妄作。后之视今，亦犹今之视昔，悲夫！故列叙时人，录其所述，虽世殊事异，所以兴怀，其致一也。后之览者，亦将有感于斯文。

读到第一句，齐远山脑中已浮出那四个字。但他心中疑惑，为何这件无价之宝，会在乾陵唐高宗李治的棺椁之前？难道不是陪葬在唐太宗李世民的昭陵之中吗？

再看整篇文章，还有多次涂改痕迹，但这正是“书圣”随性书写的明证。全文

21个“之”，每个笔法都不相同。有的仿佛老子出关，有的如同孔子论道，有的又像庄周梦蝶，有的好似孙子兵法，甚至恍若佛陀菩提树下悟道。

所有324字，犹如324个灵魂，相同的字也是彼此独立，各自孤独，各自灿烂。齐远山揉了揉眼睛，仿佛这些字都从蚕茧纸上站起，舒展四肢五体，或昂首伫立，或低头吟思，或长袖善舞，或中流击水……

这岂止是书圣之作，绝对是古今中外无出其右之神作。

齐远山与阿海对视一眼，心有灵犀，面对这卷蚕茧纸，连呼吸都是有罪的。

他们一同把卷子原样放回蓝田玉匣，却把唐高宗李治的玉哀册留在外边。

“兰亭集序！”

中山大口喘息，颤抖着说出这四个字。

盗墓贼小木也看出端倪：“这是王羲之的《兰亭集序》真迹！”

“永和九年是东晋年号。三月初三上巳节，书圣王羲之与谢安、孙绰等四十二位文人墨客、达官显贵，会聚在山阴兰亭‘修禊’。古人流行‘曲水流觞’，将盛酒的觞放在溪中，随波逐流，到谁面前停下，谁便要即兴赋诗饮酒。那一日，有十一人各作诗两首，十五人各成诗一首，结集便是《兰亭集》。王羲之作序，用鼠须笔在蚕茧纸上作序，天下第一行书由此而生。”

阿海长篇大论一番，齐远山才想起阿海的父亲金玉均可是朝鲜围棋国手与书画大师，自有家学渊源。

“人之相与，俯仰一世！”阿海对于《兰亭集序》的佳句，信手拈来，“我辈苦于红尘功名利禄，一为天下，一为复仇，却‘不知老之将至’‘修短随化，终期于尽’。”

“死生亦大矣！”齐远山莫名感受到王羲之的某种情绪，“后之视今，亦犹今之视昔。”

阿海拽着齐远山跪下叩首道：“书圣在上，请容我等一拜！擅闯乾陵地宫，罪莫大焉。然时不我与，天下大乱于前，当有英雄辈出，逐鹿中原，问鼎天下。”

齐中山皱起眉头说：“如今存世的《兰亭集序》只有摹本，最著名的莫过于唐太宗时期的宫廷书法家冯承素的摹本，硬黄纸铺于真迹上，双钩廓填，几无半点差异，犹如后世之照相，又称‘神龙本《兰亭集序》’，现藏于故宫。”

“传说唐太宗留下遗嘱，要王羲之的《兰亭集序》真迹收入玉匣陪葬。”齐远山跟着弟弟说下去，“没想到啊，这宝贝却是被他儿子唐高宗李治带到这儿来了！”

“后梁耀州节度使温韬，挖开唐太宗的昭陵，在李世民棺椁的东西厢列石床上，发现一个铁匣，藏着无数珍贵书画，却没有发现《兰亭集序》。”

齐远山看着蓝田玉匣说：“难道李治违背了李世民的遗嘱，而将《兰亭集序》留了下来，没有陪葬到昭陵地宫之中？”

“传说武则天初入宫侍奉唐太宗时，受到皇帝影响，练习王羲之书法。唐太宗问太子李治《兰亭集序》的书法要点，李治张口结舌，武则天暗暗提示，李世民大怒，他说要提三个问题，若是武则天答不出便要拖出去打死。谁料到，武则天竟然对答如流、举一反三，让唐太宗刮目相看。或许此事也埋下了唐太宗死后，武则天改嫁给李治的种子。”

“李治留下《兰亭集序》或许就是武则天的意思，待到李治驾崩，便将这宝物随同玉哀册一起，供奉于皇帝棺椁之前。”

齐中山摸着十角七头镇墓兽的一个脑袋说：“有没有可能，《兰亭集序》既是为唐高宗李治殉葬，也是为武则天殉葬？”

“那么女皇的棺椁在哪里呢？”

第四十二章

镇墓天子

乾陵地宫。

停放唐高宗李治的巨棺，数百尺的阶梯高台上，阿海、齐远山、齐中山、小木，还有十角七头镇墓兽，正在观望藏有王羲之真迹《兰亭集序》的玉匣。

中山话音未落，棺椁背后的黑色虚空中，渐渐亮起一片晶莹剔透的光芒，同时传来某种灼热的热量，整个地宫响起嘎吱之声。齐远山拽着弟弟的胳膊，连滚带爬，逃下层层台阶。阿海捆绑着小木逃下去，只有十角七头瞪着十四只眼睛，打开七具马克沁机关枪与加特林机关炮，摩拳擦掌，准备大杀四方，就像当年它的主人安禄山杀入长安，焚烧宫殿与皇陵，几乎毁灭了整个大唐帝国。

齐远山第一个逃下平地，回头望向高台上的黑色世界，只见突出一个金色人影，先是模糊的轮廓，但随着穹顶光芒亮度的增加，渐渐变得清晰起来——头部、躯干、四肢。

那轮廓无比庞大，头顶超过高台，双脚踩着地面，从头到脚有七八层楼的高度，宛如故宫午门的城楼，又似上海外滩的大厦。

难以置信，顶天立地的金色之人，似是个窈窕的女子，腰部以下明显突出，水瓶形的完美身材，又不像成熟妇人的丰腴，尚保持少女的清秀体态。那是一尊黄金铸造的雕像，反射灿烂的金光。齐远山用双手遮挡眼帘，从手指缝隙间偷窥。

他看到了一张少女的脸。

那眉眼，那鼻梁，那樱桃小嘴，还有三千青丝，加上唐朝宫廷的女装，袒露着肩膀与抹胸，都像是从壁画中走出来的。金色眼眸里的神情，真个是巧笑倩兮，美目盼兮。齐远山是从手指缝里看到的，像从照相机取景框中所见人物，不再感觉是个巨人，反而像是邻家少女，一如李清照笔下的“蹴罢秋千，起来慵整纤纤手。露浓花瘦，薄汗轻衣透。见客入来，袜刬金钗溜。和羞走，倚门回首，却把青梅嗅”。

跌跌撞撞的小木被一口白瓷瓮缸绊倒，当即把瓷缸打得粉碎。瓮缸里倒出一幅卷轴，自然展开在地上。那幅画是唐朝前期的工笔，颜色鲜艳绚烂，画着个惟妙惟肖的少女，穿着宫廷侍女装束，虽然不过十七八岁，神情却有无上高贵之气，绝不逊色于帝王家的女儿。

齐远山细看画卷中的少女，抬头再看眼前硕大无朋的少女金像，分明就是同一个身形，同一张容颜，同一对眼神。

“她是少女武则天！”

阿海看出了真相……据说武则天的陪葬品中，有一幅她少女时期的画像。洛阳龙门石窟的卢舍那大佛，还有四川乐山大佛，皆是根据武则天真实容貌雕塑，但那都是雍容华贵的中年女皇形象，谁都没见过她的少女容颜。据说她在唐太宗李世民身边侍奉时，有一次偶遇大画家阎立本，便被惊为天人。太宗命阎立本为武才人画像。武则天一生极少有画像，这一张却是她最喜欢的，以至于死后为自己陪葬。

少女武则天一步步走来。尽管如同移动的高楼，但她的姿态蹁跹，一颦一笑，都是小姑娘模样。她看着高台上的唐高宗李治的棺椁，俯瞰这群擅自闯入的不速之客，疑惑地观望十角七头镇墓兽——她并没有被它的邪恶所震惊，反而是将其当作一个奇怪的宠物。

阿海再次发出警报：“她就是镇墓天子！”

她的金色身体发出机械转动声，还有灵石的灼热力量，让人感觉头发脱落、皮肤溃烂、肚肠腐败。她的举手投足，转动脖颈与眼珠的姿态，都跟变为活人镇墓兽的秦北洋如出一辙。

少女武则天，便是一尊活人镇墓兽，也是传说中的镇墓天子，三千年来唯一帝王级的镇墓兽。

齐远山和小木都在地上爬行，士兵们各自寻找瓮缸躲藏，没人能对抗镇墓天子，没有镇墓兽能对抗镇墓兽家族中的至高无上者……

牺牲了无数生命的谜，终在此刻解开——武则天把自己做成了活人镇墓兽，得

第四十三章

夺棺

秦北洋不是一个人。

残缺不全的肉身包裹在坚硬的钢铁、青铜之间，肋骨与胸腔之中填充着齿轮、发条、弹簧、擒纵器……以及一枚热流滚滚的灵石。他的背后插着安禄山的三尺唐刀，腰间挎着俄国十字弓，这是女儿还给他的武器。

他的身后跟着已成为大怪物的镇墓兽九色，京城名侦探叶克难，还有此生最重要的三个女子——十七岁的女儿九色，为他生了女儿的欧阳安娜，以及结发妻子阿幽。

他们走了漫长的三天三夜，穿越墓道、地宫与金井，坠入魔方大墓的核心。秦北洋看到了封印之门，唐朝李淳风留下的五芒星，曾让他不得越雷池一步的封印，如今已烟消云散。敞开的千年大门之后，便是无边无际的甬道。

小姑娘秦九色的肩头上还趴着一只黑色蛇猫。这只一千多岁的畜生似乎认得这里，从主人身上跳到地砖上，每走一步都是轻车熟路，仿佛回到唐朝永泰公主的地宫。

镇墓兽秦北洋，他看到无边无尽的乾陵地宫，穹顶的日月光华，浩浩汤汤的唐三彩军阵，汇集天下文章的白瓷瓮缸，还有高台上的巨型棺椁。最扎眼的，自然是巍峨的镇墓天子……

他本以为会看到一尊集合了所有镇墓兽的丑陋、雄壮、暴力以及鬼魅的超级怪物，却没想到是一张美少女的面孔。

秦北洋认出了被镇墓天子抱在怀中的唐朝小皇子的棺椁。

镇墓兽

手工卡

步骤

沿裁切线取出各个部位

折叠并参考完成图粘好图片

从白鹿原到北京城，从太白山到长白山，秦北洋追了它整整二十年。这具棺椁中的少年还是少年，秦北洋却从少年变成了男人，又从男人变成了镇墓兽。

镇墓兽九色发出呦呦鹿鸣。它走了那么长的路，环绕了地球一圈，又环绕了中国不知多少圈，甚至环绕了日本一圈，都在寻找它的唐朝小皇子。

倏忽间，数百丈外的一个男人发出长啸一声。

男人的右脸上有一道丑陋的刀疤，如同缓缓爬行的八脚，反射着穹顶上的光芒。

他是阿海。

一旁还有个穿着军装的高大男子。他是齐远山。这片土地的藩镇诸侯，却在乾陵的地下成了光杆司令。他看到了镇墓兽秦北洋，也看到了镇墓兽九色，更看到了欧阳安娜与秦九色——曾经是他的妻子与女儿，这让他极度惊恐，为何她们也来到这里？

齐中山抽出一把匕首，逼迫小木一同逃窜，不要被秦北洋等人抓到。而在他们的头顶，乾陵地宫的高台上，唐高宗李治的棺椁旁，十角七头镇墓兽已跃跃欲试。

这头兽，看到一片尘土飞扬的荒野……前方捷报，说已攻克洛阳，又打下了潼关，最后杀进长安。皇帝仓皇出逃，马嵬坡上，三尺白绫赐死杨贵妃。武士们的矛尖上挑着无数人头。还有挖掘墓穴的汉人，也有骑马的胡人。骑在马上的大胖子，全身披挂铁甲，满脸虬髯，嘴里嚼着生肉。所有人向他跪拜磕头，山呼万岁，“大燕皇帝”。他张开血盆大口，发出野兽的咆哮。他的犬齿变成獠牙，眉弓高高鼓起，整张脸生出皮毛。从他的背后与肩膀，长出几根裸露的骨头与尖刺。双手变成虎豹般的利爪，骑马的下半身化作四条粗壮的兽腿。而它胯下的战马，长出七个脑袋，分别是猛虎、鳄鱼、豺狼、羚牛、黑熊、蟒蛇、雄狮。七个头，总共十只角，每个角上挂着僭越的皇冠，每个头上刻画着无法理解的文字与咒语。它骑着这头怪兽，踏入膏腴的中原大地，杀死它所见到的每一个人，烧掉它所路过的每一座村庄，铲平它所听说过的每一座城池……直到睢阳的城头。

谁能与这兽一比高下？谁能与它交战？

十角七头镇墓兽，冲下巍峨的高台，向着镇墓兽九色猛扑而去。它记得十八年前，巴黎凡尔赛宫的火海，是这尊唐朝小皇子的镇墓兽阻拦了它。尽管九色再也不是当年的幼麒麟镇墓兽，变成一个面目全非的大怪物，但那对参天大树般的鹿角并未改变——十角七头不会忘记这头兽。

十角七头喷出暴风雨般的机关炮弹药，打到镇墓兽九色的躯体表面。九色高高跃起，只在后背上留下几个冒着黑烟的弹坑。九色在半空吐出琉璃火球，瞬间烧到了十角七头的皇冠。

十角七头与九色势均力敌，尽管镇墓兽九色的级别已跳出三界外，但十角七头却经过无数次机械化改造，既带着安禄山的邪灵，也拥有万字旗赋予的力量。

镇墓天子并不在意。就像在神的眼中，牺牲了三千万人的第一次世界大战，不过是蝼蚁之间的搏斗罢了。

但她注意到了秦北洋。本质上来说，镇墓天子也是一尊活人镇墓兽。这是她第一次见到自己的同类。相比较乾陵地宫的女主人，大唐帝国的女皇，三千年来至高无上的镇墓兽，秦北洋不过是一粒卑微的尘埃。

这粒尘埃爬到了镇墓天子的黄金裙摆上。

秦北洋手脚并用，就像攀缘悬崖的运动员。而从镇墓天子的视角来看，就像一只爬上大腿的蟑螂。她稍微抖动双腿，秦北洋就仿佛遭遇九级台风。但他牢牢抓住武则天的黄金衣，哪怕被晃得七荤八素，眼看要被甩出百步开外，仍惊险万分地攀上少女武才人的腰带。

十七岁的武则天有些羞涩，这个部位只有唐太宗李世民和唐高宗李治才有资格触碰，哪能容得二十世纪的活人镇墓兽亵渎？她愤怒地拍打秦北洋，却又被他迅速移动而扑了个空。

镇墓兽秦北洋顺着镇墓天子的衣襟，已然爬到她微微隆起的胸脯上。但他绝无轻薄的意图——就像一只蚂蚁哪能对人类女性动了淫心？他的目标是被捧在镇墓天子怀中的唐朝小皇子的棺椁。

秦北洋已看出端倪，阿海与齐远山将这具棺椁奉献给镇墓天子，否则他们不可能还活着，十角七头镇墓兽也会被打成齑粉。

传说中唐朝小皇子是打开乾陵的钥匙——武则天的小孙子就是她最爱的人啊。

这是女人的弱点，再强大的女人也有弱点。盗墓者已总结出这个弱点，却没有能力拿到唐朝小皇子这把打开弱点的钥匙。

阿海与齐远山带着这具棺椁来到乾陵的地下，便是准备好了克制镇墓天子的武器，就如同齐远山播放贝多芬的《命运交响曲》来克制镇墓兽秦北洋。

镇墓兽秦北洋，从镇墓天子的胸脯上纵身一跃，这功夫宛如太白山上的“刺客道”，飞身到唐朝小皇子的棺椁上。

梓木棺椁的盖子敞开，发出灿烂夺目的金光。秦北洋看到了他，沉睡在万世荣耀中的少年，也看到了曾经自己的脸。

暴怒的镇墓天子，嗔怒的武氏才人，发出一声少女的尖叫，伸出五根硕大的手指，要将镇墓兽秦北洋一举捏成粉末。

秦北洋趴在棺椁上，无从躲避逃跑。他转身坦然面对镇墓天子，背后的三尺唐刀，腰间的俄国十字弓，在这尊镇墓兽最高帝王面前，不过都是小儿的玩物罢了。

少女武则天的右手中指，首先触及秦北洋的钢铁胸口，这根手指可轻易戳穿任何金属，掏出秦北洋的活体心脏与灵石。

但她首先触及的是和田暖血玉。

秦北洋的血玉坠子碎了，代替他的心脏与灵石，被镇墓天子的手指尖儿刺碎。

血。

这块玉里蕴藏着无尽的鲜血，历史之血，黎民之血，少年之血。

温暖的血，冰冷的血，沸腾的血，尖利的血，浓稠的血……

这些血如赤色喷泉，汹涌澎湃地向上喷溅数十尺，直达少女武则天金色的脸庞上。

刹那间，镇墓天子的眼球与睫毛皆被涂抹成血红色。但她认出了这些血，也认出了这块破碎的玉。她看着自己怀中的唐朝小皇子，趴在棺椁上无所畏惧的活人镇墓兽……

泪水混合血水，从少女武则天的眼角缓缓滑落。

乾陵地宫再次发出巨响，穹顶上的日月星辰纷纷坠跌，地面裂开巨大缝隙，唐三彩军阵与白瓷瓮缸粉身碎骨，本该下沉的历史继续下沉，带着一个繁华绚烂的古老年代，带着镇墓天子的少女心，带着不朽的唐朝小皇子，带着镇墓兽秦北洋。

下沉……

第四十四章

光阴的故事

秦北洋沉浸在一团温暖的羊水中。

他从一尊镇墓兽变成胎儿。他抱着自己的肩膀，细嫩的手与双腿，藕节般的胳膊，还有鲜红的子宫。某种力量剧烈撕扯他。不可抗拒。他被牵引出安稳度过了十个月的家乡。他匍匐着穿过一条隧道。上一世死亡前所见过的隧道。孟婆汤洒了一地，浓稠，腥臭，滚烫。他听到谁的哭喊声。他又看到一丝光。世界浓缩为这片光，在眼前徐徐展开，就像一幕剧曲，又似一篇话本，更是连绵不绝的画卷。

他看到了。

看到无数的光，尝到温热的血，听到少女们的叫声，嗅到龙涎香的温柔，感觉到母亲的手指头。他还是个小婴儿，浑身裹着胞衣，身上连着脐带。

"皇子……"

宫女们欢呼雀跃而起，将他送到母亲怀中。他看到一张美丽的面孔，布满热泪，接着是短暂的欢颜。母亲先看了小婴儿的后颈，有一块粉红色的鹿角形胎记，如同刚刚燃烧起的火苗，已呈冲天之势。

这里是长安，大明宫，太液池畔，仙鹤纷飞，一千二百年前，公元七世纪末。

他的父亲是刚退位的唐睿宗李旦，母亲是未在历史书上留名的秦氏。

新近登基的女皇武则天，自神都洛阳来到西京长安。这个权力无边的贵妇人，在无数人的簇拥下，抱起啼哭的小婴儿。她看到孩子脖颈后的鹿角形胎记，惊觉这是帝王之相，便从内舍人上官婉儿手中接过狼毫笔，为孙儿命名——李隆麒。

女皇放下笔，一回头，看到窗外站着两只朱鹮，一雄一雌。武则天说这不是瑞兆，而是大不敬，要诛杀这对朱鹮。人间帝王哪能管得了神鸟？朱鹮振翅而飞，没入时间的天空。

小皇子李隆麒诞生后，跟随父母亲离开长安大明宫，迁居神都洛阳紫微宫。

李隆麒的父亲李旦，乃唐太宗李世民的孙子，唐高宗李治第八子，女皇武则天第四子，唐中宗李显之弟。他原本是大唐的皇帝，继承父亲和兄长传下的皇位，又被迫将帝位让给母后。李隆麒出生的那一年，武则天成了“大周皇帝”，李旦从皇帝变成了东宫太子。

李隆麒还有同父异母的哥哥姐姐，但他不像哥哥李隆基，姐姐金仙公主、玉真公主那般风光。

唐朝历代的东宫太子，许多都没好下场，就像李隆麒的多位伯父——李忠、李贤、李显……何况李旦做过大唐皇帝，如今沦为大周太子，日夜煎熬。若无女皇恩准，朝臣若是私自拜谒太子，那就要被处死。

武则天身边有个宠爱的宫女韦团儿，暗中勾引诱惑李旦。韦团儿遭到李旦拒绝，便诬告李旦的刘妃、窦妃以巫蛊之术诅咒女皇——民间俗称“扎小人”。武则天勃然大怒，刘妃与窦妃被秘密处死，尸骨无存。其中窦妃，便是后来的唐玄宗李隆基的生母。

不久，太子李旦又被诬告谋反，酷吏来俊臣负责审理，对于东宫众人施用酷刑，乐工安金藏剖腹证明主人清白。李旦幸免于难，妃子秦氏却被牵连进“巫蛊案”而被处死。

母亲死去那年，李隆麒不过五岁，他被祖母武则天逐出皇宫，流放终南山，寄居道家七十二福地之首的楼观台。

他如一株山野间的小树苗，又像一头离群的野兽幼崽，风餐露宿，背倚秦岭，俯瞰关中，吸收日精月华而成长。除了楼观台的道长，无人知晓他的皇子身份，只把他当作个洛阳来的孤儿。他跟着老道长学习《老子》《庄子》，只因楼观台里只有道家经典，哪来儒家与释迦的典籍？这孩子总是偷偷溜出道观，爬上高山，钻入深谷，追逐蝴蝶与白鹤。

终南山中，遍布避世的隐士。有的结庐而居，有的住在洞穴，有的来自秦汉，已越千年。小小年纪的李隆麒，不惜爬上万仞悬崖，跟着隐士们学习《诗经》《春秋》《左传》《楚辞》《史记》《汉书》《三国志》……

天降大雪之时，李隆麒偶遇一个苦行僧，竟是玄奘大法师的关门徒弟。僧人在山中修行一年，便向这有缘的小子传授了《大般若波罗蜜多经》《瑜伽论》《大唐西域记》。

年方十二岁，李隆麒便已分别修行了儒释道三家，脑中熟读过的典籍不下百种，更将《诗三百》《汉乐府》《六朝文》以及初唐四杰“王杨卢骆”的文章倒背如流。

这一日，少年李隆麒独自深入秦岭，为楼观台的老道长采药，听闻山间有猛虎咆哮。常人听到虎啸，早已撒丫子跑了，李隆麒却背着猎人的弓箭与小刀，偏向虎山行。他见到深谷之中，一只猛虎截住一头小鹿。但那小鹿长相奇异，全身有九种颜色的花纹，头顶着成年鹿才有的雪白鹿角，绝非猎户所见的梅花鹿、马鹿或麋鹿，体态轻盈，雍容华贵，好似《佛本生故事》中的九色神鹿。一般情况下，落单的小鹿遇到猛虎，自是做了虎口佳肴，但这九色神鹿却不畏惧，顶着锋利的鹿角与猛虎相持，竟让吊睛白额大虎多处受伤，血迹斑斑而不得手。时值隆冬，老虎饥肠辘辘，除了正面攻击的雄虎，突有一只雌虎从背后偷袭，狠狠咬住九色神鹿的后背。幼年的小鹿发出痛苦的鹿鸣。李隆麒想起自己颠沛流离的童年，无辜冤死的母亲，怜悯这只小鹿，张弓搭箭，百步穿杨，当即射破雌虎的眼睛，接着又一箭射中雄虎的屁股。一雄一雌，两只猛虎，嗷叫着洒血逃窜。李隆麒不会赶尽杀绝，只让九色神鹿脱困即可。年幼的神鹿见到气宇轩昂的山中少年，竟然缠着他不走，伸出脖子与他亲密玩耍。

李隆麒便将神鹿带回道观，每日为它敷药治伤。老道长说此鹿绝非凡间之物，上古即有记载，至今依然幼年，估计享有数万年的阳寿。神鹿伤愈，竟不愿离去，成为少年李隆麒不离不弃的伙伴。

从此以后，神鹿有了名字，它叫九色。

这一年，武则天为平息李氏与武氏的矛盾，召集双方子弟在洛阳明堂盟誓，李显、李旦兄弟与太平公主一同参与。女皇下令召还被流放的皇子，名臣狄仁杰奉命出京，在终南山楼观台觅到李隆麒。

狄仁杰惊讶于小皇子的聪颖与早慧，欣然护送还京，并向女皇极力赞颂。武则天册封李隆麒为终南郡王，延请狄仁杰传授儒家与治国之道，国师李淳风传授道家与阴阳之术。

两年后，突厥默啜可汗南侵，李旦被任命为大元帅。天生孱弱的李旦，岂有戎马征战之力？终南郡王李隆麒，自愿代父出征，旦辞黄河去，暮至黑山头。十四岁的少年皇子，带着九色神鹿，统领大唐铁骑，越过茫茫戈壁。月黑雁飞高，单于夜遁逃。此役击溃二十万突厥大军，终南郡王凯旋，洛阳全城百姓围观，文武百官皆称颂之。

狄仁杰进言武则天，李隆麒熟读儒释道三教经典，内修文治，外有武功，可在马上打天下，亦可在案上治天下，有圣明君主之风范，足以立为储君，继承大统。

女皇毕竟老了，必须考虑接班人问题。她也分外疼爱这位孙儿，总觉得李隆麒的英武之气，颇似其曾祖父唐太宗李世民，亦是她的第一个男人。

武则天更对李隆麒宠爱有加。恰逢安西都护府进贡一块价值连城的昆仑暖玉——彼时和田尚称于阗，并无“和田玉”的叫法。女皇便将这块暖玉赠送给终南郡王李隆麒，让其他皇子颇为嫉恨，尤其是其同父异母兄长李隆基。

李隆麒对这块暖玉爱不释手，色泽如同羊脂，每遇大事，焕发热量。彼时尚为青年画师的吴道子，曾为终南郡王画过一幅画像，便是他佩戴暖玉的少年形象。

武则天晚年，下诏在长安东南的白鹿原营造陵墓。女皇命李淳风负责分金点穴，又命终南郡王李隆麒负责监督工程。

李隆麒与九色来到白鹿原。田野上汇集数以百万计的民夫，从关中各地被征集来，还有来自河东、中原、巴蜀，甚至远至幽燕的徭役农人。他们在地下营造出数百个墓室，犹如密密麻麻的蜂巢蚁穴，又用迷宫般复杂的墓道连接，画工添加精美绝伦的壁画。这个陵墓的规格，早已超过了历代帝王之陵墓。

李淳风不但擅长堪舆术，亦是伟大的陵墓设计师。其人面长额阔，仙风道骨，满头银发。李隆麒向他拜师学艺三年，知他有鬼神天地之术。这一日，白鹿原的苍穹上，又飞来两只朱鹮，一雌一雄，正如十多年前李隆麒出生的大明宫。李淳风双目暴怒，直指朱鹮喝道：“北洋来也！”

两只大鸟竟凭空坠落，犹如两道白色闪电，直冲入陵墓心脏的金井之内……

到底是十几岁的少年郎，李隆麒好奇地冲过去，跟着九色先后跳入金井。

一番燥热过后，他们来到大墓地下深处，惊讶地发现灵石驱动的机械核心，堪称墨子、公输般再世的巧夺天工。设计建造这一切的工匠，竟是跟小皇子相似年纪的一位少年——他叫秦牧野，亦是秦氏墓匠族的传人，世世代代为皇家营造陵墓与镇墓兽。

秦牧野是个精通各种手艺活的匠人。李隆麒虽贵为皇子，却有在乡野山间长大的经历。两个少年郎一见如故，容貌气质都很接近，仿佛天生的兄弟，在大墓下侃侃而谈。李隆麒对营造陵墓极为好奇，又是女皇钦定的工程监督，他便跟秦牧野在地宫朝夕相处，形影不离。秦牧野携带一卷古书《秦氏墓匠鉴》，其中有不少秘不外传的绝技，最为神奇的一种便是镇墓神兽。

有一日，李隆麒发觉秦牧野脖颈背后竟然也有一对赤色鹿角胎记。两人拿出铜镜对照，彼此胎记几乎别无二致，只是秦牧野的颜色更深更亮，李隆麒的鹿角胎记略带粉色。李隆麒想起死去的母亲也姓秦，不同于父亲的诸多妃子，秦氏出身于庶民，故而未得封号。原来十多年前的清明节，父亲李旦去长安城外吊唁兄长李贤。李旦在陵园外的桃花林中，偶遇秦氏墓匠族之女。春风桃李，人面桃花，一段孽缘由此而生。李旦将秦氏纳入长安大明宫，诞下李隆麒。

秦牧野的父亲正是秦氏的兄长，也是李隆麒的亲舅舅。李隆麒与秦牧野正是表兄弟的关系，恰如李隆麒的父亲李旦，乃武三思、武承嗣的表兄弟。

李隆麒身上也流淌着秦氏墓匠族的血脉，因而脖颈后有墓匠族的赤色鹿角胎记。

这个秘密的发现，更加深了李隆麒与秦牧野的兄弟情，两人亲密无间地一同工作。

根据女皇的计划，大墓分为三层——上层由上百座墓室组成；中间层在金井之下，储存灵石与机械装置；最底层才是真正的地宫，深入地下数千丈。

李隆麒猜测到了武则天的心思——她不愿再与高宗李治合葬于乾陵，作为大周的开国之君，她务必要有独立的陵墓，白鹿原就是她为自己选择的千年吉壤。武则天认为自己的功德与权势，已远远超过历史上所有帝王，因此要享有古往今来最伟大的陵墓，远远胜于秦始皇陵。

但这计划很可能引起李氏皇族反对，尤其是狄仁杰等名臣劝阻。武则天决定先行开挖陵墓，待到完工后再行公布，免得等到自己百年之后，陵墓尚未完工。女皇急不可待地派遣李隆麒为监工，要他快速推进工程，也为李隆麒日后继承皇位而铺垫。

在禁卫军的驱赶下，无数百姓民夫进入地底，每天都有人累死病死。一日突遇塌方，李隆麒与秦牧野都被埋在地下，幸好九色用鹿角掘出一条生路。他们虽然逃生，但有数千民夫成了黄土下的枉死鬼。

李隆麒暂停工程，他和秦牧野亲手从地下挖掘死难百姓，又在白鹿原的乱葬岗上掩埋。时值盛夏，尸体高度腐烂，导致疫病横行，数万人染病而死。李隆麒从长安各大寺院请来僧人念经，为百姓民夫超度亡魂，最后一把火烧成灰烬，断绝瘟疫流行的种子。白鹿原上的集体火葬，持续七天七夜，整个关中平原全被黑色雾霾笼罩。长安城中居民都闻到一股浓浓的尸骨气味，贵妇人出门行走半日，头发里会洗出二两骨灰。

面对此种惨状，李隆麒寝不安席、食不甘味。他读遍儒释道三教圣贤书，却眼睁睁看着百姓流离失所、妻离子散、家破人亡……

痛定思痛，李隆麒单枪匹马闯入洛阳，在明堂上拜见女皇武则天，当场谏言——

孔子曰：苛政猛于虎也。

孟子曰：民为贵，社稷次之，君为轻。

本朝名臣魏征《谏太宗十思疏》：怨不在大，可畏惟人，载舟覆舟，所宜深慎。

黎民百姓苦于造墓久矣！李隆麒建议立即停工，废弃白鹿原大墓，女皇陵寝仍然安置在先帝高宗的乾陵。

武则天大怒，她已独断专行数十年，将唐朝皇帝、太子以及王公大臣们捏在手心，怎容一个愣头青批评？李隆麒居然搬出魏征谏太宗的“载舟覆舟”之论。要知道武则天青春韶华时，正是在英雄迟暮的唐太宗身边。魏征也曾谏言皇上不要沉溺于女色，意指武才人是狐狸精，甚至暗示要杀武才人以绝后患。幸好魏征在唐太宗生前已离世，若是活到唐高宗时代，必是死于武则天之手。

女皇下令将终南郡王李隆麒禁闭在洛阳宫中，改换临淄王李隆基前往白鹿原监工，务必加紧工期，一年内完成，哪怕再死十万民夫匠人也在所不惜。

一夜间，李隆麒从武则天心中的第一接班人，沦为了事实上的阶下囚。

少年李隆麒伤心欲绝，他不在乎是否继承皇位，却为在白鹿原工地上受苦受难的百姓夙夜忧叹。

数日后，九色用鹿角挖掘地道，潜入宫中，刺破门锁，救出主人。李隆麒与九色逃出洛阳，夜行千里，关山度若飞，来到白鹿原。他们避过禁卫军盘查，混在百姓民夫中深入墓穴，终于见到了秦牧野。

没想到，工程竟有了重大进展。秦牧野用祖传的地下钻探方法，竟然打穿数层地下水与岩石，发现了传说中的阴曹地府。

但这幽冥世界并不恐怖，反而有着白昼般光明的穹顶，遍布奇花异草，迥异于人间的自然景观，甚至一大片黑色海洋——秦牧野将之命名为地心海。

李隆麒目睹了各种奇异的动物——山丘般巨大的麒麟，半空飞舞的神龙，投入火海而不死的涅槃凤凰，亦有海洋中忽隐忽现的上古怪物。

他还看到了跟九色相同的神鹿，个头都比九色高大数倍，都是成年的神鹿，形如移动的三层高楼。再过三千年，待到九色长大成人，大概也是如此庞大。

秦牧野知道这一天迟早要来临，他告诉李隆麒一个秘密，秦氏祖先传承了两千年的秘密……

上古时代，是人与神共存的年代。所谓神，就是神兽。华夏始祖伏羲女娲，皆为人首蛇身。代表四方的青龙、白虎、朱雀、玄武亦是上古神兽。更何况龙生九子。还有《山海经》《神异经》等古籍记载的夔、饕餮、混沌、白泽、穷奇、梼杌、九头鸟、三足乌……

人向神兽学会了征服自然的技能，又利用这些技能战胜了神兽。

因为人类有一种神兽所不具备的力量——阴谋。

这种力量帮助人类从弱小如蝼蚁的生灵，渐渐强大到支配自然界的一切物种，成为万物之灵长，天地之主宰。人类改变了河水的流向，夷平了山丘森林，使得童山濯濯、黄河积沙，开垦出阡陌纵横，建造起城墙宫殿、高楼广厦。

人类最伟大的建筑物和纪念碑，便是陵墓。

殷商时代开始，各种神兽被人类送入陵墓，直接驯化改造为镇墓神兽，既为保护君主的陵寝，也为将神兽永久控制在地下，不再让它们成为人间的神。当年负责驯化并改造镇墓兽的工匠，便是如今秦氏墓匠族的祖先。

到了春秋战国，神兽因为人类生存空间拓展，渐渐地在地球表面灭绝。墓匠族与神兽交换了灵魂，每一代墓匠族的后脖颈上，都出现了鹿角形的赤色胎记，这是神兽赐予他们的封印。因此墓匠族世代相承了神兽的力量，亦只有这一族的血统才能建造出镇墓兽。

墓匠族不满足于神兽之力，他们拜在墨子门下，成为“墨者”一员，学会了诸多高超手艺。当青铜器与铁器的铸造技术普及，人们在太行山中发现神秘的灵石，墓匠族将神兽与人类的技艺融会贯通，造出完全机械化的镇墓兽，奉献给春秋战国的君主，从此再也无须驯化神兽。

秦始皇统一天下，墓匠族建造了宏伟的秦始皇陵，并为始皇帝建造镇墓兽，因而被赐姓秦氏。

传说神兽并未完全灭绝，在地下数千丈深处，还有一个无穷无尽的世界。那里是神兽最后的乐园，不受人类打扰，自由自在地存活。但没有人见过这个世界。

据说还有某些神兽，遗留在凡间，藏入秦岭巴山，人迹罕至的所在——比如九色……

李隆麒与秦牧野退出地下世界，封闭深井入口，禁止任何人再往下开挖。

然而，负责监督陵墓工程的不再是李隆麒，而是他的同父异母兄长李隆基。为了执行女皇武则天的命令，李隆基命令加紧工期，偷懒者一律施以鞭刑，还要增加来年的徭役。众人不敢怠慢，有人忍无可忍，这么挖下去也是个死，不如效仿陈胜吴广揭竿而起——全被禁卫军武力镇压，参与谋反叛乱者，要么被五马分尸，要么被点了天灯，还要株连九族。

李隆基比弟弟年长几岁，嫉恨李隆麒得到女皇的恩宠。当他听说李隆麒已逃出洛阳，潜入白鹿原大墓工地，便下令禁卫军追捕，如果李隆麒胆敢反抗，自然格杀勿论。

在秦牧野的冒死帮助下，李隆麒侥幸逃出白鹿原，带着九色神鹿穿越关中，来到埋葬着爷爷高宗李治的乾陵。

这一日，武则天率领文武百官前来祭拜高宗李治，竖立起规模空前的无字碑。李隆麒当即现身，却被禁卫军阻拦。狄仁杰与李淳风见状，下令将李隆麒送到女皇面前，祈求武则天饶恕这孩子。

李隆麒直言进谏，力劝武则天放弃白鹿原工程。他引用孟子对齐宣王所言——

“君之视臣如手足，则臣视君如腹心；君之视臣如犬马，则臣视君如国人；君之视臣如土芥，则臣视君如寇仇。”

女皇大怒，“孺子不可教也”，命李隆麒在洛阳宫中闭门思过。

眼看劝说无望，李隆麒站在无字碑前，拔出早已备好的匕首，猛然刺向自己胸膛。

十五岁的小皇子，当场刺破心脏，血溅五步。鲜艳的少年血，染红胸口的昆仑暖玉，也染红了无字碑。

这出乎意料的一幕，竟让女皇武则天当场晕厥。群臣们也被震慑，待到狄仁杰与李淳风冲到近前，终南郡王李隆麒已魂归苍天。

少年临终遗言——朝闻道，夕死可矣。

鲜血涂满无字碑的刹那，放射出万丈金光，无字碑上已布满文字。武则天从昏迷中苏醒，抱着死去的孙子，望向无字碑上的字，老泪纵横，亦只有她看清了无字碑上的每个字。

片刻后，天降暴雨，电闪雷鸣，悲泣的雨点如大唐军阵的箭矢，横扫了关中平原，也洗刷掉了无字碑上的字，从此未在历史上留下一字。

女皇武则天下令，白鹿原大墓停工，让数十万黎民百姓回家，免除三年徭役，补偿他们过去数年来的苦难。

白鹿原已经完成的地宫，将埋葬武则天最疼爱的孙儿，陇西李氏皇族最杰出的子弟——终南郡王李隆麒。

神鹿九色自愿永久陪伴主人。秦牧野将它改造成一尊活体镇墓兽。它将镇守地宫，千秋万载。李隆麒下葬之时，李淳风给他口中塞入一枚丹药，陪他享有万世荣耀。那枚浸透了小皇子鲜血的昆仑暖玉，化作一枚暖血玉，陪葬九泉之下，等待下一个有缘人到来。

第二年，神龙政变，武则天的面首张易之、张昌宗被大臣诛杀。女皇禅位给李显，是为唐中宗，唐朝复兴。这年冬天，八十二岁的武则天，崩于上阳宫仙居殿。她颁下遗诏，除去帝号，改成“则天大圣皇后”。次年五月，武则天葬入乾陵，终于睡在了唐高宗李治身边。

以上，就是白鹿原唐朝大墓的由来。

复仇日

第四十五章

秦北洋停止了下沉。

他在万世荣耀的光芒中沐浴，永远停留在十五岁的肉身与容颜。但那不是秦北洋的归宿。他退出一千二百年前的棺椁，重新变成一只朱鹮，穿过无尽的黑暗甬道，振翅翱翔，回到天崩地裂的二十世纪。

镇墓兽秦北洋回来了。

这是1937年的盛夏，唐高宗李治与女皇武则天合葬的乾陵地宫。秦北洋爬出裂开的地穴，眼前是数不尽的唐三彩与白瓷碎片，从穹顶坠落的金银玉器，流淌的有毒水银，模拟日月星辰的荧光物质。

唐朝小皇子的梓木棺椁，完好无损地躺在面前，原本敞开的棺材盖重新合上。

镇墓天子，金色的少女武则天，至高无上的镇墓兽，已然不见踪影，归于万古寂静的地下。一千二百年前的恩怨，李家、武家，早已尘埃落定。唯一不变的，却是元人张养浩所说的：“峰峦如聚，波涛如怒，山河表里潼关路。望西都，意踌躇。伤心秦汉经行处，宫阙万间都做了土。兴，百姓苦；亡，百姓苦。”

秦北洋低下头，再也找不到和田暖血玉，那是武则天送给小皇子的礼物——原本的昆仑暖玉，在二十世纪的开头，被小皇子转送给了刚刚诞生的他。如今已化为一腔碧血，从哪里来，回哪里去，还给了武则天。

因为他的脸。

他的身上也流淌着跟少年李隆麒相近的一滴血。

地宫另一边，镇墓兽九色还在跟十角七头镇墓兽缠斗。

看到秦北洋夺回了小皇子棺椁，大怪物九色发出欢快的呦呦鹿鸣，仿佛回到终南山上的青葱岁月。它长出更长的雪白鹿角，犹如千万柄陌刀、横刀、障刀组成的大唐军阵，又似郭子仪、李光弼、仆固怀恩再生，在潼关、在洛阳、在睢阳、在邺城，与安禄山、史思明的叛军血战……

镇墓兽秦北洋来了，仿佛依然是一只朱鹮，在乾陵地宫上空翱翔。他抓起俄国十字弓，射出一支雷霆万钧的钢箭，竟然穿透数厘米厚的钢板，射入十角七头的一只眼睛。紧接着秦北洋从天而降，高举安禄山的三尺唐刀，硬生生砍下十角七头的一个脑袋。

安禄山镇墓兽的末日来了。哪怕经过万字旗下的改造，它也不是两尊镇墓兽的对手。镇墓兽秦北洋与镇墓兽九色轮番用唐刀和鹿角攻击，十字弓的钢箭与琉璃火球不断穿透它的钢铁躯壳。七个脑袋一个个被秦北洋砍下来，十个角一个个被九色的鹿角折断。

震耳欲聋的咆哮与哀号声中，十角七头变成了无角无头，利维坦般的巨兽轰然倒塌，震碎无数块地砖。

秦北洋对着安禄山的唐刀轻声说："是时候结束你的罪孽了。"

三尺唐刀划出流星般的弧线，切开十角七头镇墓兽的身躯，直到把灵石劈成两半。无数光芒从十角七头的心脏倾泻而出，仿佛安禄山硕大的肚子炸裂。秦北洋与九色，也算是为唐朝报了一箭之仇。

灵石的力量摧毁了十角七头的所有物质——钢铁、青铜、零部件，无论是一千二百年前墓匠族的手艺，还是二十世纪的德国制造工艺，一律化为乌有，只剩一团燃烧殆尽的灰尘。

安禄山的十角七头镇墓兽被彻底杀死了。

镇墓兽秦北洋抬起头来，他在寻找一个人，右脸有刀疤的男人。

这个人已无路可逃，阿幽使出"刺客道"轻功，飞越乾陵地宫，来到停放唐高宗李治棺椁的高台上，迎面拦截住阿海。

齐中山从斜刺里杀出来，刚要向阿幽开枪射击，却被一枪击中眉心——开枪的是京城名侦探叶克难。

子弹贯穿中山的头颅，从眉心而入，自后脑而出。他茫然地看着地宫，看着高台下的齐远山，喃喃地说了声：“哥……”

齐中山倒栽葱般坠下高台，滚落到叶克难脚下，再也没了呼吸。

十七岁的秦九色，挣脱妈妈的双手蹿出来。她看到死人的模样颇为恶心，却大胆地为叶克难鼓掌道：“叶探长，我崇拜你哟！”

阿幽一步步逼近阿海。她已不再是个女妖，眼神与头发都恢复了正常。但为了复仇，为了太白山上的血海深仇，为了天王陵墓与天国儿女们，她又把自己变成了女妖。

秦北洋同样飞身而来，十字弓装上一支钢箭，瞄准阿海的咽喉。镇墓兽九色攀爬上高台，吐出琉璃火球在空中旋转，任何人都无法逃脱。

阿幽、秦北洋、镇墓兽九色，已从三面围困高台之巅。底下还有百步穿杨的叶克难。欧阳安娜则拽着女儿九色，回到唐朝小皇子的棺椁旁，保护终南郡王李隆麒的真身。

阿海退到唐高宗李治的棺椁边，痴痴地看着眼前的仇人。没有人或者兽能来救他。这一世的颠沛流离、刀光剑影、血雨腥风，终于要画上句号了。

原本阿海的计划如此完美——利用唐朝小皇子的棺椁，控制镇墓天子。他本以为秦北洋必被镇墓天子碾压成粉末，却没想到破碎的和田暖血玉，彻底唤醒了武则天，让她与秦北洋共同坠入记忆深井，梦回李隆麒挥洒碧血在无字碑上的年代……

身为镇墓兽的秦北洋赢了。

这是秦北洋的命运，也是阿海的命运。

阿海认命了。

重新化身为女妖的阿幽，正要用匕首割断他的喉咙，却被秦北洋阻拦：“阿幽！你莫再冒险！”

其实，秦北洋是在提醒阿幽，不要再像九年前的太白山上那样，冒险搏命，却反中一刀。

阿幽一言不发，双目几乎迸裂，把这机会让给了秦北洋。

镇墓兽秦北洋低声道：“阿海，在我九岁那年，便发誓要亲手杀你，为养父母报仇。”

“我只恨在那一年，没能杀了你，仇小庚。”

阿海淡然一笑，竟说出秦北洋童年的名字。

“受死吧！”

秦北洋从腰间掏出阿萨辛的金匕首，全世界的刺客梦寐以求的宝贝，流传了七百年的绝世珍宝——终究是要用来杀人的。

突然，阿海抱起唐高宗棺椁前的蓝田玉匣，高声道：“王右军的《兰亭集序》真迹伴我同归于尽，此生无憾矣……”

这下却让秦北洋投鼠忌器，不敢再对阿海动武，担心伤到玉匣里的绝世珍宝。

就在此时，阿海脸上的刀疤从蜈蚣扭曲成金蛇。他慢慢地低头，看到自己胸口长出两只锋利的鹿角。

雪白的鹿角上挑着血红的心脏。

镇墓兽九色躲在阿海背后，悄然伸出一对鹿角，刺入他的后背心，准确地挑出心脏。身为大怪物的九色，动作轻巧，无声无息，道行又高了几分。它只想看看阿海的心是黑的还是红的。

阿海的心依然是红的。

镇墓兽秦北洋从他手中夺过玉匣，小心翼翼地交给阿幽。

然后，阿萨辛的金匕首，割断了阿海的喉咙。

几滴血喷溅到秦北洋的脸上，温热的血，又像被子弹打中似的疼。仿佛二十八年前，天津德租界，灭门案的后半夜，养母喷溅在他脸上的鲜血。

杀死仇小庚养母的男人，已被长大后的仇小庚割断了气管。

阿海停止了呼吸，心脏在九色的鹿角上碎成几瓣。他诞生在太平洋上的小岛，夹在大清与日本两个帝国之间，背负三千里江山的怨念。他在仇恨中长大，又在仇恨中灭亡。这个被复仇所蒙蔽的灵魂，永远不得超生，留在乾陵地宫，陪伴一千二百年前的鬼魂们，比如武三思、来俊臣、张易之、张昌宗，还有“请君入瓮”的周兴……

秦北洋擦拭干净金匕首上的血，收回皮鞘之中。阿幽又在阿海脸上刺了几刀，把他的脸划出许多道伤疤，仿佛爬满无数条蜈蚣，依然无法解恨。还是秦北洋一声令下，镇墓兽九色吐出琉璃火球，将阿海的尸体烧成灰烬。

欧阳安娜遥想起二十年前，上海公共租界海上达摩山的灭门案，便在心中默念：“爹，北洋给你报仇了！”

不知从阴间何处卷来的风，将最后的灰尘吹上地宫苍穹，无影无踪。

这是阿海的大结局。

秦北洋并没有打开玉匣，哪怕他相信阿海所言——王羲之《兰亭集序》真迹。

这件无价之宝，并不属于二十世纪，不如让它永远停留在唐高宗李治身边。至少它配得上女皇武则天。

镇墓兽秦北洋、镇墓兽九色，还有“女妖”阿幽都下了高台。

还剩下两个人——齐远山和小木。

他俩在地宫角落里被发现了，叶克难举起手枪，让他们都不要动弹。

齐远山看到秦北洋，高声呼喊：“北洋！你听我解释！我并非有意盗墓。抵抗倭寇需要大量军火弹药。而今大军出关东征，唯有挖开白鹿原唐朝大墓，找到进入乾陵地宫的路径，获得武则天留下的金银财宝，方能筹措足够多的军费，抗击外侮，保家卫国，这也是不得不为之啊！”

这套说辞，听来振振有词，颇具有迷惑性，叶克难冷笑道：“当年孙大麻子挖开清东陵，也是同样一番理由吧？言犹在耳。”

小木凑到秦北洋身边说：“北洋，我可以证明！齐远山早已出卖国家，他跟阿海就是一伙的。是他烧了北邙山盗墓学堂，杀害了海女，将我掳到白鹿原。”

“小木，我是堂堂的中华民国将军，扫除盗墓贼，为民除害，是我天经地义的责任！”齐远山倒是言之凿凿，却跟他刚才说的理由恰好矛盾了，“北洋，你也知道，小木是何等人也。他这辈子都没说过一句真话，切勿轻信这盗墓贼的妄言。”

阿幽将小木拽到后边去，不让他再跟齐远山斗嘴。

这时候，欧阳安娜拽着女儿九色的手，走到齐远山的跟前。她和女儿的出现，让齐远山倍感羞愧，忍不住低下头来。

安娜冷眼盯着自己的前夫说：“远山，你跟我说实话，五年前，上海‘一·二八事变’，你有没有跟阿海做交易，出卖了北洋，使得日本人的轰炸机准确空袭墨者天工，把镇墓兽九色和秦北洋害成现在这番模样？”

“不……绝无此事！安娜……你不要相信坏人挑唆，我齐远山就算做错过一万件事，但绝不会卖国求荣。”

“我不相信你。”

安娜已从齐远山的眼神里看出了答案，掉头离去。

“别走啊！安娜！”

齐远山在地上爬行，抱住前妻的小腿，却被她无情地踢开。

他又趴在十七岁的秦九色面前，痛哭流涕："九色啊，你可以不把我当爸爸，但我始终把你当作亲女儿。是我和你妈妈一起照顾你长大的，你可别抛下我不管！我是什么人，你最清楚了，千万不要被坏人蒙蔽，做出亲者痛、仇者快的蠢事。"

这些年来，齐远山已变得巧舌如簧，小姑娘九色竟有些犹豫，拉了拉安娜的胳膊说："妈，你看他多可怜呀！万一他是被冤枉的呢？万一他真是要……"

趴在秦九色肩头上的蛇猫，却对齐远山龇牙咧嘴地尖叫。猫的眼睛，比人的眼睛更能分辨真伪，更何况是这只来自唐朝古墓里的猫。

"你们别傻了！"叶克难朗声道，"七七事变前，日本在北平的特务机关已被我破获。我亲自审问了黑龙组的间谍，这家伙负责与齐远山的秘密通信，在我手里全都招了——齐远山向日本特高课提供了多份绝密情报，包括德械师的具体部署、装备与训练状况，还有中国军队在上海到南京一线的防御计划……"

"远山，这可是……"

秦北洋当即大怒，钢铁手指戳着齐远山的鼻梁，只需稍稍用力，就能挖出他的脑浆来。

齐远山干脆跪下，坦然道："北洋，事已至此，我也无话可说。我错了！但我们可是只愿同年同月同日死的兄弟啊！"

"杀了他。"

阿幽在秦北洋背后催促道，秦北洋却叹息："我下不了手。"

"我替你。"

秦北洋摇头道："让他留在乾陵地宫吧，这是给他最好的惩罚。"

不错，这个惩罚确实比杀了他更为残忍。齐远山绝无逃出去的可能。若是他乱动这里的宝物，镇墓天子自然会出来惩罚他。

齐远山跪地磕头道："北洋，你别把我留下，带我出去吧。"

"保重。"

秦北洋回头离去，欧阳安娜、秦九色、叶克难、阿幽、小木，还有镇墓兽九色，护送着唐朝小皇子的棺椁，走出无穷无尽的乾陵地宫。

众人回到原路而来的甬道，小木关上最后一道石门。他用盗墓贼的技艺将大门锁闭，地宫里的人再无逃出的可能——他用盗墓贼的方式，完成了对齐远山的复仇。

"求求你，秦北洋，杀了我吧！"

石门内传来齐远山绝望的哀求声。

“别心软！”

叶克难在秦北洋耳边关照，拽着他迅速离去，向着甬道另一段的白鹿原跋涉。

别了，兄弟。

镇墓兽秦北洋的脸颊上，慢慢坠落一滴眼泪。

三天三夜。

沿着原路返回，穿越乾陵地下，穿越关中平原以及渭河，穿越二十世纪的西安城下，回到白鹿原唐朝大墓的金井。

唐朝小皇子的棺椁，返回到它本该所在的地宫。在外颠沛流离的二十年，终于画上句号。

金井已被挖成一个大坑，秦北洋为小皇子选定新的风水宝地，就在地宫西南角安放棺椁。他拿起工匠家伙，修补了梓木棺椁缺损的部分，重新把棺材盖钉牢，仿佛是在跟自己告别。

小木也跪在棺椁跟前，为自己二十年前的罪过而忏悔。

变身为大怪物的九色，再也不会离开唐朝小皇子。镇墓兽秦北洋与镇墓兽九色相拥告别，他并不是九色真正的主人。在茫茫地球上转了一圈，在人间渡尽劫波二十年，这一天迟早都会来临。

保重，李隆麒！

保重，九色神鹿！

雕刻一对神鹿的墓室门徐徐封闭，最后一丝门缝之中，放射出九色的琉璃色目光……

秦北洋与女儿九色、欧阳安娜、叶克难、阿幽、小木一同穿过弯弯曲曲的甬道，在蛇猫带领下，走出白鹿原唐朝大墓。

还是那棵歪脖子大树，虽然几经盗掘，却越发枝繁叶茂。秦北洋与叶克难一起动手，重新对墓道口填土掩埋，覆盖数块石头，蒙上带有草皮的泥土，不被人看出挖掘过的痕迹。

白鹿原的清晨，东方升起一轮火红的太阳。

镇墓兽秦北洋闭上双眼，身体却渐渐缩小，恢复成正常人的尺寸。安娜从乡村小学里取来一套宽大肥厚的工匠服装，帮着秦北洋从头到脚套上，钢铁双脚蹬上千层底布鞋，铁骨铮铮的十指戴上土布手套，背后唐刀罩上长柄伞，十字弓装入工具包袱——秦北洋被包装成了一个凡人。

等到秦北洋“打扮”完毕，回头却发现阿幽不见了。欧阳安娜和女儿九色四处寻找，都没看到她的踪影。

“她从山中来，必回山中去。”叶克难叹息道，“北洋，阿幽走啦！她托我告诉你——大仇已报，你和她之间，再无瓜葛。她不再是你的妻子，你也不再是她的丈夫，就当是中华民国的离婚吧。”

“阿幽如是说？”

秦北洋心中凄惶，双目滚烫，想起太白山上，阿幽死死纠缠他不放，在天上地宫囚禁他数年，还杀死了汗血马“幽神”，又为他而舍身拔仙台，恍如隔世。

怅然间，白鹿原以南，连绵翠绿的终南山方向，响起一阵清脆悠远的歌声——

青龙头，白龙尾，
小儿求雨天欢喜。
麦子麦子焦黄，
起动起动龙王。
大下小下，
初一下到十八。
摩诃萨。

第四十六章

无字碑

三天后。

镇墓兽秦北洋一路默念着“摩诃萨”，自白鹿原出发，绕过西安城墙，斜穿过关中大地，疾行数百里，来到唐高宗李治与女皇武则天的乾陵。

一对奶头山间，笔直的司马道通往巍峨的陵山，前方耸立着“六十一蕃臣像”的无头骑士。秦北洋全身包裹装扮成乡村工匠，掩饰钢铁身躯与四肢，炎炎烈日下，显得不伦不类。他的身后，欧阳安娜、秦九色、叶克难、小木坐在一辆马车上，一同仰望这座至高无上的陵墓。

东南方向扬起一片黄土，数百匹骏马飞驰而来——大多穿着塞外边民的袍子，背后还有马枪与弓箭，难道又有贼人来盗墓？名侦探叶克难掏出手枪，吩咐安娜与九色母女躲藏起来，秦北洋也将十字弓搭上钢箭横在胸前。

对方领头的有三人三马，骑到秦北洋跟前，紧急勒住缰绳，高高扬起马蹄。

第一骑，全身宝蓝色绸缎的蒙古袍子，北人南相，赫然是成吉思汗黄金家族后裔，鄂尔多斯多罗小郡王孛儿只斤·帖木儿。

第二骑，工装服，背带裤，鼻梁架一副眼镜，胸前印着“笕桥中央航校”，曾经的墨者天工工厂总经理，湖州钱氏传人——钱科。

第三骑，西洋骑士服的奇男子，风姿绰约，明目朗星，剑桥大学理论物理学博士，也是大唐李淳风的后代，清朝皇家御用风水师之子李隆盛。

“哎哟……请问吧。”

看到镇墓兽秦北洋，小木打了个哆嗦，盘腿坐在无字碑下。

秦北洋走到高大壮阔的土阙前：“你可知道——乾陵为何一千多年从未被盗？”

“因为乾陵根本没有墓道口。”小木的双眼变得冷峻，更像他的真实年龄，“或者说，乾陵的墓道口距离陵墓本身极为遥远——白鹿原才是乾陵的墓道口。想当年，武则天的棺椁从白鹿原魔方大墓下葬，地道穿过封印之门，穿过长安城的地下，穿过关中平原的核心地带与渭水，最终抵达乾陵地宫。”

历史考古的结论，除了明摆着的文字或实物，很多时候需要根据已知条件而推理。身为盗墓之王的小木，也已具备了此种能力。

秦北洋默默点头。他想起在地下世界的唐朝幻景，自己附身在小皇子李隆麒身上的所见所闻，做出了自己的推理——根据武则天的遗愿，秦氏墓匠族少年秦牧野，将女皇本人做成了镇墓兽。八旬老妇的肉身死了，少女心却留下来，变成镇墓天子。

她还记得自己的孙儿，终南郡王李隆麒的棺椁，那是她漫长的一生中最深的痛点。

镇墓天子完工后，秦牧野与李淳风退出地宫。李淳风留下五芒星封印，锁住了通往乾陵地下的道路。

镇墓兽秦北洋盯着小木的双眼——为何这个长生不老的盗墓贼，可以揭开李淳风的封印，就像他能安然通过白鹿原魔方大墓的墓道？那也许是另一个漫长的故事。

“隆盛，我又要问你了。”秦北洋转头看着李隆盛，“你说中国人的祖先为何要修建巨大的坟墓？”

“事死如事生？”

“坟墓是连接人类生命与死亡的中转站，古人相信深入地下的坟墓，能通往文明的源头。”

“就像古埃及人营造起大金字塔？”

“也许文明并不来源于地面，更不来源于星空，而是来源于地球本身。”

秦北洋闭上双眼，念起隐藏在数千米深处的地下世界，神兽们最后的乐园，秦北洋与九色经历过的壮丽旅程，这是人类最宝贵的避难所与归宿。

剑桥博士李隆盛意识到了什么：“难道是地球中空学说？”

“我们从地下而来，也必将回到地下而去。”

镇墓兽秦北洋直视灼人的太阳，心中默念——当你仰望星空之时，能否低头注视脚下？

众人在乾陵无字碑下露宿一夜，次日清晨，分道扬镳。

钱科独自驾驶飞机返航，他将回到杭州笕桥中央航校，保卫上海的天空。

小郡王率领蒙古骑兵东征，渡过黄河，逆汾水而上，到太原拜谒阎锡山，协助防守娘子关要塞。

李隆盛给秦北洋的临别赠言是“岂曰无衣，与子同袍”。他将回到剑桥的实验室，他的发现必将改变人类历史。

小木终于得以回洛阳，寻找两个失踪的孩子。这位盗墓贼之王的秘密尚未解开，他的故事将要延续整个世纪，甚至到下一个世纪。

欧阳安娜决定远渡重洋去美国，她要变卖大萧条时期在纽约与旧金山等地抄底购买的资产，为中国军队购买武器装备。

她要带着女儿同行，秦九色却拒绝了。这姑娘吵吵嚷嚷要跟随叶克难去上海，投身即将爆发的淞沪会战。叶克难也劝她，一个小丫头，不如跟着妈妈去美国，逃离兵荒马乱的中国。但九色说，自己是墓匠族传人，身怀三千年的古老技艺，怎能离开山河破碎的祖国？

母女俩僵持不下之际，秦北洋突然发声：“九色，我同意你跟着叶探长去上海。就像二十八年前，叶探长带我离开天津去清西陵的地宫，从那天起我开始长大。从今天起，你也将成为一个顶天立地之人。”

秦北洋的话让安娜无从拒绝。这些天来，九色总是缠在叶克难左右，不是开玩笑打闹，就是要他说侦探故事。欧阳安娜是过来人，早已看穿了女儿的小心思，叹息：又是一场孽缘呀！安娜只得同意，但她要跟九色与叶克难同去上海才放心。

临行前，欧阳安娜将左手中指的玉指环，放到自己的唇边，痴痴回望了秦北洋一眼，仿佛他还是二十年前的少年工匠，而自己还是海上达摩山里的千金小姐。她很想再次拥抱这个男人。可惜他已不再是那个“人”了。

太阳再次升起。所有人告别远去，只剩下镇墓兽秦北洋，孤零零地站在无字碑前，武则天的坟冢下。

剩余的这辈子，他将度过无比漫长的轮回，独自走向烽烟炮火中的中国历史，走向波谲云诡的二十世纪。

秦北洋开始无穷无尽地行走，一个声音在耳边问：“你可知，你是谁？”

“镇墓兽秦北洋。”

“你可知，你从哪里来？”

“我从地宫来。”

“你可知，你要往哪里去？”

“我要到明天去。”

《镇墓兽》民国系列告终

蔡骏

2018年7月18日星期三初稿于上海

2018年8月12日星期日二稿于珠海

2018年9月13日星期四三稿于上海

图书在版编目（CIP）数据

镇墓兽 . 5, 无字碑 / 蔡骏著 . -- 成都 : 四川文艺出版社 , 2019.12
ISBN 978-7-5411-5555-0

Ⅰ . ①镇… Ⅱ . ①蔡… Ⅲ . ①长篇小说–中国–当代
Ⅳ . ① I247.5

中国版本图书馆 CIP 数据核字 (2019) 第 253262 号

ZHEN MU SHOU 5 WU ZI BEI

镇墓兽Ⅴ无字碑

蔡骏　著

策划出品　磨铁图书
责任编辑　叶竹君　周　轶
责任校对　汪　平

出版发行　四川文艺出版社（成都市槐树街 2 号）
网　　址　www.scwys.com
电　　话　028-86259287（发行部）　028-86259303（编辑部）
传　　真　028-86259306

邮购地址　成都市槐树街 2 号四川文艺出版社邮购部　610031
印　　刷　三河市冀华印务有限公司
成品尺寸　166mm × 235mm　　开　　本　16 开
印　　张　19　　字　　数　330 千字
版　　次　2019 年 12 月第一版　　印　　次　2019 年 12 月第一次印刷
书　　号　ISBN 978-7-5411-5555-0
定　　价　48.00 元